सरसी

उपन्यास

उपन्यासकार

राजवीर सिंह प्रजापति

राजवीर, अपना एक पाँव साहित्य की दुनिया में रखते हैं, तो दूसरा कॉर्पोरेट जगत में। मौजूदा वक़्त में उनका ठिकाना मुम्बई है, जिसे वह बम्बई जानकर जी रहे हैं। बम्बई तक पहुँचने के लिये उन्होंने सबसे पहले ग्वालियर के नज़दीक एक गाँव कठमा में एक कुम्हार परिवार में जन्म लिया और स्कूल में बैठने की उम्र तक आते-आते रतलाम पहुँच गए थे। रतलाम में स्कूल ख़त्म हुआ तो अगला पड़ाव ग्रेजुएशन के नाम पर इंदौर में पड़ा, जहाँ से नौकरी का धक्का पाकर पहले तो भुबनेश्वर और फिर सीधा पूना शहर जा पहुँचे। पूना में जमना शुरू ही किया था कि उखड़ गए और जनाब जा पहुँचे अपनी मंज़िल, बम्बई।

इस सफ़र के दौरान बहुत कुछ बदला, लेकिन जो एक बात नहीं बदली, वह थी हिंदी साहित्य के लिए प्रेम और लगन; यह किताब उसी प्रेम और लगन का एक ठोस सबूत है।

ससी

उपन्यास

राजवीर सिंह प्रजापति

redgrab books

books

सस्सी (उपन्यास)
© राजवीर सिंह प्रजापति

मूल्य भारत में : ₹ 160
मूल्य विदेश में : $ 8

प्रकाशक : **रेडग्रैब बुक्स**
942, मुट्ठीगंज, प्रयागराज-3 उत्तर प्रदेश, भारत
वेबसाइट - www.redgrabbooks.com
ईमेल - contact@redgrabbooks.com

संस्करण : प्रथम, जनवरी 2019
ISBN : 978-93-87390-60-7
टाइप सेटिंग : श्री कम्प्यूटर्स, प्रयागराज
मुद्रक : रेप्रो नॉलेजकास्ट लि ठाणे

तुम्हारे लिए... चित्रा

सस्सी

गुज़िश्ता चंद रोज़ की तरह उस रोज़ भी कोहरे का मटमैला लिहाफ़ शहर पर तारी था और अक्सर इस खास फ़िज़ा में जहाँ सड़कें उफ़क़ तक सूजी रहती हैं, यह कह पाना मुश्किल हो जाता है कि दिन अपने किस पहर में आ बैठा है।

अलबत्ता, दिल्ली शहर के लिए वो दिन किसी मामूली तारीख़ से ज़्यादा कुछ और नहीं था। शहर का दामन, गाड़ियों के शोर से सराबोर और उसकी बुलंदियों को चूमती ऊँची-ऊँची काँच की इमारतें, धुंध के लिहाफ़ में ख़ुद को छुपाये, सूरज के साथ आँख-मिचौली का खेल खेल रही थीं। ऐसी ही किसी इमारत के एक सर्द कमरे में रखी मेज की सतह पर मुट्ठी को दबाते हुए सस्सी अपनी टीम से मुख़ातिब हुई-

“और आख़िर में मैं सबसे इक गुज़ारिश करना चाहती हूँ कि यहाँ मौजूद हर शख़्स को सौंपा हुआ काम उसे ख़ुद ब ख़ुद और वक़्त की बंदिश में रहकर पूरा करना होगा, ताकि किसी और को, किसी और की वजह से दफ्तरी वक़्त से ज़्यादा दफ़्तर में रुकने की ज़हमत न उठानी पड़े; इसपर किसी को कुछ कहना है?”

काफ़ी सख़्त गुज़ारिश की थी सस्सी ने, या फिर वह गुज़ारिश थी ही नहीं...

शायद इक हुक्म था, जिसकी तामील उन तमाम लोगों को करनी थी, जो वहाँ जिस्मानी तौर पर मौजूद तो थे, लेकिन ज़ेहनी तौर पर नदारद। उनके चेहरे उनके भूखे पेट की दास्तां बयां कर रहे थे। हालाँकि सस्सी के रुख से भी इक भूख का इल्म मिलता था, जो पेट की न होकर पेशे की थी। पेशा, जिसकी अहमियत उसकी ज़िंदगी में किसी बुनियादी ज़रूरत से कम नहीं थी। बात तो ताज्जुब की है, लेकिन सस्सी के पास ज़िंदगी को देने के लिए सिवाय इसके कोई और बहाना भी कहाँ था।

मीटिंग के खत्म होने पर सस्सी, कमरे से सबसे आख़िर में बाहर निकली। उसके काँधों और कोहनियों को एक पशमीना शाल ने बड़ी बेतरतीबी से ढँक रखा था। एक हाथ ने लैपटॉप सँभाल रखा था, जिसकी मीटिंग शुरू होने से पहले ज़रूरत महसूस हुई थी, लेकिन मीटिंग के दौरान उसकी अहमियत कहीं खो सी गयी थी। बाहर आते ही उसने अपनी नाक पर तशरीफ़ जमाए चश्मे में से सामने दीवार पर टँगी घड़ी पर नज़र फेंकी तो मालूम हुआ कि मीटिंग तयशुदा वक़्त से कुछ ज़्यादा ही लम्बी खिंच गई थी और अगले पंद्रह मिनट में दोपहर के खाने का वक़्त भी पूरा होने वाला था।

जैसे दीवार से सटाकर कोई छड़ी को रख छोड़ता है, उसी छड़ी की तरह प्रभात भी कैंटीन से सटी एक दीवार का सहारा लेकर आँखें सीढ़ियों पर रखकर खड़ा था और इस बात में कतई ताज्जुब नहीं था कि वह उम्र के उन लम्हात में अपनी प्यारी बीवी को याद कर रहा था, जो रोज़ सुबह अपने जायज़ और इकलौते शौहर के लिए खाने का डब्बा तैयार करती है। भूख के सबब प्रभात के पेट में गश्त करते चूहे, दम तोड़ चुके थे और अब बारी ख़ुद प्रभात की थी। इस नाज़ुक वक़्त में ज़्यादातर मर्द यक़ीनन अपनी बीवी की कमी को महसूस करते हैं, जो अक़सर उन्हें तनहा छोड़कर मायके में जा बैठती हैं। फ़िलहाल, प्रभात का क़िस्सा भी उन मासूम शौहरों से कोई ख़ास मुख़्तलिफ़ नहीं था।

भूखज़दा प्रभात किसी तरह अपनी दोस्त के रहमोकरम पर ज़िन्दा था, जो अमूमन दोपहर के खाने का वक़्त चूक जाया करती थी। लेकिन उसकी नाख़ुश तबीयत पर तब सुकून नाज़िल हुआ, जब उसने अपने मसीहा को पशमीना शॉल में सीढ़ियों से ऊपर आते देखा। वह एकदम सीधा खड़ा हो

गया; कुछ यूँ, गोया सरकारी महकमों में नौकरशाह की आमद पर चपरासी उठ खड़े होते हैं। हालाँकि नज़र में उसके वो ख़ुशपोशी नहीं थी, जो चपरासी अपने साहब के लिए रखते हैं।

"आपको नहीं लगता, कैंटीन में खाना खाने के लिए आप वक़्त से कुछ पहले ही आ गई हैं?"-प्रभात के अंदाज़-ए-बयां से तंज़ टपक रहा था-"अरे, वैसे मीटिंग का क्या हुआ, अगर कहो तो यहीं बुलवा लें आपकी टीम को भी।"

"प्रभात, मुझे माफ़ करो मैं पहले ही बहुत परेशान हूँ।" जवाबन सस्सी ने चिढ़ते हुए कहा-"और अगर नहीं कर सकते तो मैं वापस चली जाती हूँ।"

सस्सी ने उसके चेहरे से निगाह हटाते हुए एक ठहरी सी आवाज़ में कहा-"वैसे भी, मुझे कोई भूख नहीं है, मैं यहाँ तुम्हारे लिए ही आई थी।"

वाक़ई, क्या वह उसके लिए ही आई थी?

हाँ, शायद किसी ने दुरुस्त फ़रमाया है-दोस्त दोस्त से जाए, लेकिन उसकी दोस्ती से कभी न जाए। बावजूद इसके, इस ख़्याल की बुनियाद एक दूसरे के दिलों में कितनी गहराई तक वाबस्ता है, यह मालूम करना एक मुख़्तलिफ़ जद्दोजहद होगी।

वह आई तो वाक़ई प्रभात की ख़ातिर थी, लेकिन सस्सी का ख़ुद का क्या? क्या ऐसा कुछ भी नहीं था जिसके लिए उसे इक दोस्त की ज़रूरत थी? क्या वह अपनी उम्मीद में उन लम्हों से आज़ाद नहीं हो जाना चाहती थी, जो उसके ज़ेहन में वक़्त के कारवाँ से बिछड़कर आ बैठे थे? क्या उसकी चाहत में एक गुज़ारिश नहीं थी, कुछ सुकून के लम्हे जी लेने की, प्रभात को अपने सारे मसले कुछ वक़्त के लिए यूँ ही सौंपकर...?

प्रभात सस्सी के लिए वो दोस्त था, जिससे वह अपनी ख़ुदकुशी की तारीख़ और वक़्त दोनों तक साझा कर सकती थी... बहरहाल तारीख़ और वक़्त वह अब तक तय नहीं कर पाई थी।

"च्च, अरे मज़ाक़ था... चलो न अंदर, बहुत भूख लगी है।" प्रभात ने सस्सी के ज़ेहनी तवाज़ुन की पैमाइश करते हुए कहा।

"वैसे तुम जीटी रोड पर लदे हुए किसी ट्रक सी लग रही हो, लाओ यह लैपटॉप मुझे दे दो।" और वो मुँह दबाकर हँसने लगा, इस ख़याल से, कि

लतीफ़े का लुत्फ़ सस्सी का चिड़चिड़ापन हवा कर देगा।

हालाँकि सस्सी पर लतीफ़े का कोई ख़ास असर नहीं हुआ।

''हा...हा...हा''-उसने एक फ़र्ज़ी हँसी हँसी-''अगर लतीफे की मुफ़लिसी ख़त्म हो गई हो तो रास्ता छोड़ दो, ज्योंकि हम आगे बढ़ें वरना और देर हो गई तो खाने के लिए बाहर जाना होगा और मेरे पास यूँ ही ज़ाया करने के लिए और वक़्त नहीं है।''

कहकर उसने प्रभात के हाथों में अपना लैपटॉप थमा दिया। दोनों कैंटीन में दाख़िल हुए, जो मुख़्तलिफ़ ज़ायकों के नाम पर वो-वो पकवान परोसती थी, जिसे शायद पिछली गली के कुत्ते भी चखने से इंकार कर दें और मिज़ाज में कहें-''हम पुरानी दिल्ली के कुत्तों के खानदान से ताल्लुक़ रखते हैं मियाँ, लिहाज़ा ज़बानें हमारी आज भी मुग़लई हैं।''

क़रीब-क़रीब पूरा कैंटीन ही खाली पड़ा था और यह खाली कैंटीन अपने अंदर उस एहसास को जज़्ब किये हुए था, जो हर दफ़्तर के कैंटीन में मिलता है। सारी मेज़ें एक ही तरतीब से लगी थीं : दो कुर्सियाँ हर छोटी मेज़ के इर्दगिर्द और चार कुर्सियाँ- हर बड़ी मेज़ के इर्दगिर्द... और सभी एकसी, गोया इनको किसी स्कूल से सीधा दर-आमद किया गया हो। बाएँ कोने में एक मेज़ मौजूद थी, जिसके बराबर पर एक तख़्ती रख छोड़ी थी, जिसपर उस रोज़ के पकवानों की फ़ेहरिस्त लगी थी। तमाम खाने की चीज़ें कुछ यूँ मुकम्मल तौर पर नुमायाँ थीं गोया किसी ने क़ायदा लिख छोड़ा हो। पकवानों के नाम मुँह में रस उड़ेल रहे थे, लेकिन उनके ज़ायक़े का लज़्ज़त से दूर-दूर तक कोई राब्ता न था।

कैंटीन में दाख़िल होते ही दोनों उसकी तल्ख़ी और आश्ना महक से आज फिर एक दफ़ा रूबरू हुए। प्रभात ने ठीक कैंटीन के बीचों बीच एक ख़ाली मेज़ की जानिब इशारा किया और दोनों उसकी तरफ़ चल दिये।

''खाने में पूरा खाना लोगी या आज फिर वही हर रोज़ की तरह तुम्हारा हल्का-फुल्का?''

प्रभात ने 'हल्का-फुल्का' अजीब सी शक्ल बनाकर कहा। सुस्ती की गिरफ़्त से दूर रहने के लिए सस्सी आमतौर पर दोपहर के खाने में 'हल्का-फुल्का' ही पसंद करती थी।

''हाँ, मेरा वही 'हल्का-फुल्का' जो कम से कम वक़्त ले और...''

"ठीक है समझ गया...तुम बैठो मैं लेकर आता हूँ।"

सस्सी को तनहा छोड़ प्रभात खाना लेने चला गया, लेकिन वह तनहा कहाँ थी। तख़य्युल (कल्पना) ने उसके तरदीद (प्रतिकूल) ख़यालों को आज़ाद जो कर दिया था और अब वो एक दूसरे पर हावी हो रहे थे।

बेशक, कभी-कभार मैं उम्मीद करता हूँ कि एक गुज़रते हुए ख़याल को रोक लूँ; लेकिन बजाय इसके, वो ख़याल इक और निस्बती ख़याल को दावत दे बैठता है और फिर ये सिलसिला न खत्म होने वाले मंज़र में तबदील हो जाता है। जब सस्सी भी इस मंज़र से निजात न हासिल कर सकी तो वहीं नज़दीक फर्श पर पोंछा लगा रहे एक बाउम्र शख़्स की जानिब उसने अपनी तवज्जोह (ध्यान) का रुख किया और उसके चेहरे पर मौजूद लाचारी ने सस्सी के दिल को हमदर्दी से लबरेज़ कर दिया।

"हल्का-फुल्का हाज़िर हैं," प्रभात ने दो रकाबियाँ (प्लेट) मेज़ पर रखते हुए कहा।

"तुम्हारे साथ क्या मसला है आज?" प्रभात की रकाबी की तरफ इशारा करते हुए सस्सी ने पूछा। उसने भी अपने लिए हल्का फुल्का ही लिया था।

"आह...सुबह के नाश्ते ने अंदर कुछ हलचल मचा दी थी, तो सोचा हल्का-फुल्का ही बेहतर रहेगा"-उसने कुछ यूँ शक्ल बनाकर कहा, गोया पेट की हालत चेहरे की शिकनों से बयां कर रहा हो।

"वैसे तुम्हारी बीवी कब वापस आ रही है कलकत्ता से?"-सस्सी ने अपने बेलगाम तख़य्युल पर लगाम कसते हुए गुफ़्तगू का रुख़ उन बातों की सिम्त करने की कोशिश की, जिनका ख़ुद से कोई वास्ता न था।

सस्सी के सवाल ने प्रभात के निवाला थामे हाथ को बीच में ही रोक दिया-"कलकत्ता नहीं कोज़िकोड....कोज़िकोड; प्रिया कोज़िकोड गयी है और इस हफ़्ते के आख़िर की आमद है उसकी कोज़िकोड से... कलकत्ता से नहीं।"-उसने सस्सी की ग़फ़लत (बेख़बरी) को दुरुस्त करते हुए तंज़िया लहज़े में जवाबन कहा।

जितना ज़ोर प्रभात ने कोज़िकोड लफ़्ज़ पर रखा था, सस्सी ने भी उतने ही तसादुम (असर) से शर्मिंदगी को भी महसूस किया और क़िब्ला मारे शर्म के उसकी साँसें और भी तेज़ हो जातीं। उसने फ़ौरन नज़रें चुराकर सलाद का इक

टुकड़ा अपने मुँह में रख लिया और नरमी से चबाते हुए बोली-"नसीब वाले हो तुम, जो इस कैंटीन का खाना हर रोज़ खाने पर मजबूर नहीं हो।"

"हाँ, प्रिया अपने साथ साथ नसीब भी लेकर आई थी शादी में... खैर, ये बताओ, तुम कब किसी का नसीब रोशन कर रही हो?"

प्रभात के सवाल का असर सस्सी पर कुछ यूँ हुआ कि मुँह का निवाला एक झटके में हलक से उतर गया और पलके हरक़त में आ गईं, गोया मुर्दा जिस्म गुड़िया में किसी ने जान फूँक दी हो-"देखो प्रभात"-सस्सी का एक हाथ मेज़ की सतह से उठा और हवा में एक ऊँचाई पर जाकर ठहर गया और दूसरा हाथ मेज़ और उस हाथ के ठीक बीचो बीच-"ये मैं हूँ, ठीक बीचों बीच... सबसे ऊपर है ज़िंदगी, जिसे मैं हासिल करना चाहती हूँ और यह मेज़ की सतह वो ज़मी है, जिसे मैं छोड़ चुकी हूँ... और वैसे भी आजकल के ये लड़के भी न, सब छिछोरे होते हैं; बुरा लगेगा तुम्हें लेकिन सच तो यही है।"

प्रभात को नाराज़गी ज़रूर हुई थी, लेकिन सस्सी का शुब्हा और उसकी बातों में कुछ नया नहीं था। प्रभात ने अपनी पीठ को इत्मीनान से कुर्सी से टिका दिया, ताकि वह सस्सी के इस तरह के और भी हमले अपनी जमात पर बर्दाश्त कर सके, जो फ़िलहाल अभी उसके कानों से कुछ ही फ़ासले पर थे; जिसमें शामिल था-समाज में मर्द का औरत पर वर्चस्व और न मालूम क्या क्या। कभी-कभी उसकी बातें बड़ी दीवानी सी लगती थीं।

"और वैसे भी माँ इस मसले पर बात करने के लिए काफ़ी है, तो तुम कमअज़कम थोड़ी मेहरबानी बख्शो..."

"ठीक है यार... लेकिन आज इस बेरुख़ी की कोई ख़ास वजह; सुबह से देख रहा हूँ।"

प्रभात उसके इस बर्ताव से बेहतर तौर पर वाक़िफ था। उसे यक़ीन था कि पूछा हुआ सवाल सस्सी के ज़ेहन में दबी और भी शिकायतों को बाहर का रास्ता मुहैया कर देगा।

एक गहरी साँस लेकर सस्सी ने कहना शुरू किया-"कोई एक वजह हो तो तुम्हें बताऊँ भी।"

"तुम ज़रा भी फ़िक्र न करो, मेरी गिनती एकदम ठीक है।"-प्रभात ने तसल्लीबख़्श मुस्कुराहट पेश की, जिसकी तासीर में सस्सी ने कुछ राहत

महसूस की।

"Promotion के बाद ये मेरा पहला काम है और ये Client- क़सम से मुझे भूतनी का मालूम होता है; कम्बख़्त जब मर्ज़ी हो, तलबनामें (Requirement) में तबदीली लिए हाज़िर हो जाता है और मैनेजर साहब मेरी क़ाबिलियत पर सवाल उठाते हैं।"

"ये तो हुआ पहला मसला...दूसरा?"

"तुम्हें तो मालूम ही है कि Promotion मिलते ही मैंने एक बड़ा घर, दो और लड़कियों के साथ किराये पर लिया था; बड़ा ही महँगा क़िस्सा साबित हुआ। करार-नामे के एक ही महीने में दोनों लड़कियों ने अलविदा कर दिया और अब यह पहाड़ जित्ता किराया, मुझ तनहा को बर्दाश्त करना पड़ रहा है।"

"ये हुआ दूसरा मसला..."

"नहीं नहीं... तुम समझ नहीं रहे हो ...ये मकान मेरे हलक में अटकी हुई हड्डी हो गया है, न निगल सकती हूँ न उगल सकती हूँ।"

लब अपनी सरहदों तक खिंच गए, जबड़ा अकड़ गया और पैनी निगाहों के किनारे और भी पैने हो चले थे। प्रभात के लिए यह मंज़र पहली मर्तबा नहीं था; वह पहले भी इस सब से कई मर्तबा रूबरू हो चुका था-शुरूआत उन दिनों हुई थी, जब दोनों ने एकसाथ अपनी नौकरी की शुरूआत की थी और वक़्त ट्रेनिंग का चल रहा था।

* * *

बम्बई और बारिश-इससे बेहतर और बदतर बन्दिश भी कहीं कोई मुमकिन हुई है!!

यहाँ पानी यूँ बरसता है गोया किसी कोहसार से आबशार बह निकला हो, जो हर चीज़ को छू भर लेना चाहता है, फिर वो चाहे इस शहर का ग़म हो या ख़ुशी, आँसू हों या हँसी, मायूसी हो या इत्मीनान, वफ़ा हो या बेवफ़ाई, इश्क़ हो या नफ़रत, ख़्वाब हो या हक़ीक़त, झूठ हों या सच-हर चीज़ उसकी हदों की ग़ुलाम हो जाती है। यहाँ की बारिश सब कुछ धो देती है....इस शहर की रूह तक भी। सड़कें ख़ुद को इसके पानी के अंदर छिपा लेती हैं और खेलती हैं खेल आँख मिचौली का... निकलती हैं अपनी पनाह से और आँख झपकते ही ग़ायब हो जाती हैं और छोड़ जाती हैं अपने पीछे नाराज़ और ख़ुश्क

(चिड़चिड़ा) लोग।

उनमें गुज़रे ज़माने के दो शख़्स भी शामिल थे। वो अपने वक़्तों का छाता खोलकर खड़े थे, जो ग़ालिबन उनके ससुर ने उन्हें तब जहेज़ में दिए होंगे, जब वह सजकर उनकी लाड़ली बेटियों को ब्याहने आये थे। वक़्त ने उन लाड़ली बेटियों को अब लाड़ली दादियाँ-नानियाँ बना दिया है और जिस्म की जिल्द को चुन्नटों से भर दिया है।

इश्क़, जो परवान चढ़ा था ब्याह के शुरूवाती वक़्त में, अब मामूली झगड़ों में तब्दील हो चुका था-पंसारी का सौदा, दरिया किनारे की सैर और नवासों के मुस्तक़बिल का फैसला-गोया ये बूढ़े हामी, क़यामत के वक़्त तक यूँ ही ज़िंदा रहेंगे, मरेंगे नहीं।

मोटे बड़े शीशों वाले चश्मे के पीछे महफ़ूज़ बूढ़ी सिकुड़ी हुई आँखें और उन शीशों पर एक-एक बूँद करके टपकता पानी, उन्हें खिझा रहा था; जिसे वे अक्सर अपनी बीवी के साथ किसी ऐसी बात पर ज़िरह के वक़्त महसूस करते थे, जो उनके लिए तो बहुत माइने रखती थी, लेकिन इनके लिए रत्ती भर भी नहीं।

'बाद अरसा जी लेने के मख़्सूस चाहत, रिश्ते की सतह छोड़ उसकी जड़ों में जज़्ब हो जाती है और नुमाइश की नहीं, महज़ एहसास की मोहताज़ रह जाती है।'

अगरचे, उनके ग़ुस्से की इक वजह और भी थी... और वो थी बारिश में धमाल चौकड़ी मचाते बच्चे, जो उनकी जानिब गँदला पानी उछाल रहे थे। एक पुरानी कहनूत है-बच्चों की ज़िद और बुज़ुर्गों का गुस्सा एक ही चेहरे के दो रुख़्सार होते हैं... एक की ज़िंदगी ख़त्म होने की कगार पर होती है और दूसरे की तो अभी बस शुरू ही हुई है। दोनों बूढ़े, उन बच्चों के वालिदैन के साथ-साथ बम्बई के वालिदैन को भी कोस रहे थे, जिनकी तामीर की हुई सड़कें हर साल बारिश का पानी अपने साथ बहा ले जाता है और पीछे छोड़ जाता है, हर क़िस्म के मुख़्तलिफ़ गड्ढे।

इसी बारिश को मुट्ठी में थामे, एक कमसिन लड़की, सादे लिबास में आज इस शहर की सड़के नापने निकली थी। न हाथों में कोई बैग था और न ही सर पर कोई ओट... बस एक मुख़्तलिफ़ सख़्ती तारी थी उसके चेहरे पर... गोया कोई पुराना सूखा हुआ ग़म हो, जिससे बेबस होकर वह यूँ बरसात में

गश्त करने पर मजबूर हो गयी थी, वरना हिक़ारत लबरेज़ दिल था। कुछ गाड़ियाँ पानी से लबरेज़ सड़क पर तेज़ी से अपना रास्ता बनाते हुए गुज़रीं तो खामखाँ पैदल चलने वाले बिगड़ने लगे। गोया उन्हें गाड़ियों से उछलते पानी की उतनी ही फ़िक्र हो, जितनी गर्मियों में सूखे हुए नलके देखकर होती है, जो उनकी आँखें और हलक़ दोनों की ही प्यास नहीं बुझा सकते। बहरहाल मसला ठीक उसके उलट था, हमेशा की तरह दिल और रूह अब भी प्यासे ही थे। कोई ऐसा मी (पानी) कहीं बरसा ही नहीं, जो इनकी प्यास बुझा सकता।

"कहो तो तुम्हें कहीं छोड़ दूँ मैं'-इक मुतमइन आवाज़ जो, मोटर साइकिल के इंजन की मंद पड़ती गर्राहट से होकर गुज़री और सस्सी के कानों पर आ ठहरी थी।

"नहीं, शुक्रिया।"

"तकल्लुफ़ न कीजिये, बारिश बहुत तेज़ है, मैं देर सवेर आपको अपनी गाड़ी से छोड़ दूँगा।"

"मालूम होता है आपने सुना नहीं, मैंने क्या कहा, या फिर आप 'नहीं' के मानी से बेख़बर हैं।"-सस्सी का पुरशोर जवाब फ़क़त उस मददगार के कानों तक नहीं, बल्कि राहगीरों की तवज्जोह भी हासिल कर गया। ख़ासतौर पर उन दों बुज़ुर्गों की जो पहले से ही नई नस्ल की बेहूदगियाँ को कोस रहे थे-'तौबा! ये आजकल की बदतहज़ीब नस्ल, इनकी बेशर्मियाँ बारिश में भी नहीं थमतीं।'

"ये मग़रबी तहज़ीब भी कोई तहज़ीब है; इसे तो तहज़ीब कहना भी तहज़ीब की तौहीन है... पूरी नस्ल बर्बाद करके रख दी है।"

"तुम सही कहते हो मियाँ, मेरी तो दानिस्त से बाहर है ये 'गर्लफ्रेंड-बॉयफ्रेंड' का रिश्ता, कहीं से कहीं तक माक़ूल नहीं लगता।"

"हाँ, शायद मैं इसके लिए कुछ ज़्यादा ही बूढ़ा हो चला हूँ और तुम हासिदाँ (ईर्ष्यापूर्ण)।"

और एक हाँसा फूट निकला, जो अपने साथ सारे मआशरे(समाज) और तहज़ीब की तमाम वसीह (बड़ी) बातें बहा ले गया, गोया इससे बेहतर मज़मून भी कहीं कोई मुमकिन हुआ है, वक़्त काटने के लिहाज़ से। एक मखौल में तब्दील हो गई थीं सारी बनावटी बातें, जिसका लुत्फ़ वहाँ मौजूद और भी लोग

उठा रहे थे। अक्सर ये बूढ़े हामी, बेहतरीन मसखरों में शुमार होते हैं... इनके लतीफ़े तसव्वुर नहीं फ़क़त हक़ीक़त को बयां करते हैं, जिन्हें उन्होंने तमाम उम्र सियाह बालों को ज़िंदगी की धूप में धुनकर सीखा होता है।

दूसरी जानिब, एक अनकही धमकी ने लड़के की फ़राख़ दिली और नेक-ख़याली को चोट पहुँचाई थी। क़िब्ला वह उसे बेइज़्ज़त करने के लिहाज़ से कुछ और कहती, लड़का ख़ुद ही बोल बैठा-"क्यों बारिश में भीगी ख़ूबसूरत लड़कियाँ, मोटरसाइकिल सवार फ़राख दिल लड़कों के लिए ऐसा सख़्त रवैया इख़्तियार कर लेती हैं, मानो करज़ा माँग लिया हो।"

"तुम मुझे छेड़ रहे हो?"

"समंदर में मुख़्तलिफ़ मछलियाँ होती हैं और वो सब एक साथ तैरती हैं; लेकिन हक़ीक़त में ऐसा होता नहीं है, महज़ ऐसा होने का भरम होता है।"

यह जवाब सस्सी की समझ के परे था-"तुम आख़िर कहना क्या चाहते हो?"-उसने फिर पूछा।

"एक ख़ास मछली, सिर्फ़ अपने किसी ख़ास के लिए तैरती है और वो ख़ास किसी और ख़ास के लिए; तो नतीजा ये हुआ कि तुम मेरी वो ख़ास मछली नहीं हो ... मैं तो सिर्फ मदद करना चाहता हूँ।"

सस्सी के चेहरे की सख़्ती नरम पड़ गई, गोया कोई चॉकलेट का टुकड़ा हो।

"शुक्रिया, लेकिन मैं अभी कुछ और देर बारिश में रहूँगी।"

'वाकई!'

"हाँ, तुम्हे कोई एतराज़ है?"

"नहीं, जैसी तुम्हारी मर्ज़ी; वैसे मेरा नाम प्रभात है।"

'सस्सी...।'

"मै तुमसे वाक़िफ़ हूँ; हम एक ही ट्रेनिंग बैच में हैं।"

"तुम्हें कभी देखा नहीं ..."

"तुम देखती ही कहाँ हो किसी को... वैसे ऐसा क्यों है कि अब तक तुम्हारा कोई दोस्त नहीं है बैच में?"

सस्सी के दिल का शायद कोई ग़लत तार छू लिया था प्रभात ने और वैसे भी वह इतना बेपरवाह तो नहीं था कि सस्सी का अकेलापन न समझ सके। हालाँकि, कभी-कभी ज़ाहिर मौज़ू को भी छेड़ना ज़रूरी हो जाता है, वरना ये अक्सर यूँ ही नज़रअंदाज़ हो जाते हैं... और इस तरह कमअज़कम इन्हें थोड़ी तवज्जोह तो हासिल होती है, वरना अगर चेहरा हँसमुख हो, तो ज़माना यही कहता है, देखो कितना ख़ुश है बेवकूफ़।

मुमकिन है यह सवाल सस्सी की आँखें भर देता, लेकिन प्रभात वाक़िफ था, कि जो लड़की बारिश में तनहा टहलती हो, आँसू उसकी आँखों में नहीं, दिल में बसते हैं। प्रभात ने उसकी गहरी आँखों में झाँका, लेकिन तह को हासिल न कर सका। वह मुस्कुराई और पलटकर चल दी-''बारिश तेज़ है, घर जाओ प्रभात, ऐसा न हो कि तुम्हें मोटरसाइकिल से ज़्यादा मोटरसाइकिल को तुम्हारी ज़रूरत पड़ जाए।''

उसने मुड़कर नहीं देखा।

* * *

''तसल्ली रखो और उससे भी पहले रखो इस काम की फ़िक्र को अपने केबिन की दरवाज़े के पीछे और हाँ, रही बात तुम्हारे पहाड़ जित्ते किराये की, तो मेरे ख़याल में एक हल है उसका, लेकिन...'' प्रभात ने बात अधूरी छोड़ दी।

''लेकिन क्या ...'' सस्सी ने मारे तजस्सुस के झल्लाहट में कहा।

''कुछ ख़ास नहीं, एक मामूली सी दिक़्क़त है बस।''

'ठीक है, बताओ।'

'क्या? दिक़्क़त?''

''अरे अहमक़. हल बताओ; मेरे हिस्से में पहले ही काफ़ी ग़ैरमामूली दिक़्क़तें हैं, तुम अपनी मामूली सी दिक़्क़त अपने पास ही रखो।''

''दरअसल ये हल तब ही मुमकिन है, जब तुम इस मामूली सी दिक़्क़त को बर्दाश्त करने की हिम्मत करो, जो इसके साथ तशरीफ़ लाएगी।''

''अब तुम इस राज़ से पर्दा भी उठाओगे, या बस समा ही बाँधते रहोगे।''

“मेरे बचपन के दोस्त का एक छोटा भाई है; हाल ही में पढ़ाई पूरी करके उसने अपनी ही कंपनी में नौकरी ले ली है, कुछ दो रोज़ पहले ही दिल्ली आया है... फ़िलहाल मेरे यहाँ ठहरा है, जब तक कि मैं उसके लिए कोई मुस्तक़िल ठिकाना न खोज लूँ।”

अभी तो प्रभात ने पर्दा उठाना शुरू ही किया था, लेकिन सस्सी पर्दानशीं मज़मून भाँप गयी। मारे ग़ुस्से के उस पर सुर्ख़ी नाज़िल हो गयी। किसी अजनबी के साथ वह अपना जहान यूँ ही कैसे बाँट ले और ख़ास तौर पर वो भी एक आदमी के साथ, ये कैसे मुमकिन था उसके वास्ते, जिन नाक़ाबिल-ए-बर्दाश्त एहसासात की बर्दाश्त से होकर वह गुज़री है, तबसे, जबसे उसे ख़ुद याद नहीं, वह कैसे किसी और को उस शहर-ए-ग़म की हदों में न्यौत ले।

“तुम कह रहे हो मैं किसी लड़के के साथ रहना शुरू कर दूँ और वो भी एक अजनबी के साथ, हम्म?” सस्सी ने बेसाख़्ता कहा।

“हरगिज़ नहीं और मुझे तुम्हारे इस रद्द-ए-अमल (प्रतिक्रिया) का यक़ीन था, इसलिए कहा भी था कि मामूली सी दिक़्क़त है; वैसे भी साथ रहने मे हर्ज़ क्या है, सिर्फ छत ही तो साझा करनी है, ज़िंदगियाँ तो नहीं... मैं सिर्फ इतना कह रहा हूँ, निहायत ही शरीफ़ लड़का है, तब से जानता हूँ उसे, जब वह मोहल्ले में चड्डी में दौड़ा करता था।”

जैसी तारीफ प्रभात ने की थी, उसने आग में घी उड़ेला था। सस्सी और भी भड़क गयी-“और अब तुम चाहते हो कि मैं भी उसे वैसा ही दौड़ता देखूँ; तुम्हारा दिमाग़ तो ठिकाने पर है!”

“तुम्हारा दिमाग तो ठिकाने पर है... सिर्फ एक तजवीज़ (प्रस्ताव) की है, कोई ज़बरदस्ती नहीं।”

कुछ ठहरकर प्रभात ने आवाज़ मे नरमी और कुछ झुकाव हासिल किया और कुछ यूँ कहा, गोया किसी ने टीवी पर चैनल बदल दिया हो-“अच्छा लड़का है; नया नया कॉलेज ख़त्म किया है, तुम्हारे साथ रहेगा तो उस पर मेरी नज़र रहेगी और तुम्हारा भी किराए का मसला ख़त्म हो जाएगा।”

ग़ुस्से की शिकन अब भी सस्सी की पेशानी पर मौजूद थी। न मालूम गुज़िश्ता सात आठ सालों से क्या कुछ उसके दिल में दफ़न था, इस बात की मायूसी से प्रभात अक्सर फिकरमंद रहता था। इस सब के बावजूद उसने कभी

सस्सी पर अपनी फ़िक्रमंदी ज़ाहिर नहीं होने दी थी।

प्रभात के मुताबिक़ यही कोई दूसरा हफ्ता रहा होगा उनकी दोस्ती का। बहरहाल सस्सी के लिए दुआ-सलाम से ज़्यादा कुछ भी नहीं, दोस्ती तो बहुत दूर की बात थी। सस्सी का बर्ताव एक पहेली का सा था, जिसकी उलझन को सुलझाने की पूरी कोशिश में था ये नया दोस्त।

"चलो खाना खाने कहीं बाहर चलते हैं।"-एक रोज़ प्रभात ने यही कोई तीसरे पहर उससे कहा था।

'नहीं, मैं अपना खाना साथ लाई हूँ, तुम जाओ।'

उसकी कुन्द जवाबी ने प्रभात को कुछ ख़ास हैरान नहीं किया था, क्योंकि वह तो उसे बाहर ले जाने पर आमादा था... शायद कुछ पूछना चाहता था।

"ठीक है, न मँगवाना ख़ुद के लिए कुछ, कमअज़कम साथ तो चल ही सकती हो।"

"बेहतर है, लेकिन तुम इसरार नहीं करोगे।"

"चलो, नहीं करता ...अब तो राज़ी!"

प्रभात उसे एक ख़ुद की जान-पहचान वाले रेस्तराँ ले गया। गुज़िश्ता दो हफ्तों की दोस्ती में वह उसके खाने की पसंद जान पाया था, तो खाना भी वही मँगवाया जो उसकी पसंद था। हालांकि सस्सी के हाथ अब भी अपने बैग से चिपके थे, जिसमें उसके खाने का डब्बा था। सस्सी का शक यकीन में तब्दील हो गया। वह सारे इमकान (सम्भावना) सोचने लगी, जो मुमकिन हो सकते थे।

सस्सी चुपचाप अपने डिब्बे से निकला सैंडविच खा रही थी। एक मर्तबा भी उसकी नज़र प्रभात के मँगवाए खाने की सिम्त न हुई। दोनों के दरमियान सन्नाटा पसरा था... आवाज़ें सब नदारद, बस छुरी-काँटे ही गुफ्तगू में मशग़ूल थे। और होते भी क्यों न... सस्सी की आँखें तो हर एक निवाले के साथ ग़ायब होते सैंडविच को थाम लेना चाहती थीं, जो इतना भी लज़ीज़ न था कि उसके ख़्यालात को बहकने से रोक पाता। वह ख़ुद को यूँ प्रभात के साथ बाहर चलकर खाने के लिए राज़ी होने पर कोस रही थी। नहीं चाहती थी उसके किसी भी और सवाल के आगे झुकना, जो गुजारिश की शक्ल में उठता हो। वह धुंध

ओढ़कर बस ग़ायब हो जाना चाहती थी इस निज़ाम से।

'जब आप किसी से जंग करते हैं, तो फ़तह या शिकस्त का तक़ाज़ा करने मे ख़ासी मुश्किल नहीं आती; लेकिन वही जंग जब ख़ुद ही के साथ हो, तो जीत कर भी आप ही शिकस्ता होते हैं और शिकस्ता होकर भी आप ही जीतते हैं; तकाज़े का तो सवाल ही नहीं उठता।'

अपने ख़ानाबदोश ख़्यालात की सोहबत में सस्सी, प्रभात की नज़रों को ख़ुद पर महसूस न कर सकी... वह कब से उसे एकटक देख रहा था। उसका हरेक ख़याल प्रभात की आँखों मे शिरकत कर रहा था, लेकिन बिना इल्म की चाबी के वह उन्हें खोल भी नहीं सकता था। एक बेजवाब सवालों की इमारत खड़ी हो गई थी दोनों के दरमियान।

"ऐसा क्या है सस्सी, जो तुम्हे हर वक़्त जहन्नुम की आग में जलाता है?"

ख़यालात की दुनिया धुआँ हो गई। प्रभात का सवाल उसे असल दुनिया मे खींच लाया, जिसका जवाब वह अपने ख़्वाब में भी किसी को नहीं देगी।

"तुमने कुछ कहा?"

"ऐसा क्या है, जो तुम्हें हमेशा जहन्नुम की आग में जलाता है?"

सस्सी ने डब्बे की सिम्त देखा... एक और सैंडविच बाकी था अभी-"तुम ये सब क्यों कर रहे हो?"

"मैं कुछ नहीं कर रहा, सिर्फ जानना चाहता हूँ कि तुम ये सब क्यों कर रही हो?"

"क्या सब कर रही हूँ मैं प्रभात?"

प्रभात की मुट्ठी हल्के से धमाके के साथ मेज़ पर गिरी-"ख़ुदा जाने अपने आपको किन परतों के पीछे छिपाए बैठी हो तुम; कमअज़कम एक दोस्त के नाते उस बात का ज़िक्र तो करो, मुमकिन है मैं कुछ मदद कर सकूँ।"

"किसने कहा हम दोस्त हैं; हम सिर्फ साथ ट्रेनिंग करते हैं, मुझे किसी की कोई मदद की ज़रूरत नहीं है और गर वाकई दोस्त बनना चाहते हो, तो कोशिश भी मत करना क़रीब आने की।"

सस्सी ने प्रभात की हैरान आँखों में आँखें डाली और एक गहरी साँस में सीने का तमाम ग़ुबार निकाल दिया, तो मिज़ाज़ में कुछ नरमी आई-"देखो प्रभात, तुम्हारी सोहबत अच्छी है, लेकिन मैं उन लोगों में शामिल नहीं, जो अपना यक़ीन किसी के हाथों में यूँ आसानी से रख दें। मुझे वो लोग कतई पसंद नहीं, जो बेवजह मेरे क़रीब आने की ख़्वाहिश रखते हैं।"

ज्यों ही सस्सी के तमाम लफ़्ज़ तमाम हुए, वह उठी और अपंना डब्बा लेकर चली गई। प्रभात ने उसे जाते देखा, लेकिन रोकने या कुछ कहने की हिम्मत नहीं हुई। चंद लम्हात उसने थोड़ी नफ़रत जरूरी की उससे, लेकिन उसे ख़ुद पर कोफ़्त ज़्यादा थी। बग़ैर सच को जाने वह सस्सी के सच का फैसला जो कर रहा था। एक मर्तबा फिर बेइज़्ज़त होने के बावजूद उसे यह दोस्ती लाज़मी लगी।

कैसे मुमकिन था वह ख़ुश रहे, जब ख़ुद उसने ख़ुद के लिए ग़म चुने थे,

कैसे मुमकिन था वह किसी का साथ यूँ ही क़बूल ले, जब ख़ुद उसने ख़ुद की तनहाई को नहीं क़बूला था!!

मुसलसल उम्मीद में उसने जिस एहसास को तमाम उम्र इतनी शिद्दत से चाहा, वह एक रोज़ यूँ ही जाता रहा और अब जब क़ायनात उस पर मेहरबान हो रही थी, जो ग़ालिबन उसे दुनिया की सबसे ख़ुशक़िस्मत लड़की में तब्दील कर दे, वह महज़ ग़ायब हो जाना चाहती थी।

उसने अब बिना उम्मीद के जीना सीख लिया था-किसी का दोस्त होना या किसी की दोस्ती का होना-जहाँ कोई मायने नहीं रखता... छोटी-छोटी खुशियों की भूख भी नहीं। गोया वह क़ायनात का मुस्तक़िल हिस्सा हो, इंसान नहीं; एक क़िस्म का पहाड़ या रब, जिसे वक़्त उम्रदराज़ नहीं कर सकता।

सस्सी, बचे हुए दिन की ट्रेनिंग पूरी करने दफ़्तर लौट गई, लेकिन प्रभात नदारद था। उसकी ग़ैरहाजिरी का सस्सी पर कोई फ़र्क़ नहीं पड़ा था... या फिर मुमकिन है कि सस्सी ने अपने एहसासात की लगाम को खींच के रखा था। शाम छह बजे के आस-पास ट्रेनिंग खत्म हुई। उसने दफ़्तर से बाहर का रास्ता लिया, लेकिन गेट पर पहुँचते ही प्रभात से सामना हो गया। वह हल्की

बारिश में अपनी मोटरसाइकिल पर बैठा था। अव्वल ख़याल आया कि उसे नज़रअंदाज़ कर दे, लेकिन जल्द ही दूसरा ख़याल हावी हो गया और वह खीझ उठी। चलने के लिए जब बढ़ी तो प्रभात ने उसे ज़ोर से पुकारा।

"अब क्या चाहते हो प्रभात?"

"मैं दोपहर के बाद ट्रेनिंग में नहीं था।"

"मुझे मालूम है...लेकिन फिर भी, क्या चाहते हो मुझसे?"

"कुछ ख़ास नहीं, बस तुम्हारी नोट्स की कॉपी चाहिए।"

ग़ुस्सा, नाराज़गी, नाउम्मीदगी... ऐसा कुछ नहीं था प्रभात की आँखों में। ठीक उलट, प्रभात के चेहरे पर मुस्कराहट उगी थी, जो हरगिज़ दोस्ताना थी।

"तुम बारिश में नोट्स बर्बाद कर दोगे।" सस्सी ने बेतुका बहाना दिया।

प्रभात उछला और एक झटके में मोटरसाइकिल चालू हो गई-"ठीक है, चलो पीछे बैठो...मैं रास्ते में किसी दुकान पर फोटोकॉपी करवा लूँगा और तुम्हें तुम्हारे घर छोड़ दूँगा।"

"कोई ज़रूरत नहीं इस मेहरबानी की।"

"देखो, बारिश तेज़ हो सकती है; मुमकिन है तुम भीग भी जाओ और सर्दी पकड़ लो... और हाँ, सबसे ज़रूरी बात, बम्बई लोकल में तुम्हें इस वक़्त पैर रखने की भी जगह नहीं मिलेगी। मैं तुम्हे घर छोड़ सकता हूँ और बदले में तुम मुझे नोट्स की फोटोकॉपी करवाने दो... सौदा घाटे का नहीं है।"

सस्सी ने उसे घूर कर देखा और एक पर्दानशीं मुस्कराहट के साथ पीछे बैठ गई। सौदा आख़िर पट ही गया।

* * *

फेफड़ों में क़ैद साँसों को आज़ाद किया, तो सस्सी ने अपना मिज़ाज कुछ दुरुस्त पाया-"दफ़ा करो इस बकवास को, कोई और बात करतें हैं"- सोचा कि मौज़ू-ए-गुफ़्तुगू (बातचीत का विषय) बदल गया, लेकिन तजवीज़ (प्रस्ताव) तो पहले ही गोशा-ए-ख़याल में मुकम्मल तौर पर बैठ चुकी थी।

"अच्छा यह बताओ, इस साल का Increment कैसा रहा?"

अब यह मौज़ू प्रभात के मिज़ाज़ के लिए हरगिज़ मुफ़ीद (अनुकूल) न था।

"मैं तुम्हारी तरह खुशक़िस्मत नहीं हूँ सस्सी।"

"क्यों, इस बार क्या हुआ?"

"Increment क्या कहिये; मायूसी कहिये और हालात यहाँ तक बेज़ार हैं कि बाहर भी कहीं कोई नौकरी नहीं मिल रही... इस साल का Increment, Increment नहीं, गाली है।"

"कोई बात नहीं, सब ठीक हो जाएगा; याद है गुज़िश्ता वक़्त जब हमने नई नई नौकरी शुरू की थी और दिल की भड़ास निकालने के लिए हर शाम दफ़्तरी वक़्त के बाद छत पर बुलन्द आवाज़ में अपने बॉस को कितनी गालियाँ देते थे।"

ज्यों ज्यों माज़ी आँखों से गुज़रता रहा, त्यों त्यों उन बुझी हुई आँखों में रोशनी उतरती रही। वहाँ जिन्दगी आम और सादा थी; मौजूदा वक़्त की तरह पेचदार या उलझा हुआ नहीं। तब हर रोज़ हर काम में नई सीख, नई उमंग होती थी, तब हर सुबह जोश, और शाम जश्न लगती थी।

"हाँ और वो तुम्हारा पहला बॉस, जो हर वक़्त तुम पर डोरे डालता था, आख़िरकार अपनी करतूतों के चलते नौकरी से निकाला गया था।"

"वैसे हफ़्ते के आख़िर में क्या कर रही हो; मेरी तो बीवी वापस आ रही है।"-सस्सी के लिहाज़ से यह कोई नया सवाल नहीं था; वह प्रभात के इस सवाल के पीछे का मक़सद खूब समझती थी।

"हाँ, मालूम है तुम क्या कहोगे...मैं हफ्ते के आख़िर में भी दफ़्तर में ही रहूँगी।"

"क्या इतना ज़रूरी है?" प्रभात ने तिरछी निगाह करके पूछा।

सस्सी दिल-शिकन (दिल तोड़ने वाला) अंदाज़ में मुस्कुराई-"अगर नहीं भी हुआ तो ज़रूरी बनाने में वक़्त ही कितना लगता है... आखिरकार अब मैं बॉस हूँ।"-और दोनों ठहाके लगाकर हँसने लगे।

दिन की मुलाक़ात जब शाम से हुई, तो लोगो ने अपने अपने गुलूबंद,

टोपी, जैकेट और बस्ते उठाकर दफ़्तर छोड़ना शुरू कर दिया। हालाँकि, कुछ अपने दोस्त कम साथी की ख़ुशामद कर रहे थे कि वह फाइल बाज़ू में रखे और जल्दी से कंप्यूटर बंद करे, ताकि वो साथ में दफ़्तर छोड़ सकें। और कुछ तो इंतज़ार में बैठे थे उन लोगों के, जो रास्ते में इन्हें घर छोड़ दें, लेकिन फ़िलहाल वो लोग अपना काम खत्म करने में मसरूफ़ थे। और कुछ, बावज़ूद दिन खत्म हो जाने के, दफ़्तर को छोड़कर कहीं जाना ही नहीं चाहते थे।

जैसे-जैसे लोग निकलते गए, वो अपनी अपनी मेज़ पर लगे दूधिया रौशनी के बल्ब को भी बुझाते गए और बिलआख़िर पूरी मंज़िल वीरानियत और तारीकी के हवाले हो गई, फ़क़त कुछ मेज़ों को छोड़कर, जहाँ दूधिया रौशनी के बल्ब अब भी रोशन थे। उन खाली मेज़ों के दरमियान एक मेज़ प्रभात की भी थी, जिसका जलता हुआ बल्ब, दफ़्तर में पसरी तारीकी को अब भी रौशन कर रहा था। दरअसल, प्रभात दफ़्तर देर से आने की क़ीमत चुका रहा था। बहरहाल, सस्सी न ही देर से दफ़्तर आई थी और न ही काम के बोझ तले दबी थी, फिर भी उसकी मुतफ़क्किर (विचारवान) निगाहें लैपटॉप को घूर रही थीं। यक़ीनन, क़यास करना (अनुमान करना) मुश्किल था कि वह माज़ी में दफ़न किस रंज की निहानी (तराशना) कर रही थीं या साफ़ तौर पर स्क्रीन सेवर में खोई हुई थीं, जो तसव्वुर को क़ायनात के आख़िरी छोर की तफ़रीह करा रहा था।

सस्सी चाहती तो वक़्त के साथ चल सकती थी; बावज़ूद इसके, उसने वक़्त में पीछे चलना मंज़ूर किया था। आहिस्ता आहिस्ता वह आज फिर माज़ी की किसी गली से गुज़र रही थी। वक़्त दूर निकल चुका था और वह लम्हों में ठहर गई थी। दूसरी जानिब, प्रभात दफ़्तर छोड़ने के लिए खड़ा हुआ तो ख़ुद के क़दमो को सस्सी के दफ़्तर की सिम्त पाया। खुले हुए काँच के दरवाज़े पर एक हल्की दस्तक के साथ वह अन्दर दाख़िल हुआ और सस्सी की मेज़ के सामने आकर खड़ा हो गया। उसकी उँगलियों के पोर, कुर्सी के किनारे सहला रहे थे और नज़रें झुकी हुई थीं। सस्सी की निगाहें भी प्रभात के रुख पर थम गईं और इंतज़ार करने लगीं उसका, जो वह कहने आया था।

"उस मशविरे के लिए तुमसे माफ़ी चाहता हूँ।" बिना सस्सी की जानिब देखे, वह बुदबुदाया।

सस्सी ने एक गहरी साँस ली, चश्मे को आँखों से उतारा और चन्द

मुतफ़क्किर (विचारवान) लम्हात के बाद अपनी कुर्सी से उठकर उसके पास जाकर कहा-"मुझे लगता है तुम सही हो; आख़िर हर्ज़ ही क्या है तुम्हारे मशविरे में, निहायत ही अमली और मन्तक़ी (तर्क सिद्ध) है।"

"मतलब, तुम इस बारे में सोचोगी?" प्रभात ने हैरानी में पूछा।

"क्यों नहीं, लेकिन अव्वल मैं उससे मिलना चाहती हूँ।" जवाबन, सस्सी ने कहा, मानो हुकुम जारी कर रही हो।

"ज़रूर...जब भी तुम कहो।"-और दोनों के रुख़सारों पर एक हलकी मुस्कराहट खिल आई, गोया वह बेकली हवा में घुल गई हो कहीं।

"डिनर का क्या प्लान है?" उसने वापस कुर्सी पर बैठते हुए पूछा।

"बीवी घर में नहीं है तो खाना भी घर में नहीं है..."

"अच्छा है, तो फिर साथ ही खाते हैं और हाँ, उस लड़के को भी बुला ही लो, मैं आज रात ही मिल लेती हूँ और हाँ, बेहतर होगा अगर तुम उसे हमारे मिलने की वजह न बताओ तो।"

"जैसा तुम कहो..." दोनों के चेहरों पर वो हल्की मुस्कराहट अब भी नुमायाँ थी। प्रभात जाने के लिए मुड़ा, तो सस्सी ने पीछे से पुकारा-"मैं तुम्हें नौ बजे के क़रीब फ़ोन करूँगी..."-और प्रभात बिना मुड़े या रुके, जवाब में एक हाथ को काँधो के ऊपर, हवा में लहराता हुआ सस्सी के दफ़्तर से निकल गया।

* * *

तेज़ हवाएँ जब बर्फ़ का हाथ थामे फ़िज़ा में झूमती हैं तो महज़ नीम-खुली आँखें ही कुछ देख पाने की कुव्वत रखती हैं और ऐसे माहौल में अगर कुछ वक़्त के लिए यूँ ही हाथों को खुला छोड़ दिया जाए तो वह भी एहसास के मानी खो बैठते हैं।

वह एक ऐसी ही यादगार शुमाल-मशरिक़ (उत्तर-पूर्व) की सर्दियों की शाम थी। जहाँ एक छोटा सा क़स्बा हैं चुंगथांग, जो शुमाली सिक्किम के दूर-दराज़ के इलाक़े में आबाद है। वहाँ पहाड़ों की पेशानी (माथे) पर रूहानी कोहरे आज भी बेलगाम मटरगश्ती करते फिरते हैं और इस फ़िज़ा में अगर होशो हवास के साथ कोई अपना दिल भी गवाँ बैठे तो ताज्जुब न होगा। बहरहाल, दूसरी जानिब वहाँ कीचड़ आलूद रास्ते भी हैं, जो कहीं और नहीं, बस उन

जन्नती पहाड़ों की धुन्ध तले आवारगी करते फिरते हैं। इन रास्तों की एक मुख़्तलिफ़ ज़बान है -हिचकोलों और टकराव की-जिसे गाड़ी में बैठी सस्सी लम्बे वक़्त से बर्दाश्त कर रही थी।

जीप, रफ़्तार की बाँह थामे बढ़ी चली जा रही थी और ड्राइवर ख़ुद को किसी पायलट से काम नहीं आँक रहा था... अपनी ड्राइवरी के लम्बे तज़ुर्बे की बुनियाद पर, जिसे उसने ऐसे ही पहाड़ों के दरमियान गाड़ियों की ड्रिवरी करके हासिल किया था; वह उस पुरानी जीप को हवादोज़ करने पर आमादा था। वहीं पिछली सीट पर बालों की डोरियाँ हवा के साथ खेल रही थीं। सस्सी ने हथेलियों को चेहरे पर ओढ़ रखा था और हरेक गहरी सँस के साथ वह अपने अंदर के धुएँ को बाहर धकेल रही थी। उसे मालूम था कि ड्राइवर पीछे देखने वाले शीशे में से उसे देख रहा है और अपनी मुस्कराहट में ख़ुद के ज़र्द दाँतों की नुमाइश भी कर रहा है। लेकिन जो बात उसे सबसे ज़्यादा परेशान कर रही थी, वह उसके दाँत नहीं, बल्कि तेज़ बर्फ़ीली हवा थी।

"सुनो! ऐसा क्यों है कि इस जीप की खिड़कियों पर कोई भी शीशा नहीं है?"-आख़िर सस्सी ने यह सवाल पूछ ही लिया। काफ़ी देर से पुरफ़िक्र (विचारवान) थी वह इस सवाल को लेकर।

"मेमसाब, इस ख़ित्ते और रास्तों को देखो; आपको लगता है शीशे यहाँ ज़्यादा रोज़ इन खिड़कियों पर टिक सकते हैं?" ड्राइवर ने पीछे देखने वाले काँच में सस्सी की शिकस्ता सूरत को देखते हुए जवाबन कहा।

सस्सी अब ड्राइवर की जानिब नहीं, बल्कि खिड़की के बाहर देख रही थी। हथेलियाँ चेहरे से हटा ली थी उसने और सर्द हवाएँ सीधे उसके रुख़सार चूम रही थीं। ज़ाहिर है ऐसे में कुछ पुरानी यादें, ग़ालिबन बचपन की, उसके ज़ेहन में भी गूँज उठी थीं।

* * *

दार्जीलिंग। क़रीब क़रीब दस बरस गुजर चुके थे, जब उसे घर से दूर हॉस्टल की ज़िंदगी जीने के लिये भेज दिया गया था। उम्र कुछ ख़ास नहीं, यही कोई नौ-दस बरस की रही होगी, लेकिन उस उम्र की यादें बेहद ख़ास हो गई थीं। चाय के बाग़ान, जिन पर सूफी दरवेश की सी बेख़ुदी में रक्स करती हवाएँ और वह ख़ुद बैठी इस दुनिया की सबसे ऊँची जगह-महंती बाबू के काँधों पर-उफ़क़ तक फैली चाय की दुनिया को खुशी से निहारती, गोया कोई

जन्नत है वो।

नीचे तलहटी में बस्ती की एक तंग गली के नुक्कड़ की छोटी सी पंसारी की दुकान महंती बाबू की थी। उस वक़्त महंती बाबू यही कोई साठ-सत्तर बरस के बुज़ुर्ग रहे होंगे, जो कभी भी सस्सी को टिमटिमाते कागज़ में बंद लॉलीपॉप देना नहीं भूलते थे, जो हर दफ़ा पिछली दफ़ा से ज़्यादा मीठी होती और बदले में नन्हीं सस्सी, एक मीठा बोसा महंती बाबू के झुर्रियों वाले गाल पर लगा देती। महंती बाबू के लिए यह मीठा बोसा पूरे दिन की मिठास मुकम्मल कर देता, हालाँकि उन्हें शक्कर की बीमारी थी। जब भी वह गली में दाखिल होती, तो एक हाथ को हवा में लहराती और दूसरे को कमर पर रखकर फुदकती, तो महंती बाबू का मोटे शीशों वाला चश्मा उस नन्ही परी को पहचानने से कभी इनकार न करता। वो हमेशा इक लॉलीपॉप से भरा मर्तबान फ़क़त सस्सी के लिए ही रखते थे और एक नाम भी दिया था उन्होंने सस्सी को-'परी'-जिससे सिवाय उन दोनों के कोई और वाक़िफ़ न था। यह इक क़िस्म का राज़ था, एक बाउम्र और एक नौउम्र के बीच... मसलन ज़िन्दगी के दो बेजोड़ किनारे हों।

महंती बाबू ने कभी शादी नहीं की और तमाम उम्र एक ही छत के नीचे तनहा गुज़ार दी, जो दिन के वक़्त में पंसारी की दुकान होती और रात में रैनबसेरा। वो उस दुकान को हमेशा खुला रखते; यहाँ तक कि छुट्टी के रोज़ इतवार को भी। वो कहाँ से इस वादी में आए और कौन उनके मुलाक़ाती थे, किसी को कोई मालूमात न था। शायद ही वो कभी अपनी दुकान से बाहर निकले होंगे। याद नहीं कब महंती बाबू को कभी किसी ने गली में देखा भी था। वो कौन थे, इस बात की मालूमात किसी को नहीं थी। वो जिस क़िस्म के इंसान थे, बमुश्किल ही किसी के तजस्सुस (जिज्ञासा) में उनका ख़याल भी कभी शामिल रहा होगा। सिवाय सस्सी के किसी और की ज़िन्दगी में शायद ही उनका कभी कोई असर-ओ-रसूख़ (प्रभाव) रहा था। एक पोशीदा ख़ामोश शख़्स, जिसने तमाम ज़िन्दगी कुछ यूँ गुज़ार दी, गोया ख़ुद, ख़ुदा भी भूल गया हो उसे, इस मख़्लूक़ को नवाज़ी हुई ज़िन्दगियों की गिनती में शामिल करना।

एक मर्तबा सस्सी के वालिद से उन्होंने कहा था-"आपकी बेटी फ़रिश्ता है, बग़ैर उसको देखे मेरे अंदर ज़िन्दगी ज़िंदा महसूस नहीं होती ..."

और एक बदक़िस्मत रात, वो बदा हुआ बीत गया।

नन्हीं सस्सी के कन्धों पर बूढ़ी बोझिल परम्परा लाद दी गई-उसे वादी छोड़कर हॉस्टल की ज़िन्दगी जीने के लिए कहीं दूर किसी बोर्डिंग स्कूल में भेज दिया गया। अगली सुबह इस बात से बेख़बर कि उनके लिए तो गुज़िश्ता रात ही वादी सूनी हो चुकी थी, महंती बाबू अपनी दुकान में बैठे सस्सी का गली में आने का इंतज़ार कर रहे थे। आज वो सस्सी के लिए लॉलीपॉप का एक नया मर्तबान खोलने वाले थे, जो हाल ही में कलकत्ता से मँगवाया था। इंतज़ार करते-करते सुबह, तीसरी पहर से जा लगी और हर गुज़रते लम्हे के साथ महंती बाबू के अंदर ज़िन्दगी की मियाद कुछ तंग होती गई। तीसरे पहर के खाने के साथ साथ चौथे पहर की चाय का भी ख़याल उनके ज़ेहन से जाता रहा और सूरज जब पूरे दिन की मेहनत मशक़्क़त के बाद शाम को पहाड़ों के पीछे सुस्ताने के लिए आरामदोज़ हुआ, तो महंती बाबू ने अपनी दुकान के बाहर क़दम रखा और गली में चलने की कोशिश करने लगे।

कुछ वक़्त में गली को पीछे छोड़ वो एक छोटी सी पहाड़ी की जानिब हो गए, जहाँ सस्सी अपने वालिदैन के साथ रहती थी। जब पहाड़ी के ऊपर पहुँचे, तो दालान में दाख़िल होने से पहले एक छोटे से काठ के दरवाज़े के सामने उनके बूढ़े क़दम ख़ुद ब ख़ुद ठहर गए। उस दरवाज़े की लकड़ी इतनी उम्रदराज़ थी, कि गोया यक़ीनन एक और ज़िन्दगी की गुहार लगा रही हो, बिलकुल बूढ़े महंती बाबू की तरह। चंद लम्हात के लिए वो उस दरवाज़े को घूरते रहे, गोया कोई ख़ुद की परछाईं को घूरता हो पानी की सतह पर। जब खोलने के लिए उसे छुआ, तो एहसास हुआ कि पूरी ज़िन्दगी एक लम्हे के लम्स (छुअन) में सिमट आई थी। लॉलीपॉप का मर्तबान, जो दूसरे हाथ में थाम के रखा था, छूटकर ज़मीन पर आ गिरा। तिलिस्म टूट गया। वो उकड़ूँ बैठकर ज़मीन पर बिखरी तमाम लॉलीपॉप समेटने लगे और जल्द ही टूटते हुए मर्तबान की आवाज़ सुनकर सस्सी के वालिद भी बाहर दालान में आ गये।

"महंती जी ... आप ... इस वक़्त!"

"कुछ नहीं...कुछ नहीं...सिर्फ सस्सी को देखने आया था और यह कुछ नई लॉलीपॉप भी लाया हूँ उसके लिए, ख़ास कलकत्ता से मँगवाई हैं..."-समेटी हुई लॉलीपॉप हाथों में लिए महंती बाबू ने उनकी सिम्त बड़ी उम्मीद से देखकर जवाबन कहा था।

मायूस शक्ल लिए सस्सी के वालिद ख़ामोश खड़े थे। महंती बाबू ने अपनी बूढ़ी आँखों से उनकी आँखें थाम ली और बिना पलक झपकाए उन्होंने तमाम लॉलीपॉप उनके हाथों में उड़ेल दी।

''महंती जी, दरअसल सस्सी को कल रात ही बोर्डिंग भेज दिया।''

यह सुनकर महंती बाबू पर एक ख़ामोशी तारी हो गई और ज़बान ख़ुश्क पड़ गई। मुमकिन है वो इतनी दूर जो चलकर आए थे। आँखें भी ज़मींदोज़ (ज़मीन से लगा हुआ) थीं, ग़ालिबन पलकों को ठंडी हवा ने बोझिल कर दिया था।

''पहली मर्तबा आप हमारे यहाँ तशरीफ़ लाए हैं, अंदर आइये।'' सस्सी के वालिद ने इसरार किया।

. जमींदोज़ आँखों के साथ वो मुड़े और बुदबुदाते हुए वापस जाने लगे- ''ठीक है... ठीक है... दुकान खुली है... खाना चूल्हे पर इंतज़ार कर रहा है... बहुत देर हो गयी है... दुकान खुली है... खाना चूल्हे पर इंतज़ार कर रहा है...बहुत देर हो गयी हैं ...''-और पीछे छोड़ गए सस्सी के हैरानकुन वालिद, जो अब भी हाथों की ओक में लॉलीपॉप लिये महंती बाबू को मुड़कर जाता देख रहे थे।

महंती बाबू पहाड़ से नीचे बस्ती की जानिब चलने को हुए तो कहीं खो गए-न मालूम रात की तारीकी (अँधेरा) में या ख़याल की तारीकी में-लेकिन एक बात तो तय थी, वो रात बड़ी सियाह थी। अगली सुबह जब सस्सी के वालिद बस्ती में हाज़िर हुए तो महंती बाबू की दुकान को सूना पाया। कुछ वक़्त वहीं इंतज़ार करने के बाद जब लोगों से पूछताछ की, तब भी कोई मालूमात हासिल न हुई। किसी ने उन्हें गुज़िश्ता शाम के बाद नहीं देखा था और इस बात ने उनके ज़ेहन में किसी ख़लल की पैदाइश भी नहीं की थी। ज़ाहिर है, महंती बाबू उस रात की सियाही में कहीं ग़र्क हो गए थे, या फिर ख़यालात के तूफ़ान ने उन्हें लौटने की इजाज़त ही नहीं दी। महंती बाबू फिर कभी मुड़कर अपनी छोटी सी दुकान पर नहीं आए और न ही उनकी कोई ख़बर आई।

जब यह खबर सस्सी के कानों में पड़ी, तो उसने एक क़सम की शक्ल इख़्तियार कर ली, जिसके मुताबिक़ वह अब कभी दार्जिलिंग वापस नहीं जाएगी। ग़ालिबन वह उस बूढ़े लॉलीपॉप देने वाले को अपनी समझ और उम्र दोनों से कहीं बढ़कर चाहती थी।

बहरहाल, यादें तो टाइम-मशीन की तरह होती हैं-ले जाती हैं माज़ी में और गुज़िश्ता वक़्त कुछ यूँ महसूस होता है, गोया उसे हम हाथ बढ़ाकर थाम सकते हैं और फिर एक झटका लगता हैं-वक़्त हाथ से छूट जाता हैं और हम वापस लौट आते हैं, जैसे कभी कहीं गए ही नहीं थे। बस एक ख़्वाब था बंद आँखों का, जिसका तसव्वुर आँखें खोलकर किया था।

कुछ ऐसा ही महसूस हुआ था सस्सी को, जब ड्राइवर ने अपना पैर पूरे ज़ोर से ब्रेक पर रखा और जीप एक बड़े से लोहे के गेट के सामने झटके के साथ अपनी ही जगह पर जड़ हो गई। वो चुंगथांग विश्वविद्यालय पहुँच गई थी, जो ख़ासा मशहूर नहीं था, फिर भी सस्सी ने उसे चुना था। शायद वह दार्जिलिंग को चुंगथांग की वादी में महसूस करना चाहती थी। विश्वविद्यालय की वसीह इमारत के आगे मिट चुके नवाबों के महल भी छोटे मालूम होते थे। सस्सी ने पहले कभी ऐसी रोबदार इमारत नहीं देखी थी, जिसके हरसू (हर तरफ) पहाड़ हो और उन पर हर वक़्त धुंध तारी रहती हो। उसने ड्राइवर को यह कहते हुए सुना था कि इन पहाड़ों की धुंध हज़ारहा साल पुरानी है।

बेरहम सर्द और हसीन माहौल की आड़ में चुंगथांग ने यक़ीन के परे कुछ हैरतमन्द तोहफ़े और एक नई ज़िंदगानी सस्सी के लिए छुपा कर रखी थी। और उसके इंतज़ार में थी कि कब वह अपना पहला क़दम गेट के अंदर रखे। इधर उसने क़दम रखा और उधर कीचड़ में सना एक फुटबाल उड़ता हुआ सीधा उसके चेहरे से जा लगा। ऐसे इस्तक़बाल का तसव्वुर तो उसने कभी किसी ख़्वाब में भी नहीं किया था। अगले ही पल उसने ख़ुद को ज़मीन पर सपाट पाया और हैरत ने उसके ज़ेहन से सारे ख़यालात फ़ना कर दिए। अचानक से उसे तमाम दुनिया सिफ़र-जज्ब़ (शुन्य में सामना) लगने लगी और खुली आँखें आसमान का नीला रंग पहचानने से इंकार करने लगीं। इस्तक़बाल का बोसा और कीचड़ के निशां उसके रुख़सार पर छोड़ने के बाद फुटबाल खेल में वापस लौट गया था। ज़मीन पर लेटे-लेटे उसे गुज़रती हवा के बैन सुनाई दे रहे थे और उन लड़कों का शोर भी, जो फुटबाल के लौटते ही फिर खेल में मसरूफ़ हो गए थे-बग़ैर किसी की फ़िक्र किए।

अभी तो होश ने आना शुरू किया ही था कि एक भारी आवाज़ उसके कानो में गूँजी, तो पलकें हरकत में आ गईं, गोया टूटा हुआ राब्ता फिर से जुड़ गया था। उस आवाज़ ने मदद के लिए हाथ आगे बढ़ाया, जिसे थाम कर सस्सी अपने पैरों पर फिर से खड़ी हो गई।

"आप ठीक तो हैं? चोट तो नही लगी?"

उसने उस चेहरे को देखा, जहाँ से वह भारी आवाज़ आ रही थी। छह फुट का शख़्स, तक़रीबन पूरा ही मिट्टी और कीचड़ में सना हुआ... यहाँ तक कि उसकी जिल्द का रंग-गोरा, कला या गेहुँआ-कह पाना भी मुश्किल था, लेकिन ढीली टी-शर्ट के बावजूद उसके गठीले बदन की बनावट साफ़ नुमायाँ थी।

उस अजनबी की सब्ज़ आँखें नश्तर की तरह सस्सी के दिल को गहराइयों तक ज़ख्म दे रही थीं और उसकी आवाज़ उन ज़ख्मों पर तपता लोहा उड़ेल रही थी। उन ख़ास लम्हात में सस्सी के एहसासात उसकी ख़ुद की समझ से परे थे। गोया इक क़िस्म का डर है, जिसमे दिल बैठा नहीं है, एक क़िस्म का जोशों-ख़रोश है, जिसमें उमंग नही है, एक क़िस्म की उल्फ़त है, जिसमें हिचकिचाहट नहीं है, एक क़िस्म का ग़ुस्सा है जिसमे नाराज़गी नहीं है, एक क़िस्म की चिढ़ है, जिसमे झुँझलाहट नहीं है।

यूँ महसूस होता था कि कोई पर की क़लम से उसके दिल पर कुछ गोद रहा हो और हर लफ़्ज़ के बाद चुभा भर देता है उसे... कुछ यूँ कि फिर दिल बस तड़पकर रह भर जाता है। उन लम्हात मे दिलो-दिमाग सुन्न और जिस्म अकड़ गया था।

"मैं ठीक हूँ, बस मेरा सामान...!"

"वैसे आप ठीक लग नहीं रही" अजनबी ने उसे बीच में टोका।

'नहीं...वो मेरा सामान...'-सस्सी ने टूटती हुई आवाज़ में फिर से कहना चाहा और दोनों, बिखरे पड़े अटैची और बैग की जानिब देखने लगे। अपना सा मुँह खोले, ज़मीन पर खुली पड़ी अटैची ने उसकी छोटी सी दुनिया को अजनबी के सामने बेपर्दा कर दिया था। एक मासूम सा टेडी बेयर, जो शायद उसकी तन्हाई का इकलौता साथी था... एक बग़ैर जिल्द और नाम की किताब, जो उसके दिल के बेहद क़रीब थी। चंद लिबास यहाँ-वहाँ बिखरे पड़े थे। एक खाली फोटो फ्रेम, जो मुन्तज़िर थी एक मुकम्मल तस्वीर की। एक डायरी जिसके मानी उसमें दर्ज़ अलफ़ाज़ से भी कहीं आगे के थे। एक पेन भी था, जो उसकी नाज़ुक उँगलियों ने न मालूम कितनी मर्तबा पकड़ा था, ज़ेहन को उस डायरी के कोरे सफ़हों पर उतारने के लिए, जैसे कोई मुसव्विर (चित्रकार) एहसासात को कैनवास पर उतारता हो।

शरारती हवा, डायरी के सफ़हों को कभी इस जानिब तो कभी उस जानिब उड़ाए जा रही थी, गोया मख़ौल कर रही हो उसका और हँस रही हो सस्सी के नाहमवार (असंतुलित) खयालात और ज़िन्दगी पर।

अजनबी अपने पंजों पर बैठकर उसके सामान को बटोरने लगा और सस्सी उसे महज़ निहारती रही। उसके गँदले हाथों ने जिस भी चीज़ को छुआ, उस पर ख़ुद की एक छाप छोड़ दी और कुछ वक़्त में यूँ लगने लगा मानो उसने अपनी छाप सस्सी के वजूद पर भी रख छोड़ी थी। कुछ देर बाद अटैची और बैग दोनों ही तैयार थे। अजनबी ने उन्हें उठाया और सस्सी के पीछे चलने लगा, लेकिन इमारत में दाख़िल होने से पहले वह रुक गया-''मैं इस इमारत में दाख़िल नही हो सकता...''

''अच्छा, कोई बात नहीं; मदद के लिए शुक्रिया, यहाँ से मैं ख़ुद चली जाऊँगी।'' सस्सी ने मुड़कर कहा।

''नहीं, वाक़ई मैं आपका सामान आपके कमरे तक सही सलामत पहुँचाना चाहता हूँ, लेकिन...मैं कोई स्टूडेंट नहीं हूँ...यहाँ से आगे नहीं जा सकता।''

'तो फिर...'

''माफ़ कीजिये, मैंने अपना तआरुफ़ नहीं करवाया; मेरा नाम वीर है, कप्तान वीर... मैं यहीं पास के मिलिट्री कैंप से हूँ; कभी कभार यहाँ फुटबॉल खेलने आ जाता हूँ, यहाँ की टीम अच्छा खेलती है।''

''आप से मिलकर अच्छा लगा कप्तान।''

''मुझे भी और ....''-वीर की आवाज़ अटक सी गयी 'और' पर, लेकिन सस्सी ने थाम लिया।

''ओह, मेरा नाम सस्सी है और मैं कहीं की कप्तान नहीं हूँ...''-और एक चहक उसके लबों से फूट निकली।

''वैसे जो हुआ मैं उसके लिए मुआफ़ी चाहता हूँ... दरअसल वो मेरी ग़लती थी, मैंने बॉल को किक किया था।''

लेकिन सस्सी बिना कुछ कहे, सामान के साथ अन्दर इमारत में दाख़िल हो गई और वीर सिवाय उसे जाता देखने के कुछ और न कर सका। उसकी शर्मिंदगी पहले से और भी ज़्यादा बढ़ गई थी।

* * *

"हाँ प्रभात, मैं दफ़्तर से निकल रही हूँ, तुम कहाँ हो?"-टैक्सी में बैठते ही सस्सी ने प्रभात को फ़ोन किया।

"घर ही पर हूँ।"

"डिनर के लिए कहाँ चलें?"

'अफगानी?'

'ठीक है .... फिर आधे घंटे में वहीं मिलते हैं।'

"मैं कोशिश करूँगा, अगर ज़रा देर हो जाए तो तुम...'-प्रभात की पूरी बात सुने बग़ैर ही सस्सी ने फ़ोन रख दिया।

राज, जिसने एक कान से प्रभात की सस्सी से फ़ोन पर हो रही गुफ़्तगू सुनी तो ज़रूर थी, लेकिन उसकी बेशतर तवज्जोह ऑस्ट्रेलिया बनाम भारत के क्रिकेट मैच के हाईलाइट में जज़्ब थी, जो भारत आख़िरी गेंद पर हार गया था। हर हिंदुस्तानी की तरह उसका भी दूसरा मज़हब क्रिकेट ही था। राज को डिनर के लिए बाहर चलने पर राजी करने के लिए प्रभात को खासी मशक्क़त करनी पड़ी थी। वह तो चाहता था कि खाना घर पर ही मँगवा लिया जाए, लेकिन प्रभात इस मशविरे के सख़्त ख़िलाफ़ था। बिलआख़िर, राज इस शर्त पर जाने के लिए राजी हो गया कि दोनों भारत बनाम पाकिस्तान का मैच शुरू होने से पहले घर लौट आएँगे। कैसे किसी हिंदुस्तानी या पाकिस्तानी के लिए यह मुमकिन हो सकता हैं कि वो भारत और पाकिस्तान के दरमियान क्रिकेट के मुक़ाबले को टीवी पर न देखे, जबकि वह मुक़ाबला तारीख़ में ख़ासतौर पर दर्ज किया जाएगा-फिर अंजाम चाहे कुछ भी हो।

हस्ब-ए-मामूल, (हमेशा की तरह) शर्तों पर रज़ामंदी हासिल करने के बाद दोनों डिनर के लिए घर से बाहर निकल गए।

पार्किंग के बाहर गाड़ी रोकते हुए प्रभात ने राज से कहा था-"तू यहीं रुक, मैं गाड़ी लगाकर आता हूँ।"-लेकिन इंसानी मिज़ाज का अनोखापन देखिए, कि राज चाहकर भी वहाँ ज़्यादा देर खड़ा न रह सका और बेमंज़िल क़दमों के सहारे, सीधा रेस्तराँ के दाख़िले पर आकर गेट की बायीं सिम्त जा खड़ा हुआ। दिल्ली मे सर्दियाँ अपनी आमद की दस्तक दे चुकी थीं। माहौल में ठण्ड घुली थी, जिसके एहसास ने राज को अपनी हथेलियाँ आपस मे रगड़ने

और गहरी साँस लेने पर मजबूर किया था... इसके अलावा प्रभात के साथ मोटरसाइकिल की सवारी ने भी उसकी ठण्ड मे थोड़ा इज़ाफ़ा ज़रूर किया था।

वहाँ प्रभात का इंतज़ार करते हुए उसके कानों को एक संगीत ने छुआ। किसी के मोबाइल फ़ोन की रिंगटोन थी शायद; लेकिन वैसी हरगिज़ लग नहीं रही थी। हैरतज़दा होकर उसने इर्द-गिर्द देखा, तो उसकी नज़रें एक ख़ूबसूरत चेहरे पर जा टिकीं, जिसके नीम गुलाबी रुख़सारों को गेसू चूम रहे थे और कानो मे इयरफ़ोन लगे थे, जिसका तार उसके दायें हाथ की नाज़ुक मुट्ठी में दाख़िल होकर आँखों से ओझल हो जा रहा था। वह गेट के दायीं सिम्त खड़ी थी और राज, महज़ उसका आधा चेहरा ही देख पा रहा था। वह अपने मख़मली लबों से कोई गाना भी गुनगुना रही थी, जो शायद इयरफ़ोन से उसके कानों पर पड़ रहा होगा।

यूँ महसूस होता था, गोया दोनों किसी बहते दरिया के ठहरे हुए दो मुख़्तलिफ़ किनारों पर खड़े हैं... जैसे इक मर्तबा वीर और सस्सी मिले थे लाचेन और लाचुंग चु के संगम पर यूँ ही। वीर, लाचेन के किनारे पर चहलक़दमी कर रहा था और सस्सी, युनिवर्सिटी का रास्ता भूलकर लाचुंग चु के किनारों के साथ बही चली जा रही थी। उस वक़्त दरिया के बहाव मे ख़यालो से ज़्यादा फ़साद था और एहसासों को धड़कनों की आवाज़ पर क़ाबू हासिल था। बादलों ने साज़िश करके सूरज को छुपा दिया और फिर पाकर मौक़ा धुंध ने आलम गहरा दिया... कुछ यूँ हुआ गोया फिल्मों में होता है। हवा भी सहम गई और सब्ज़ जंगल ठहर गया, कि अब बारी ख़ुद ख़ामोशी की थी गुफ़्तगू करने की।

किनारों की सँकरी पगडण्डी पर टेढ़े-मेढ़े मोड़ों की गिरहें लगी थीं, जिनसे गुज़रने के लिए तजुर्बे और तवज्जोह दोनों ही की दरकार होती है। बहरहाल सस्सी का ताल्लुक़ दार्जिलिंग से था, तो ऐसे रास्तों की गिरहें खोलना तो उसके खून में रवां था और फिर वीर ने एक फ़ौज़ी होने की हैसियत से इस हुनर को हासिल किया था।

यूँ ही चलते-चलते दोनों ने एक दूसरे की आँखें थाम लीं, गोया झपकी तो यह तिलिस्म टूट जाएगा, यह ख़्वाब बिखर जाएगा और तक़दीर रुस्वा हो जाएगी। पूरे एहतियात के साथ छोटे-छोटे क़दमों से वो आगे बढ़े, गोया कोई सुर्ख ग़ुलाब की पंखुड़ी मसलता हो। यक़ीनन, नीम मुर्दा पत्तियाँ बिछी थीं

उनकी राह में, जिन्हें मग़रूर हवा ने जुदा किया था उन दरख़्तों से, कि अब जिनके साये में वो रौंदी जा रही थी क़दमों के तले।

बेजोड़ किनारे कुछ जुड़ने लगे थे और एक तंग रस्सी के पुल ने आख़िरकार उन्हें जोड़ दिया। वीर ने पुल पर पहला क़दम सस्सी के क़रीब जाने के लिए रखा। हालाँकि सस्सी के क़दम उस छोर पर ही जम गए, जहाँ से उसके हिस्से का पुल शुरू होता था। मुस्कराहट चेहरे पर रौशन किए, बिना किसी जल्दबाज़ी के, वीर उसकी जानिब चलता रहा। मिलिट्री जैकेट के नीचे सादा लिबास में वह कोई और ही शख़्सियत लग रहा था। लेकिन उसके वज़नी पैरों के तले काठ के पुल की लकड़ी एक दर्द से कराह रही थी; कुछ मीठा-सा, जैसा सीने में इश्क़ चुभता हो।

"माफ़ कीजिये, आपका ..."-राज ने आवाज़ लगाई, लेकिन आवाज़ की बुलंदी, इयरफ़ोन में सूराख़ हासिल न कर सकी। सस्सी कहीं गुम थी और उसकी नज़रें सियाह आस्मां में कुछ तलाश कर रही थीं, जहाँ आज सितारों के निकलने की भी मनाही थी। राज ने आवाज़ को और बुलंद किया, लेकिन फिर भी सस्सी के तसव्वुर पर कोई असर न हुआ, मानो उसकी आवाज़ इयरफ़ोन के संगीत में घुलकर रह गई हो। इस सूरते-हाल में राज के पास एक ही रास्ता बचता था कि वह ख़ुद जानबूझ कर उसके कानों से इयरफ़ोन खींच दे। उसकी इस नागवार हरकत से सस्सी हक्का-बक्का रह गई और ताज्जुब नज़रों से उसे देखने लगी। लेकिन जब राज ने उसकी तवज्जोह का रुख़, बजते हुए फ़ोन की सिम्त किया तो उसे उसकी हरकत कतई नागवार महसूस नहीं हुई।

मिलने के बावजूद उनकी आँखें कोई राब्ता न हासिल कर सकीं। ज़ाहिर है, दोनों की आँखें मुख़ालिफ़(विपरीत) थीं-राज की बचकानी, बिना किसी राज़ के; गोया सस्सी देख सकती थी, उसका दिल, उन शफ़ीक़ (स्नेहमय) मुस्कुराती आँखों में, लेकिन सस्सी की गहरी आँखें, राज और उलझनों का ताना-बाना थीं, जिनके पीछे कहीं एक मासूम दिल क़ैद में था। उसकी महज़ दो आँखों के सिवा राज कुछ न देख सका।

'हेलो!' सस्सी ने फ़ोन उठाया।

"क्या कर रही हो, कहाँ हो, इतना वक़्त लगता है क्या फ़ोन उठाने में?" दूसरी और से सवाल बरसने लगे।

"अपने सवालों पर लगाम कसो और कहो तुम कहाँ पहुँचे..."

"मैं पार्किंग में गाडी खड़ी करके आ रहा हूँ..."

"ठीक है।"

'ठीक है' के साथ दोनों ने फ़ोन काट दिया। इस दरमियान राज अपने इब्तेदाई ठौर पर लौट चुका था और मुस्कुराहट उसके रुख़ पर लुका-छुपी खेलने लगी थी। बहरहाल सस्सी की नज़रें ज़मीन से जा लगीं और चंद लम्हात में प्रभात भी वहाँ हाज़िर हो गया। राज को नज़रअंदाज़ करते हुए वह सीधा सस्सी से मिला। उसके चेहरे पर माफ़ी की अर्ज़ी लटकी थी, हालाँकि सस्सी उसके देर से पहुँचने पर हरगिज़ नाराज़ न थी, लेकिन मौक़ा भी नहीं छोड़ सकती थी-"तुम थोड़ा जल्दी तशरीफ़ नहीं ला सकते थे।"-और आख़िर उसने इलज़ाम दे ही दिया।

"तुम फ़ोन थोड़ा जल्दी नहीं उठा सकती थी?" जवाबन भी इलज़ाम ही मिला।

राज को बुलाने के लिए प्रभात ने गरदन घुमाई, तो नज़दीक आता राज इस सोच में था कि प्रभात का इस लड़की से क्या राब्ता है और उसके इस ज़ेहनी सवाल का जवाब उस तआरुफ़ में छुपा था, जो करीब पहुँचते ही प्रभात ने उसका सस्सी से करवाया।

"राज, ये है सस्सी, मेरी दोस्त... और सस्सी, ये है राज, मेरे बचपन के दोस्त का छोटा भाई; हाल ही में पढ़ाई खत्म की है और अपनी ही कंपनी में नौकरी मिली है।"

मुतफ़क्किर (विचारवान) होने के बावजूद सस्सी ने अपना हाथ बग़ैर किसी हिचकिचाहट के आगे बढ़ा दिया-"मिलकर खुशी हुई..."

"मुझे भी... वैसे आपके फ़ोन की रिंगटोन लाजवाब है ..."

"शुक्रिया..."

अव्वल कि गुफ़्तगू अपने पैर वहीं पसार देती, प्रभात बोल पड़ा-"मुझे यक़ीन है तुम दोनों के पास बहुत सी बातें होंगी करने के लिए, लेकिन पहले हम अंदर चलते हैं।"

"क्या...!" दोनों ने ताज्जुब से प्रभात को देखा।

"कुछ नहीं ...अंदर चलो...देखो कितने लोग जमा हैं आज यहाँ...टेबल

मिलना तो मुश्किल है...''-बोलता हुआ प्रभात फ़ौरन रेस्तराँ में घुस गया और फिसली हुई ज़बान सँभाल ली। राज और सस्सी भी उसके पीछे रेस्तराँ में चले गए।

रेस्तराँ के सुकून बख़्श माहौल में पकवानों की महक ज़ायके की लज़्ज़त को आहिस्ता-आहिस्ता परोस रही थी और माहौल की हल्की किरमिची रौशनी सस्सी के काँधों पर आरामदोज़ ज़ुल्फ़ों से गुज़रकर राज की आँखों में तिलिस्म पैदा कर रही थी। वहाँ काम करने वाले तमाम लोगो ने ख़ास पख़्तूनी लिबास ज़ेब-ए-तन(पहना) किया था और दीवारों पर चंद फूलों के साथ-साथ पुर-अफ़साना (मशहूर) लीडरों के चेहरों की रंगसाज़ी थी। उस हल्की रौशनी में वो चेहरे ज़िंदा मालूम होते थे, गोया अभी उठ खड़े होंगे, अपनी-अपनी तक़रीरों के साथ। हालाँकि उन्हें जंगों में शहादत हासिल किये एक अरसा गुज़र चुका था। पूरे दिल्ली में ये इकलौता ऐसा रेस्तराँ था, जो माहौल, महक, ज़ायक़ा और लिबास से मुकम्मल अफ़ग़ानी सिक़ाफ़त (संस्कृति) के तौर-ओ-तरीकों पर क़ायम था।

'खुशामदीद!'-एक पख़्तून, तकरीबन छह फ़ीट की ऊँचाई का, रिवायती पख़्तूनी लिबास में आगे आया।

पख़्तून मैनेजर उन्हें टेबल मुहैया कराने के बाद हाथों में मेनू कार्ड थमा कर चला गया। प्रभात ने पकवानों की फ़ेहरिस्त पर नज़रें डालनी शुरू की, तो पसंदीदा ज़ायक़ों को देखकर उसकी आँखों में चमक आ गई। वहीं राज, ताज्जुब निगाहों से अब भी उन दीवारों को ताक रहा था, जो अफ़ग़ानी इंक़लाब का किस्सा बयां कर रही थी। नतीजतन उसकी सहाफ़त (पत्रकारिता) की समझ जाग उठी, जिससे उसका राब्ता अपने ग्रेजुएशन के दिनों में हुआ था। राज ने अफ़ग़ानिस्तान और उसके बाशिंदों के मुतअल्लिक़ (बारे) बहुत इल्म हासिल किया था, लेकिन इतने क़रीब से महसूस करने का मौक़ा आज हासिल हुआ था। 9/11 के हादसे के बाद बहस में एक नया गौज़ूँ जुड़ गया था-चंद लोगों ने माना कि अफ़ग़ानिस्तान पर चढ़ाई करना जायज़ है और चंद ने इस चढ़ाई के ख़िलाफ़ तकरीरें पेश कीं; यहाँ तक कि तहरीरें भी की गईं और चंद लोग ऐसे भी थे, जो न बहस के इस तरफ़ थे न उस तरफ़... उनका तो कहना था अमेरिका और रूस दोनों इस तबाही के लिए ज़िम्मेवार हैं।

खान मोहम्मद, जो इस रेस्तराँ का मालिक है, अकसर अपना वो गाँव

याद करता है, जिसका नामो निशां अब बड़े से बड़े नक़्शे पर भी नहीं मिलता। उस ज़माने में वह सूखे मेवों का एक छोटा सा कारोबारी हुआ करता था, जो बेहतरीन अफ़ग़ानी मेवा दिल्ली के कारोबारियों को भेजता था। जब रूसी, अफ़ग़ान छोड़कर गए, तो माहौल दुरुस्त होने के बजाय और बिगड़ गया और कुछ ही वक़्त में तालिबान का कब्ज़ा पूरे मुल्क पर होने लगा। खान मोहम्मद ने मुल्क छोड़ने का फैसला किया और अपने कारोबारी दोस्तों की मदद से हिंदुस्तान आ गया था।

"तुम्हें दिल्ली कैसा लगा?"- सस्सी की आवाज़ उसे सीधा काबुल से दिल्ली खींच लाई।

"खिचड़ी की तरह या मिक्स वेज भी कह सकते हैं।"-और सारी सियासत की काहिली, हँसी में फ़ना हो गई।

"वैसे सस्सी, आज का डिनर किसके नाम लिखना है?"-प्रभात ने मज़ाक़िया अंदाज़ में सवाल किया।

"मेरे नाम लिख दो, लेकिन इसकी वसूली मैं तुम्हारी बीवी से करूँगी।"

"जैसे तुम्हारी मर्ज़ी; बहुत से बहुत प्रिया को अब दो चार रोटियाँ ज़्यादा सेकनी पड़ेंगी मेरे डब्बे के लिए, तुम कर लेना वसूल।"

"तुम्हारी ज्वाइनिंग कब है राज?"-सस्सी ने फिर बातचीत का रुख़, राज की तरफ़ मोड़ दिया।

'कल'

"कहाँ रह रहे हो इन दिनों"-जैसे ही सस्सी ने यह सवाल दागा, तो राज ने ख़ुद की नज़रों से सस्सी को बेहिस कर दिया। अगरचे ज़रा सी पलकों की हरकत भी गुस्ताख़ी का बाइस हो सकती थी।

"फ़िलहाल तो प्रभात भाईसाहब के यहाँ, जब तक कि कोई और ठिकाना नहीं मिल जाता।"

"ये वेटर कहाँ रह गया; कोई हमारा ऑर्डर लेगा भी या नहीं।"-एकाएक सस्सी बेहिसी को तोड़कर भागी, गोया किसी ख़्वाब से जागी हो। इस बीच प्रभात ने इशारे से नज़दीक खड़े एक बैरे को बुला लिया।

बज़ाहिर उस बातचीत से, सस्सी ने चंद लम्हात की मोहलत चुराई थी या

कोई पुराना एहसास बेसाख़्ता ज़ेहन में दाख़िल हो गया था। दोनों ही सूरत में यह चुराया हुआ वक़्त काफ़ी था गुफ़्तगू का मौज़ू बदलने के लिहाज़ से। कभी कभार होश यूँ भी बेहोश हो जाते हैं।

"और सुनाओ राज...!"

"क्या..." उसने रस्मी तौर पर कहा। उसकी मुतासिर निगाह अब भी एक दीवार के दूसरी दीवार पर फलाँग रही थी, मसलन किसी का पीछा कर रही हो।

"कुछ भी, जो तुम्हारी तवज्जोह को इस टेबल पर रखे, बजाय इसके, कि वो पूरे रेस्तराँ में घूमती फिरे, क्यों?"

"ऐसी कोई बात नहीं।"

"कुछ अपने बारे में बताओ... प्रभात तो पहले ही बहुत कुछ जानता होगा; एक काम करो, सिर्फ मेरे लिए ही कुछ कहो।"

प्रभात की समझ में नहीं आया कि सस्सी को अचानक हो क्या गया। उसने सस्सी के मुँह से इतनी मीठी मौसीक़ी कभी नहीं सुनी थी। सस्सी के बरताव में इतना रद्दोबदल(परिवर्तन) हज़म करना फ़िलहाल उसके लिए मुश्किल था।

"हाँ राज...!" प्रभात ने चौंक कर कहा।

"वैसे प्रभात भाईसाहब ने तो बताया ही था कि मेरी पढ़ाई हाल ही में पूरी हुई है; हालाँकि एक बात मैं ज़रूर बताना चाहूँगा, जो भाईसाहब को भी शायद नहीं मालूम कि किसी ज़माने में मैं एक पत्रकार बनना चाहता था और ये जगह मुझे मेरे उन दिनों की याद दिलाती है।"

"वाह! एक पत्रकार; इसके अलावा..."

"इसके अलावा कुछ ख़ास नहीं-बस एक आम शख़्स, जो क्रिकेट, म्यूजिक, किताबों और घूमने का शौक़ रखता है।"

आम लोग वैसे पहली-पहली मुलाक़ात में कभी दिलचस्प नहीं लगते, फिर भी न जाने क्यों सस्सी को राज, आम नहीं कुछ ख़ास और दिलचस्प लगा था। उसने चाहा कि वह कुछ और जाने इस शख़्स के मुतअल्लिक़, लेकिन कैसे। बहरहाल, प्रभात गुफ़्तगू में फिर कूद पड़ा-"वैसे सस्सी, अपना राज

वॉयलिन अच्छा बजाता है।''

''शौक़िया ठीक ठाक बजा लेता हूँ, कुछ ख़ास नहीं।''

''दिलचस्प... जैसे मोहब्बतें फिल्म का राज आर्यन; वैसे मैं ज़रूर सुनना चाहूँगी तुम्हें वॉयलिन बजता हुआ किसी रोज़।''

''ज़रूर, जब भी आपका दिल करे; वैसे आप भी किसी साज़ का शौक़ रखती हैं?''

सस्सी ने कभी किसी साज़ पर अपने हाथ नहीं रखे थे, तो शौक़ कहाँ से रखती, लेकिन मुसव्विर (चित्रकार) हो जाना उसका शौक़ नहीं, तक़दीर थी। क़िस्सा हॉस्टल के दिनों में शुरू हुआ था। उसे अब भी याद है, कैसे कॉपियों के आख़िरी पन्नों पर वो पेंसिल से तस्वीरों की रंगसाज़ी किया करती थी, जिनके मानी हरेक की समझ से बाहर होते थे। वो फ़क़त रंगसाज़ी नहीं, फ़लसफ़ा बयां करने का तरीक़ा था उसका। उम्र के साथ ज़िंदगी की गिरहें और उलझनें लगी थीं और साथ ही उसका फ़लसफ़ा भी। उसकी तसवीरें इंसानी दानिस्त की उलझनों का पुलिंदा थीं, जिनमें दरिया, कोहसार, झरने, बाग़-बग़ीचे, सब्ज़ जंगल या खुशहाल चेहरे नहीं, दर्द और तनहाई का क़िस्सा था। ख़ुद से मुलाक़ात की शिद्दत का बयां और ख़ुद के होने या ख़ुदा के न होने का सवाल। दुनिया के सारे मानूस रंगों में रँगी थीं उसकी तसवीरें।

एक अरसा गुज़रा, उँगलियाँ उसकी रंगों में डुबी हों और उसने कैनवास छूकर एहसास किया हो, उस पर उतरने वाली तस्वीर का। मुद्दत हुई किसी फलसफे को तस्वीर की शक्ल दिए हुए।

''फिलॉसफी में यकीन रखते हो?''-अनायास ही सस्सी पूछी बैठी।

''जितनी वॉयलिन से सीखी है, सिर्फ उतना ही।''

''और वॉयलिन कितने वक़्त से है साथ तुम्हारे?''

''एक अरसा।''

''काफ़ी होता है एक अरसा, किसी भी फ़न के साथ फिलॉसफी का शागिर्द हो जाने के लिहाज़ से।''

जल्द ही खाना मेज़ पर सज गया और गरम-गरम खाने से उठती भाप और महक के साथ-साथ गुफ़्तगू पर फिलॉसफी का कब्ज़ा होने लगा। दोनों

अपने-अपने ख़यालों से एक दूसरे को मुतासिर करने में लग गए। संजीदगी और गहरी उदासी, सस्सी की फिलॉसफी का ख़ास हिस्सा थी, लेकिन राज, संजीदगी और गहरी उदासी के पीछे छुपी कशिश और ख़ुशी को तवज्जोह देता था। ज्यादातर फ़िलासोफेरों की तरह वो भी एक-दूसरे की इश्क़ की फिलॉसफी से रज़ामंद नहीं थे, इसके बावजूद दोनों इस बात पर राजी हुए थे कि इश्क़ होता ज़रूर है।

700 करोड़ लोग इस मख्लूक़ का हिस्सा हैं और यहाँ 700 करोड़ क़िस्म का मुख़्तलिफ़ इश्क़ मिलता है, आख़िर इंसान राज़ी भी हो तो किस किस के इश्क़ से... हर लम्हा इक नया इश्क़ पैदा होता है इस ज़रख़ेज़ ज़मीं पर।

मगर सवाल यहाँ कुछ और ही था-क्या इश्क़ उन पर मेहरबां होगा, या फिर उनकी बदक़िस्मती का बाइस बनकर रह भर जाएगा बाकी और लोगों की तरह। अनायास ही वीर की तस्वीर, सस्सी के तसव्वुर से होकर गुज़री, तो कई सवाल उठ खड़े हुए। उसे ज़ेहन में दफ़नाए इक अरसा गुज़र चुका था... ख़्वाब भी उसे कब का भूल चुके थे। लेकिन यूँ अचानक तसव्वुर में उसका लौट आना गोया कुछ कह रहा हो। उसे वो सीमेंट की बेंच याद आ गई, जिसके मुतअल्लिक़ सोचना वह कतई पसंद नहीं करती थी, यहाँ तक कि मुँह फेर लिया करती थी, जब भी किसी सीमेंट की बेंच को देखती। लिहाज़ा उसने बाग़-बाग़ीचे जाना भी छोड़ दिया था।

बहुत सी यादें जुड़ी थीं उन बेंचों से। एक दफ़ा पहाड़ी रास्ते के किनारे ऐसी ही किसी बेंच पर सस्सी और वीर बैठे थे और काफ़ी ख़ामोश वक़्त गुज़र जाने के बाद वीर ने सस्सी से कहा था-आगे बढ़ो और थाम लो। उसे लगा वीर ने उसका दिल बीचो-बीच से चीर दिया है और लावा बह निकला। उस रोज़ वीर ने सस्सी की पलकों पर चमकते आँसू देखे। उस रोज़ के बाद वो बेंच वीर के लिए इस दुनिया की सबसे ख़ूबसूरत जगह बन गई और उन दोनों की मुलाक़ात का ठिकाना भी। ड्यूटी के बाद वह अक्सर उस बेंच पर बैठा किताबें पढ़ता और जब भी दोनों को एक दूसरे से मिलने की चाहत होती, तो वे उस बेंच पर आकर बैठ जाते। उन्होंने कभी कोई मुलाक़ात पहले से तय नहीं की थी... महज़ चाहत के चलते, उम्मीद का दमन थामे वो बेंच पर आकर इंतज़ार किया करते।

वह हरगिज़ इन यादों में लौटना नहीं चाहती थी, बावजूद इसके सब कुछ एक बार फिर से ज़ेहन में ताज़ा हो गया। हालाँकि, तमाम वक़्त राज की नज़रें सस्सी पर ठहरी थीं, लेकिन वह उसकी ख़ूबसूरती के अलावा कुछ और न देख सका।

डिनर के बाद तीनों रेस्तराँ से बाहर आ गए। हवा में बढ़ी हुई सर्दी से मुतासिर साँसों ने धुएँ की शक्ल इख़्तियार कर ली थी।

"राज, तुम रिक्शॉ ले लो, मैं सस्सी को घर छोड़कर आता हूँ।"-चंद लम्हात गेट पर खड़े, ख़ामोशी को तोड़ते हुए प्रभात ने कहा था।

"नहीं, मैं रिक्शाँ या टैक्सी ले लूँगी, तुम दोनों घर जाओ।"-सस्सी आगे बढ़ते राज को रोकते हुए प्रभात से मुख़ातिब हुई।

'वाकई?'

"हाँ, तुम दोनों घर जाओ..."

"ठीक है जैसी तुम्हारी मर्ज़ी; वैसे कुछ देर यहीं रुको तो मैं पार्किंग से मोटरसाइकिल ले आऊँ।"

"ठीक है"-राज और सस्सी ने एक ही सुर में जवाब दिया-"जब तक हम चलकर उस नुक्कड़ से रिक्शॉ लेते हैं। तुम वहीं आकर मिलो।"

"ठीक है" कहकर प्रभात, पार्किंग की जानिब चल दिया, लेकिन सस्सी का यह मिलनसार बर्ताव उसके दिमाग में खुजली कर रहा था।

दोनों नुक्कड़ की जानिब चलने लगे। अपने सर्द हाथों को जैकेट की जेब में डाले राज, सस्सी के क़दम से क़दम मिलाने लगा और एक पुर-असरार(रहस्यमय) मुस्कराहट सस्सी के रुख पर लुका छुपी खेलने लगी। चंद गज़ का फ़ासला तय किया होगा कि एक तेज़ सर्द हवा का झोंका उन्हें छेड़ने उनसे जा टकराया और हँसता हुआ गुज़र गया। सस्सी ने मफ़लर को गर्दन पर लपेट लिया। यह देखकर राज ने न चाहते हुए भी एक गहरी साँस खींची और फ़िज़ा में धुआँ छोड़ दिया। दोनों ने एक दूसरे की सिम्त देखा और एक बेमानी मुस्कराहट मुस्कुरा दिए। हालाँकि, वह मुस्कराहट क़तई बेमानी न होकर मानीख़ेज़ थी... फ़र्क़ सिर्फ इतना था कि वो वक़्त से आगे और वह दोनों वक़्त उनके पीछे थे।

सयानी उम्रों में नादानी की तरफ बढ़ रहे थे दोनों।

'गर वीर होता तो ज़रूर मेरा हाथ थाम लेता यूँ ख़ामोशी में चलते चलते'- सस्सी के मन में आया। वह अपनी उँगलियों में उसकी उँगलियाँ गूँथकर उन्हें हौले हौले दबाता और पलकों से हवा को चूमता। वो लम्हात उसे अज़ीज़ थे। वो बेहद सुकून बख़्श थे। मुमकिन है वो पुर-असरार मुस्कराहट उन लम्हात का अक्स हो। सस्सी को वीर के साथ कुनकुनी सैर पर जाना कितना अच्छा लगता था। ख़ामोशी उनकी ज़ुबान होती और बेमक़सद चहलक़दमी उनके अल्फ़ाज़। सब्ज़ चरागाहों पर वह पैदल फिरते, जहाँ अक्सर जंगली याक चराई करते मिल जाते। कभी कभी वीर उसे गोद में उठाकर किसी मासूम याक पर बिठा देता और वो साथ-साथ साँझ के आख़िर छोर तक यूँ ही चलते रहते। कई जगहों पर सब्ज़ा कमर के ऊपर तक होता और याक पर बैठी सस्सी वीर से कहती-"मैं एक मौत इस फ़िज़ा में जीना चाहती हूँ।"

"और...मैं एक मौत इस फ़िज़ा में मरना चाहता हूँ, कि फिर यहीं पैदा हो सकूँ"-जवाबन वीर कहता।

वीर की आँखें उसके दिलो दिमाग़ के ठहराव को ज़ाहिर करती और सस्सी अक्सर अपने सवालों के जवाब उस ठहराव में खोजती। ऐसे ख़ास मौक़ों पर उसके ख़यालात उलझनों से हरगिज़ परे होते। दोनों हिमालय के बेशुमार पर्वतों को निहारते और उन पर फ़ख़्र तारी हो जाता। वीर, वतनपरस्ती से भर जाता। वहीं सस्सी ख़ुद को इस ज़र्रा-ए-ज़मीं का मुस्तक़िल हिस्सा मुश्तहर (घोषित) कर देती। साँझ की रौशनी में बर्फ आलूद पहाड़, ज़मीं की पेशानी पर हीरे की तरह चमकते और दोनों ख़ुद को खुशक़िस्मत महसूस करते।

सस्सी, तसव्वुर में अपनी रूह को उन कोहसरों की हवा से सहलाती, लेकिन वीर-जो फ़ौज़ की पहाड़ी डिवीज़न का हिस्सा था- उसने इन पहाड़ों की रूह को अपने नंगे हाथों से छुआ था और साँस में अपने फेफड़ों को चोटी पर मौजूद हल्की हवा से भरा था, जिसमें ऑक्सीजन उतनी ही होती है, जितना इस जहान में सुच्चा इश्क़। फ़ौज में इन पहाड़ों के नाम नहीं नंबर होते हैं।

जब भी वह इन पहाड़ों को देखता, तो दिल में एक सुकून महसूस करता, जो एक फौजी के लिए बड़ी चीज़ होती है। उसे ताज्जुब होता, जब ये ख़याल उसके तसव्वुर से गुज़रता कि कैसा होता गर वह इन वादियों की पैदाइश होता

और क्यों इस दुनिया की हर ख़ूबसूरत जगह को दहशत के साए में साँस लेना पड़ती है। उन सब्ज़ चारागाहों के ख़ुश्क टीलों पर बैठकर दोनों अक्सर गुफ़्तगू करते, कि बग़ैर किसी दहशत के यह मख़्लूक़ कैसे होती-ग़ालिबन फिर यही जन्नत होती।

हर रोज़, फ़िज़ा की उमंग उन दोनों को गुज़िश्ता रोज़ से ज़्यादा क़रीब ले आती, गोया इश्क़ और ख़ुशी को उनके आशियाने का पता मिल गया है और ये बहादुर शहज़ादे और खूबसूरत शहज़ादी का क़िस्सा अपनी शक्ल ले रहा है।

* * *

यूँ ही ख़ामोश चलते-चलते नुक्कड़ का आधा फ़ासला तय हो गया। न मालूम क्यों, लेकिन सस्सी खुश थी वक़्त के उन लम्हात में। उसकी आँखें फुटपाथ में धँसी थीं और वह ख़ुद ख़यालात की गिरफ़्त में।

“किन सोचों में डूब गई?”-राज ने उसे गिरफ़्त से खींचा।

बिना रुके सस्सी ने नज़रें उठाकर राज की सिम्त देखा और एक मासूम मुस्कराहट बिखेर दी, जिसमें मानी की कोई मिलावट नहीं थी, गोया फज्र की अज़ान हो। वह ख़ुद में कमसिन उम्र की शिद्दत को एक मुद्दत के बाद महसूस कर रही थी।

“नही, कुछ नहीं...’ सस्सी ने जवाबन कहा।

. ख़ामोशी एक मर्तबा फिर उनके दरमियान पसर गई।

हालाँकि, सस्सी कुछ बात करना चाहती थी-“मैं तुमसे कुछ पूछ सकती हूँ?”-और वह हौले से बुदबुदाई।

राज ने ठीक से सुना नहीं, लेकिन उसे लगा कि सस्सी ने कुछ कहा ज़रूर है। उसने तस्दीक़ (पक्का करना) की-“माफ़ करना, तुमने कुछ कहा?”

“नहीं, तुमने क्या सुना?”-सस्सी ने फ़ौरन काँधे सिकोड़ते हुए जवाब दिया और एक शरीर मुस्कराहट उसके लबों पर छलक आई।

“मुझे लगा मैंने कुछ सुना ...जैसे तुम कुछ पूछ रही हो।”

फिर कुछ देर बाद सस्सी ने अपनी हरकत को दोहराया और राज ने पलटकर फिर से पूछा-“तुमने कुछ कहा?”

सस्सी ने कुछ देर उसकी हैरान आँखों में देखा और बोली-"नहीं तो...लेकिन मुझे लगता है दिल्ली की सर्दी तुम्हारे कानों को रास नहीं आई, बज रहे हैं।"

बेवजह ही सही, लेकिन सस्सी को अब उसे यूँ परेशान करने में मज़ा आने लगा था। उसने वही हरकत एक दफ़ा फिर दोहराई और इस मर्तबा हैरान परेशान राज उसे घूरने लगा। उसे इस बात पर यक़ीन नहीं था, लेकिन वह समझ चुका था कि सस्सी उसके साथ खेल रही है।

"मुझे मालूम है तुम मेरे साथ खेल रही हो।"

"भला मैं क्यों तुम्हारे साथ खेल खेलने लगी!"-सस्सी ने आवाज़ को थोड़ा बुलंद किया।

"मुझे नहीं मालूम..." राज ने भी उस बुलंदी की नक़ल ने जवाब दिया।

"ठीक है...तो ये बताओ कि मैंने क्या कहा।"

"अम... अ...वो ...मुझे समझ नहीं आया, लेकिन तुमने ज़रूर कुछ कहा था।"-राज ने हकलाते हुए कहा।

फुटपाथ के बीचों बीच दोनों में बहस छिड़ गई। राज को बेवकूफ़ बनाने में उसे बेहद मज़ा आ रहा था। एक अरसे से उसने ऐसी किसी नादान ज़िद को नहीं पकड़ा था और आज जब पकड़ा, तो छोड़ नहीं पा रही थी। दलीलों में उसकी कोई पेंदा नहीं था... वह तो बस उल्लू की लकड़ी थामे बैठी थी। अंदाज़े-बहस से दोनों काफ़ी पुराने दोस्त मालूम पड़ते थे और ये उनकी पहली मुलाक़ात है, ऐसा तो क़तई नहीं लगता था। जल्द ही प्रभात अपनी मोटरसाइकिल पर वहाँ हाज़िर हुआ तो दोनों को यूँ लड़ता देखकर वह भी हक्का बक्का रह गया। उसके लिए यह मंज़र हैरान करने वाला था। चूँकि इस तरह की बचकानी बहस करते सस्सी को उसने पहले कभी नहीं सुना था-कुछ वक्त के लिए उसे अपनी आँखों और कानों पर यक़ीन नहीं हुआ।

"स्टॉप इट...! ये तुम दोनों को अचानक क्या हो गया, लड़ क्यों रहे हो?"

"राज के कान ख़राब हो गए हैं, तुम इसे किसी अच्छे नाक-कान के डॉक्टर को दिखाओ।"

सस्सी का लहज़ा कुन्द ज़रूर था, लेकिन उसकी आँखें मुख़्तलिफ़

क़िस्सा बयां कर रही थीं। प्रभात की समझ में नहीं आया कि वह झगड़ क्यों रही है, जब आँखों में उसके कहीं किसी क़िस्म का कोई रंज ही नहीं है। होठों पर मुस्कराहट लिए राज उसे घूरता रहा, लेकिन बला की रफ़्तार से एक ऑटो रिक्शॉ को रोककर वह उसमें सवार हो गई और पलटकर राज की सिम्त देखने लगी जैसे करीब बुला रही हो, और जैसे ही राज ने उसकी जानिब कदम उठाया, तो रिक्शॉ वाले को चलने का इशारा करके वह फुर्र हो गई। राज उसे रिक्शॉ में जाता देखता रहा और अचानक सस्सी ने चलते रिक्शॉ से अपना सिर बाहर निकालकर कहा-"हाँ, मैंने कुछ कहा ज़रूर था!"-और हँसती हुई फिर रिक्शॉ में समा गई।

प्रभात और राज दोनों की ही दानिस्त में कुछ नहीं आया कि हुआ क्या। फ़साद किस बात पर शुरू हुआ, प्रभात को तो इस बात की भी मालूमात नहीं थी। उसने गर्दन उचकाई, यह पूछने के लिए कि आख़िर माज़रा क्या है, लेकिन राज ने भी कंधे उचकाकर सवाल टाल दिया। दोनों का झगड़ा देखकर जो प्रभात ने गाड़ी को बंद किया था, फिर से चालू किया तो राज भी पिछली सीट पर सवार हो गया। दोनों चुपचाप घर को चल दिए।

उस शाम जब पहली मर्तबा राज ने सस्सी की आँखों में झाँका था, तो उसे जमा हुआ बर्फीला कोहरा नज़र आया था, जो अब उसके भी ज़ेहन में उतर आया था। अपने सीने को छूकर उसने धड़कन को महसूस किया तो ज़िन्दगी में पहली दफ़ा इस बात का एहसास हुआ की सीने में एक दिल होता है जो धड़कता है। सस्सी के आख़िरी अल्फ़ाज़ अब भी राज के कानों में गूँज रहे थे और अब उसके दिमाग पर भी धुंध तारी हो रही थी। उसमें दूसरी मुलाक़ात की बेक़रारी नहीं थी और न ही सस्सी को क़रीब से जानने का कोई तक़ाज़ा। हम दोनों अजनबी नहीं हैं- अपने अंदर उसने यह महसूस किया था। एक क़िस्म का रिश्ता था दोनों के बीच, जिसकी मुहर अमूमन दिल की गहराइयों में दफ़न यादों पर लगी होती है-न जान होती है न एहसास, बस एक मुसलसल इंतज़ार होता है, जो चुपचाप वक़्त में गुज़रता रहता है। अपने उस हालात में राज, वक़्त में गुज़रते लम्हे महसूस कर पा रहा था।

* * *

सड़क के किनारों पर खड़े बिजली के खम्बे बेतरतीबी से ऊँघ रहे थे। कुछ तो ख़ुद को बुझाकर कबके सो भी चुके थे, वहीं कुछ खम्बों की नींद बार

बार टूट रही थी... मुमकिन है कोई बुरा ख़्वाब देखा हो। वो टूटी हुई नींद से जागकर हर जानिब को घूर के देखते और माँद पड़ती रौशनी के साथ फिर सो जाते। कुछ तो गई शाम से ही पलकें झपका रहे थे, गोया कोई आदम हों, जिसे ज़िन्दगी की बेचैनी ने शब भर सोने न दिया था। आख़िर में बचे हुए चन्द तनहा मुस्तैद खम्बे रात की निगेहबानी कर रहे थे। रिक्शॉ में बैठी सस्सी, कोरी नज़रों से उन खम्बों को निहारती चली जा रही थी, इस उम्मीद में कि ज़ेहन में दौड़ते फिरते ख़यालात को ख़ुद के दामन से छुड़ाकर उन खम्बों से गुज़रती बिजली की तारों पर शब भर लटका दे। लेकिन वो ख़यालात,ख़्यालात कहाँ थे, वो तो काँटे थे, जिनसे गर दामन छुड़ाया जाता, तो दामन ही तार तार हो जाता।

हम ज़िंदगी में लम्हों को कम, दिन महीनों और सालों को ज़्यादा अहमियत देते हैं। हमेशा अपने रिश्तों को दिन, महीनों और सालों के तराज़ू में तोलकर देखते हैं कि वो कितने अच्छे या कितने बुरे थे और भुला देते हैं उन लम्हात को इन दिन, महीनों और सालों की गिनती में कहीं, जब तक कि जुदाई का आलम नहीं गहराता और ज़हन अपने हाथो से यादों की नींव को नहीं कुरेदता।

कभी-कभी किसी अजनबी से एक अजीब सी मुलाक़ात, ज़िन्दगी भर के लिए एक याद छोड़ जाती है और हम तमाम उम्र महज़ उस पर मुस्कुराकर गुज़ार देते हैं। हल्की बारिश में बिना जाने किसी अजनबी के साथ तफ़रीह करते-करते लम्बी सड़क के किसी सँकरे मोड़ पर कुछ वक़्त ठहरकर तिरपाल के नीचे कुल्हड़ की मीठी चाय पीकर, उसी खाली कुल्हड़ में एक मुस्कुराहट के साथ अलविदा को रखकर उसी मोड़ पर छोड़ दिया जाए, तो क्या ये नाकाफ़ी होगा तमाम उम्र महज़ मुस्कुराकर गुज़ार देने के लिहाज़ से!!

ऐसी ही यादों से भरे लम्हात का खज़ाना सस्सी के पास भी था। उसने ऐसे ही लम्हे चुन-चुनकर यह खज़ाना तैयार किया था। जब जब ज़िन्दगी उस पर सख़्ती बरतती, तब तब वह किसी यादगार लम्हे का मोती इस ख़ज़ाने से निकालकर निहारती और तब ज़िन्दगी यूँ सख़्त और बेरहम महसूस न होकर फिर रौशन हो उठती। वीर किसी ऐसे ही मोती की शक़्ल में अब भी उसकी ज़िन्दगी को रौशन कर रहा था। वह कहीं नहीं था, फिर भी सस्सी उसके साथ थी-याद, ख़यालात और एहसासात में। कभी-कभी वह पगली उससे बातें करती-रात बालकनी में गुज़ारकर, गहरे सियाह आस्मां को निहारती और बेशुमार तारों के दरमियां उसे ढूँढ़ लेती। उसने राज के बारे में उसे बताया कि

किस तरह राज में उसे उसका अक्स दिखा था। वह बहुत खुश थी उस रात... न मालूम किस पहर तक बालकनी में यूँ ही बैठी बड़बड़ाती रही। हवा, शबभर आहिस्ता बही, लेकिन पारा हर गुज़रते पहर के साथ गिरता रहा था। उसे लगा वो दिन लौट आए हैं। उसकी रगों में लहू दोगुनी रफ़्तार से दौड़ रहा था और आँखों ने रौशनी सितारों से छीन ली थी। वह उस रात महताब (चाँद) थी। वो नज़्में जो वीर ने कभी उसकी नज़र की थी, वह शब भर उन्हें गुनगुनाती रही और ये पहली दफ़ा था, जब दर्द की बजाय उन नज़्मों ने उसे सुकून बख़्शा था। हर लफ़्ज में वीर का लम्स मौजूद था।

उस रात सब कुछ नया महसूस हो रहा था। एक मौज समा गई थी उसके अंदर और ख़्वाहिशें फूट निकली थीं। उसने नीचे गली में निगाह डाली तो उसकी नज़रें रात की निगेहबानी करते चौकीदार का पीछा करने लगीं, जो दाहिने हाथ में डंडा पकडे सड़क को खटकाता हुआ धीमी चाल में गश्त करता, गली के बाएँ छोर पर पहुँचकर ग़ायब हो गया था। वहीं गली की दाहिनी सम्त कुछ फ़ासले पर चन्द लोग अलाव जलाकर उसके इर्द-गिर्द जमा थे। नज़रें जब और आगे बढ़ीं तो एक रोमनी जोड़े को उसने मोटरसाइकिल पर जाते पकड़ लिया। वह समझ नहीं सकी कि वह जोड़ा कहीं जा रहा है या कहीं से आ रहा है। फ़िलहाल, उस जोड़े को देखकर उसे वीर का लम्स शदीद तौर पर सताने लगा।

चुंगथांग में एक मर्तबा वह वीर के साथ सैर पर गई, तो ऊबड़-खाबड़ रास्तों ने उसे गाड़ी चलाते वीर को कसकर पकड़ने पर मजबूर किया था। उसकी हथेलियाँ इतनी बड़ी नहीं थीं कि वह वीर के कन्धों को अपनी मुट्ठी में जकड़ लेतीं। वीर ने फौजी जैकेट पहना था और मोटरसाइकिल के पुरज़े इतना शोर पैदा कर रहे थे कि कुछ और सुन पाना मुमकिन ही नहीं था-वह एक खासा पुरानी बुलेट मोटरसाइकिल थी। गाड़ी चलाते-चलाते वीर ने कई मर्तबा कुछ कहना चाहा, लेकिन सस्सी की समझ में चन्द अलफ़ाज़ छोड़कर कुछ नहीं आया। उसकी मुश्क से सस्सी मस्त हो गई और अपना सिर, वीर की पीठ पर आरामदोज़ कर, आँखें मूँद, दिल की धड़कनों में तब्दीली महसूस करने लगी! दनदनाती धड़कनों के साथ उसकी साँसें भी उफ़नने लगी थीं। गले में थूक का जत्था पकता जा रहा था और अब वह महज़ बलवाई हवा को महसूस कर पा रही थी। उसे लगा यह उसका अंत है। एक मख़्सूस नारीत्व के जज़्बात ने उसके ज़ेहन पर जब दस्तक दी, तो हदों को पार करने की तमन्ना ने उसे ऐंठ

कर रख दिया। संयम की इन्तिहा पर खड़ी वह आज ख़ुद को उसे सौंप देना चाहती थी।

बालकनी छोड़ वह अपने कमरे में लौट आई। लिबास को बदलने का ख़याल जिस लम्हा आया, उसी लम्हा ग़ायब भी हो गया। बिस्तर पर लेटी वह छत से झूलते पंखे को पथराई आँखों से निहारती रही और अपनी ख़्वाहिश में रात को वहीं रोक लेने की उम्मीद करने लगी। बावजूद इसके, शब दबे पाँव सहर से मिलने निकल गई और आहिस्ता-आहिस्ता वह भी नींद के आग़ोश में सिमट आई।

आख़िरकार वह माज़ी की क़ैद से रिहा हो गई।

* * *

सस्सी के ज़ेहन से कोहरे का एक टुकड़ा टूटा और शहर पर तारी हो गया। सूरज ने भी उसे ओढ़ लिया। सुबह बेहद सर्द थी, लिहाज़ा ख़ुद को शॉल में लपेटे, सस्सी इस इरादे के साथ सैर पर निकली कि रास्ते के किसी मोड़ पर दिल का बोझ उतार फेंकेगी।

यहाँ हर रोज़ सूरज उगता है, बावजूद इसके वह ख़ुद की ज़िन्दगी में उस एक सुबह की मुन्तज़िर (प्रतीक्षारत) थी, जो उसे यादों की तारीकी से आज़ाद कर दे। ये कैसी पुर- लुत्फ़ ज़िन्दगी है, जहाँ हर रोज़ एक ही जंग होती है और सस्सी-गमज़दा होकर उसके बग़ैर जीने पर मजबूर है, चूँकि वह जाते जाते साथ अपने, ख़ुश रहने की वजह भी ले गया था।

कोहरा इतना गहराया कि चन्द गज़ के फ़ासले पर देख पाना भी मुहाल हो रहा था और यही आलम सस्सी को पसंद भी था। चूँकि ऐसे आलम में कोई उसे यूँ ख़ुद में डूबा हुआ नहीं देख सकता था। जब उसकी साँसें उखड़ने लगीं तो इलज़ाम कोहरे ने क़बूल कर लिया। हालाँकि बाइस तो वो जंगी खयालात थे, जो बेक़रारी का सबब बनकर उसके ज़ेहन में आ बैठे थे। वह छूटती साँस को पकड़ने के लिए रुकी, तो क़रीब से एक बुज़ुर्ग जोड़ा हाथों में हाथ डाले बेफ़िक्री से टहलता हुआ निकल गया। उनके मुस्कुराते चेहरे देखकर सस्सी पर एक कैफ़ियत तारी हो गई और वह बदहवास दौड़ने लगी। हवा से टकराते ही हवा ने उसका शॉल छीन लिया और वह किसी साए की तरह कोहरे से गुज़रने लगी। आँखें नम और रुख़्सार तर बतर-यूँ लगता था उसके सीने का दर्द इतने अरसे के बाद भी ताज़ादम ही है।

घर लौटकर सस्सी ने ख़ुद के लिए एक गरम चाय का प्याला तैयार किया और टीवी को चालू कर उसके सामने बैठ गयी। चाय का ज़ायका असली दार्जिलिंग का था, जो उसके वालिद ख़ास उसके लिए ख़ुद के बाग़ानों की बेहतरीन चाय अक्सर भेजा करते थे। अलबत्ता ज़ेहन में अब भी उसके सिक्किम की यादें ही गूँज रही थीं। चाय खत्म हुई तो घड़ी के इशारे ने वक़्त का इल्म करवा दिया। सुबह के आठ बज चुके थे। सस्सी उठी और चाय की प्याली को बावर्चीखाने में धोकर रखने के बाद गुसलख़ाने में नहाने चली गई।

दफ़्तर में दाख़िल होते ही सस्सी ने राज को अगवानी में सोफे पर बैठा पाया। उसकी आँखें कुछ सूजी हुई थीं और वह जाहिलों की मानिंद मुँह फाड़ कर जम्हाई ले रहा था। एक लम्हे को वह ठिठकी, फिर नज़रें चुराकर यूँ दूर जाने लगी गोया उसने देखा ही न हो। लेकिन राज ने अपने सूजे हुए दीदों से उसकी मौजूदगी को गिरफ़्तार कर लिया-''हाई सस्सी, गुड मॉर्निंग...''

''शक्ल से मालूम होता है तुम्हारी सुबह कुछ ख़ास गुड नहीं रही, क्यों!'' -बग़ैर किसी मुस्कराहट के सस्सी ने सपाट चेहरा बनाकर जवाबन कहा-''वैसे तुम यहाँ क्या कर रहे हो और प्रभात कहाँ है?''

''आज मेरा पहला दिन है और भाईसाहब बस आते ही होंगे।''

''पहला दिन... अच्छा है; फ़िलहाल मुझे जाना है, बाद में मुलाक़ात होगी।'' -और वह फुर्तीले क़दमों पर सवार हो गई। राज ने नज़रों से उसका पीछा गलियारे के आख़िर छोर तक किया और उसके ग़ायब होते ही वह एक आह भरी गहरी साँस के साथ सोफे पर बैठ गया। फिर एक वक़्फ़े के बाद सामने मेज़ पर रखे अख़बार को झपट्टा मारकर उठा लिया। बेसाख़्ता एक बेफ़िक्र मुस्कराहट उसके लबों पर शगुफ़्ता (खिल जाना) हो आई। यह कैसा जज़्बात है, जो उसके दीदार से ही गुदगुदाने लगता है-उसने ख़याल किया। अनायास ही तनहा दिल, शादमानी(ख़ुशी) का प्याला बनकर छलक गया, गोया किसी ने नीम मुर्दा एहसासात में अपने लम्स से जान फूँक दी हो। उसके लिए यह एक क़िस्म की दिलकशी थी उस औरत के वास्ते, जो उम्र में उससे काफ़ी बड़ी थी। उन लम्हात में राज ख़ुद में उस आदम को महसूस कर रहा था, जो हव्वा के लिए बहिश्त से गिरने को आमादा था, जिसका चेहरा शिकने नहीं, सपाट मुखौटे ज़ेब-ए-तन करता है।

वहाँ बैठा, चेहरे पर गुमशुदगी मले, वह यह भी भूल गया कि वह HR

का इंतज़ार कर रहा था। हाथों में अख़बार ज़रूर था, लेकिन उस पर रौशन अलफ़ाज़ आँखों में बिदकते फिरते थे। दम भर रुकने का नाम न लेते। आँखें उनका पीछा करती रहीं, लेकिन एक भी लफ़्ज़ के मानी हासिल न कर सकी। अक्सर वह एक ही जुमला बग़ैर समझे झुँझलाहट के कई दफ़ा अपने ज़ेहन में यूँ दुहराता, गोया क़ायदा रट रहा हो।

दफ़्तर आने वालों की चहलक़दमी से भी उसे कोई फ़र्क़ नहीं पड़ा था। हालाँकि गलियारा सराबोर हो चला था और हरेक दफ़्तर आने वाला शख़्स उसे बिना चूके अगवानी से घूरता हुआ गुज़र रहा था-आख़िर उसकी शक्ल नौसिखिए रंगरूट की सी जो थी। अगवानी पर फ़ोन बज रहे थे, लोग सवाल जवाब कर रहे थे। जो अपने हाथो में बैग लिये दाख़िल हुए थे, अब डायरी, क़लम और लैपटॉप लिए नज़र आते थे-दफ़्तर में दिन गरमाने लगा था।

जब राज ने अख़बार को वापस उसकी जगह पर रखा, तो मालूम हुआ दो और लोग वहाँ मौजूद थे। एक उसी की तरह रंगरूट दिख रहा था, जो दायीं सम्त हाथों में एक फाइल को थामे बैठा था और उनके ठीक सामने सादा लिबास में एक लड़की बैठी थी, जो न मालूम अपने फ़ोन में क्या खोज-बीन कर रही थी। तीनों के चेहरों पर इज़हार-ए-घबराहट मौजूद था, जैसा किसी नई दुल्हन के रुख़ पर होता है, जैसा कॉलेज के अव्वल रोज़ होता है, जैसा महबूब से अव्वल मुलाक़ात पर होता है... वैसा नौकरी के अव्वल रोज़ भी होता है। वो नई दुनिया की अगवानी पर बैठे ज़िन्दगी के नये दौर में दाख़िल हो रहे थे, लिहाज़ा इतना इज़हार-ए-घबराहट तो लाज़मी था। बहरहाल, संजीदगी के नक़ाब की आड़ में उन्होंने पुर-ज़ोर कोशिश ज़रूर की थी अपनी असलियत छिपाने की। लेकिन चेहरों पर मासूमियत अब भी ताज़ा थी, जिसे वक़्त उम्र और तजर्बे की खुरपी से खरोंच-खरोंचकर मानूस बना देगा।

शाम के वक़्त जब राज, इब्तिदाई (शुरूआती) ट्रेनिंग पूरी करके कमरे से बाहर निकला, तो उसे अपने मोबाइल फ़ोन पर एक मिस्ड कॉल मिला। सारा दिन उसका फ़ोन उसकी जेब में ख़ामोशी से पड़ा था... न जाने किस वक़्त कॉल आई और चली भी गई। फ़ोन के परदे पर किसी का नाम नहीं, महज़ एक नंबर था और मारे तजस्सुस (जिज्ञासा) के उसने वह नंबर डायल कर दिया।

"हेलो, मैं राज बोल रहा हूँ..."

दूसरी जानिब से एक जनाना आवाज़ आई-"राज, मैं सस्सी बोल रही हूँ; तुम्हारा नंबर मैंने प्रभात से लिया था, कैसा रहा तुम्हारा पहला दिन?"

"दिन अच्छा रहा, बस अभी अभी क्लास से बाहर निकला हूँ।"

"दरअसल राज ... अगर तुम मसरूफ़ नहीं हो तो मुझे कुछ बात करनी थी तुमसे।"

"हाँ कहो, क्या बात करनी थी!"

"मैं कॉफ़ी के लिए जा रही थी, क्या तुम कैफ़े आ सकते हो, वहीँ बात करते हैं।"

"ठीक है, लेकिन ये कैफ़े है कहाँ?"-राज के भीतर एक अजीब क़िस्म का कुतूहल ग़दर मचाने लगा।

"ओह, दफ़्तर की छत पर ..."

"ठीक है पाँच मिनट में वहीं मिलता हूँ।"

. फोन रखकर एक मानीखेज़ मुस्कराहट राज के चेहरे पर बेवजह ही खिल गई और वह कुलाँचे मारता लिफ्ट की तरफ बढ़ा, इस ख़याल के साथ, कि कहीं वह फिर रात की ही तरह कोई ठिठोली तो नहीं कर रही। बेतहाशा उसने लिफ्ट का बटन दबाया और टकटकी लगाए लिफ्ट का दरवाज़ा खुलने का इंतज़ार करने लगा। इंतज़ार में वक़्त अमूमन कछुए की रफ़्तार चलता है। बहरहाल तसव्वुर हवाई जहाज़ पर सवार तमाम दुनिया की गश्त कर आता है। राज के तसव्वुर में न जाने कौन कौनसे मन्तक़ी (तर्क सिद्ध), गैरमन्तक़ी (तर्कविरुद्ध) इमकानात (संभावनाएँ) गुज़रे। कभी वह उन्हें दरकिनार कर देता, तो कभी मंज़ूरी के बहाने ढूँढ़ लेता। खैर, यह अटकलबाज़ी का खेल नई नई बुलंदियाँ चूम रहा था और उसने उन बुलंदियों पर हवामहल भी खड़े कर दिए थे। बावजूद इसके तमाम बातें महज़ ख़याली पुलाव थीं और उनमे एक ख़ास मुग़लई की सी मिठास का ज़ायक़ा मिलता था।

ज्यों ही लिफ्ट का दरवाज़ा खुला, तो उसका सामना प्रभात से हो गया- "अरे राज, कैसा रहा तेरा पहला दिन?"

"अच्छा था भाईसाहब ... आप कहाँ ... घर जा रहे हो?" जवाबन राज ने पूछा।

प्रभात का सामना होते ही वो ख़याली पुलाव की मख़्सूस मुग़लई मिठास उसकी ज़बान से सरक गई।

"अभी से कहाँ घर...अभी तो काफ़ी काम पड़ा है।"-उसने सितमज़दा शक्ल इख़्तियार करते हुए कहा-"फ़िलहाल तू ऊपर क्या करने जा रहा है?"

राज, बताना तो नहीं चाहता था, लेकिन छुपाने की कोई वजह भी नहीं थी।

"सस्सी को कुछ बात करनी हैं, उसने छत पर कैफ़े में बुलाया था, तो वहीं जा रहा हूँ।"-जवाब राज ने यूँ दिया, गोया उसे कोई दिलचस्पी ही नहीं थी सस्सी से मुलाक़ात में, वह तो महज़ एहसान करने जा रहा था।

लिफ्ट रुकी और दरवाज़ा खुल गया। प्रभात ने 'बेस्ट ऑफ़ लक' कहा और एक झटके में लिफ्ट से बाहर निकल गया। दरवाज़ा बंद हो गया। लेकिन इससे पहले की राज किसी नतीजे पर पहुँच पाता कि भाईसाहब ने ऐसा क्यों कहा, वह लिफ्ट से निकलकर छत पर जाने वाली आख़िरी सीढ़ियाँ चढ़ रहा था।

सस्सी एक कोने की मेज़ पर बैठी, उफ़क़ पर ग़रूब होता सूरज निहार रही थी, गोया वह ज़र्द पड़ता रौशनी का गोला कह रहा हो- मैं तमाम रोज़ तुम्हारे साथ रहा, लेकिन अब मैंने भी सर्द ओढ़ ली है शब भर सुस्ताने के लिए। राज के नज़दीक पहुँचते ही सस्सी ने पलटकर उसकी जानिब देखा। चेहरे पर उसके संजीदगी बिछी थी। कुछ वक़्त के लिए उसने सस्सी को जाहिलों की तरह घूरा, जैसे उसका चेहरा पढ़ना चाहता हो। लिखा था- कोशिश करो कि तुम कुछ न पढ़ो-आख़िर उसने पढ़ लिया। चन्द लम्हात रुककर वह मुस्कुराई और उसे सामने रखी कुर्सी पर बैठने का इशारा कर दिया।

"क्या लोगे, कॉफ़ी या चाय?" सस्सी ने पूछा।

जवाब देने से पहले वह ठिठका, फिर बोला-"जो भी तुम्हे पसंद हो।"

सस्सी ने फ़ौरन अपनी गर्दन घुमाई और काउंटर पर बैठे शख़्स से दो ब्लैक कॉफ़ी की फ़रमाइश कर दी। ब्लैक कॉफ़ी सुनकर राज को एक क़िस्म का झटका सा लगा। उसके मुँह का ज़ायका और ब्लैक कॉफ़ी की तल्ख़ी... वह दो मुख़्तलिफ़ बातें थीं, जिनका एक होना अब तक मुमकिन नहीं हुआ था।

दोनों ख़ामोश बैठे ब्लैक कॉफ़ी का इंतज़ार करने लगे। एक दफ़ा तो राज ने सोचा भी, कि ख़ुद के लिए फ़रमाइश बदल दे, लेकिन फिर रहने दिया और ख़ुद को कड़वी ब्लैक कॉफ़ी पीने के लिए मन ही मन मनाने लगा। बहरहाल सस्सी ने उसके चेहरे पर कड़वी ब्लैक कॉफ़ी का खौफ़ तारी होते देखा था, बावजूद इसके फ़रमाइश में उसने कोई फेरबदल करना मुनासिब नहीं समझा। न मालूम क्यों, लेकिन उसे राज को देखकर एक बार फिर शदीद ज़िद और ठिठोली सूझ रही थी।

"तो फिर कैसा रहा दफ़्तर में पहला दिन?"-आख़िर ख़ामोशी तोड़ने के लिहाज़ से सस्सी ने इस बेतुके सवाल को दे मारा।

"ठीक था।"-बेतुके सवाल का बेतुका जवाब।

वह मुसलसल कॉफ़ी की प्याली के किनारों पर अपनी उँगली फिरा रहा था। उसे बेतुके सवाल-जवाब में कोई दिलचस्पी नहीं थी। वह बस चाहता था कि सस्सी जल्द से जल्द उस बात को सामने रख दे, जिसके लिए उसने उसे तलब किया था। वहीं दूसरी जानिब सस्सी को समझ में नहीं आ रहा था कि कैसे मुद्दे की बात पर आए। उसे ख़ुद एहसास था अपने पहले बेतुके सवाल का।

"सिर छुपाने का कोई मुस्तक़िल ठिकाना मिला?"-सस्सी ने अपनी कॉफ़ी की प्याली में घूरते हुए, मुद्दे की बात पर आने की कोशिश की।

"अभी तक तो नहीं।"-वह ठिठका और फिर कहने लगा-"प्रभात भाईसाहब ख़ोज रहे हैं...मैं तो यहाँ किसी को जानता भी नहीं।"

"अगर चाहो तो मेरे यहाँ रह सकते हो।"-इतना कहकर सस्सी ने फ़ौरन कॉफ़ी का प्याला अपने लबों पर रख दिया, गोया कोशिश की हो मुँह से निकलते अल्फ़ाज़ रोक लेने की।

"क्या! एक बार फिर से कहो।"-वो चौंक कर बोला।

"तुमने ठीक सुना, तुम्हारे कान बिलकुल दुरुस्त हैं।"-अपनी घबराहट छुपाने के लिहाज़ से सस्सी ने तन कर कहा।

"तुम मज़ाक़ कर रही हो, है न"

"बिलकुल नहीं"

"तो ज़रूर कल रात की तरह ठिठोली कर रही हो।"

"मुझे देखो... कहीं से कहीं तक लगता है मैं मज़ाक या ठिठोली के रंग में हूँ?"

राज ने आगे झुककर उसे घूरके देखा, वह संजीदा थी।

"मुझे किसी की ज़रूरत है, जो मेरे साथ घर का किराया साझा कर सके और अब तक कोई नहीं मिला है; तुम्हारा मशविरा मुझे प्रभात ने दिया था और मुझे ठीक भी लगा, अब फैसला तुम्हारा है।"

राज ने फटाफट दो चार घूँट कड़वी कॉफ़ी के हलक़ के नीचे उतार दिये और मुतफ़क्किर(विचारवान) अंदाज़ में कहा-"मुझे कुछ वक़्त चाहिए सोचने के लिहाज़ से..."-कॉफ़ी का कड़वा ज़ायक़ा अब ज़बान पर घुलने लगा था-"मुझे प्रभात भाईसाहब से इसके मुतअल्लिक़ बात करनी होगी।"

"क्यों नहीं, आख़िर यह मशविरा उसी का था।"-वह मुस्कुराई और पीठ को कुर्सी से टिकाकर इत्मीनान से उसे देखने लगी, गोया उसे पहले से राज के एक रुके हुए फ़ैसले का इल्म हो।

राज के पेशानी की शिकनें उसके शिकस्ता (परास्त) होने की गवाही दे रही थीं।

टेढ़े मेढ़े रास्तों पर, उलझे हुए मोड़ और नाउम्मीदगी में उम्मीद का तसव्वुर...हाँ, ग़ालिबन इसी को ज़िन्दगानी कहते हैं, जहाँ पूछकर या बताकर कुछ नहीं होता, फिर चाहे उस ज़िन्दगी को जीने वाला लाख मंसूबे क्यों न बना ले। हर आने वाले लम्हे के पास एक ताक़त होती हैं ज़िन्दगी के रुख़ को कहीं न कहीं, किसी न किसी शक्ल में बदलकर रख देने की और हम नादां बस इसे जिए चले जाते हैं, बिना उस ताक़त को तस्लीम को किए।

अक्सर ऐसी मामूली तब्दीलियाँ ज़िन्दगी को उलट-पलट कर रख देती हैं। एक मुख़्तसर गुफ़्तगू और एक रुका हुआ लेकिन पक्का फ़ैसला, जिसने बदी के मक़सद पर मंज़ूरी की मोहर लगा दी थी। ज़िन्दगी हमेशा राज के लिए एक सी ही रही थी, लेकिन अब सब कुछ तब्दील होने वाला था। वह महज़ उसके घर में नहीं, उसकी ज़िन्दगी में दाख़िल होने वाला था। गर प्रभात के ज़ेहन में यह मशविरा न तशरीफ़ लाता, तो मुमकिन है ज़िन्दगी कोई और रास्ता ढूँढ़ लेती। भला तक़दीरें भी कहीं बदलती हैं यहाँ।

प्रभात खुश था कि एक तीर से दो निशाने लग गए-सस्सी और राज दोनों की ही मुश्किलात हल हो गई। मुकम्मल रोज़ की सुबह, राज का सारा सामान बँधा हुआ हॉल में रखा बाहर लेकर जाए जाने का इंतज़ार कर रहा था। वहीं नज़दीक, सोफे पर बैठा सहमा हुआ राज सोच रहा था-क्या सस्सी के साथ में यूँ जाकर रहना ठीक होगा, ख़ासकर तब, जब उसके साथ महज़ एक डिनर और चन्द कॉफ़ी के सिलसिले हुए थे। प्रभात अंदर के कमरे से जब हॉल में हाज़िर हुआ तो राज को यूँ सोच में डूबा पाया। उसे अपनी बीवी को लेने के लिए हवाई अड्डा वक़्त पर पहुँचना था। वह राज की जानिब बढ़ा और उसके पास आकर बैठ गया। उसने राज के कंधे पर हाथ रखकर पूछा-"सब ठीक है न!"-राज ने उसकी आँखों में देखा और यूँ उठ खड़ा हुआ, गोया जंग के लिए सिपाही उठ खड़े होते हैं।

सस्सी के घर जाने के पूरे रास्ते वह चुपचाप गाड़ी में बैठा रहा। हज़ारों ख़याल उसके ज़ेहन में हरसू घूम रहे थे। उसे इस बात की फ़िक्र नहीं थी कि उसके घरवाले क्या सोचेंगे... उसे फ़िक्र तो इस बात की थी कि तब क्या होगा, जब उसकी आज की दिलकशी, ज़िन्दगी भर के जज़्बात में तब्दील हो जाएगी, जो मुमकिन है कि सस्सी और समाज दोनों को ही मंज़ूर न हो-उनकी उम्र में ग़ैरमामूली फ़र्क़ जो था। क्या होगा अगर दफ़्तर में और उसके दोस्तों को इस बात का पता चलेगा? इस तरह के न जाने कितने ख़यालात उसके ज़ेहन में जल-बुझ रहे थे।

* * *

फुटबॉल खेलने के बहाने अब वीर पहले से ज़्यादा यूनिवर्सिटी में आने लगा था और सस्सी ने भी इस खेल में ख़ासी दिलचस्पी लेना शुरू कर दिया था। वह मज़ा लेने वालों की भीड़ में शामिल होकर इस जोशीले कीचड़ और पसीने में सने खेल को मुश्ताक़ (इच्छुक) निगाहों से देखती। वीर की मांस पेशियों की ज़बरदस्त जुम्बिश(हरकत) से उसके रोंगटे उठ खड़े होते। कभी कभार खेल के दरमियान, वीर भी दूसरे खिलाडियों से महज़ इसलिए नज़रें चुरा लेता कि सस्सी को अपनी नज़रों से एक बार फिर महसूस कर सके।

वो मुस्कुराहटों का लेन-देन और फ़राख़ दिल नज़रों का आमना-सामना, उनके जज़्बात की आहिस्ता, लेकिन मज़बूत परवरिश का बाइस(कारण) बन गया। खेल के बाद वीर, सस्सी से मुलाक़ात करता और वह खेल के

मुतअल्लिक़ उससे वो वो सवाल करती, जो कभी माँ किया करती थीं, जब उन्हें पिताजी ने पहला स्मार्टफोन तोहफे में दिया था। सस्सी की फुटबाल में दिलचस्पी उतनी ही पुरानी थी, जितनी उसकी वीर में।

जब भी वह क़स्बे के बाज़ार में कुछ ख़रीद-फ़रोख़्त करने जाती, तो वीर भी उसके साथ हो लेता और दोनों सब कुछ छोड़कर बस एक दूसरे के लिए तोहफ़ें लेकर लौटते। पहाड़ों में ज़िन्दगी वैसे भी दौड़ना नहीं बल्कि चलना पसंद करती है। बहरहाल जज़्बात के सैलाब में वही चलती हुई ज़िन्दगी, घोड़े पर सवार कुलाँचे मारती महसूस होती है और वक़्त ज़िन्दगी में यूँ सरकता है, गोया कल ही की तो बात हो।

कभी-कभी वह उसे शोले फिल्म का वीरू बुलाती, तो वीर उसे बातूनी ताँगे वाली बसंती।

और वो जवाबन कहती-"मेरे पास ऐसी कोई घोड़ी नहीं, जिसका नाम धन्नो हो..."

"लेकिन तुम बातूनी तो हो..."

"तो फिर तुम्हारे दोस्त का नाम भी ज़रूर जय होगा और अफ़सर का नाम ठाकुर..."

"मेरे कमांडिंग ऑफिसर का नाम अरुण सुब्रमणियम है, लेकिन मेस मे साठ की उम्र के रहीम चाचा ज़रूर हैं... उम्र के इस पड़ाव पर चाहते हैं कि बसंती उनका हाथ थाम लें... कहो तो तुम्हारी बात चला दूँ।" वो उसे छेड़ता।

जब कभी वह ड्यूटी पर नहीं होता, तो दोनों नज़दीक की वादी के जंगल में चले जाते और घंटों उसकी गहराइयों को मापते रहते। सब्ज़ा(जंगल) और वो दोनों-महज़ इन तीनों से ही तो दुनिया मुकम्मल होती थी वहाँ। जितनी क़ुर्बत (निकटता) वह एक दूसरे के दरमियान जंगल में महसूस करते, उतनी तो दोनों को किसी बंद कमरे में मयस्सर (उपलब्ध) न थी। कभी कोई साँप दिख जाता, तो वीर उसे पकड़कर सस्सी को बतलाता कि किस तरह मुसीबत के वक़्त में साँप को खाकर भी ज़िंदा रहा जा सकता है। वीर, उसे वो क़िस्सा सुनाता, जब जंगल में लड़ाई की ट्रेनिंग के दौरान उसने साँप को खाया था। बात बात पर दोनों अपनी ज़िन्दगी के टुकड़े एक दूसरे के साथ साझा करते।

एक मर्तबा सस्सी ने उसे गहरे जंगल में एक ख़ास जगह मुलाक़ात के

लिए बुलाया। जब वो वहाँ पहुँचा तो सस्सी रंगसाज़ी कर रही थी। किसी का अधूरा अक्स कैनवास पर अपना मुकम्मल वजूद हासिल कर रहा था। वह रंगसाज़ी में इतनी मसरूफ़ थी कि खुश्क पत्तियों पर वीर के कदमों की आमद को भी महसूस न कर सकी। वह उसके मँझे हुए हाथ की जुम्बिश (हरकत) को देखता रहा, जिनसे सुस्त लकीरें और बेढंगे घुमाव खींचकर सस्सी ने एक बुज़ुर्ग का अक्स तैयार किया था। वो अक्स रौशनी की जानिब पीठ किये, तारीकी में दाख़िल हो रहा था-थके हुए काँधों और छिनी हुई उम्मीदों के साथ। सस्सी का कैनवास महज़ दो रंगों में बँटा था-सफ़ेद और सियाह-और ये रंग इस तस्वीर पर इतने कामिल (सम्पूर्ण) थे, गोया चाहकर भी तमाम रंग इस तस्वीर को वो मुक़ाम मुहैया नहीं करा पाते, जो इन्होंने किया था। और वैसे भी इस मख़्लूक़ में यही दो रंग तो सच्चे हैं, बाकी सब तो किसी न किसी मिलावट की पैदाइश मालूम होते हैं।

"यही हैं तुम्हारे महंती बाबू..." तस्वीर मुकम्मल होते ही वीर ने पूछा।

"मुझे यक़ीन था तुम पहचान लोगे।"-वह कैनवास से परे हट गई-"उनकी आख़िरी याद भी कुछ इस तस्वीर की तरह है मेरे ज़ेहन में है... मुझे उनकी सूरत तो याद नहीं, लेकिन यादों को कुरेद कर जब भी कोशिश करती हूँ, तो बस यही तस्वीर बना पाती हूँ।"

वह कहते-कहते रुक गई और नम घास पर बैठकर अपने सियाह हाथों को घास पर पोंछने लगी, गोया कोई यादों से धुंध को पोंछता हो... और फिर तस्वीर की तरफ देखकर जैसे महंती बाबू से बात करने लगी-

"जब जब कैनवास पर तुम्हारा चेहरा उतारने की कोशिश करती हूँ, तब तब तुम मुझसे पीठ कर लेते हो। यूँ तुम्हें बिना बताए छोड़कर चले आने के लिए अब तक नाराज़ हो मुझसे...मेरे अंदर हर बार ये आरज़ू उठती है कि तुम एक बार... बस एक बार मुझे मुड़कर देख लो... तो मैं देख लूँ कि तुम कितने और बूढ़े हो गए हो, आँखें तुम्हारी कितनी और सियाह हो गई हैं ...लेकिन तुम कभी मुड़कर नहीं देखते...."-सस्सी ने एक गहरी साँस ली-"एक रोज़ तुम ज़रूर मुड़कर देखोगे और तब मैं तुम्हारे चेहरे की तस्वीर मढूँगी... तुम्हारे असली चेहरे की ...वो तरो-ताज़ा चेहरा, जो मेरे ज़ेहन में अब भी कहीं छुपा बैठा है।"

* * *

एक रोज़ सस्सी ने वीर को युनिवर्सिटी के जलसे में आने का न्योता दिया था, जिसके एक ड्रामे में उसने भी हिस्सा लिया था। जब जलसा ख़त्म हुआ तो लोग जल्दी जल्दी जाने लगे। शब भी गहराने लगी थी और बिज़ली के खंभे, जो वजूद मे तो थे लेकिन किसी काम के न थे। सस्सी, इमारत के बाहर खड़ी वीर के निकलने का इंतज़ार कर रही थी, लेकिन जब वह इंतज़ार करते करते थक गई तो मायूसी को सीने से लगाए ख़ुद फाटक की जानिब बढ़ने लगी और तब उसने किसी के अक्स को पेड़ों की आड़ में खड़ा महसूस किया।

वह जैसे ही ठिठकी, तो अक्स पेड़ों और अँधेरे की पनाह को छोड़ उराकी जानिब बढ़ने लगा। उसकी चाल में सस्सी ने वीर को पहचान लिया। उसके दोनों हाथ जैकेट की दोनों जेबों गें ठुँसे हुए थे, चाल में बेचैनी और जल्दबाज़ी घुली थी। सस्सी को बेहतरीन ड्रामा के लिए ईनाम मिला था। और ट्रॉफी थामे हाथ मारे ठण्ड के लरज़ रहे थे।

"मैं काफ़ी वक़्त से यहाँ खड़ा तुम्हारा इंतज़ार कर रहा था।"-वीर ने उसके लरज़ते हाथ से नज़रें हटाए बग़ैर कहा।

"मुझे लगा तुम चले गए होगे अब तक।"

"अगर ऐसा था तो तुम किसका इंतज़ार कर रही थीं यहाँ; सब लोग तो कबके जा चुके।"-उसने सवाल किया। हालाँकि उसके अलफ़ाज़ और चेहरे की शिकनें अलग-अलग क़िस्सा बयान कर रही थीं। उसके चेहरे पर संजीदगी तारी थी, गोया वह कोई ख़ास बात करना चाहता हो... लेकिन वही बात उसे अपना मुँह खोलने से रोकती भी थी। सस्सी को इस असमंजस का अंदाज़ा हो गया था, लेकिन उसने सीधे सवाल करना मुनासिब नहीं समझा।

"अब जो हम मिल गए हैं तो चलें...जल्द ही फाटक बंद होने वाला होगा और हमें भी थोड़ा दूर तक जाना है।"

"हाँ चलो, आज मैं तुम्हारे साथ हॉस्टल तक चलता हूँ।"-वीर ने बेसाख़्ता कहा। वह शब भर सस्सी के साथ गुज़ारना चाहता था। एक ना क़ाबिल-ए-यक़ीन ख़ौफ़ था सस्सी को दोबारा न देख पाने का और ग़ालिबन यही वजह भी रही होगी कि वह ये शब, सहर तक उसके साथ जीना चाहता था।

"क्या है, जिसे तुम कहना भी चाहते हो और कह भी नहीं पा रहे हो।"-

कुछ ख़ामोश वक़्त गुज़र जाने के बाद सस्सी ने वीर की जानिब शिद्दत भरी निगाहों से देखते हुए कहा, गोया वह निगाहों से ही खींच लेना चाहती थी वो सब, जो उसके भीतर से निकल नहीं पा रहा था।

"नहीं..."-एक गहरी साँस ली वीर ने और उस साँस रोके तनहा रास्ते पर दूर तक देखने की कोशिश करते हुए बोला-"नहीं, ऐसा कुछ भी तो नहीं।"

"तुम्हें छुपाना बिलकुल नहीं आता वीर...और झूठ तो तुम्हारे बस का है ही नहीं।"

वीर उसकी जानिब देखकर मुस्कुराया।

"अब कह भी दो क्या बात है, जो तुम्हें मुझसे भी ज़्यादा परेशान किये हुए है।"

"कुछ रोज़ के लिए मैं तुमसे दूर जा रहा हूँ।"

हर लफ़्ज के साथ उसके चेहरे पर संजीदगी गहराने लगी। उसके दिल का बोझ अब भी नहीं उतरा था और उतरता भी कैसे; दिल के बोझ तो मुकम्मल इज़हार से उतरा करते हैं... क़िश्तों में तो महज़ कर्ज़े ही उतरते हैं।

"अरे, तो इसमें इतना संजीदा होने की क्या बात है; वैसे जा कहाँ रहे हो?"

"पता नहीं, लेकिन जाना तय है।"

सस्सी के क़दम ठहर गए। उसने वीर का हाथ अपने हाथों में लेकर कहा-"ठीक है, लेकिन एक बात कहूँ..." वह ठिठकी, वीर की आँखों में कुछ देखने के लिए रुकी और आख़िर कह ही दिया-'... मुझे तुमसे इश्क़ है... अब जाओ और चाहो तो लौटकर भी मत आना।"

. जज़्बात में कई मर्तबा दोहराए हुए, लेकिन फिर भी अजनबी से लगते ये अल्फ़ाज़ वीर को ज़ाहिर तौर पर पिघला देते, लेकिन कुछ ऐसा भी था जो इश्क़ से कहीं ज़्यादा मज़बूत होता है, जिसमें कोई भी शदीद ज़ज्बात सुराख़ नहीं कर सकता।

वीर ने पुरशिद्दत, जवाबन कहा-"काश मैं तुम्हें इसी वक़्त सब कुछ बता सकता; लेकिन मजबूर हूँ... बहरहाल ये वादा करता हूँ कि जब भी लौटूँगा,

बहुत सी बातें लेकर लौटूँगा और सब तफ़सील में बयान करूँगा, कोई पर्दा नहीं रखूँगा।''

''तुम कब जा रहे हो?''

''आज रात, लेकिन इससे पहले मैं तुम्हें कुछ देना चाहता हूँ।''

उसने जैकेट की अंदरूनी जेब से एक डायरी निकालकर सस्सी को सौंप दी-''मुझे भी तुमसे इश्क़ है पगली, लेकिन ये महज़ अल्फ़ाज़...ये न काफ़ी अल्फ़ाज़, मेरे जज़्बात को ज़ुबां नहीं दे सकते। ये लो, इसे रखो, तुम्हारे लिए मेरे तमाम जज़्बात इसमें मौजूद हैं, मैंने अपना दिलो रूह लिखा है इस डायरी में; वो सब कुछ, जो ज़ुबान शायद कभी कह नहीं सकती।''

आँखों की क़ैद से रिहा होकर आँसू पलकों पर बैठ गए, इस इंतज़ार में कि कब जुदा पलकों का मिलन हो और वो इस ख़ुशी मे ख़ुदकुशी कर लें। आँसुओं के रोगन से झाँकती नज़रों के साथ उसने डायरी को वीर के हाथो से लें लिया और उसकी सर्द उँगलियाँ वीर की सुलगती उँगलियों से आग चुरा लाईं। तब बेसाख़्ता वीर ने उसे अपनी बाँहों में भर लिया और सस्सी की पलकों पर बैठे आँसुओं ने ख़ुदकुशी कर ली।

क्यों राँझे को आँसू छुपाने पड़ते हैं, क्यों रोने के लिए उसे सियाह रात का मुन्तज़िर होना पड़ता है? ग़ालिबन ख़ुदा ने कभी उसे एहसासात को ज़ाहिर करने का हक़ बख़्शा ही नहीं था।

तमाम उम्र उसने अपनी ख़्वाहिशात को बस छुपाए ही रखा था। गुलाबी उम्र के दौर में किसी हसीन से मिलने की ख़्वाहिश को, ख़ूबसूरत चित्रा के साथ गुफ़्तगू और रक़्स (नचाना) करने की ख़्वाहिश को, दूसरों के सामने उसकी ख़ूबसूरती की क़दर करने की ख़्वाहिश को, अव्वल मुलाक़ात के बाद फिर सस्सी से मिलने की ख़्वाहिश को, ख़ुद के अरमानों को उस पर ज़ाहिर करने की ख़्वाहिश को, उसके साथ तमाम उम्र गुज़ार देने की ख़्वाहिश को, ख़ुद के दूर जाने की वजह का इज़हार करने की ख़्वाहिश को। बावजूद इसके कि वह शायद फिर कभी कोई और ख़्वाहिश कर न कर सकेगा, वह अपनी तमाम ख़्वाहिशात को सीने में दबाए, सस्सी के साथ उसके हॉस्टल के गेट तक आया। सस्सी, डायरी को सीने से चिपकाये सरहद के उस पार अँधेरे गलियारे में कहीं ग़ायब हो गई और वीर, गेट की सरहद से शब के अँधेरों में लौट गया।

* * *

राज को इमारत के दाख़िले पर छोड़कर प्रभात अपनी बीवी को हवाई अड्डे लेने चला गया। इमारत की ऊँचाई को मापते हुए, गर्दन को हवा में उठाए राज उसमें दाख़िल हुआ। इमारत इतनी बुलंद थी गोया आसमान में सूराख़ कर रही हो। उसने अपना फ़ोन निकालकर मंज़िल और फ्लैट का नंबर देखना चाहा। फ्लैट नौंवी मंज़िल पर था। साज़ो-सामान का वज़नी बैग काँधो पर लादे वह लिफ्ट तक आया और लापरवाही से बटन दबाकर इंतज़ार करने लगा। कुछ देर तक जब लिफ्ट के दरवाज़े में कोई हरकत नहीं हुई तो उसने इर्द-गिर्द नज़रें घुमाई। जगह वीरान थी, आस पास कोई न था।

उसके चेहरे पर एक क़िस्म का खौफ़ तारी होने लगा। उसने लिफ्ट के बटन की जानिब देखा, वह बेजान पड़ा था। राज ने उसे मुसलसल दो चार पाँच मर्तबा दबाया, लेकिन उसमे जान न फूँक सका। अब उसका खौफ़ हक़ीक़त में तबदील होने लगा। लिफ्ट किसी वजह से बंद पड़ी थी, चुनांचे वीरानी के अलावा कोई और वहाँ मौजूद न था। बहरहाल, बुझती हुई उम्मीद को मुक़र्रर करने के लिहाज़ से उसने नज़दीक से गुज़रते एक शख़्स से पूछा और जवाबन उसने भी वही कहा, जो राज हरगिज़ सुनना नहीं चाहता था। हड़बड़ाकर वह इमारत से बाहर निकला और एक-एक करके मंज़िल गिनने लगा। महज़ इस इरादे से कि कितनी ऊँचाई तक उसे सीढ़ियाँ चढ़कर जाना होगा इस बेबस लिफ्ट के सबब। ज्यों ही उसकी गिनती ने नौवीं मंज़िल को छुआ, तो उसे वो फुरेरी छूटी, जो जेठ की दुपरही में सिर के पसीने की एक बूँद रीढ़ से गुज़रकर चूतड़ तक पहुँचने पर महसूस होती है। इस वज़नी साज़ो-सामान के साथ इतनी ऊँचाई तक चढ़कर जाना भी ख़ुदकुशी करने से कुछ ख़ास कम नहीं था। बहरहाल, ये पहली मर्तबा था, जब ज़िन्दगी में उसे बुलंद लफ़्ज के असल मानी समझ आए थे।

मरता क्या न करता, बेचारा जैसे तैसे नौंवी मंज़िल तक सीढ़ियाँ चढ़कर पहुँचा और अपनी पसीने में भीगी गर्दन को हरसू घुमाकर फ़्लैट नंबर 903 खोजने लगा। वह कोने वाला फ़्लैट था। उसने दरवाज़े की घंटी बजाई और जब कुछ वक़्त के बाद भी दरवाज़ा नहीं खुला, तो मुसलसल दो-चार पाँच दफ़ा घंटी को बजाया, जब तक कि सस्सी ने आकर दरवाज़ा नहीं खोल दिया।

"ओह राज, कुछ देर तुम अपनी उँगली पर क़ाबू नहीं रख सकते,

दरवाज़े की घंटी है मंदिर का घंटा नहीं, जो बजाए चले जा रहे हो जाहिलों की तरह।''-सस्सी के दीदों से नींद रिस रही थी।

राज इतना थका हुआ था कि उसमें सस्सी को सुनने की भी ताक़त नहीं थी-''रुको, पहले मुझे अंदर आने दो, थोड़ी साँस लेने दो और हाँ, एक ग्लास पानी भी पीने दो, उसके बाद जितना मर्ज़ी में आए छित्तर मार लेना।''-उसने हाँफते हुए कहा।

''हाँ, पहले तुम अंदर आ जाओ।''-कहकर वह दरवाज़े से हट गई।

हाँफती जान को लेकर वह फ़्लैट में दाख़िल हुआ तो ख़ुद को हॉल में खड़ा पाया। उसकी दायीं सिम्त एक काँच की छोटी सी मेज़ थी, जिसके पीछे सोफ़ा रखा था। उसने अपने काँधों से बैग को उतारा और उस काँच की मेज़ के ज़िम्मे कर, सोफे पर कटे हुए दरख़्त की मानिंद गिर गया।

''बैग उस मेज़ से हटाओ राज, वो तुम्हारे बैग का वज़न नहीं ले सकती।''-सस्सी चीखी।

उसकी कही राज ने अनसुनी कर दी और एक गहरी साँस लेने के बाद जवाब दिया-''तुम ख़्वामख़्वाह फ़िक्र करती हो, कुछ नहीं होगा''-और अगले ही पल मेज़ के चटकने की आवाज़ दोनों के कानों में पड़ी। उसने बेतहाशा सस्सी की जानिब देखा, गोया उस आवाज़ की तसदीक़ (पुष्टि करना) चाहता हो और ज्यों ही बैग को उठाने के लिए उसे पकड़ा, नाज़ुक काँच की मेज़, तब तक ज़मीन पर ज़ार ज़ार हो गई थी। हाथों से लपका बैग हवा में लटका रहा था। शर्मिंदा नज़रों से सस्सी की जानिब देखकर राज मसनूई मुस्कराहट मुस्कुराया। इस दफ़ा सस्सी के दीदों में बजाए नींद के, ग़ुस्सा मौजूद था।

''बहुत खूब ...स्वागत है तुम्हारा!''

'शुक्रिया'-राज ने दबी हुई आवाज़ में कहा।

''अपना मुँह बंद रखो,''-वह फिर चीखी और चन्द लम्हात ठहर कर बोली-''अब तुम अपना बैग एक तरफ़ रख दो और भगवान के लिए कुछ वक़्त मुँह बंद करके बैठे रहो।''-और वह बड़बड़ाती हुई बावर्चीखाने की तरफ़ चली गयी-''अच्छा होता अगर प्रभात ने यह मशविरा दिया न होता, अगर दिया होता तो मैंने लिया न होता... लो अब ले ही लिया तो झेलो।''

''राज, इस टूटी हुई मेज़ का हर्जाना मैं तुम्हारे किराए में जोड़ दूँगी।''-

बावर्चीखाने से सस्सी की आवाज़ आई।

जब कुछ देर कोई जवाब नहीं परता तो उसने फिर आवाज़ दी-"तुम कुछ बोलते क्यों नहीं?"

"तुमने ही तो कहा था मुँह बंद करके बैठो।"-राज ने जवाब परता।

'हाँ, वो मुझे ग़ुस्सा आ गया था... हालाँकि मैं तब तक गुस्सा नहीं करती, जब तक मेरी ज़िन्दगी के सुकून को कोई छेड़ता नहीं। राज... मैं एक बात साफ़ कर देना चाहती हूँ, मेरी ज़िन्दगी में किसी भी क़िस्म का दख़ल मुझे पसंद नहीं...किसी भी क़िस्म का; फ़िलहाल तुम बात कर सकते हो, ऐसी भी कोई पाबंदी नहीं है।'

जो ज़ोर उसने 'किसी भी क़िस्म' पर रखा था, उसने राज के ज़ेहन में इक ख़याल का रेशा भी रख दिया। क़िब्ला वह कुछ सोच पाता, सस्सी उसके सामने पानी का ग्लास लिए हाज़िर थी।

सोफ़ा पर बैठे उसने नज़रों से जितना मुमकिन हो सका घर का जायज़ा लिया। घर बिलकुल साफ़ सुथरा था, हर चीज़ अपनी तयशुदा जगह पर थी, सिवाए उस ज़ार ज़ार हुई मेज़ के और बज़ाहिर यही वजह है कि इस दुनिया में घर सजाने वालियाँ होती हैं, घर सजाने वाले नहीं। औरतें न हों तो हज़ार मकान तामीर करने वाला आदमी भी एक घर के लिए तरस जाता है।

"कैसा लगा घर?"

"बहुत अच्छा, मेरा कोना कहाँ है?"

"आओ...मैं तुम्हे दिखती हूँ"

राज, सस्सी के पीछे चलता हुआ बावर्चीखाने की बायीं सिम्त वाले कमरे में दाख़िल हुआ-"ये है तुम्हारा कमरा, वो रही अलमारी, बिस्तर और ग़ुसलखाना... वो सब कुछ जिसकी तुम्हें यहाँ ज़रूरत पड़ेगी।"

उसने अपने कमरे का जायज़ा लिया। वहाँ ज़रूरत का हर सामान मौजूद था, गोया कोई पाँच सितारा होटल का कमरा हो।

"वैसे ...तुम्हारा कमरा कहाँ है?"

"वो बावर्चीख़ाने की दायीं ओर है"

राज, कमरे से बाहर निकला और सस्सी भी उसके पीछे बाहर आ गई।

"मतलब हमें हर दफ़ा ये बावर्चीख़ाना पार करना होगा एक दूसरे से मिलने के लिए!"

सस्सी, राज से क़रीब आई और उसकी आँखों में आँखें डालकर बोली- "राज, अगर तुमने मेरे कमरे मे मेरी इजाज़त के बगैर क़दम रखना तो दूर, झाँका भी, तो मैं तुम्हें उसी वक़्त इस घर से निकाल दूँगी, बिना तुम्हारी कोई दलील सुने।"

राज, हैरतज़दा था जब उसे महसूस हुआ के हिदायत की बजाए सस्सी ने उसे सीधी धमकी दे दी है। वह एक क़दम पीछे हटा और दोनों हाथों को हवा में उठाते हुए बोला-"मैं सिर्फ मज़ाक़ कर रहा था।"

"लेकिन मैं मज़ाक़ नहीं करती।"-सस्सी ने सपाट चेहरे में पूरी संजीदगी को समेटकर जवाबन कहा था।

"ठीक है, मैं तुम्हारे कमरे की तरफ़ झाँकूँगा भी नहीं, अब खुश!"

जवाब में वह मुस्कुराई और मुड़कर अपने कमरे की सिम्त जाने लगी, लेकिन दरवाज़ा खोलने के लिए हत्थे पर हाथ रखते ही उसने गर्दन घुमाकर कहा-"बस आम लोगों की तरह पेश आना, मुझे यक़ीन है तब हम एक दूसरे के लिए तकलीफ़ का सबब बिलकुल नहीं बनेंगे।"

इस मर्तबा जब राज अपने कमरे मे आया, तो अपना साज़ो-सामान भी साथ ले आया और अपने पीछे दरवाज़े को बंद करने के लिहाज़ से उसे हल्के हाथ से लुढ़का दिया। बहरहाल दरवाज़ा तब भी ज़रा सा खुला रह गया था। उसने सामान को धीरे धीरे खोलना शुरू किया इसी दरमियान बाहर से सस्सी ने उसे आवाज़ दी-"चाय बना रही हूँ, तुम भी पियोगे?"

"हाँ क्यों नहीं ...लेकिन पहले मे नहा लूँ।"

"ठीक है, तुम नहा लो, तब तक मैं चाय चढ़ा देती हूँ।"-सस्सी ने फ्रिज से दूध और अदरख निकालते हुए कहा।

जब राज अपने कमरे से नहाकर बाहर निकला, तो उसके बाल गीले और बिखरे हुए थे। वह मुसलसल अपनी उँगलियों और हथेली से उन्हें झटक रहा था और हॉल में बैठी सस्सी के नज़दीक पहुँचकर वह रुक गया। सोफे पर बैठी सस्सी के नज़दीक गरम-गरम चाय के दो प्याले एक तश्तरी में रखे थे और टूटी हुई काँच की मेज़ का कहीं कोई नामो-निशां तक नहीं था, गोया ऐसी

कोई चीज़ कभी वहाँ थी ही नहीं। सस्सी ने राज को एक नज़र भर कर देखा। राज के बिखरे बालों ने उसके ज़ेहन की चन्द मुर्दा यादों में जान फूँक दी थी। कोई ख़याल नहीं था, आँखें उसकी सूनी और कोरी ही रहीं... बावज़ूद इसके राज का शफ़्फ़ाफ़ चेहरा और बिखरे बाल, वीर का तआरुफ़ करवा रहे थे। सस्सी ने अपनी उम्र में फ़क़त दो लोगों को इस तरह बाल झटकते देखा था... और राज दूसरा था।

एक शाम जब वीर और सस्सी जंगल से लौट रहे थे तो अचानक बारिश शुरू हो गई थी और उन्होंने एक नज़दीक की टूटी हुई झोपड़ी में पनाह ली थी। तब पहली मर्तबा था जब सस्सी ने वीर को यूँ बालों को झटकते देखा था।

राज ने चाय की प्याली के लिए हाथ आगे बढ़ाया, लेकिन सस्सी मोम की गुड़िया बनी बैठी रही।

"सस्सी...सस्सी...!"-राज ने उसे पुकारा, अपना हाथ उसकी जमी हुई आँखों के सामने लहराया, कि वो लौट आए वहाँ से, जहाँ पहुँचकर वह अक्सर खो जाया करती थी।

"हाँ, ये लो तुम्हारी चाय!"-वह आख़िरकार लौट आई।

"क्या हुआ...तुम ठीक तो हो?"-चाय की प्याली को होठों पर लगाने से पहले राज ने पूछा।

"मुझे कुछ नहीं हुआ, मैं ठीक हूँ।"-सस्सी ने उससे नज़रें चुराते हुए जवाब दिया और बावर्चीखाने की जानिब यूँ देखा, गोया वहाँ खड़ा कोई उसका इंतज़ार कर रहा हो।

"वाह, क्या बेहतरीन चाय है, आज तक ऐसी चाय नहीं चखी!"-पहली चुस्की पर राज के मुँह से मारे हैरत के चीख निकल गयी-"क्या डाला है इसमें!"

"ये एक बहुत ख़ास क़िस्म की चाय है।"-सस्सी ने भी ख़ुद की प्याली को अपने होठों से लगा कहा।

'अच्छा!'

"मेरे पिताजी का चाय का बाग़ान है दार्जिलिंग में, वो हमेशा मेरे लिए यही चाय भेजते हैं... बताते हैं ये दुनिया की बेहतरीन चाय में शुमार होती है।"

"दिलचस्प! मैंने कभी चाय के बाग़ान नहीं देखे, तुमने तो ज़रूर देखे होंगे; बहुत खूबसूरत होते हैं न।"

"मुझे नहीं मालूम।"-सस्सी दार्जिलिंग के मुतअल्लिक़ और कोई बात नहीं करना चाहती थी।

"वैसे तुमने मुझे घर दिखाया, लेकिन घर की बालकनी नहीं दिखाई।"

"इसमें दिखाने जैसा क्या है; तुम्हारे कमरे में भी बालकनी है, तुम ख़ुद ही देख सकते हो।"-वह इनता कहकर उठी और अपने कमरे में चली गई।

अपनी ख़्वाहिश को पूरा करने के लिहाज़ से कुछ देर बाद उठकर वह भी अपने कमरे में चला गया और बालकनी का दरवाज़ा खोलकर उसमें दाख़िल हुआ। चाय का प्याला उसने बालकनी की मुंडेर पर रख दिया और नज़रें दायीं सिम्त घूम गईं। वहाँ सस्सी अपने कमरे की बालकनी में मुतफ़क्किर खड़ी थी। उसका चाय का प्याला उसकी हथेलियों में लिपटा हुआ था और काँधों को एक शॉल ने ढक रखा था। सुबह का कोहरा अभी छँटना शुरू ही हुआ था कि फ़लक पर मौज़ूद आफ़ताब को सस्सी की बालकनी रौशन करने का मौक़ा मिल गया, जिसमें राज, सस्सी के मुँह से निकलता धुंध का ग़ुबार साफ़ तौर पर देख सकता था... यहाँ तक कि उसने अनायास ही उसकी साँसों की गिनती करना भी शुरू कर दिया। फ़िज़ा की धुंध अब हल्की होकर उड़ रही थी, जिसमें राज एकटक सस्सी को निहार रहा था। सस्सी ने गर्दन को घुमाया तो ख़ुद को राज की निगाहों में क़ैद पाया। वह महज़ मुस्कुराई और गर्दन को घुमाकर दूसरी जानिब देखने लगी, इस उम्मीद से कि उसे रिहाई मिल जाएगी, लेकिन जब ऐसा नहीं हुआ तो वह अपने कमरे में लौट गयी।

* * *

राज की इब्तिदाई ट्रेनिंग पूरी होने को थी और जोश उफ़क़ चूम रहा था। बहरहाल, सस्सी गुज़रे हुए वक़्त की तरह अब भी अपने काम में मशग़ूल रहती थी। बावजूद इसके वे दोनों, एक दूसरे के लिए कुछ वक़्त निकाल ही लेते थे। सस्सी और प्रभात के अलावा राज को दफ़्तर में दो और दोस्त मिल गए थे-गुरु और नादिआ। ये दोनों वही शख़्स थे, जिनसे राज की पहली मुलाक़ात दफ़्तर की अगवानी पर हुई थी। प्रभात और सस्सी से अलग-थलग इन्हीं दोनों के साथ राज दोपहर का खाना खाया करता था और किसी अनजान फ़ितूर के चलते उसने इन दोनों दोस्तों और सस्सी को इस बेहतरीन अंदाज़ से एक-दूसरे

से जुदा रखा था, गोया कोई आशिक़ मिज़ाज शौहर,घर में बीवी और पड़ोस में माशूक़ को जुदा रखता है। दोस्तों के बीच सस्सी का ज़िक्र तो क्या, अगर सामना भी हो जाता तो वह तसलीम तक से परहेज़ कर लेता।

राज ने दोहरी ज़िन्दगी जीना शुरू कर दिया था। एक वो, जो वह दफ़्तर में जीता और दूसरी वो, जो सस्सी के साथ घर में। हालाँकि, उसकी दिलचस्पी तो तीसरी क़िस्म की ज़िन्दगी में थी, जहाँ खुले एहसास और आज़ाद जज़्बात हों, उम्मीदें और क़ुर्बत (नज़दीकी) इजाज़त की न मोहताज हो। ख़ुद की ज़िन्दगी पर अब उसका इख़्तियार कम ही रह गया था। वह जितनी कोशिश करता, ज़िन्दगी उतनी ही और बेइख़्तियार होती जाती। ज़रा-ज़रा से झूठ अब हर वक़्त उसकी ज़बान पर बैठे रहते और उनको पोशीदा रखने के लिहाज़ से एक झूठ का जत्था उसके हलक़ में भी तैनात रहता।

ढलती शाम का वक़्त हर रोज़ मुश्किलात लिये उससे रूबरू होता। क्योंकि सस्सी के साथ कड़वी ब्लैक कॉफ़ी पीने का दस्तूर निभाने के लिए रोज़ ही उसे अपने दोस्तों से कोई न कोई तुका-बेतुका बहाना बनाना पड़ता। कॉफ़ी का ज़ायक़ा ज़बां पर बेशक कितना भी कड़वा क्यों न रहा हो, लेकिन दिल को हमेशा वह कच्चे गुड़ की डली सा मीठा ही लगता। ये शाम की कॉफ़ी का दस्तूर, राज के लिए सस्सी के दिल तक पहुचने की सीढ़ियाँ थीं, जिन पर अक्सर तारीकी (अँधेरे) का पहरा होता है... फिर भी उसे ये सफ़र लाज़मी लगा था।

ट्रेनिंग मुकम्मल होते ही राज को नये मुलाज़िम के तौर पर मिस्टर बोस के हवाले कर दिया गया था। उसे बैठने के लिए जो क्यूबिकल मिला, वह गलियारे से सटा था, जिसके बरक़्स (उलट) सस्सी का काँच का केबिन था। अगर राज अपनी गर्दन को ज़रा सा तिरछा करे और पीछे झुकाए, तो वह सस्सी को उसके बेपर्दा केबिन में लैपटॉप पर काम करते आसानी से देख सकता था। काम करते वक़्त सस्सी का चश्मा हमेशा उसकी नाक पर बड़ी सफ़ाई से टिका रहता। गुरु और नादिआ को भी नज़दीक ही दो जुड़े हुए क्यूबिकल मिल गए थे। जब राज ने अपना लैपटॉप खोला, तो दफ़्तर के मैसेंजर पर लॉगऑन करने के बाद सस्सी को पैग़ाम भेजा-'हाय...!'

जब कुछ वक़्त तक कोई जवाब नहीं आया, तो वह अनपढ़े ई-मेल खोलकर पढ़ने लगा और तब ही जवाब की घंटी बजी-"हाय...मैं काम में बिज़ी

हूँ...तुम्हें क्या चाहिए?''

ऐसी कुंद जवाबी की उम्मीद नहीं की थी उसने। बहरहाल उस वक़्त राज का मिज़ाज ख़ुशगवार था-''सोचा तुम्हारा हाल ही पूछ लूँ...अब भला क्या इसके लिए भी तुमसे इजाज़त लेने पड़ेगी?''

गर्दन को तिरछा कर वह पीछे झुका, तो सस्सी के लबों पर मुस्कराहट को मचलता पाया। उसे मालूम था कि उसकी कुछ बातें सस्सी को पसंद हैं... बस वह इस बात का कभी इज़हार नहीं करती।

''तुम्हारी मुस्कराहट तुम्हारी इजाज़त का सबूत है।''-उसने फ़ौरन उँगलियाँ लैपटॉप पर चलाई और फिर से झुककर देखने लगा। सस्सी के चेहरे से ताज्जुब झलक आया था। वह खड़ी हुई और केबिन के शीशे से बाहर देखने लगी। मुस्कुराता हुआ राज पकड़ा गया और वह वापस अपनी कुर्सी पर बैठ गई।

''तुम यहाँ क्या कर रहे हो...?''-सस्सी ने लैपटॉप पर अपनी उँगलियाँ दौड़ाईं।

''मुझे अब मिस्टर बोस के हवाले कर दिया है और तुम्हारे केबिन के सामने वाला क्यूबिकल भी दे दिया है।''-वह लिख ही रहा था कि मिस्टर बोस का एक ई-मेल आ पहुँचा।

''मुबारक़ हो...आख़िर तुम्हारा ट्रेनी वाला दौर ख़त्म हो गया, दावत बनती है तुम्हारी तरफ़ से!''

''अम्म... जैसा तुम कहो, आज की कॉफ़ी मेरी तरफ़ से''

''मुझे नहीं मालूम था दावत के मायने तुम्हारे लिए बस कॉफ़ी तक ही महदूद हैं।''

''मायने कॉफ़ी तक नहीं, जेब तक महदूद हैं; तनख़्वाह मिलने तक दावत के नाम पर बस कॉफ़ी ही पेश कर सकता हूँ।''

''मैंने कब कहा कि आज ही दावत करो, तनख़्वाह के बाद दे देना; वैसे भी तुम कौन सा भागे जा रहे हो।''

''वैसे एक बात बताओ, मिस्टर बोस कैसे आदमी हैं?''

''एक लम्बे वक़्त तक मैंने उनके साथ रहकर काम किया है; बड़े ही

ज़हीन और जानकार आदमी हैं, उन्हें कोई भी आसानी से बेवक़ूफ़ नहीं बना सकता और वो जो भी कहते हैं, बिलकुल सटीक कहते हैं, इसलिए उनकी किसी भी बात को कभी नज़रअंदाज़ मत करना... उनके साथ बहुत कुछ सीखने को मिलेगा तुम्हें, एक बात और...उन्हें घूमी हुई बात और घुमाकर बात करना और सुनना दोनों कतई पसंद नहीं है।''

जैसा कि मिस्टर बोस ने ई-मेल में लिखा था, चार बजे तीनों मीटिंग के लिए एक कमरे में इकट्ठा हुए और कुछ ही वक़्त में मिस्टर बोस भी दरवाज़ा खोलकर अंदर आ गए। वे फ़ोन पर किसी को एक रिपोर्ट के सिलसिले में कुछ हिदायत दे रहे थे।

उन्हें क्या चाहिए, किस तरह चाहिए, इस बात को लेकर उन्होंने कभी किसी से कोई बहस नहीं की थी, महज़ हुकुम ज़ारी किया था। ख़ुद के शुरूआती दिनों में भी वे उतने ही संजीदा थे, जितने कि वह अब अपने उरूज़ पर हैं। लिहाज़ा दोस्त भी उनके उतने ही थे, जितने किसी रेगिस्तान में नख़लिस्तान। जवानी ने जब ढलना भी शुरू नहीं किया था, तब उनके बाल पक चुके थे और अब, जब वह बुढ़ापे की दहलीज़ पर खड़े हुए हैं, तो क़िब्ला आधे गंजे हो चले थे। खुली आँखें उनकी, जिनके एहसास अब ख़ुश्क मालूम पड़ते थे, हमेशा एक मोटे शीशे वाले चश्मे की पनाह में रहती थी। चश्मा भी इतना चौड़ा था कि उनके आधे गाल उसमें समा जाते, बिना किसी मुस्कराहट के। ग़ालिबन यही वजह रही होगी कि उन्हें कभी मुस्कुराने की ज़रूरत महसूस ही नहीं होती थी। उम्र का पक्कापन और चेहरे का रसूख़, उनकी भारी आवाज़ पर खूब फ़बता था। वे अपने अल्फ़ाज़ से सही को ग़लत और ग़लत को सही साबित करने की क़ुव्वत रखते थे। चुनांचे, दफ़्तर में उन्हें 'मास्टर ऑफ़ ट्रेड' या 'उस्तादों के उस्ताद' का रुतबा हासिल था।

. फोन को रखते ही वे तीनों से मुस्कुराकर मिले...हाँ, वे वाक़ई मुस्कुराए थे। एक एक करके तीनों से मुख़ातिब हुए और उनके बारे में चन्द मुख़्तसर बातें भी पूछी और उसके बाद एक तक़रीर की, जिसमें उन्होंने तीनों को टीम में उनके किरदार और जवाबदेही के मुतअल्लिक़ बातें बताईं। मिस्टर बोस ने ये भी कहा कि ज़रूरत पड़ने पर कोई भी हिचकिचाये नहीं और किसी भी तरह की रहनुमाई के सिलसिले में सीधा उनसे आकर बात कर सकता है। लिहाज़ा

अपने केबिन का दरवाज़ा वह कभी बंद नहीं रखते। ये भी मिस्टर बोस की शख़्सियत का एक बेजोड़ पहलू था। उन्हें लफ्ज़ों को चुनकर इस्तेमाल करने की आदत थी। दरअसल, उनका यक़ीन था कि हर लफ़्ज़ एक ख़ास एहमियत रखता है, लिहाज़ा उसका ख़र्च भी उसी एहतियात के साथ होना चाहिए। चूँकि वे सही लफ्ज़ के ग़लत इस्तेमाल के जुर्माने से बख़ूबी वाक़िफ़ थे।

मीटिंग ख़त्म हो चुकी थी।

"कैंटीन चलें...?"-मिस्टर बोस के जाते ही नादिआ ने राज की जानिब देखकर कहा, जो उनकी शख़्सियत से मुतासिर हुआ अब भी दिल ही दिल में उन्हें सराह रहा था।

"इससे क्या पूछना, इसके पास तो बहुत से काम होते हैं शाम के वक़्त करने के लिए, है न राज!"-गुरु ने राज को जुमला दे मारा। वैसे उसका कहा वाजिब था। चूँकि शाम के वक़्त उनको टालने के लिहाज़ से राज अक्सर कोई न कोई बहाना हमेशा तैयार रखता था।

"तुझे क्यों तकलीफ़ होती है, अगर मेरे पास काम होता है; फ़िलहाल मेरे पास कोई काम नहीं हैं अभी... तो चलो"-जवाबन राज ने कहा और तीर की तरह दरवाज़े से बाहर निकल गया।

गुरु और नादिआ को मेज़ पर छोड़कर राज, तीनों के लिए जूस लेने चला गया। कैंटीन तक़रीबन-तक़रीबन खाली पड़ा था, हालाँकि जहाँ-तहाँ कुछ लोग मौजूद थे अपनी चार बजे की चाय और खारी के साथ। नादिआ जब जब ख़ुद को गुरु के साथ तनहा पाती, तब तब सहूलियतन उससे अपना दामन छुड़ा, दूर खड़ी हो उसकी बैचैनी पर ठहाके लगाती। उसे कश्मकश महसूस होती और समझ नहीं आता कि क्या कहे और क्या न कहे, क्या बात करे और क्या न करे। दोनों के दरमियान अजीब सी ख़ामोशी अक्सर उसके अंदर ग़लग़ला मचा देती और वह बेतहाशा, राज के लौटने का इंतज़ार करने लगती। नादिआ को ख़ुद नहीं पता था कि वह दूसरी लड़कियों की बजाए इन दोनों के साथ ही क्यों रहती थी। जब राज एक तस्तरी में संतरे के तीन जूस के भरे गिलास के साथ लौटा, तो नादिआ ने राहत की साँस ली और एक जूस का गिलास उठाकर उसने गुरु के सामने रख दिया।

"मैंने जूस के लिए नहीं कहा था, मेरे सामने से गिलास हटाओ।"-गुरु, तड़ से बोला।

“तुम दोनों का कुछ नहीं हो सकता, लड़कियों जैसे नख़रे हैं तुम्हारे।”-राज की मौजूदगी में अक्सर नादिआ अपनी खोई हुई आवाज़ हासिल कर लेती थी।

“क्या... लड़कियों जैसे नख़रे...कोई और मिसाल नहीं मिली थी देने के लिए!”-राज के चेहरे पर हँसीं झलक आई थी।

“चुप रहो!”

गुरु ने गिलास यूँ उठाया, गोया कभी दरकिनार किया ही न था।

“अच्छा अगर बुरा न मानो तुम दोनों तो एक बात कहूँ?”-नादिआ ने पूछना चाहा।

“बिलकुल नही।”-दोनो ने एक साथ जवाब दिया और ज़ोर ज़ोर से हसने लगे।

“तुम दोनों बहुत बुरे हो।”-नादिआ ने बच्चों की सी शक्ल बनाकर कहा था।

“कोई शक।”-राज ने गुरु की गर्दन को अपनी काँख में दबा लिया और कैंटीन में एक हास्सा गूँजने लगा।

उस रोज़ शाम जल्दी ढल गई थी... इसलिए नहीं कि सूरज ग़रूब हो गया था, बल्कि इसलिए कि सुबह की भूली धुंध शाम होते-होते घर लौट आई थी। बदस्तूर राज, सस्सी के साथ छत के कैफ़े पर खुले में ब्लैक कॉफ़ी की चुस्कियाँ ले रहा था। सर्द हाथों में गरम कॉफ़ी के प्याले को थामे दोनों अपनी हथेलियाँ गरमा रहे थे। छत के किनारे पर रखी एक तनहा मेज़ के इर्द-गिर्द दोनों बैठे, चकाचौंध दिल्ली को धुंध के लिहाफ़ में से निहार रहे थे। सस्सी ने बेसाख़्ता राज की सिम्त देखा, जैसे कुछ कहना चाहती हो।

‘कहो’

“दफ़्तर में लड़कियों के साथ अच्छी पट रही है तुम्हारी, क्यों!”-कॉफ़ी के प्याले को मेज़ पर रखते हुए सस्सी ने कहा था।

“तुम मेरी जासूसी कर रही हो?”-राज ने भी प्याले को मेज़ पर रखते हुए जवाबन सवाल किया। उसने अपने दोनों हाथ अपने प्याले के इर्द-गिर्द मेज़ पर रख दिये गोया तफ़्तीश के लिए तैयार हो रहा हो।

“मैंने ऐसा तो नहीं कहा...अच्छा है, दफ़्तर में तुम्हारा दिल लग रहा है।”

“नादिआ सिर्फ एक दोस्त है; हम ट्रेनिंग के दौरान साथ में थे, इससे ज़्यादा कुछ नहीं और तुम क्यों फ़िक्र करती हो, मैं अब भी सिंगल ही हूँ।”

“मैंने तुमसे कोई सफ़ाई माँगी?”

‘नहीं’

“तो ऐसी कौन सी वज़ह है, जिसके लिए तुम मुझे सफ़ाई पेश कर रहे हो?”-अचानक सस्सी हत्थे से उखड़ गई-“और इस बात का क्या मतलब है कि मैं अब भी सिंगल हूँ; मैं तुम्हारे साथ ट्रेनिंग करने वाली कोई कमसिन नहीं हूँ, लिहाज़ा अपने दिमाग़ में ये ख़याल भी मत लाना, कि तुम मुझ पर अपने ये छिछोरे ज़ुमले आज़मा लोगे... और मत भूलो कि हमारे बीच अगर नौ नहीं तो कमअज़कम सात बरस का फासला है ही...समझे!”

न गरज उठी न ही बादल गहराए, बस अचानक एक तूफ़ान उठा और मूसलाधार बारिश हो गई। कुछ समझ में आता, इससे पहले सब कुछ उखड़ चुका था। राज को यक़ीन हो चला था कि सस्सी के साथ ज़रूर कोई मसला है... उसके मिज़ाज का यूँ बात बेबात बर्फ़ो-आग हो जाना बहुत से इशारे तो करता था, लेकिन कभी कोई पुख़्ता सबूत नहीं छोड़ता था। वह समझ नहीं पाता कि कब उसका ग़ुस्सा मसनूई है और कब नहीं। सस्सी, उठकर जा चुकी थी और राज देर तक पुर-फ़िक्र बैठा, कड़वी कॉफ़ी के घूँट हलक़ से उतारता रहा था।

राज के लिए सस्सी के दिमाग़ी तवाज़ुन के साथ तालमेल बिठाना मुमकिन तो था, लेकिन आसां बिलकुल नहीं। अपनी पुर-ज़ोर कोशिशों के बावजूद उसके सुर से सुर और ताल से ताल मिलाने में वह नाकाम रहा था। कोई न कोई मसला उन दोनों के दरमियान हमेशा दीवार बनके खड़ा रहता। सस्सी की ख़ुद की एक ज़िन्दगी थी और उस ज़िन्दगी का एक माज़ी भी, जो अक्सर उसे ख़ुद ही में उलझाए रखता था। वहीं राज, सस्सी की ज़िन्दगी में ख़ुद के लिए एक मुकम्मल जगह तलाश करने की पुर-ज़ोर कोशिश में था, फिर वह चाहे किसी बेतुकी आदत की ही क्यों न हो। और जल्द ही सस्सी के

लिए वह एक बेतुकी आदत ही बन गया।

इतवार की उस पुर-सुकूं शाम, दोनों ने डिनर के लिए बाहर जाने का फैसला किया-राज उसे दावत पर ले जा रहा था।

जब राज ने इमारत के गेट के सामने अपनी बुलेट को रोका, तो सस्सी उसे ज़रूरत से ज़्यादा देर तक ताज्जुब नज़रों से घूरती रही, गोया आँखों पर पड़ा पर्दा किसी ने अचानक झपट लिया हो। एक मर्तबा फिर उसे अपनी धड़कनों में ठहराव और नसों में दौड़ते लहू को तस्कीन(तसल्ली) महसूस हुआ। उसे लगा, वह इस मंज़र से पहले भी गुज़र चुकी है। उसे इस सर्द में दिल्ली की बैचैनी नहीं, सिक्किम का सकून महसूस हुआ था। उसने ख़याल किया- 'क्या यह महज़ इत्तिफ़ाक़ है या फिर मैं किसी ख़्वाब में गुज़र रही हूँ... ग़ालिबन ये इक ख़्वाब है, जिसमें माज़ी उतर आया है।' ये वीर ने ही तो कहा था-साथ बैठ जाओ और कस कर पकड़ लो मुझे; ज़िन्दगी की तरह ये पहाड़ी रास्ते भी बेढंगे होते हैं। उसके दोनों हाथ आपस में जुड़ गए... वीर का भूला-बिसरा लम्स उसकी हथेलियों में चुभने लगा। इक अरसा गुज़रा, किसी इंसानी लम्स को उसने ख़ुद पर महसूस किया था। वीर के बाद किसी ने उसके हाथ को इतनी शिद्दत से कभी थामा ही कहाँ था, या यूँ कहें कि उसने कभी किसी को थामने का मौका नहीं दिया था। वह अनायास ही उस एहसास के लिए तड़प उठी और फिर वक़्त से एक लम्हा टूटा, जिसने इक दफ़ा फिर सब कुछ मिटा दिया।

"क्या सोच रही हो?"-जब राज ने तीसरी बार ख़ुद को दोहराया, तब जाकर कहीं सस्सी का ख़्वाब टूटा।

"हाँ...हाँ..."-बैठने के लिए उसने जैसे ही बुलेट को छुआ, तो इक बवंडर उसके दिल से होकर गुज़र गया।

सस्सी के सवार होते ही राज ने गाड़ी बढ़ा दी और इमारत का गेट अपनी जगह पर पीछे छूट गया।

जब दोनों खुली सड़क पर पहुँचे, तब राज ने सवाल किया-"किस सोच में गुम हो?"

"कुछ नहीं, बस यही कि तुम्हें ये बुलेट कहाँ से मिल गई।"

"ओह...कुछ ही दिन पहले घर से मँगवाई है; हुआ यूँ कि लाना तो मैं

पहले ही चाहता था, फिर ख़ुद का ही कुछ ठिकाना न था तो इसे कहाँ रखता... वैसे तुम्हे बुलेट पसंद है?''

''हाँ, दरअसल कॉलेज के दिनों में एक मौक़ा लगा था बुलेट पर बैठने का; शायद यही मॉडल था उसका भी।''

''कौन था वो?''

''क्या मतलब कौन था वो?''

''तुमने कहाँ न, शायदा यही मॉडल था उसका भी, इसलिए पूछा कौन था वो।''

दोनों के दरमियान हवा सरगोशी करने लगी और कुछ वक़्त यूँ ही ख़ामोश गुज़र जाने के बाद सस्सी का जवाब राज के कानों में गूँजा-''एक ख़ास दोस्त था वो।''

''यक़ीनन...बहुत ख़ास रहा होगा।''-इन लफ़्ज़ों के पोशीदा मानी सस्सी की दानिश्त में शिरकत कर गए थे।

आज फिर सस्सी ने किसी के काँधों पर अपना हाथ रखा था... आज फिर उसने किसी के काँधों को अपनी मुट्ठी की गिरफ़्त में लिया था। ये सड़क भी उतनी ही बेअदब निकली, जितनी वक़्त में बैठे मुस्तकिल पहाड़ों की अकड़। ख़ुद के काँधे पर सस्सी का एहसास, सर्द रात में जलते अलाव की गर्माहट सा था। हाइवे कब किस मोड़ से शुरू हुआ और शहर कब किस मोड़ पर पीछे छूट गया कुछ पता ही नहीं चला। बस एक खुली फ़िज़ा महसूस हुई, जिसकी बाद-ए-सबा (हवा) में मीठी सर्द घुली थी। उसे एहसास भी नहीं हुआ, उसने कब ख़ुद को राज की पीठ के पीछे छुपा लिया। अब राज, शीशे में उसका पुर-सकूं चेहरा नहीं देख सकता था... बहरहाल, फ़क़त उसका एहसास ही काफ़ी था तस्कीन-ए-दिल के लिहाज़ से और अब जो ख़ाली सड़क की दावत हुई, तो गाड़ी ने भी रफ़्तार की बाँह थाग ली। सर्द हवा से टकराता राज का चेहरा, ज़र्द पड़ने लगा और उसकी आँखों की नमी, बूँदों में तब्दील हो, हवा का दामन थाम सस्सी के रुख़सार पर जा बैठी। उसके लिए यह बुलेट की सवारी गुज़रे वक़्त की एक यादगार थी... एक ऐसी निशानी, जिसके लिए वह मुमकिन है कि अपनी रूह तक का सौदा कर सकती थी। बंद आखों में उसने ख़ुद को नई बहार सा पाया, जहाँ रुख़ पर उसके कई बाग़

खिले थे। चन्द लम्हात के लिए वह अपने माज़ी में फिर से डूब गई और भूल गई कि वह वीर का नहीं, राज का कन्धा थामे बैठी है। वह अपनी आखिर साँस तक यूँ ही बंद आँखों के साथ बैठे रहना चाहती थी।

और जब गाड़ी के पहियों का घूमना रुका, तो सस्सी का भी ख़्वाब टूट गया। उसने ख़ुद को राज के साथ एक वीराने में पाया। वहाँ सड़क के किनारों पर खड़े चन्द बेदम ट्रक सुस्ता रहे थे और नज़दीक के ढाबे के तंदूर की महक से आलम कुनकुना रहा था। ये पहली दफ़ा नहीं था, जब सस्सी यहाँ आई थी... एक ज़माने में यह जगह उसके दिल-पसंद ठिकानों में शुमार थी। इतने वक़्त के बाद ख़ुद को वहाँ यूँ अचानक पाकर उसे ताज्जुब हो रहा था। राज से उसने कभी भी इस जगह का कोई ज़िक्र नहीं किया था।

"तुम इस ढाबे के बारे में कैसे जानते हो?"-गाड़ी से उतरते हुए सस्सी ने सवाल किया।

"तुम्हें यह जगह पसंद नहीं है?"

"ऐसी बात नहीं है...एक अरसा बीता यहाँ पर आए हुए; खाना अच्छा होता है यहाँ का... लेकिन तुम्हें किसने बताया इस जगह के बारे में?"

"प्रभात भाई साहब से पूछा था, तुम्हें कौन सी जगह पसंद है, तो उन्होंने इस जगह का पता बताया।"-राज उसके चेहरे पर ख़ुशी की शिकन तलाशता रहा, जो कहीं दुबकी मुस्करा रही थी।

"चलो अच्छा किया; अगर मुझसे पूछते तो शायद मैं तुम्हे यहाँ कभी न लाती।"

राज ने बुलेट को स्टैंड पर खड़ा किया और दोनों ढाबे की जानिब चलने लगे।

"फिर अच्छा ही हुआ जो तुमसे नहीं पूछा; मैंने सोचा था, तुम्हें चौकाऊँगा, लेकिन तुमने ही मुझे चौंका दिया... मैं कभी किसी ऐसी लड़की से नहीं मिला, जिसके ठीये देसी ढाबे होते हैं।"

"अब तो मिल लिए न!"

"वाक़ई आज मिल लिया।"

ढाबे के दायीं सिम्त की एक खाली खटिया को देखकर दोनों उस पर बैठ

गए। हालाँकि, वहाँ मौजूद तमाम खाटों में से बमुश्किल इक्का-दुक्का ही मक़्बूज़ा (क़ब्ज़ा किया हुआ) थीं। एक कम उम्र लड़का, जिसके चेहरे पर रेशों की आमद में अभी एक मुद्दत का वक़्त था, खाने का ऑर्डर लेने के लिए आगे आया। खाने का पूरा ऑर्डर सस्सी ने उसे दिया। वह इतना खुश थी, कि राज से बग़ैर पूछे ही उसके लिए भी ऑर्डर कर दिया और पूरा वक़्त राज उसे प्यार भरी ताज्जुब नज़रों से निहारता रहा। ये पहली दफ़ा था, जब उसने सस्सी को इतना ख़ुश देखा था।

"शुक्रिया राज!"-छोटू के जाते ही अपनी सर्द हथेलियों को आपस में रगड़ते हुए वह राज से मुख़ातिब हुई।

महज़ मुस्कुराकर राज ने उसका शुक्रिया क़बूल किया। सस्सी के रुख़ पर ये इत्मीनान, ये ख़ुशी, उसके लिए किसी जश्न से कम नहीं थी।

ख़ासी सर्द के चलते ढाबे के मालिक ने लड़के से कहकर उनकी खाट के पास एक अलाव रखवा दिया, जिसकी आँच में दोनों ने सर्द से राहत हासिल की।

"अच्छा ये बताओ, तुमने यहाँ आना क्यों छोड़ दिया था?"-अपने ठण्डे हाथों को सुलगते अलाव की सिम्त करते हुए राज ने सवाल दागा था।

सस्सी गर्दन घुमाकर हाईवे की जानिब देखने लगी, गोया उसके कानों ने कुछ सुना ही न हो। राज भी अब सुनसान हाईवे की जानिब देख रहा था, बग़ैर किसी जवाब की उम्मीद के... गोया उसने कभी कोई सवाल किया ही न हो। दूर से एक ट्रक दनदनाता हुआ आया और हाईवे पर बिछी ख़ामोशी को रौंदता हुआ गुज़र गया। दोनों के दरमियान मौजूद ख़ला में वक़्त झूलने लगा और लम्हों ने सरकने से इंकार कर किया। क़िब्ला कि वो इस हालात में अकड़ जाते माहौल में तारीकी फ़ैल गई-अचानक इलाक़े की बिजली चली गई थी।

जाती जाती बिजली अपने साथ उन दोनों के बीच का वो कसाव भी ले उड़ी थी।

"वाकिफ़ न होते हुए भी मैं तुम्हारे यहाँ न आने की वजह को समझ सकता हूँ और अब यह भी समझता हूँ कि कभी-कभी तुम कितना बेसब्र होती होगी यहाँ आने के लिए।"-उसने एक-एक लफ़्ज़ को एहतियात और इत्मीनान के पलड़ों में तौलते हुए कहा। उसकी आवाज़ की संजीदगी सबूत थी

कि वह वाक़ई समझता था उसे, जिसे सस्सी अपने ज़ेहन की क़ैद से आज़ाद नहीं करना चाहती थी।

अलाव की आँच में जब राज ने सस्सी की जानिब सिर घुमाया, तो ख़ुद को उसकी निगाहों की क़ैद में पाया। उसे भी पहली मरतबा ये ऐतबार हो चला था, कि राज वाक़ई वह सब कुछ समझता है जो कभी कोई और नहीं समझ सका था। अलाव की सुनहरी दमक में दोनों के चेहरे खिल उठे। सस्सी के चेहरे से ज़ाहिर था, उसे आख़िर कुछ ऐसा मिल गया है, जो एक अरसा पहले खो गया था... बहरहाल आँखों मे उसकी अब भी वीराना पसरा था। राज ने उसकी आँखों में इस चाहत से झाँका कि उन्हें आबाद कर दे, लेकिन सस्सी ने अपनी आँखें झुका ली और मुस्कुराते हुए बोली, जिसमें चुटकी भर शर्म घुली थी-"अगर तुम अपनी हरकत से बाज़ नहीं आए तो मैं तुम्हें यहीं क़त्ल कर दूँगी।"

अगर आज वह वाक़ई सस्सी के हाथों क़त्ल भी हो जाता तो अफ़सोस न करता, लेकिन इन मख़्सूस (ख़ास) लम्हात में तब ख़लल पड़ गया, जब छोटू खाना लेकर उनके सामने हाज़िर हुआ।

"कभी-कभी तुम मेरे उस पुराने दोस्त की तरह बर्ताव करते हो।"-खाना खाते-खाते अनायास ही सस्सी ने कहा था।

'और...'

"और कुछ नहीं, बस कभी-कभी उसकी परछाई पहन लेते हो तुम।"

"ये अच्छा है या बुरा?"

"तुम्हें क्या लगता है?"

"अच्छा ही होगा, वरना हम इस मौज़ू पर इतने प्यार से बातचीत न कर रहे होते।"

"हाँ, वो सब कुछ....अच्छा था।"-सस्सी कहीं खो सी गयी थी।

"अगर मैं पूछूँ तो क्या तुम मुझे बताओगी, वो कौन है?"

"वो कौन नहीं है ....वो कौन था राज।"

"ओह! माफ़ करना, मुझे नहीं मालूम था, वो तुम्हारे दिल के इतना क़रीब है।"

“हाँ, वो...”-सस्सी ने लम्हा भर ठहरकर कहा-“...था”

राज के हाथ का निवाला थाली में गिर गया और आँखें चन्द लम्हात के लिए झुक गईं। जब उन वज़नी लम्हात का बोझ और बर्दाश्त नहीं हुआ, तो राज ने मौज़ू-ए-गुफ़्तगू (विषय) ही बदल दिया-“इस मौसम में दार्जिलिंग कैसा होता है, मैं वहाँ कभी नहीं गया।”

“इन दिनों दार्जिलिंग बेहद ख़ूबसूरत होता है। अलसाई धुंध सबको छूती है, चाय के बागानों से उतरकर लम्बे-लम्बे पेड़ों पर चढ़ जाती है और पहाड़ियों पर बसेरा करती है, जैसे मुद्दत के बाद कोई लौटकर घर आता है।”-सस्सी के चेहरे पर मुस्कान उगी थी। हर लफ़्ज़ के साथ दबी यादें दिल की सतह पर मचलने लगी थीं, गोया दार्जिलिंग की वो मुख़्तसर वज़ाहत (विवरण) उन्ही यादों से ली थी उसने।

“ये तो एक ख़्वाब लगता है!”

‘मेरे लिए ये वो हक़ीक़त है, जो अब ख़्वाब बन गई है।’-सस्सी के ज़ेहन में ख़याल कौंधा।

खाना ख़त्म होने के बाद दोनों शहर लौटने के लिए गाड़ी के पास जाने लगे, हालाँकि सस्सी के दिल में कुछ और ही था। ये एक ऐसी शाम थी, जिसकी ख़ातिर वह इक मुद्दत से राह तक रही थी। सस्सी इस बेहतरीन शाम के लिए राज का शुक्रिया करना चाहती थी। बुलेट का इंजन धक-धक कर रहा था और सस्सी अब भी खड़ी, राज के पूछने का इंतज़ार कर रही थी, लेकिन राज ने भी अपने ही अंदाज़-ए-बयां में पूछा।

“यहाँ मेरी जेब में कोई दावतनामा तो है नहीं, लिहाज़ा उसकी उम्मीद रखना फ़िज़ूल है, मेहरबानी करो और गाड़ी पर सवार हो जाओ।”

“तुमसे दावतनामे की उम्मीद करना ख़ुद में इक क़िस्म की नाउम्मीदगी है... फ़िलहाल, यहाँ नज़दीक में इक बहुत ख़ूबसूरत जगह है, क्या कहते हो, इस वक़्त चलना चाहोगे?”

आज की रात तुमसे ज़्यादा ख़ूबसूरत और क्या हो सकता है, राज ने ख़्याल किया और जवाबन कहा-“जैसा तुम कहो।”

कुछ दस मिनट हाईवे पर चलने के बाद सस्सी ने गाड़ी को नज़दीक से गुज़रते रास्ते पर डालने के लिए राज से कहा। रास्ता कच्चा और ख़स्ताहाल

था। बुलेट की हेडलाइट के अलावा हर तरफ अँधेरा पसरा था। ऐसी तारीकी में गाड़ी पर इख़्तियार रखना राज के लिए बेहद मुश्किल हो रहा था। बहरहाल, वह पूरी एहतियात से उस टेढ़े-मेढ़े ऊबड़-खाबड़ रास्ते से मोल-भाव करता हुआ, आख़िरकार एक मुख़्तसर पहाड़ी की ढाल तक पहुँच गया, जहाँ काफ़ी सब्ज़ा (हरियाली) मौजूद था। उसे वीराने में सब्ज़ा देखकर उतना ताज्जुब नही हुआ था, जितना अचानक फ़िज़ा में बढ़ी हुई सर्दी से हुआ था। थोड़ा और आगे चलने के बाद सस्सी ने उसे गाड़ी रोकने का इशारा किया और गाड़ी के रुकते ही वह बिना कुछ कहे, उतरकर सब्ज़े से दूर जाने लगी। राज ने उसके कदमो का पीछा किया, तो उसके क़दम उसे एक तालाब के मुहाने तक खींच लाए। फ़लक पर चमकता आधा-चाँद, तालाब को वो ख़ूबसूरती मयस्सर कर रहा था, जो उगता सूरज आज तक कभी किसी समंदर को नहीं कर सका था। ठहरे हुए पानी की सतह महताब के ग़ुरुर से रोशन थी, और आस्मां के दुपट्टे पर जड़े हुए सितारों की परछाई तालाब की तह से आस्मां को निहार रही थी। किनारों पर ख़ामोश खड़े दरख़्तों की परछाई भी पानी पर किसी मुसव्विर(चित्रकार) की तस्वीर मालूम होती थी। तालाब की दूसरी जानिब एक ज़मीन का उठता हुआ टुकड़ा था-किसी बैल के कूबड़ सा-और वैसा ही कूबड़ पानी की सतह पर तालाब के ठीक बीचो-बीच भी मौजूद था। यहाँ तक कि एक बेनियाज़(बेपरवाह) परिंदा इन दो घुसपैठियों की आमद से बेख़बर उस टापू को अपनी सल्तनत मानकर वहाँ आराम से बैठा रात बसर कर रहा था।

टहलती हुई सस्सी किनारे तक गई और पानी को छूकर तालाब में हलचल पैदा कर दी और भीगी हुई उँगलियाँ लेकर राज के पास लौट आई। उन सर्द उँगलियों को उसने राज के चेहरे पर आहिस्ता से रख दिया। राज ने आँखें मूँद ली और एक गहरी ठंडी आह भरी। उसके पूरे जिस्म में सिहरन दौड़ गई, गोया उन उँगलियों के सर्द पोरों ने उसकी रूह को छू लिया हो।

सस्सी ने उँगलियाँ हटाकर पूछा-"कैसा लगा?"

उसने भी बंद आँखों से जवाबन कहा-"जैसा पहले कभी नहीं लगा।"

जब उसकी आँख खुली तो उसने सस्सी को तालाब के साथ-साथ टहलते पाया। उसके अंदर एक हूक उठी, जिसके बाद वह सस्सी के पीछे चलने लगा। लेकिन उसने सस्सी और अपने दरमियान एक फ़ासला क़ायम रखा। वह उसके रखे हुए क़दमों पर अपने क़दम रख रहा था और आँखें

उसकी, सस्सी के हाथों की जुम्बिश का पीछा कर रही थीं। कुछ वक़्त के बाद सस्सी रुक कर तालाब को निहारने लगी। उसकी आँखें कुछ यूँ खुलीं, गोया सूफ़ियों के दिल के पट खुलते हैं और हाथ हवा में थोड़ा फ़ैल गए, गोया वह इस जहान को ख़ुद में समाने का क़ौल कर रही हो। ये देख इक हवा का झोंका उससे लिपट गया और उसके काँधों पर आरामदोज़ बाल, हवा के परों पर सवार हो गए। वक़्त के उन ख़ास लम्हात में राज को इक रूहानी एहसास हुआ। जब सस्सी मुड़ी, तो उसने राज को चन्द गज़ के फ़ासले पर खड़ा पाया। उसकी नज़रों में इश्क़ और परस्तिश घुली हुई थी। सस्सी से रहा न गया... वह क़रीब गई और मुस्कुराकर उसका चेहरा अपने हथेलियों की ओक में भर लिया। दोनों तालाब के किनारे पर मौजूद एक चट्टान पर जाकर बैठ गए और उनकी उँगलियाँ बेसाख़्ता एक दूसरे में उलझ गईं, और फिर उन्हें सुलझाने की ज़हमत दोनों ने ही नहीं की।

राज की पीठ पर सर रखकर वह तमाम रास्ते सोती रही थी और जब गाड़ी रुकी, तो उसकी आँख खुल गई-"क्या हम पहुँच गए?" उसने पूछा, गोया वह अब भी ख़्वाब में हो।

"हाँ, हम पहुँच गए; तुम ठीक हो न!"

"बड़ी जल्दी पहुँच गए, क्या तुमने गाड़ी को उड़ाया था?"

"नहीं, तुम्हारी आँख लग गई थी।"

"हम्म...मेरी आँख लग गई थी।"-वह जम्हाई लेती हुई गाड़ी से उतर गई।

राज ने जैसे ही फ्लैट का दरवाज़ा खोला, तो सस्सी बक़ायदा सोफ़े पर जाकर कटे हुए दरख़्त की तरह बेदम गिर गई और राज ख़ुद, बग़ल वाले सोफ़े पर बैठकर इत्मीनान से अपने जूतों के फीते खोलने लगा।

"राज..." सस्सी ने बंद आँखों से पुकारा-"अगर मैं तुमसे इस वक़्त चाय बनाने की गुज़ारिश करूँ तो तुम इंकार तो नहीं करोगे?"

"एक शर्त पर... तुम यहीं सोफे पर ढेर नहीं होगी।"-फीते खुलने के बाद उसने उँगलियाँ मलते हुए कहा।

'मंज़ूर'

उसकी मंज़ूरी और किसी शराबी का क़ौल, उस वक़्त बिलकुल एक से

लग रहे थे। राज को यक़ीन था, कि सस्सी यहीं सोफे पर ही ढेर हो जाएगी, लिहाज़ा उसने अपनी सर्द उँगलियाँ उसके रुख़सार पर रख दी और उसकी आँख खुलते ही हटा भी ली और हँसता हुआ बावर्ची ख़ाने की तरफ़ चला गया। आँख को फिर से बंद करते हुए सस्सी के मुँह से प्यार के दो लफ़्ज़ फूट पड़े-"पागल कहीं का..."

चाय को चूल्हे पर चढ़ाकर वह सस्सी से गुफ़्तगू करने की कोशिश करने लगा कि कहीं वह सो न जाए।

"कल क्या करने का इरादा है?"

"हम्मम...."

"अरे, मैं पूछ रहा हूँ कल का क्या इरादा है।"

"कुछ सोचा नहीं"

"तुम दफ़्तर जाओगी क्या?'

"पता नही"

"मैं क्या सोच रहा हूँ, हमें इस बावर्चीख़ाने का पूरा इस्तेमाल करना चाहिए, क्या कहती हो?"

'हम्मम...'

"रोज़ रोज़ बाहर से खाना मँगवाने की बजाए खाना पकाना कैसा रहेगा?"

"जैसा तुम्हें ठीक लगे कर लो।" -सस्सी ने चिड़चिड़े लहज़े में कहा।

अब जब चाय ने खौलना शुरू किया, तो राज ने भी अपनी पूरी तवज्जोह उसमें झोंक दी और सस्सी ने चैन की साँस ली। चाय के तैयार होते ही उसने दो प्यालों में चाय उतारी और सस्सी की ख़िदमत में हाज़िर हो गया। लेकिन अब बदनसीबी चाय की कहें या राज की, कि सस्सी अपना वादा तोड़कर वहीं सोफ़े पर ढेर हो चुकी थी। उसने सधी हुई आवाज़ में सस्सी का नाम पुकारा, लेकिन उसकी निदां(पुकार) सस्सी की नींद में सेंध नहीं लगा पाई। लिहाज़ा सस्सी की आँखें बंद ही रहीं, यहाँ तक कि पलकों में हरकत तक की गुंजाइश भी मुमकिन न हो सकी। सस्सी के प्याले को एक तरफ़ रखकर राज बग़ल वाले सोफ़े पर बैठ गया और अपने प्याले से मीठी मीठी चुस्कियाँ

लेता हुआ पुरसुकून सोई सस्सी को निहारता रहा। चन्द लम्हात यूँ ही गुज़र जाने के बाद एक फ़ितूर की गिरफ़्त में आकर उसने सस्सी के गुलाबी रुख़सार को वैसे ही छुआ, जैसे सस्सी ने तालाब के किनारे पर उसके गालों को छुआ था। फ़र्क़ महज़ इतना था, कि राज की उँगलियाँ चाय की प्याली से गरम थीं, और सस्सी की तालाब के पानी से सर्द और भीगी हुई। बेसुध सस्सी का दाहिना हाथ हरकत में आया तो राज ने फ़ौरन अपना हाथ खींच लिया। सस्सी ने अपने गाल को उसी ठौर पर छुआ, जहाँ राज ने अपनी कुनकुनी उँगलियाँ रखी थी और फिर नाक को मलने के बाद बेदम हुआ हाथ ज़मींदोज़ हो गया।

चाय पीने के बाद वह सस्सी के कमरे से उसके लिए रजाई लेने चल दिया। बहरहाल, दरवाज़ा खोलने के लिहाज़ से ज्यों ही उसने हैंडिल को मुट्ठी में लिया, तो सस्सी की दी हुई चेतावनी उसके ज़ेहन में कौंध गई। अगले ही पल उसने हैंडिल को अपनी मुट्ठी से आज़ाद कर दिया और पलटकर अपनी रजाई लाने के लिए ख़ुद के कमरे की सिम्त चला दिया। रात की बढ़ती हुई सर्द में सस्सी सोफ़े पर ख़ुद में सिकुड़ती जा रही थी। राज ने उस पर अपनी रजाई डाल दी, हालाँकि उसका ज़मींदोज़ दाहिना हाथ अब भी रजाई से बाहर झाँक रहा था और उँगलियाँ मुरझाई हुई थीं। राज उन उँगलियों को घूरने लगा। उसने यूँ मुरझाई हुई उँगलियाँ पहले भी देखी थीं, लेकिन इतनी ख़ूबसूरत और नाज़ुक उँगलियों का दीदार वह पहली मर्तबा कर रहा था। वह फिर से उठा और अपने कमरे में चला गया। इस बार एक गद्दा, तकिया और बची हुई चादरें भी ले आया। गद्दे को उसने सोफ़े के सामने खाली जगह पर डाल दिया, जहाँ कभी काँच की मेज़ हुआ करती थी और वहीं रात बसर करने का फ़ैसला कर लिया।

* * *

महज़ चादरों की गर्माहट तले दिल्ली की सर्द रातों में चैन से सो पाना आसान नहीं होता। बहरहाल राज ने शिकस्त क़बूल नहीं की और तमाम शब वह उन चादरों तले सोने की पुरज़ोर कोशिश करता रहा। गुज़रती शब के साथ दिल्ली का पारा भी गिरता रहा था। कई मर्तबा उसे यह ख़्याल भी आया कि सस्सी की चेतावनी को ताक़ पर रखकर उसकी रज़ाई को कमरे से निकाल लिया जाए, लेकिन फिर एक डर भी था।

चादरों के नीचे सिकुड़ा हुआ राज, भले नीम जागा नीम सोया था,

लेकिन हवास उसके यक़ीनन जम चुके थे।

सुबह जब वक़्त से बेख़बर सस्सी की नींद टूटी, तो वह वहीं सोफ़े पर उठकर बैठ गई। आँखें उसकी अब भी ठीक से खुली नहीं थीं गोया उन पर गुज़िश्ता शब के ख़्वाबों का बोझ अब भी मौजूद था। और जब वह बोझ उतरा और नज़दीक ही चादरों में दुबक कर सोते हुए राज पर नज़र पड़ी, तो उसके होश फ़ाख़्ता हो गए। राज के घुटने मारे सर्द के उसकी छाती से जुड़ गए थे। उसने फ़ौरन गर्दन घुमाई तो राज के कमरे का दरवाज़ा खुला पाया और जब ख़ुद के कमरे की जानिब रुख़ किया तो दरवाज़े को बंद पाया। उसके मुँह से अचानक फूटा-हे भगवान!

वह फ़ौरन उठी और अपनी रजाई को राज के सिकुड़े हुए जिस्म पर फैला दिया। सस्सी के जिस्म की गर्माहट, जो अब भी उस रज़ाई में मौजूद थी, चादरों से गुज़रकर राज के जिस्म में समा गई। उसका सिकुड़ा हुआ जिस्म आहिस्ता-आहिस्ता फैलने लगा और कच्ची बेख़बर नींद भी पकने लगी।

"शुक्र है ऊपरवाले का, बुख़ार नहीं हुआ..."-सस्सी बड़बड़ाई, जब उसने रजाई में हाथ डालकर राज की पेशानी को छुआ।

कभी जिनका बाइस वीर था, आज सस्सी को राज के लिए वही जज़्बात महसूस हुए थे। चुनांचे उसने ख़ुद को न क़ाबिल-ए-ऐतबार महसूस किया, गोया कोई गुनाह किया था उसने। एहसास-ए-जुर्म ने उसके ज़मीर का पैमाना छलका दिया, कि वह ख़ुद को इन हालात में आगे बढ़ने से रोक ले, जब ग़ालिबन ख़ुद ही को रोक पाना नामुमकिन सा लग रहा था। वह जितना ख़ुद को खींचती, उसके अंदर का टूटा हुआ वक़्त उतना ही ऐंठने लगता और सुर्ख़ दिल और सुर्ख़ होकर सियाह पड़ने लगता और तब उसके भीतर एक ज़बरदस्त चाह उठती, उसका तराशा हुआ चेहरा एक बार और देख लेने की। कभी-कभी राज की हल्की सुर्ख़ आँखें उसे इतना कमज़ोर कर देतीं कि वह तसव्वुर में ख़ुद को शिकस्ता होते हुए महसूस करती।

तक़रीबन साढ़े आठ बजे चाय को चूल्हे पर चढ़ाकर सस्सी हॉल में दाख़िल हुई और अख़बार को लेकर बैठ गई। उसकी निगाह ख़बरों पर तेज़ी से सरक रही थी। हर मुड़ते सफ़हे पर गुज़िश्ता रात का मंज़र उसके तसव्वुर में शिरक़त कर रहा था। वह बार-बार ख़ुद को राज के साथ तालाब के किनारे पर खड़ी महसूस कर रही थी, गोया ज़िन्दगी उसे अब इससे बेहतर कुछ और दे ही

नहीं सकती... गोया उसे आख़िरकार ज़िन्दगी का कोई नया मानी मिल गया है; गोया उसे अब किसी सवाल के किसी जवाब की कोई दरकार ही नहीं है। गोया उसे अब उसकी बरसों से खोई तक़दीर मिल गई है।

तमाम एहसासात को उसने उस एक तसव्वुर में जी लिया था। बहरहाल, एक असमंजस उसमें अब भी बाक़ी था-एक औरत का असमंजस। असमंजस, जिसकी परछाई तो थी लेकिन कोई जिस्म नहीं। इक बलवा नए नए हुए इश्क़ का, इक इल्ज़ाम खो चुके इश्क़ का, इक खौफ़ सब कुछ फिर से खो जाने का, इक क़ैद ख़ुद से तनहाइयों में किये वादों का, इक सवाल उस पुल को फिर पार पर लेने का।

इन सब के दरमियान फँसी सस्सी, ख़ुद को अख़बार के पन्नों में उलट-पलट कर तलाश कर रही थी। आख़िरकार जब उसके लिए उलझन को सुलझाना नागुमकिन हो गया और तूफ़ान ने अपनी इन्तेहा हासिल कर ली, तब अख़बार ने ख़ुद को हॉल के एक कोने में बिखरा हुआ पाया, जैसा अक्सर किसी तूफ़ान के गुज़र जाने के बाद होता है। अपनी हथेलियों में ख़ुद का चेहरा रखकर उसने चन्द गहरी साँसें ली और आँखों पर बने उँगलियों के खाँचों से राज को बिना पलके झपकाए, हैरत से निहारती रही। वह नींद की क़ैद से आज़ाद हो, इससे पहले सस्सी अपनी ख़्वाहिश में उसके अक्स को ख़ुद की आँखों में भर लेना चाहती थी। बंद पलकों के पीछे राज की आँखों में हरकत, किसी ख़्वाब के होने की तस्दीक कर रही थी। सस्सी ने सोचा कि वह उसके ख़्वाब में इक दफ़ा झाँक ले, लेकिन उसके वास्ते उसे दोनों के दरमियान के फ़ासले को कुर्बत (नज़दीकी) में तब्दील करना होगा, जिसकी हिम्मत अभी उसमे हरगिज़ न थी।

वीर के चले जाने के बाद उसने ख़ुद से वादा किया था कि वह उससे फिर मिलेगी... लेकिन चन्द ज़रूरी बातें जैसे कब, कहाँ, कैसे-उसे न तब मालूम थी और न अब।

चाय को प्यालों में उतारकर सस्सी एक दफ़ा फिर से सोफ़ा पर आकर बैठ गयी।

"राज...राज...राज...उठो...चाय तैयार है!"

"वक़्त क्या हुआ है?"-बंद आँखों से राज ने पूछा।

"नौ बजने वाले हैं...चलो उठो।"

उसने रजाई को सरकाया और उठकर बैठ गया। आँखें उसकी हल्की सूजी हुई थीं। मुस्कुराते हुए उसने सस्सी को 'गुड मॉर्निंग' कहा। मालूम होता था जितनी भी नींद उस रात वह सोया था और जिस भी ख़्वाब से गुज़रा था, दोनों ही बड़े हसीन रहे। अव्वल आँख खुलते ही नज़र उसकी सीधी सस्सी पर पड़ी थी और उसने ख़याल किया कि अब तमाम उम्र गर सुबह हो, तो बस उसके दीदार से हो, वरना हो ही न। चन्द लम्हात उसे यूँ ही नज़र भर देख लेने के बाद वह उठ खड़ा हुआ और सुस्ती दूर करने के लिहाज़ से अँगड़ाई लेने लगा और तभी बेसाख़्ता सस्सी चीखी-"छी! तुम कितने वाहियात हो...ये क्या बेहूदगी है?"

राज चौंक कर उसकी जानिब देखने लगा-"कैसी बेहूदगी...!"

"तुम्हारा पैजामा"-सस्सी ने मुँह फेर कर जवाब दिया।

"पैजामे को क्या हुआ?"

"देखो उसे..."-उसने अब भी मुँह फेर रखा था।

राज की नज़र ज्योंही अपने तम्बू के माफ़िक़ तने हुए पैजामे पर गई तो वह फ़ौरन वहीं बैठ गया, जहाँ से उठा था।

"अम्मम... वो... सोने के बाद रातभर... सुबह-सुबह... अम्मम... वो... सभी... सभी मर्दों को ऐसा होता है।"-इस अजीब सूरत- ए-हाल ने उसकी ज़बान को हकलाना सिखा दिया था।

शर्मिन्दगी और असमंजस की हालत में राज नज़रें झुकाए तम्बू के बैठने का इंतज़ार करने लगा ताकि वह वहाँ से उठकर अपने कमरे में जा सके। लेकिन जब सब्र का प्याला छलक गया तो वह यकलख़्त कुलाँचे मारता हुआ फ़ौरन अपने कमरे में दाख़िल हो गया, इस बात से बेपरवाह कि सस्सी अब भी वहीं सोफे पर बैठी चाय की चुस्कियाँ ले रही थी। वह सीधा अपने कमरे में आईने के सामने जाकर रुका और पैजामे में तम्बू को बतौर तवज्जोह देखने लगा, गोया पहली मर्तबा देख रहा हो। उसे वह बड़ा ही ग़ैरमामूली लगा। हालाँकि उन दिनों एक यही चीज़ थी जो उसकी ज़िन्दगी में ग़ैरमामूली नहीं थी। ख़ैर, वो ख़याल फिर उसके ज़हन से गुज़र गया और जाते जाते अपने पीछे एक शरीर मुस्कराहट छोड़ गया था।

“राज...यहाँ रखी तुम्हारी चाय ठण्डी हो रही है, जल्दी बाहर आओ!”-कुछ वक़्त बीत जाने के बाद जब वह अपने कमरे से बाहर नहीं आया तो सस्सी ने उसे आवाज़ दी और तभी राज के कमरे का दरवाज़ा खुला। उसके चेहरे पर गुनगुने पानी के छींटे सरक रहे थे। उसने सस्सी के बग़ल वाले सोफ़ा पर बैठते हुए नज़दीक रखे चाय के प्याले को उठा लिया। तभी सस्सी ने कहा-“ठण्डी हो चुकी है, लाओ दूसरी बना दूँ।”

इतना कहकर उसने एक हाथ से राज के हाथ में वो अख़बार थमा दिया जो कुछ वक़्त पहले तक हॉल के इक कोने में बिखरा पड़ा था और दूसरे हाथ से उसका ठण्डी चाय का प्याला ले लिया।

“तुम्हारी चाय...”- अव्वल वह अपनी बात को पूरा करता, सस्सी तड़की-“क्या कोई खाली कप दिख रहा है तुम्हें?”

“मेरी ग़लती है।” राज ने इतनी दबी हुई आवाज़ में कहा, गोया ज़ेहन से निकले अल्फ़ाज़ हलक में ही घुटकर रह गए थे और मुँह से महज़ उनके चन्द क़तरे बाहर टपके। उसने सस्सी की सिम्त नहीं देखा, लेकिन वह अब भी वहीं खड़ी तंज़िया नज़रों से उसे देखती रही और फिर राज के लिए चाय बनाने बावर्चीख़ाने चली गई।

‘मोहतरमा ने इतनी सुबह-सुबह नाक पर ग़ुस्सा कहाँ से बैठा लिया... ज़रूर मेरे पैजामे की करामात होगी।’-सोचता हुआ राज दिल ही दिल हँसा और यकलख़्त उसके मुँह से टपका ‘धत तेरे की’ जो ज़मीन से टकराकर सीधा सस्सी के कान पर जा बैठा।

“क्या हुआ?”-बावर्चीख़ाने से सस्सी की आवाज़ आई, जो उम्मीद से ज्यादा नाज़ुक थी। राज ने जवाब देने के लिए सर को घुमाया तो सस्सी के रुख़ पर मुस्कराहट को लुक्का छुप्पी करते पाया। मुमकिन है उसके ज़हन में भी कुछ दिलचस्प ख़यालात कुलबुला रहे थे... जैसे राज का पैजामा जो उस वक़्त तो फ़ुहश लगा था, हालाँकि अब हँसने की वजह बन गया था।

“क्या हुआ?”-उसने फिर पूछा।

“कुछ नहीं... कुछ नहीं... अखबार में कोई ख़बर है।”

“तुमने वो ख़बर पढ़ी... कल की रात पिछले दस सालों की सबसे सर्द रात थी।”-हाथ में चाय का प्याला लिये हॉल में आते हुए सस्सी ने कहा था

और गुज़िश्ता शब का ख़याल उसके ज़हन में कौंध गया-ऐसी सर्द रात, राज ने मेरी ख़ातिर महज़ दो चादरों में गुज़ार दी।

सस्सी के ज़हन के ख़याल को पकड़ लेने के इरादे से राज ने उस पर निगाह फेंकी।

"तुम ठीक से सोए थे?"-सस्सी ने नज़रें चुराते हुए पूछा, अगरचे लहज़े की बेतकल्लुफ़ी दग़ा दे गई थी। राज उसके सवाल की ओट में छिपी वजह को ताड़ गया और जवाबन बोला-"मैंने दस सालों की सबसे सर्द रात, महज़ दो चादरों के भरोसे पर गुज़ार दी; मुझे लगता है तुम्हें अंदाज़ा होगा ही, कि मैं कितना ठीक से सोया हूँ।"

"तुम मुझे जगा भी तो सकते थे!"-सस्सी ने यूँ कहा, मानो ग़लती राज की ही हो।

राज पलटकर ठीक सस्सी के सामने बैठ गया-"तुम थकी हुई थी..."

"लेकिन रात कितनी सर्द थी... तुम्हें मेरी रजाई ले लेनी चाहिए थी।"

"हम्म्म...लेकिन तुमने मना किया था बिना इजाज़त अपने कमरे में क़दम रखने से।"

"हाँ...लेकिन तुम्हारे पास वाजिब वजह थी....अच्छा वैसे..."

वह कहते-कहते रुक गई। उसके होंठ सिल गए, गोया गर एक और लफ़्ज़ निकाला तो क़यामत आ जाएगी। ग़ालिबन, उसके बनावटी रवैये ने उसे 'शुक्रिया' कहने की इज़ाज़त नहीं दी थी, या फिर वह डरती थी ख़ुद को ज़ाहिर करने से। मुमकिन यह भी था कि वह राज को इस बात का इल्म नहीं होने देना चाहती थी कि उस रात के बाद राज अब उसके लिए महज़ एक आदत नहीं रह गया था।

सस्सी के हाथों में चाय के दो प्याले थे और राज उसकी जानिब देख रहा था, इस इंतज़ार में कि वह अपना अधूरा जुमला पूरा करे-बख़्श दे सुकून के दो मीठे लफ़्ज़ कि उसके तजस्सुस को क़रार आ जाए। गुज़िश्ता शब जो कुछ भी राज ने ग़ैर इरादन किया था, वह करतूत उसके ग़ैर-मन्तकी जज़्बात की थी, जिन्हें अब वह दिल की गहराइयों में सस्सी के लिए महसूस करने लगा था।

एक ऐसी बेक़रारी, जिसे बयान करना मुश्किल था। पूरा वक़्त राज के चेहरे पर कशीदा (खींची हुई) रही और चाय के प्यालों के खाली होते ही सस्सी

उन्हें उठाकर ज़मींदोज़ नज़रों के साथ बावर्चीखाने में लौट गई। अंदर ही अंदर वह इस एहसास का लुत्फ़ उठा रही थी, लेकिन इसका इल्म वह राज को हरगिज़ नहीं होने देना चाहती थी।

''राज, तुम अब जब चाहो मेरे कमरे में आ सकते हो, बस खटखटाना याद रखना।''-जूठे प्यालों को धोते हुए सस्सी ने कहा था। वह फ़ौरन पलटा, लेकिन 'शुक्रिया' नहीं कह सका, जैसे सस्सी नहीं कह सकी थी। महज़ एक बड़ी सी मुस्कराहट उसके होठों पर कशीदा हो गई, जो दायें कान से शुरू होकर बाएँ कान पर ख़त्म होती थी।

* * *

उस रोज़ दफ़्तर के लिए तैयार होते हुए राज, काफ़ी वक़्त यूँ ही आईने के सामने खड़ा ख़याल करता रहा कि वह सस्सी से किस तरह पूछे। आज के लिए वह उसे और नाराज़ नहीं करना चाहता था। उसे यक़ीन था कि आज का दिन बड़ा ही मुबारक है... चूँकि सुबह से कोई भी नागवार हरकत जो नहीं गुज़री थी, सिवाय एक के।

यक़ीन लबरेज़ होने के बावजूद, नाउम्मीद ख़यालात की गिरफ़्त में वह फ़ैसला नहीं कर पा रहा था। आतिश अंगार ख़्वाहिश ने उसके तसव्वुर और हक़ीक़त का फ़र्क़ धुँधला दिया था। वह बुत बना तमाम इमकानात (सम्भावनाएँ) आईने में देखता रहा और जब कोई इमकान बाक़ी न रहा, तो वह अपने कमरे से बाहर निकला और सस्सी के कमरे के दरवाज़े पर आकर एक पुर-यक़ीन दस्तक उठाई।

''अंदर आ जाओ।''-कुछ यूँ उसकी दस्तक का जवाब आया।

हैंडल को एक ओर घुमाकर वह चन्द लम्हात के लिए रुक गया। उससे दरवाज़ा नहीं खोला, गोया अपने यक़ीन की गहराई को एक बार फिर से माप लेना चाहता हो। जब आहिस्ता से उसने दरवाज़ा खोला तो वह दाख़िल नहीं हुआ, महज़ जमे हुए पैरों पर खड़ा वहीं से अंदर देखने लगा। कमरे की हरेक चीज़ अपनी तयशुदा जगह पर मौजूद थी, गोया किसी मुआहिदे के तहत वो उस कमरे का हिस्सा बनी हो, मुताबिक़ जिसके, वो चाहकर साँस तक नहीं ले सकती थी, जगह से हिलना तो दूर की बात है। बिस्तर के सिरहाने की दीवार पर चन्द तसवीरें टँगी थीं। राज को मालूम था कि रंगसाज़ी सस्सी का शौक़ है और पता उस रोज़ चला, जब इक शाम वह रंगों और ब्रश के साथ दफ़्तर से

लौटी थी। हालाँकि राज को उसकी रंगसाज़ी देखने का मौक़ा पहले कभी नसीब नहीं हुआ था। सस्सी का यक़ीन, उसका दर्द, उसकी ख़्वाहिशें, उसके एहसास, उसका तमाम वजूद, राज साफ़ तौर पर उसकी रंगी हुई तस्वीरों में देख सकता था। उसके रंगों में फ़लसफ़ी की बातों सी गहराई थी और कैनवास पर बेतरतीबी से खींची हुई लकीरें मुफ़क्किरों (सोचने वालों) के ख़यालात की उलझने बयां करती थीं। वह तमाम तसवीरें उसकी रूह के ख़ानाबदोश होने का सबूत थीं- जिसका कोई ठिकाना नहीं था, लेकिन ठिकाने का इक धुँधला सा इल्म ज़रूर था।

आईने के सामने खड़ी सस्सी ने आईने में राज की आवारगी करती नज़रों को देखा और उसके कुछ कहने का इंतज़ार करने लगी। वह अपने भीगे हुए बाल आहिस्ता-आहिस्ता के झाड़ रही थी। मालूम होता था हाल ही में ग़ुसलखाने से नहाकर आई है। उसके बदन पर सफ़ेद कुर्ती ख़ूब फ़ब रही थी। राज की बहकी हुई नज़रें जब उसकी पीठ पर पहुँचीं तो वहीं ठहर गईं। उसके लम्बे गीले बालों से सरकती पानी की बूँदों से उसकी पीठ तर थीं और पानी में जज़्ब लटें उसके गालों को मुसलसल चूम रही थीं। जब उसकी नज़र आईने पर पड़ी, तो सस्सी की नज़रों से मिल गई, लेकिन उसे राज ने जान-बूझकर नजरअंदाज कर दिया। सर से पाँव तक सस्सी को निहारते हुए बतौर ताज्जुब उसने ख़याल किया कि उसके यक़ीन की आला तख़लीक़ (रचना) सस्सी ही है।

"मुमकिन है अपनी पूरी शिद्दत से उसके बुत को गढ़ा था इस मख़्लूक़ को गढ़ने वाले बुतसाज़ ने और बाद उसके, ख़ुद ही के हाथों को क़लम भी कर दिया होगा, ठीक वैसे ही, जैसे ताजमहल के गढ़ने वालों के हाथों को किया गया था। और अब वो बैठा, करता होगा अफ़सोस अपने इस अमल पर..."

आईने में सस्सी की उभरी हुई छाती का अक्स मौजूद था, गोया कमरे की सारी हवा उसने अपनी छाती में खींचकर क़ैद कर ली हो और ख़ुद ख़ला में खड़ी हो। एक लहराती लकीर उसके काँधों से खिंचती हुई पुश्त से गुज़रकर कूल्हों से सरकती, पैरों से फिसलकर ज़मीन में जज़्ब हो गई। लकीर के निस्बती उठाव और झुकाव इस क़दर कामिल थे, गोया उन्हें खींचने वाला ज़रूर कोई बुतसाज़ या मुसव्विर रहा होगा। राज, आईने में उसे बतौर हैरानी निहारता रहा। हालाँकि, सस्सी ने चाहा कि एतराज़ ज़ाहिर करे उसकी गुस्ताख़ नज़रों पर, जो उसके बदन की वो पैमाइश कर रही थीं, जो पहले कभी किसी

और ने नहीं की थी। शायद वह ख़ुद चाहती थी कि राज उसे उन चाहत भरी नज़रों से देखे। एक मुद्दत गुज़री, ख़ुद पर ऐसी नज़रों को महसूस किए हुए। आख़िरकार उसकी वह ख़्वाहिश पूरी हो ही गई, कि कोई वीर के बाद उसे वीर की नज़रों से देख रहा था। वह चाहकर भी इस नज़र को नज़रअंदाज़ न कर सकी और फिर वो लम्हा आया, जिसमें दोनों ने आईने में एक-दूसरे की निगाह को थाम लिया।

चूँकि दोनों का आमना-सामना आईने में हुआ था, तो मुमकिन है इस रियायत ने उनकी हिम्मत को और भी बुलंद कर दिया होगा। दिल ही दिल, राज उसकी ख़ूबसूरती का एहतराम कुछ यूँ कर रहा था, गोया कोई तनहाई में कोरे काग़ज़ पर वस्ल की एक नज़्म लिखता हो। सस्सी ने आख़िरकार राज की बेख़ुदी को अंजाम मुहैया किया, जब वह मुड़कर पैमाइश करते क़दमों से उसके पास आई और उसकी आँखों में अपनी आँखें उतारकर उसके दाहिने हाथ को थाम उसे अपने बिस्तर पर लाकर बिठा दिया।

उसके बाद वह आईने के पास लौट गई।

अब, जब बिस्तर पर बैठे राज ने फिर से आईने में सस्सी को बेख़ुद नज़रों से निहारना चाहा तो उनमे ख़ुमारी नहीं थी। अब उस पर हवास तारी था-तिलिस्म टूट चुका था। उसे वहाँ से उठकर भाग जाना बेहतर लगा। उसने भाग जाने की चाहत को दबाने की लाख कोशिश की, लेकिन सब फ़िज़ूल। उसने चाहा कि बेख़ुदी लौट आए, लेकिन यह भाग जाने से और भी मुश्किल लगा। राज ख़ुद में धँसता चला जा रहा था। क़िब्ला उसके पैर सुन्न पड़ जाते। वह वहाँ से उठकर सीधा अपने कमरे के लिए भागा और हॉल में सोफे पर आकर गिर गया-पैरों ने उसका साथ छोड़ दिया था-और उम्मीद करने लगा कि ज़हन में ख़यालात का तूफ़ान ठहर जाएगा, लेकिन ऐसा नहीं हुआ... सस्सी का बुत अब भी उसके तसव्वुर में क़ायम था।

बेकस खड़ी सस्सी ने आईने में राज को कमरे से बाहर जाते देखा और अचानक उसके काँधों पर मानो मनो वज़न आ गिरा... उसके पैर लरज़ने लगे। ख़ुद का वज़न ख़ुद की बर्दाश्त से बाहर हो गया और वह नज़दीक रखे स्टूल पर बैठ गई। उसे समझ नहीं आ रहा था कि ये जज़्बात उसे किस तरफ खींच रहे थे। मुमकिन है गुज़रे वक़्त से दूर...वीर से दूर।

होता है... अक्सर ऐसा ही होता है उन लोगों के साथ, जो ज़िन्दगी की

बागडोर जज़्बात के हवाले कर देते हैं...

अपने कमरे से दफ़्तर के लिए तैयार होकर जब सस्सी, लैपटॉप उठाए हॉल में दाख़िल हुई तो राज वहाँ मौजूद नहीं था। कुछ वक़्त वह बुत बनी वहीं खड़ी रही, इस उम्मीद में कि राज कहीं से भी वहाँ हाज़िर हो जाएगा और तब ही दरवाज़े की घंटी बजी। उसे लगा कि राज होगा। उसने फ़ौरन दरवाज़ा खोल दिया। दरवाज़े पर डाकिया था। उसने सस्सी का नाम पूछा और एक काग़ज़ पर दस्तख़त लेने के बाद उसे एक लिफ़ाफ़ा थमाकर चला गया। लापरवाही से उसने लिफ़ाफ़े को टीवी के नज़दीक रख दिया, बग़ैर यह देखे कि भेजने वाला कौन है और लिफ़ाफ़े में क्या है। राज का अब और इंतज़ार किए बग़ैर वह फ्लैट से निकल गई। न जाने क्यों, लेकिन लिफ्ट में नीचे आते वक़्त भी वह उस वाक़िये के बारे में ही सोच रही थी। उसे राज का यूँ कमरे से चले जाना बुरा लगा था। सस्सी, महज़ वहाँ उसकी मौजूदगी चाहती थी और कुछ नहीं।

पार्किंग से गुज़रते हुए सस्सी ने राज को अपनी बुलेट के पास ख़ड़ा पाया। उसने सोचा कि नज़रअंदाज़ कर दे, लेकिन राज ने उसे ऐसा हरगिज़ नहीं करने दिया।

"सस्सी...रुको...!"

"तुम यहाँ क्या कर रहे हो?"

"कुछ ख़ास नहीं, बस तुम्हारे नीचे आने का इंतज़ार।"

'क्यों?'

"सिर्फ इतना पूछने के लिए कि तुम टैक्सी का किराया कितना देती हो?"

"क्यों बातें बना रहे हो, सीधे सीधे क्यों नहीं कहते, जो कहना चाहते हो!" सस्सी मुस्कुराई।

"ठीक है, मैं चाहता हूँ कि अब से तुम रोज़ मेरे साथ दफ़्तर चला करो, मेरी गाड़ी पर।"-उसने आख़िर कह ही दिया। अपने जज़्बात को ज़ुबान देकर उसके दिल से एक भारी बोझ उतर गया था। ताज्जुब है, उसमें इतनी हिम्मत आई कहाँ से! मुमकिन है जाते जाते बेख़ुदी अपने पीछे ये हिम्मत छोड़ गई थी उसके लिए।

राज के चेहरे पर आँखें रखकर वह इंतज़ार करने लगी, गोया उसके सबर

का इम्तिहान ले रही हो, उसकी ग़रक़ होती धड़कन की पैमाइश कर रही हो। और इससे पहले कि ग़रक़ होती धड़कन, समंदर की तह को छू जाती, वह मुस्कुराती हुई उसकी बुलेट की पिछली सीट पर बैठ गई। राज की ख़ुशी का ठिकाना न रहा और उसकी ख़ुशी देखकर सस्सी का रद्दे-अमल वैसा ही हो गया, जैसा बच्चों को ख़ुश होता देखकर बुज़ुर्गों का हो जाता है। राज के अंदर का बच्चा अब भी बच्चा ही था।

आज ख़ासतौर पर सस्सी ख़ुश लग रही थी। बहरहाल, उसका पूरा दिन काम की मसरूफ़ियत में सर्फ़ (ख़र्च) हुआ था। बावजूद इतनी मसरूफियत के वह शाम की ब्लैक कॉफ़ी के लिए बाक़ायदा राज से छत के कैफ़े में मिली। दफ़्तरी वक़्त के बाद राज अकेला ही दफ़्तर से निकला। सस्सी काम का बहाना बनाकर दफ़्तर में ही रुक गई थी। बदस्तूर वह आज भी देर से ही घर लौटी और उसकी इस आदत के मुतअल्लिक़ राज ने उससे कभी कोई सवाल नहीं किया था।

तनहा रूह वह खाली पड़े दफ़्तर के अपने केबिन में बैठी थी। दिन शुक्रवार का था, तो ज़ाहिर है दफ़्तर अपने वक़्त से पहले ही ख़ाली हो चला था। कुछ वक़्त के लिए सस्सी ने काम में दिल लगाने की कोशिश की, लेकिन लगा न सकी। उसने राज के क्यूबिकल की सिम्त देखा और ख़ुद के तसव्वुर में उसको मुस्कुराता पाया। आँखें तस्वीरों से लबरेज़ थीं-माज़ी की तस्वीरें, बचपन की तसवीरें। मुमकिन है महंती बाबू का अक्स और उनकी चमचमाती लॉलीपॉप की तस्वीरें। तस्वीरें सिक्किम की और उन तस्वीरों में तस्वीरें वीर की, जिसमें वह कीचड़ में सना है, मिलिट्री जैकेट पहना है और बेंच पर बैठा नज़्म लिख रहा है। सरकश ग़ैर सिलसिलेवार ख़यालात हर जानिब बेतरतीबी से उस पर टूट पड़े थे और उनके बीच राज की आँखें उसे काँच की दीवार से मुसलसल घूर रहीं थी। उन तस्वीरों और राज की घूरती आँखों से छुपने के लिए उसने रिमोट का सुर्ख़ बटन दबाकर केबिन में अँधेरा कर लिया। तस्वीरों के सैलाब में उसकी आँखें डूब गईं, लेकिन चाहकर भी उन आँखों से एक क़तरा भी आँसू का नहीं टपका। उसने बहुत कोशिश की, यहाँ तक कि अपनी पलकें भी भींच ली, लेकिन आँसूओं से जवाबन इंकार ही हासिल हुआ।

मुमकिन है, वह भी उसे अब तनहा छोड़ गए थे। दर्द कभी उसके रोने की वजह नहीं रहा था, दर्द को बर्दाश्त करने की उसमे बेइन्तेहा कूवत थी। लेकिन दिल का बोझ उससे बर्दाश्त नहीं होता था और तब उसके आँसुओं का

निकलना लाज़िम हो जाता। हालाँकि, ख़ुद की उम्र का एक बहुत बड़ा हिस्सा उसने अकेले ही काटा था और फ़क़त तनहाई उसकी हमराह रही थी; लेकिन अब वह तनहाई नहीं चाहती थी। केबिन के अँधेरे में उसने एक हाथ की ख़्वाहिश की, जो उसके दिल को इस ज़ुल्मत के आग़ोश से निकालकर, उल्फ़त की ज़मीं का एक टुकड़ा मुहैया कर दे।

सस्सी को एहसास भी नहीं हुआ, लेकिन वह ख़ुद-बीनी(आत्मविश्लेषण) कर रही थी। ज़िन्दगी उसकी तब्दील हो रही थी और मुमकिन है अब उसके आँसू भी लौट आएँ।

ताले के सूराख़ में उसने चाबी डाली और घुमा दी। न जाने क्यों, लेकिन आज उसने दरवाज़े की घंटी को बजाने की भी ज़हमत नहीं उठाई थी। दरवाज़ा खोलकर वह अंदर दाख़िल हुई तो राज उसे सोफ़े पर आराम से टीवी देखता मिला। सस्सी एक मुरझाई मुस्कराहट मुस्कुराई और कुछ कहने के लिए रुकी, लेकिन तब ही उसने अपना फ़ैसला बदल दिया और चुपचाप अपने कमरे में चली आई।

ख़्यालातों का सैलाब अब भी उसके ज़हन में जारी था। वह ख़ुद से राज के लिए लड़ रही थी और राज इस सब से बेनियाज़।

* * *

तक़रीबन एक घंटे बाद भी जब सस्सी अपने कमरे से बाहर नहीं आई तो राज ने उसके कमरे के बंद दरवाज़े पर दस्तक की-"आज क्या भूख नहीं है?"

"नहीं, मुझे भूख नहीं है, तुम अपने लिए खाना मँगवा लो।"-अंदर से सस्सी ने जवाब दिया।

"ठीक है, जैसी तुम्हारी मर्ज़ी; लेकिंन बस एक बार बाहर तो आओ, मुझे तुम्हें कुछ दिखना है।"

"अभी तुम जाओ, मेरा कुछ भी देखने का दिल नहीं है।"

"अब इतनी ज़िद्दी न बनो...अच्छा तुम्हारा ज्यादा वक़्त नहीं लूँगा, बस एक मिनट के लिए बाहर आ जाओ।"

सस्सी को मालूम था, जब तक वह बाहर नहीं जाएगी, राज की हुज्जत बंद नही होगी।

"क्या...क्या दिखना चाहते हो?"-सस्सी ने दरवाज़ा खोलते ही पूछा।

"चलो उस तरफ़ चलो ज़रा, तुम्हारे लिए मेरे पास कुछ है, जो तुम्हें हैरान कर देगा।"

खाने की मेज़ पर दस्तरख़्वान लगा था और खाना परोसा हुआ था।

"मैंने तुम्हें कहा था मुझे भूख नहीं है, फिर भी तुमने मेरे लिए खाना मँगवा लिया; क्यों करते हो तुम ऐसा..."

"मैंने खाना नहीं मँगवाया!"

"तो ये खाना क्या आसमान से टपका है!"

"नहीं, गैंने ख़ुद पकाया है, जैसी पिछली रात बात हुई थी अपनी।"

यह सुनकर सस्सी चौंक गई। उसे याद ही नहीं आ रहा था कि गुज़िश्ता रात ऐसी कोई बात भी हुई थी। उसने खाने की तरफ़ देखा, फिर राज की जानिब और उसे यकीं हो गया कि राज उसे कभी यूँ बेज़ारो-भूखा नहीं सोने देगा। सुबह जब राज उसके कमरे से निकल गया था, तब भी तो वह पार्किंग में उसका इंतज़ार कर रहा था। शाम को दफ़्तर से लौटने के बाद उसने सस्सी के लिए खाना पकाया था। राज के लिए सस्सी के दिल में इज़्ज़त और प्यार और बढ़ गया। हालाँकि, अब उसे इस बात का बुरा लग रहा था कि उसने क्यों कहा उसे भूख नहीं है, ये तो सरासर झूठ था। खाना देखकर उसकी भूख और भड़क गई थी।

मुस्कराहट के साथ उसने कुर्सी खींची और बैठ गई। राज ने फ़ौरन रकाबी उसके सामने रख दी।

खाना बेजा लज़ीज़ था। सस्सी ने ख़याल किया वह राज से पूछे कि ऐसा बेहतरीन ज़ायक़ा उसके हाथों में कहाँ से आया, लेकिंन उसने पूछा नहीं और चुपचाप खाने की लज़्ज़त का मज़ा लेती रही। छुरी काँटे और चम्मचों के अलावा कोई और आवाज़ मेज़ पर मौजूद नहीं थी। शुरूआत में वह ख़ामोशी महसूस भी नहीं हुई, लेकिन कुछ देर बाद बदनुमा लगने लगी। राज अपनी आँखों के कोनों से मुसलसल, सस्सी को देख रहा था-मुमकिन है उसके किसी इशारे का इंतज़ार कर रहा हो।

"खाना बहुत अच्छा है।"-सस्सी ने बेसाख़्ता कहा और ख़ामोशी हवा में घुल गई।

“मुझे ख़ुशी है तुम्हें पसंद आया।”

“नहीं, मैं अब भी कश्मकश में हूँ।”

“कैसी कश्मकश?”

“यही, कि वाक़ई क्या यह खाना तुमने पकाया है, या किसी नये रेस्तराँ से मँगवाया है!”

“अगर ऐसी बात है तो फिर तुम्हें अब रोज़ ऐसा ही खाना खाना पड़ेगा।”

“अच्छा सच बताओ, इतना अच्छा खाना बनाना कहाँ से सीखा?”

बातचीत का इंजन धधकने लगा था, दोनों की तवज्जोह अब खाने में कम और गुफ़्तगू में ज़्यादा थी।

“माँ से सीखा; जब छोटा था, तब बाहर खेलने की बजाए घर में माँ के साथ ही रहता था। वह खाना पकाती थी और मैं वहीं बावर्चीखाने में बैठा माँ को खाना पकाते देखता। पिताजी को हमेशा लगता था कि मैं बड़ा होकर पेशेवर ख़ानसामा बनूँगा, जब तक कि मैंने ग्रेजुएशन में होम-साइंस नहीं लिया। वह हमेशा मुझे अजीब ढंग से 'बावर्ची कहीं का' बुलाया करते थे। फ़िलहाल अब भी कभी-कभी बुलाते हैं।”

सस्सी खिलखिलाकर हँसने लगी।

“तो फिर तुम ख़ानसामा क्यों नहीं बने?”

“खाना पकाना मेरा शौक़ तब से है, जब से मैंने होश सँभाला; लेकिन पेशे के तौर पर मैं वॉर-जर्नलिस्ट बनना चाहता था, पर बन न सका। मेरी कई कोशिशों के बावजूद कोलंबिया यूनिवर्सिटी ग्रेजुएट स्कूल ऑफ़ जर्नलिज्म को लगता था कि मुझमें वो बात नहीं है।”

अचानक सस्सी का चेहरा मुसत्तह (सपाट) हो गया, गोया कोई तेज़ हवा का झोंका कहीं से आया और उम्रदराज़ यादों पर से जमी गर्द उड़ा ले गया। उसके हाथ थम गए, दाँतों का खाना चबाना रुक गया। राज फ़ौरन समझ गया कि कोई तो बात है... लेकिन क्या। कुछ उसकी दानिश में बिलकुल नहीं गुज़रा। सस्सी के रुख़ पर से हँसी-ख़ुशी की लकीरों के यूँ अचानक ग़ायब हो जाने से दोनों के दरमियां इक ख़ला तामील हो गयी थी और एक दफ़ा फिर

दोनों ने ख़ुद को ख़ामोशी के हवाले कर दिया। कुछ वक़्त के बाद राज ने ख़ामोशी के तिलिस्म को टीवी के पास रखे लिफ़ाफ़े के ज़िक्र से तोड़ने की कोशिश की-"तुम्हारे नाम का इक बंद लिफ़ाफ़ा टीवी के पास रखा है।"

"हाँ, सुबह तुम्हारे जाने के बाद आया था, जल्दी जल्दी में मैंने उसे खोला ही नहीं।"

सस्सी ने कुर्सी सरकाई और उठकर लिफ़ाफ़ा लेने चली गई। लिफ़ाफ़े को खोलते ही उसे एहसास हुआ कि वह कितनी शिद्दत से अपने माज़ी को भुला देना चाहती है... लेकिन उस खुले लिफ़ाफ़े में कुछ ऐसा था, जो उसके माज़ी से वाबस्ता था। उसे पढ़ने के बाद सस्सी के चेहरे की रंगत फ़ीकी पड़ गई, लेकिन लकीरें मुसत्तह(सपाट) नहीं हुईं।

"क्या हुआ, सब ठीक तो है?"

"क़ुछ नहीं, बस एक दावतनामा है।"

"दावतनामा? किस क़िस्म का दावतनामा..."

"कॉलेज के दोस्तों की सालाना मुलाक़ात के जलसे का... मिर्ज़ा मेरे कॉलेज के ज़माने का दोस्त है, वही हर साल इस जलसे का बंदोबस्त करता है और सबको दावतनामा भेजता है।"

'बड़ा दिलदार मालूम होता है मिर्ज़ा... वैसे करता क्या है?'

"ख़ानदानी रईस है, यहीं दिल्ली में रहता है, लेकिन उसका सारा खानदान यूरोप-अमरीका में फैला हुआ है।"

"किसी रियासत का नवाब मालूम होता है; लेकिन ऐसा क्या लिखकर भेजा है उसने, कि तुम्हारे चेहरे का रंग उड़ गया।"

"कुछ ख़ास नहीं, कॉलेज के ज़माने की कुछ बातें याद आ गईं बस... अच्छा सुनो, एक एहसान करोगे मुझ पर?"

"कैसा एहसान!"

"क्या तुम इस जलसे में मेरे साथ चलोगे?"

"ठीक है, लेकिन तुम क्यों चाहती हो कि मैं तुम्हारे साथ वहाँ जाऊँ?"

"अगर इतने सवालों के जवाब देने होंगे, तो तुमसे पूछने का क्या

फ़ायदा।''

खाने के बाद राज फिर से टीवी के सामने था और सस्सी बावर्चीख़ाने में बर्तन साफ़ कर रही थी। राज ने हाथ बटाने के लिए हाथ बढ़ाया भी था, लेकिन सस्सी ने साफ़ इंकार कर दिया... कहा था-पूरा खाना तुमने अकेले ने पकाया था, तो बर्तन भी मैं अकेले ही साफ़ करूँगी। बर्तन साफ़ करने के बाद वह अपने कमरे में चली गई और राज अपने कमरे में। हालाँकि आधे घंटे बाद राज वापस टीवी के सामने बैठा बेमन से चैंनल बदल रहा था। उसे नींद नहीं आ रही थी। सस्सी भी सोई नहीं थी और जब उसने हॉल से आती हुई टीवी की आवाज़ सुनी तो वह भी बाहर आकर राज के नज़दीक सोफ़ा पर बैठ गई। उसकी आँखें आराम की गुहार कर रही थीं, लेकिन रूह बेचैन। राज की हमदर्द निगाह या उसका लम्स, सस्सी की बेचैन रूह को सुकून मुहैया कर सकता था। उसकी एक नज़र, जो महज़ इतना कहे कि सब कुछ ठीक है। उसका एक लम्स, जो उसे ये दिलासा दे कि वह अब भी अहम है-किसी और के लिए न सही, महज़ उसके लिए।

अब सस्सी के लिए ख़ुद ही की बंदिश में जीना मुहाल हो रहा था... दम घुटने लगा था उसका। जिन बेड़ियों में बाँधकर उसने ख़ुद को महफ़ूज़ किया था, अब उन्हीं बेड़ियों ने उसकी आज़ादी छीन ली थी। ग़ालिबन अब वह ज़िन्दगी में फिर से आज़ाद होना चाहती थी। लाज़मी था कि अब वह ज़िन्दगी की ग़ैरयक़ीनी कैफ़ियत में दाख़िल हो और ज़िंदगी की हक़ीक़त को समझे और माज़ी का दामन छोड़कर अपने आज को क़बूल कर ले।

''नींद नहीं आ रही या किसी सोच ने उलझा रखा है?''-सस्सी ने जम्हाई लेते हुए कहा।

''यही सवाल अगर में तुमसे करूँ तो!''-सस्सी की जानिब देखे बिना राज ने जवाब दिया।

कुछ वक़्त के लिए दोनों फिर से ख़ामोश हो गए और यूँ ज़ाहिर होने लगा मानो दोनों टीवी देख रहे हों। लेकिन राज मुसलसल चैनल बदलता रहा था।

''मैं वहाँ तनहा नज़र नहीं आना चाहती।''

. ख़ामोशी की बर्फ़ीली दीवार इस एक ज़रा सी बात से ढह गई। राज ने

कुछ नहीं कहा, वह फ़क़त चैनल बदलता रहा।

"मेरे कॉलेज के सारे साथियों के घर बस चुके हैं और मैं... मैं वहीं हूँ, जहाँ कभी थी।"

यह बात सुनकर राज का चैनल बदलना रुक गया। उसने पहली दफ़ा टीवी से परे, सस्सी की ज़ानिब देखा। उसने हमदर्द मुस्कराहट के साथ उसके हाथ पर हाथ रख दिया। सस्सी भी मुस्कुराई, लेकिन उसकी मुस्कराहट फ़ौरन झड़ गई। थकावट उसके चेहरे पर नुमायाँ थी। "जाओ...तुम जाकर सो जाओ, तुम्हें नींद की सख़्त ज़रूरत है; इस बारे मे ज़्यादा मत सोचो, तुम अकेली...मेरा मतलब हम दोनों साथ जाएँगे और खूब मज़ा भी करेंगे।"

"तुम नहीं सोओगे?"

"अभी कुछ देर यहीं बैठूँगा, तुम जाओ, जाकर आराम करो।"

एक पोशीदा तारीकी, टीवी और बत्तियों के बुझते ही हॉल और बावर्चीख़ाने मे ग़ालिब (छा जाना) हो गई। बहरहाल बाहर से आती फ़ीकी रौशनी ने वक़्त को हॉल में ही ठहरा दिया था और जब उस रौशनी के छींटे बावर्चीख़ाने के बर्तनों पर पड़े, तो वो जी उठे। बंद दरवाज़े के पीछे राज के कमरे मे से किसी गाने की धीमी आवाज़ आ रही थी। एक इंतहाई सुकूनी फ़िज़ा ने घर को अपने आग़ोश मे ले लिया था और इस आलम से बेख़बर दोनों अपने-अपने कमरों मे बंद अपनी ही दुनिया में गुम थे।

. ख़ुद को ख़ुद ही की बाँहों में समेटे, सस्सी एक बेज़ार सी डायरी के सामने अपने बिस्तर पर बैठी ख़ुद ही की आस्तीन से ख़ुद ही का चेहरा सहला रही थी। उसकी पलकों की हरक़त कुछ यूँ थी, गोया वह किसी ख़्वाब से गुज़र रही हो। राज के क़दम भी भीने गाने के साथ-साथ रक़्स में आगे-पीछे हो रहे थे। मुमकिनात के समंदर में उसका दिल बादबानी करता, सस्सी के साथ ख़ुद की तस्वीर को मढ़ रहा था, वास्ते जिसके वह शुक्रगुज़ार था उस रब का, जिसने सस्सी को उसका हमराह मुकम्मल किया था।

उसके बेवजह मुस्कुराते चेहरे से ज़ाहिर था कि इश्क़ में डूब जाना इंसान के लिए कितना सहल होता है।

शब गुज़र गई और दिन भी यूँ ही गुज़रते रहे। दिसंबर, सर्दी के लिहाज़ से सख़्त नहीं गुज़रा, लेकिन हरेक गुज़रते दिन के साथ सर्दी सख़्त होती रही

थी। जब मौसम-ए-सर्द अपने पूरे शबाब पर पहुँचा, तो कोहरे और धुंध की मुदाख़लत(हस्तक्षेप) ने तमाम दिल्ली को और हसीन-तरीन कर, सूरज को एक लम्बी छुट्टी पर रवाना कर दिया। इसके बावजूद सूरज हफ्ते में कभी-कभार छुट्टी से लौट आता, महज़ दिल्ली को ये याद दिलाने, कि वह जब वाकई लौटेगा तब पूरे इत्मीनान से इस ज़्यादती का बदला बैशाख और जेठ में लेगा। हालाँकि ख़बरों और अख़बारों में आए दिन लिखा जा रहा था कि मुमकिन है ये मौसम-ए-सर्द इस सदी का सबसे सर्द मौसम-ए-सर्द हो। ऐसे मौसम में महज़ एक घड़ी ही ऐसा आला था, जो सुबह, दोपहर और शाम का फ़र्क़ बताने में क़ाबिल रहा था।

* * *

उस सुबह के साथ साथ उसकी तारीख़ भी ख़ास थी। राज, तलबग़ार की सी शक्ल और उस पर ख़दशा (अन्देशा) का नुक़्ता लगाए, दफ़्तर में दाख़िल हुआ और आते ही अपने लैपटॉप को नेटवर्क की लाइन से जोड़ने लगा। लेकिन नेटवर्क था कि जुड़ता ही नहीं था। कंप्यूटर-दुनिया की पेचीदगियों से बेख़बर बेचारे राज ने जल्द ही हार मान ली। गुरु और नादिआ के नज़दीक आते क़दमों के साथ उनके ठहाके भी बुलंद होते जा रहे थे। राज उठ खड़ा हुआ। नादिआ उसे देखकर मुस्कुराई और बिना रुके अपने क्यूबिकल की तरफ़ बढ़ गई।

वो राज़, जिन्हें हम अक्सर राज़ ही रखना चाहते हैं, दरअसल वही सबसे पहले बेपर्दा होते हैं। चन्द राज़, वाक़ई राज़दारी के हक़दार होते हैं, लेकिन बाक़ी कतई नहीं, फिर भी हम उन्हें राज़दारी का हक़ दे देते हैं। बस राज़ रखना होता है, कोई पुख़्ता वज़ह नहीं होती... मुमकिन है आदतन। राज के पास भी कोई पुख़्ता वजह नहीं थी ख़ुद के ठिकाने को अपने दोस्तों से राज़ रखने की, बावजूद इसके, उसने पुर-ज़ोर कोशिश की कि यह बात राज़ ही रहे, लेकिन एक रोज़ गुरु और नादिआ को इस राज़ की हवा लग गई। अव्वल तो उन्हें ताज्जुब हुआ, लेकिन बाद में यही बात गुरु के लिए राज की टाँग खींचने का बाइस भी बनी।

गुरु की शख़्सियत, जो हमेशा हँसते रहने और मज़ाक़ करते रहने की थी, कभी किसी माहौल को ज़्यादा वक़्त तक संजीदा नहीं टिकने देती थी। वहीं नादिआ, जो एक रिवायती ख़यालात से जुड़े ख़ानदान से ताल्लुक़ रखती थी

और जिसने कभी अपनी ज़िन्दगी का कोई भी हिस्सा लड़कों की संगत में नहीं गुज़ारा, वह अब अपनी ज़िन्दगी का ज़रीन वक़्त जी रही थी। राज और गुरु से मिलने से पहले उसके लिए ज़िन्दगी किसी दस्तूर से ज़्यादा और कुछ नहीं थी। पहले, घर से स्कूल और स्कूल से घर, फिर घर से कॉलेज और कॉलेज से घर। उसने एक पाबंद ज़िन्दगी को जिया था, जहाँ इंसान को तो इंसान, ज़ज़्बात को भी इजाज़त का मोहताज होना पड़ता था। उसे कभी पता ही नहीं चला कि दोपहर तक सोने का मज़ा क्या होता है और सहर तक जागने की ख़ुमारी क्या।

बहरहाल, अभी ज़िन्दगी ने तब्दील होना शुरू ही किया था कि इस पेचीदा दुनिया में चन्द और पेचीदगियों ने उसकी ज़िन्दगी से जुड़ना शुरू कर दिया। उसके तरतीबी ख़यालात का क़िला ढह गया और वह उस परिंदे की तरह परवाज़ लेने लगी जिसे हाल ही में पिंजरे से आज़ादी हासिल हुई हो। यह सब उसके घर से दूर, दिल्ली जैसे शहर में मिली नौकरी की वजह से मुमकिन हुआ था। उसने अब दोपहर तक सोने की लज़्ज़त को भी चखा और सुबह तक जागने की ख़ुमारी को भी पिया।

कॉलेज के दिनों में ही उसे समझ आ गया था कि अगर ज़िन्दगी को इस दस्तूर के परे महसूस करना और जीना है, तो डिग्री पूरी होने पर घर से दूर की नौकरी ही आज़ादी का वीज़ा और पासपोर्ट दोनों बनेगी। लिहाज़ा आव देखा न ताव, उसने पहली नौकरी की तजवीज़ होते ही उस पर झपट्टा मार दिया, जो उसे एक नये शहर और नयी ज़िन्दगी में ले जाने वाली थी।

वह रात के कई पहर महज़ इसलिए जागकर नहीं गुज़ार देती कि उसे जागना होता था। नींद तो उसकी गुरु की क़ुरबत की सताई हुई थी और रातें गुरु के तसव्वुर में जज़्ब। वह दिल्ली की सर्द रातों में उसके लिए अपने दिल में गर्माहट महसूस करती, जो कहीं से कहीं तक माक़ूल नहीं थी, लेकिन इस ज़मीं पर कब किस दिल ने इस बात की परवाह की है! ये ज़मीं तो ऐसे क़िस्सों से अटी पड़ी है, जो न ही किसी वजह के मोहताज होते हैं और न ही किसी इरादे या मंसूबे के ग़ुलाम। 'दिलकशी' भी एक ऐसी ही चीज़ है, जो कहीं भी हाज़िर हो जाती है, बिला किसी वजह और नतीजे के-बस हो जाती है।

हर नये सफ़र का आगाज़ एक नयी हिम्मत और एक नगे क़दम से होता है। वह जब दिल्ली आई तो अपने साथ सब कुछ नया लेकर आई थी, यहाँ

तक कि खुद को भी। पुरानी नादिआ को तो उसने पीछे ही कहीं छोड़ दिया था। नये लिबास, जैसे कि वह ज़ेब-ए-तन करना चाहती थी। नये दोस्त जिनके साथ वो अपने नयी ज़िन्दगी बाँटना चाहती थी... यहाँ तक कि नये क़िस्म के जूते भी सिर्फ़ जिनमें अपना पैर डालना चाहती थी।

"आज की सुबह वाक़ई बड़ी सर्द है।"-गुरु ने अपने कॉफ़ी के प्याले को ज़रा हवा में हिलाते हुए कहा।

"ये ग्लोबल वार्मिंग का नतीजा नहीं तो और क्या है!"

"वाक़ई...ग्लोबल वार्मिंग...मुझे लगा था कम्बख़्त ग्लोबल दिल्ली चिल्लिंग है।" और दोनों हँसने लगाने लगे।

राज ने इशारा किया मानों कोई राज़ की बात करना चाहता हो, गुरु ने क़रीब आकर पूछा-"क्या मसला है?"

"कल क्रिसमस है।"

'ये भी कोई मसला हुआ; मुझे लगा कोई संजीदा बात करोगे... तुम भी न यार!"

"हाँ, संजीदा बात ही तो है।"

"यार, क्रिसमस तुम्हारे लिए संजीदा बात होगी... मेरे लिए महज़ एक तेहवार है, जो हर साल दिसंबर की पच्चीस तारीख को आता है।"

"मज़ाक छोड़ ना यार, वाकई में मुझे तुझसे कुछ ख़ास बात करनी है।"

"ठीक है, तो सबसे पहले यहाँ से बाहर निकलते हैं, लेकिन उससे पहले मुझे बस दस मिनट दें।"

राज अपनी कुर्सी पर बैठकर फिर से लैपटॉप को नेटवर्क के जोड़ने की जद्दोजेहद में लग गया। गुरु भी अपने क्यूबिकल की तरफ़ चला गया। उसने पलटकर नादिआ से कुछ कहा और अपने लैपटॉप पर संग-संग तेज़ी से कुछ बटन दबाए और वापस आकर राज को पार्किंग में मिलने के लिए बोलकर चला गया।

"हम जा कहाँ रहे हैं?"-पार्किंग में राज ने गुरु से सवाल किया।

"बताता हूँ, सब कुछ पहले से तय है... सिर्फ अपनी बुलेट की चाबी मुझे दे दे।"-जवाबन गुरु ने कहा और बुलेट की चाबी को हवा में ही झपट

लिया, जिसे राज ने उसकी सिम्त उछाला था।

“यार मेरा चाय पीने का दिल कर रहा है।”-गाडी के सड़क पर पहुँचते ही राज ने फ़रमाइश की।

गुरु ने गाड़ी को घुमाया और नज़दीक की एक टपरी पर लाकर खड़ा कर दिया-“छोटू, दो चाय और दो सिगरेट लाना।”

“हाँ...तो अब बता मसला क्या है?”

राज ने दोनों हाथों को अपनी पतलून की जेब में सरकाया और गर्दन को मैले आसमां की जानिब उठाते हुए एक गहरी साँस खींचकर कहा-“यार एक जलसा हो रहा है, जो सस्सी के कॉलेज के ज़माने के किसी दोस्त ने रखा है और वह चाहती है मैं उसके साथ उस जलसे में जाऊँ।”

“रुक...रुक...रुक...उसका अपने कॉलेज के ज़माने के दोस्तों से अब भी राब्ता है, बड़े ताज्जुब की बात है!”

“इसमें ताज्जुब की क्या बात है?”-राज की त्यौरियाँ चढ़ गयीं।

“बस यही, जिन तौर-तरीक़ों से वह दफ़्तर में पेश आती है, ऐसा लगता तो नहीं कि उसे कोई बुलाता भी होगा... फ़िलहाल मेरे लिए तो ताज्जुब की बात यह है कि वह अपने साथ तुम्हें जलसे में ले जाना चाहती है।”

“साले, कौन सा पैंतरा आज़माया है उस पर...हमें भी बताओ।”-गुरु ने कुछ ठहरकर चुटकी ली।

“सुधर जा गुरु, कभी तो सीधा सोचा कर, ऐसी कोई बात नहीं है; उसके साथ कोई और जाने वाला नहीं है बस।”

जल्द ही छोटू, दो चाय और दो सिगरेट लेकर हाज़िर हो गया।

“अच्छा, निकलते वक़्त तूने नादिआ से क्या कहा था?”-राज ने अपनी सिगरेट जलाते हुए पूछा।

“यही कि एक दोस्त से मिलने जा रहा हूँ, कुछ सामान माँ ने घर से भिजवाया है वही लेना है।”

“कितना सच और कितना झूठ?”

“पूरा का पूरा सच...रत्तीभर भी झूठ नहीं; माँ ने वाक़ई में घर से कुछ

मिठाइयाँ भिजवाई हैं।''

"अरे मिस्टर बोस का क्या होगा, उन्हें तो पता ही नहीं है कि हम कुछ वक़्त के लिए दफ़्तर से ग़ायब हैं!''

"आज इसके बाबत फ़िक्र करने की कोई ज़रूरत नहीं मेरे दोस्त''

"अच्छा, ऐसा क्या हो गया?''

"बुखार हो गया है, मिस्टर बोस को बुखार हो गया...उनका ईमेल नहीं पढ़ा?''

"कहाँ यार ...सुबह से लैपटॉप परेशान कर रहा है, कम्बख़्त नेटवर्क से कनेक्ट ही नहीं हो रहा।''

यह जानकार राज को इत्मीनान हुआ कि अब वह कुछ और वक़्त दफ्तर से बाहर रह सकता है, जिसके बाबत कोई भी उससे सवाल नहीं करेगा, यहाँ तक कि सस्सी भी नहीं... वैसे भी सस्सी उससे दफ़्तर के मुतअल्लिक़ कभी कोई सवाल-जवाब कहाँ करती थी। राज को ज़्यादा से ज़्यादा दो घंटों में दफ़्तर लौटना था, चूँकि मिस्टर बोस की गैरहाज़िरी में सारी जिम्मेवारी उस पर आ गिरती थी और ज़िम्मेवार आदमी का मौक़े पर होना लाज़मी होता है।

चाय और सिगरेट पीने के बाद दोनों फिर से बुलेट पर सवार हुए और गुरु के दोस्त से मिलने चल पड़े। कुछ दूर चलने के बाद दोनों एक बड़े से दरवाज़े में दाखिल हुए, जहाँ के चौकीदार ने भी उन्हें नहीं रोका।

"तू यहाँ अक्सर आता है क्या?''-राज ने सवाल किया।

'हाँ,'-इतना कहते ही गुरु ने बुलेट का हैंडल पार्किंग की तरफ़ मोड़ दिया।

बुलेट को खड़ा करते ही उसने अपनी जेब से फ़ोन निकला, किसी से बात की और फ़ोन वापस जेब में रखकर राज से बोला-"बस किसी भी वक़्त आती होगी।''

"आती होगी!''-राज ने हैरत से दोहराया।

"हाँ, मेरे शहर से ही है, दरअसल हम एक दूसरे के पड़ोसी हैं... वो देख आ गई।''

राज की आँखें गुरु के चेहरे पर थीं और उसने गुरु के खिले हुए चेहरे को

और भी खिलता हुआ महसूस किया, जब एक मोहतरमा चलती हुई उसके पास आई। उसकी आँखों की चमक से साफ़ ज़ाहिर होता था कि उसके लिए वही वो एक है।

"क़रीब आने की कोशिश छोड़ो, सोचना भी मत; एक हफ़्ता गुज़र गया है मुझे पूना से वापस आए और तुम अब अपनी शक्ल दिखा रहे हो।"

"माफ़ कर दो यार, दफ़्तर में काम ज़्यादा था इसलिए आ नहीं सका और वैसे भी तुम्हें ग़ुस्सा होने की बजाए ख़ुश होना चाहिए, मैं दफ़्तरी वक़्त में तुमसे मिलने आया हूँ!"-गुरु पास जाने की कोशिश करता रहा और वह उसे झिड़कती रही।

"इतना खुश होने वाली बात भी नहीं है, मैं भी अपना लेक्चर छोड़कर यहाँ खड़ी हूँ।"

"अरे मैं तुम्हें राज से मिलाना तो भूल ही गया; इनसे मिलो यह है राज और यह है क़ौसर।"-गुरु ने बात को पलटने की कोशिश की।

"क़ौसर... कितना मुख़्तलिफ़ नाम है तुम्हारा।"

"हाँ, वो तो है, और तुम राज...बहुत कुछ सुना है तुम्हारे बारे मे।"

राज ने फ़ौरन अपनी आँखें गुरु पर टिका दी, गोया उसने कोई ऐसा राज़ खोल दिया हो जो उसे क़तई खोलना नहीं चाहिए था और उसकी इन नज़रों से बचने के लिए गुरु क़ौसर से मुख़ातिब हो गया-"लाओ मुझे मेरा पैकेट दो।"

"क्या...लड्डू?"

"अच्छा लड्डू भेजे हैं क्या!"

"नहीं मिलेगा, मैंने तुम्हारी माँ से वादा किया था कि अगर उनका बेटा मेरे पहुँचने के एक हफ्ते के अंदर मुझे मिलने नही आया तो मैं उसे पैकेट क्या, एक लड्डू भी छूने नहीं दूँगी, इसलिए अब उस पैकेट को तुम भूल ही जाओ।"

"अगर नहीं देना था तो बुलाया क्यों?"

"यही बताने के लिए कि तुम अपने लड्डू वाले पैकेट का ख़याल दिमाग़ से निकाल दो"

"मोटी लड़की, खुद को देखा है? कितना खाओगी? मुझे मालूम है कि माँ ने एक लड्डू का पैकेट तम्हारे लिए भी अलग से दिया होगा। मुझे सब पता

है, मत दिखाओ, ये मस्नूई ग़ुस्सा; तुम मेरा भी हिस्सा खा लेना चाहती हो, मुझे पता है।''

''राज, तुम ही बताओ, क्या मैं मोटी हूँ?''

''तुम अपने झगड़े में मुझे क्यों घसीट रहे हो!''

''नहीं नहीं राज तुम जवाब दो''-गुरु ने तरेर कर राज से कहा।

''ज़्यादा तो नहीं, लेकिन हाँ....ज़रा सी.....मुमकिन है कपड़ो की वजह से ऐसा हो।''-राज ने गुरु के दबाव में सँभलकर जवाब दे दिया और जवाब सुनते ही गुरु क़ौसर की तरफ़ उँगली दिखा कर हँसने लगा, लेकिन अब मामला वाक़ई बिगड़ चुका था।

. कौसर ने अपने बस्ते से लड्डू का पैकेट निकाला और भड़क कर बोली- ''ये लो अपना पैकेट और अब मैं तुम्हारी माँ को फ़ोन करके कहूँगी कि मैं उनके बेटे से शादी नहीं करूँगी, क्योंकि वह और उसका अज़ीज़ दोस्त, दोनों को मैं मोटी नज़र आती हूँ।''

''तुम दोनों शादी करने वाले हो?''-राज को जैसे झटका सा लगा।

''हाँ, क्या इसने तुम्हें बताया नहीं! ख़ैर, कोई बात नहीं, क्योंकि अब तो मैं इससे शादी करने से रही।''

गुरु अब भी मुस्कुरा रहा था।

''मुझे माफ़ करना, दरअसल इस नामाक़ूल ने मुझे मजबूर किया था, तुम कोई मोटी-शोती नहीं हो।''

''देखो और सीखो कुछ अपने दोस्त से, कि कैसे माफ़ी माँगी जाती है।''

'माफ़ कर दो गोलू, मैं तो बस तुम्हारी टाँग खींच रहा था; अच्छा चलो, सज़ा के तौर पर पूरा क्रिसमस मैं तुम्हारे साथ ही रहूँगा, हम हर साल की तरह साथ में चर्च जाएँगे।''

''देखो न राज, कैसा बदमाश दोस्त है तुम्हारा, ख़ुद की ग़लतियों की सज़ा ख़ुद ही ने तय कर ली।''

गुरु पूना का रहने वाला था और क़ौसर, जिसकी सिर्फ पैदाइश पूना की थी, लेकिन परिवार एक छोटे से शहर भीलवाड़ा, राजस्थान का रहने वाला था। उसके अब्बा, नौकरी की जद्दोजेहद में पूना आए थे और वहीं के होकर रह

गए थे, और जैसा अच्छे पड़ोसियों के साथ अक्सर होता है, परिवारों के दरमियां दिली ताल्लुक़ात क़ायम हो गए थे। गुरु की पैदाइश के वक़्त से ही क़ौसर के वालिदैन उसे चाहते थे। गुरु के वालिदैन के साथ-साथ वह भी नन्हें गुरु के साथ खेलते और क़ौसर की वालिदा हमेशा उसका ख़याल रखतीं, जब कभी घर के रोज़ाना के काम-काज में गुरु की माँ मसरूफ़ रहती। और एक रोज़ क़ौसर आ धमकी। अपने वालिदैन के साथ गुरु भी हाल ही में ज़मी पर उतरी क़ौसर से मिलने अस्पताल गया था। उस रोज़ अस्पताल से घर लौटने की बजाए, जब उसके पिता ने चलने के लिए उसे गोद में उठाया, उसने रोना और पैर पीटना शुरू कर दिया। रो-रोकर उसने वह कोहराम मचाया कि डॉक्टर भी मरीजों को छोड़कर ये देखने वहां हाज़िर हो गए कि ख़ुदा का ऐसा कौन सा क़हर टूट पड़ा इस बच्चे पर, जो वह चीख-चीखकर यूँ हलकान हुआ है। लेकिन किसी को रत्तीभर भी अंदाज़ा नहीं हुआ कि ख़ुदा का क़हर तो उस पर उसी लम्हा टूट गया था, जब क़ौसर ने अपनी अम्मी की कोख़ छोड़ इस ज़मी पर पहली साँस ली थी। जब समझाने-बुझाने के बाद सारी रग़बतों ने भी जवाब दे दिया, तो उसके वालिदैन को आख़िर में उसे वहीं छोड़कर घर लौटना पड़ा। क़ौसर के वालिद ने उन्हें भरोसा दिया कि वह उसका ख़याल रखेंगे और शाम को अपने साथ घर ले आएँगे।

. क़ौसर की पैदाइश के वक़्त गुरु की उम्र महज़ दो बरस थी। बावजूद इसके, उसने क़ौसर के नाज़ुक रुख़सार को इतनी एहतियात से छुआ था, गोया उसे इल्म हो कि उसका इत्तेफ़ाकन रूखा लम्स, नन्ही क़ौसर के रोने का बाइस हो सकता है। वे तब दिली दोस्त बन गए थे, जब उन दोनों को न ही दिल का मतलब पता था और न ही दोस्त का। जिस रोज़ दोनों को दोस्त लफ्ज़ और उसके मानी का इल्म हुआ, वे दोनों दीवानों की तरह दौड़-दौड़कर सबको एक दूसरे के बारे में बताने लगे-पता है क़ौसर मेरी कौन है...दोस्त-पता है गुरु मेरा कौन है...दोस्त। गुरु को तो अपने दोस्त के लिए तक़रीबन दो साल का इंतज़ार करना पड़ा था, लेकिन क़ौसर को इक लम्हें का भी नहीं। दोनों जब कुछ बड़े हुए तो वैसे ही हुए, जैसे पड़ोसियों के बच्चे होते हैं-इक दूसरे पर चीखना, थप्पड़ घूँसे मारना, बालों को खींचना और चिढ़ाना... लेकिन सुलह भी उतनी ही रफ़्तार से होती थी, जितनी रफ़्तार से जंग, गोया उन्हें मालूम था कि साथ रहेंगे तो क़ायम रहेंगे और जुदा हुए तो मर जाएँगे।

जब दोनों ने जवानी की देहलीज़ पर क़दम रक्खा, तो बुज़ुर्गों ने उम्र की

ज़रूरत को मद्देनज़र रखते हुए अपना फ़ैसला सुना दिया। दोनों की शादी तय कर दी। बहरहाल, उन नादानों की ज़िन्दगी में इस बेहद ख़ास फैसले से ख़ासा कोई फ़र्क़ नहीं पड़ा था... उनकी ज़िन्दगी वैसे ही एक-दूसरे के साथ चल रही थी, जैसी बचपन से चलती आई थी। उन्हें भी वह फ़ैसला ठीक ही लगा। वैसे भी वह इक दूसरे से बेहतर और कहाँ किसी और से वाक़िफ़ थे।

* * *

कभी-कभी ख़ामोशी इतनी पुर-असरार होती है कि तमाम मुख़्तलिफ़ शोर उसमें समा जाते हैं। लफ़्ज़ों के थकते ही लिहाफ़नुमा ख़ामोशी उन पर तारी हो जाती है और फिर ज़ाहिर होते हैं दिल की गहराइयों में दफ़नाए अरमां, गोया वो अरमां नहीं कोई हक़ हों जो अपनी अदायगी माँग रहे हों। तब हम उन अरमानों को दरकिनार नहीं कर पाते, फिर चाहे वो लम्हा ज़िन्दगी का मौत से आमना-सामना ही क्यों न हो। हक़ अदायगी तो करनी ही होगी, वरना ये अरमां रूह को आज़ाद नहीं होने देंगे।

अगरचे, राज ज़िंदा भी था और पुर-असरार ख़ामोशी को सुन भी रहा था, जो उस शाम की कॉफ़ी पर दोनों के दरमियां पसरी थी। सस्सी की गहरी सियाह आँखें और भी गहरी होकर उफ़क़ को छू लेना चाहती थीं, वहीं राज की नज़रें उसके रुख़ पर ठहरी थीं। सस्सी अपने ही अंदर कहीं दिल के बेनूर गलियारों में रेंग रही थी। उसे एहसास भी न हुआ कि कब मेज़ पर रखा कड़वी कॉफ़ी का प्याला ठंडा पड गया। जब उसके प्याले से उठती भाप का दम टूट गया, तो राज ने उसे चन्द लम्हात के लिए तनहा छोड़ दिया। जब वह लौटा तो उसके हाथ में एक गरम ब्लैक कॉफ़ी का प्याला था, जिससे उसने ठंडे पड़ चुके प्याले को बदल दिया। राज ने उसके सर्द हाथ को कुछ यूँ छुआ था, गोया उसके अंदर जमी बर्फ को पिघलाने के लिए अपने एहसासात की गर्मी दे रहा हो। सस्सी ने उसकी सिम्त देखा तो राज की मानीखेज़ नज़रों को ख़ुद पर ठहरा पाया, मानो वह उसके दिल की हरेक धड़कन से वाकिफ़ हो और कह रहा हो, चाहे कुछ भी हो मैं तुम्हारा साथ नहीं छोड़ूँगा। वह एक भीनी सी मुस्कराहट मुस्कुराई, हालाँकि राज वाकिफ़ था कि वह मुस्कराहट बिलकुल आसां नहीं थी, उसके पीछे एक जद्दोजेहद पोशीदा थी।

शाम की कॉफ़ी के बाद दोनों दफ़्तर में लौट गए। सस्सी अपने केबिन में दाख़िल हुई, लेकिन राज के क़दम उसकी चौखट पर ही ठहर गए। उसने दिल

ही दिल फैसला किया कि आज वह सस्सी को दफ़्तर में देर तलक रुकने नहीं देगा... वह उसे अपने साथ घर ले जाने का मन बन चुका था।

ठहरो... घर, ये लफ़्ज़ कहाँ से उसके ज़ेहन में आ गया। ज़ेहन में दौड़ते-फिरते ख़यालात को उसने रोक कर ज़रा तफ़तीश की। उसने इस फ्लैट को कभी घर तो नहीं माना था, लेकिन न जाने क्यों आज उसे वह घर मान बैठा था। वह अपने ही ख़याल में डूबता चला गया... यक़ीन नहीं होता वह जगह उसे अब घर लगने लगी था। वह मुस्कुराया।

''क्या हुआ, यूँ दरवाज़े पर खड़े-खड़े क्यों मुस्कुरा रहे हो?''

वह फिर से मुस्कुराया... सोचा कि केबिन में दाख़िल हो जाए, लेकिन उसके पैर ठिठक गए।

''क्या तुम आज जल्दी दफ़्तर नहीं छोड़ सकती?''

सस्सी ने उसे यूँ देखा, गोया उसका ज़ेहन पढ़ने की कोशिश कर रही हो।

''ठीक है...आठ बजे छोड़ दूँगी।''-एक वक़्फ़े के बाद सस्सी ने कहा था।

''नहीं...अभी उठो!''

सस्सी ने कुछ मोल-भाव करने की कोशिश की-''देखो, कुछ ज़रूरी काम बाक़ी है, मैं जल्दी से उन्हें ख़त्म करके आती हूँ।''

''नहीं सस्सी, मुझे मालूम है तुम्हारा कोई काम करने का दिल नहीं है। चलो अब घर चलें...मेरा मतलब फ्लैट चलें।''

वह अनायास ही मुस्कुराई, जब राज ने घर को फ्लैट से दुरुस्त किया। हालाँकि, उसे भी घर लफ़्ज़ बेहतर लगा था बजाए फ्लैट के!

उसने एक गहरी साँस लेकर कहा-''सच कहूँ तो मैं कुछ वक़्त अकेले रहना चाहती हूँ राज... बहुत से सवाल हैं मेरे अंदर, जिनके जवाब ढूँढ़ना हैं...कुछ वक़्त यूँ ही तनहा बैठूँगी तो शायद कुछ जवाब मिल जाएँ।''

''और यही वजह है मैं तुमसे कह रहा हूँ कि यहाँ से चलो; दफ़्तर मे यूँ तनहा बैठने से तुम्हारे सवालों के जवाब मिलने होते तो कबके मिल चुके होते! यूँ उन सवालों के पीछे जाने की बजाए उन्हें ख़ुद से आने का मौका दो, यक़ीन

जानो, जब वो आएँगे तो बेहतर और सटीक जवाबों के साथ आएँगे।''

''तो तुमने फैसला कर लिया है कि मुझे आज अकेले नहीं रहने दोगे!''

यहाँ राज ने 'हाँ' में आहिस्ता से अपने कन्धों को उचकाया और उधर सस्सी, लैपटॉप को बंदकर बस्ते में डाल केबिन के दरवाज़े की तरफ़ बढ़ चली, जिसे राज अपने दाहिने हाथ से खोलकर खड़ा था। दोनों केबिन से निकलकर गलियारे से होते हुए दफ़्तर से बाहर जा रहे थे, तब न जाने क्यों, लेकिन सस्सी चलते-चलते राज के क़दमों की नक़ल कर रही थी और एक हल्की मुस्कराहट ने उसके खो चुके दोनों गालों पर पड़ते गड्ढे लौटा दिए थे।

उस शाम पारे ने ज़मीन से ऊपर उठने की ज़हमत ही नहीं की, वाक़ई बेहद सर्द शाम थी। बुलेट चलाते वक़्त राज के दाँत किटकिटा रहे थे, लेकिन सस्सी एक मर्तबा फिर अपने माज़ी में झाँक रही थी। वह एक ऐसी मुख़्तलिफ़ जगह चली गई, जहाँ उसके जमे हुए दिल को सिर्फ सर्द ही पिघला सकती थी- जैसे ज़हर का इलाज़ ज़हर होता है। उस बरस की सर्दियाँ दिल्ली की बदतरीन सर्दियों में से एक थी। यहाँ तक कि लोग अपनी रोज़मर्रा की आदतों को बदलने पर मज़बूर हो गए थे और वीरान पड़ती सड़कें भी उसका शिकार हो रहीं थीं। ज्यों ही बुलेट, पार्किंग में रुकी, सस्सी ने फ़ौरन जाकर लिफ्ट का बटन दबा दिया। लिफ्ट में पूरा वक़्त राज अपने सर्द हाथों को मलता रहा था। सस्सी ने दरवाज़ा खोला और बग़ैर कुछ कहे, सीधा अपने कमरे में चली गई। राज महज़ देखता रहा, लेकिन कुछ कह न सका। दफ़्तर से घर तक सस्सी ने एक लफ़्ज़ भी नहीं निकाला था।

बाक़ी आम शामों की तरह उस शाम भी राज, कपड़े बदलने के बाद बावर्चीख़ाने में दाख़िल हुआ और सब्ज़ियों को तख्ती पर रखकर काटने लगा। रात का खाना अक्सर वही बनाता था। कुछ वक़्त के बाद सस्सी भी बावर्चीख़ाने में आई और प्याज के ढेर में से दो बड़े-बड़े प्याज़ उसने काटने के लिए उठा लिए।

''यह प्याज वापस रख दो, मेरे पास प्याज़ हैं।''-सस्सी की तरफ़ बगैर देखे राज ने कहा।

''आज मैं खाना बनाऊँगी, तुम जाओ यहाँ से, जाकर टीवी देखो या जो करना है करो।''

राज ने चाक़ू उसकी तरफ़ बढ़ा दिया और हॉल मे जाकर टीवी चालू करने की बजाय मेज़ पर से सुबह का अख़बार लेकर सोफे पर बैठ गया।

दुनिया जहान की मायूसी उस अख़बार मे छपी थी। राज हमेशा यह सोचता था कि जो कुछ उसने सहाफ़त के मुतअल्लिक़ कॉलेज में तालीम हासिल की थी, उसका अखबारों की ख़बर से कुछ लेना-देना नहीं था। गोया वह तमाम बातें महज़ किताबी इल्म था, जो किताबों से असल दुनिया तक का फ़ासला कभी तय न कर सका। उनकी अहमियत ग़ालिबन डिग्री हासिल करते ही ख़त्म हो जाती होगी। बड़ी-बड़ी अख़बार चलाने वाली कंपनियों ने यह मान लिया था कि ख़बर जितनी मायूस और सनसनीखेज़ होगी, लोग उसे उतना ही पढ़ेंगे और एक हद तक उनका यह मानना भी ठीक ही था... इस दौरे-रौशन में इंसान जितना ज़ुल्मत मे जी रहा है, उतना तो ख़ुद दौरे-ज़ुल्मत मे नहीं जिया होगा। हालाँकि हम सब कुछ अच्छा चाहते हैं और उस बारे मे वक़्त बेवक़्त बहस भी करते हैं, लेकिन अख़बार को हम कभी भी उस नज़रिये से नहीं बल्कि सनसनीखेज़ ख़बर पढ़ने के नज़रिये से उठाते हैं, जो हमेशा ही बेदिल होती हैं। 'ब्रेकिंग न्यूज़' अक्सर लोगों के दिलों को 'ब्रेक' करती है और 'हेडलाइन' अक्सर लोगो को 'हेडेक' देती है। बम्बई में हुई एक क़त्ल की वारदात, गुड़गाँव मे नाबालिग लड़की के साथ हुआ बलात्कार, समाज सुधारक बैठा भूख हडताल पर, भूख हड़ताल खत्म करने के लिए सरकार ने करवाया लाठी चार्ज... कहीं कोई घोटाला तो कहीं कोई काण्ड। और ठीक उसके नीचे एक सियासी पार्टी का इश्तेहार, जो कहता है 'मेरा भारत महान', जिसके चारों कोनों पर एक-एक सियासतदान की गोल तस्वीर छपी होती है, जैसे वह मुस्कुराते हुए चिढ़ा रहे हों उस अख़बार के पढ़ने वाले को।

आख़िरकार उकताकर उसने अख़बार को जहाँ से उठाया था, वहीं वापस रख दिया और तभी सस्सी की सिसकी उसके कानों में पड़ी। राज इस बात से वाक़िफ़ था कि ये सिसकी महज़ प्याज़ काटने का सबब तो नहीं हो सकती। हाँ, प्याज़ काटने की आड़ में वह ज़रूर असल वजह को छुपा रही होगी। वहीं सोफे पर बैठा वह उसकी दबी हुई सिसकी को तब तक सुनता रहा, जब तक उसकी बर्दाश्त ने जवाब नहीं दे दिया।

सस्सी के पास जाकर राज ने प्यार से कहा-''चाक़ू मुझे दो मैं काट देता हूँ, मुझे प्याज़ काटने की आदत है।''

सस्सी के हलक़ से घुटी हुई आवाज़ निकली-"नहीं, छोड़ दो।"

"सस्सी मान जाओ, चाक़ू मुझे दे दो, तुम इस तरह अपना हाथ काट लोगी!"

उसने न कोई जवाब दिया और न ही चाक़ू। आख़िरकार राज ने ज़बरन उसके हाथ से चाक़ू लेने का फैसला किया। जब राज ने चाक़ू लेने की कोशिश की, तो उसने झटके से अपना हाथ पीछे खींच लिया और इस दौरान चाक़ू की धार, राज की हथेली से होकर गुज़र गई और अगले ही पल उस कटी हथेली से लगाए गए थप्पड़ ने सस्सी का गाल सुर्ख़ कर दिया। थप्पड़ इतना ज़ोरदार था कि लहू के क़तरों के साथ उँगलियों के निशां भी उसके रुख़सार पर छूट गए थे। लहू की एक बूँद जब सस्सी की कलाई पर भी गिरी तो उसे देखकर उसकी सिसकियों का बाँध टूट गया और वह उसमें बह गई।

"तुम क्यों नहीं समझते, मुझे वक़्त की दरकार है; मैं जो ज़िन्दगी जीना चाहती हूँ वह मेरी क्यों नहीं हो सकती, मैं क्यों सबसे दूर सुकून से नहीं रह सकती... वो क्यों चलते आते हैं जब मैं नहीं चाहती कि वो चले आएँ और सब बर्बाद कर जाते हैं!" सस्सी, राज के सीने से लगकर बिलख-बिलखकर रोए जा रही थी-"मेरी ज़िन्दगी में सिर्फ सवाल ही क्यों हैं, कोई जवाब क्यों नहीं! राज, मेहरबानी करके मुझे सिर्फ इतना बता दो मैं कहाँ जाऊं, कहाँ मैं इन सवालों के जवाब तलाशूँ, कौनसी किताब को पढ़ूँ, किस ख़ुदा की इबादत करूँ...मैं क्या करूँ...मुझे बता दो राज....मुझे...बता...दो।"

सस्सी की गुहार सुनकर राज की आँखों में पानी उतर आया और उसने सस्सी की पेशानी को चूम लिया। जब जज़्बात का तूफ़ान कुछ थमने को हुआ, तो राज ने अपने हाथों की ओक में उसका चेहरा भर लिया। सस्सी के चेहरे की एक सिम्त लहू से सुर्ख थी और दूसरी दूध की तरह सफेद। आँसू उसकी आँखों मे ठहरते नहीं थे, मुसलसल बह रहे थे किसी सूफ़ी दरवेश की तरह, जो दुनिया के हर गोशे में सिर्फ और सिर्फ ख़ुदा को तलाशता फिरता है। ख़ुदा, जो फ़क़त रूह में नहीं, यक़ीन में होता है और इश्क़ के सच्चे एहसासात की ख़ुराक पर पलता है। इश्क़, जो मुमकिन है महज़ इक बार होता हो, लेकिन तमाम उम्र साथ ही गुज़ारता है और किसी का भी तक़ाज़ा नहीं करता... उसका भी नहीं, जिससे यह इश्क़ होता है और आख़िरकार एक वक़्त के बाद ये ख़ुद में ही मुकम्मल हो भी जाता है।

भरी हुई आँखों से जब सस्सी ने राज को देखा, तो उसकी आँखों को भी लबरेज़ पाया और तब उसे एहसास हुआ कि वह भले ही उसके आँसुओं की वजह से बेख़बर हो, लेकिन उसके दर्द से नहीं। उसके दर्द ने राज को यूँ छुआ था, गोया वह उसका ख़ुद का दर्द हो। इससे ज़्यादा वह अब और किस चीज़ की ख़्वाहिश कर सकती थी। उसने लोगों को ज़ाती दर्द के लिए कई दफ़ा रोते देखा था, लेकिन पराई आँखों को ख़ुद के दर्द में नम होता पहली बार देख रही थी।

जज़्बाती तूफ़ान के गुज़र जाने के बाद सस्सी ने राज की ज़ख़्मी हथेली पर मरहम-पट्टी कर उसे एक बच्चे की तरह हॉल में आराम से बिठा दिया और जाकर नलके से ओक में पानी भरकर अपना चेहरा धोने लगी। गाढ़ा लहू, पानी में घुलकर उसके हाथ की उँगलियों से सरकता हुआ नाली में बह गया और पीछे छोड़ गया एक जवाब-जब ज़ख़्म लगते हैं तो निशां भी छूट जाते हैं... लेकिन लम्हों की कड़ियों में बँधा वक़्त जब गुज़रता है, तो वो निशां भी मांद पड़ जाते हैं।

माज़ी में उसके दिल पर लगे ज़ख़्मों के निशां मांद ज़रूर पड़ गए थे, लेकिन मिटे नहीं थे। सस्सी ने जान-बूझकर वक़्त को उसी की कड़ियों में क़ैद कर लिया था। न जाने क्यों वो निशां उसे अपनी ज़िन्दगी से भी ज़्यादा अज़ीज़ थे, या वह ख़ुद बेजा ज़िद्दी थी।

अपना चेहरा धो चुकने के बाद उसने खाना अकेले ही बनाया और दोनों के खाना खा चुकने के बाद उस रात बतरन धोने का काम मुल्तवी कर दिया गया।

दोनों चुपचाप अपने-अपने कमरों में लौट गए थे।

"लव इन द टाइम ऑफ़ कॉलरा" नाम की किताब को पढ़ने के लिहाज़ से उठाकर, राज अपनी रज़ाई में घुस गया, बहरहाल ज़ेहन में उसके सैकड़ों सवाल अपने जवाबात का तक़ाज़ा कर रहे थे। दिमाग़, सोचों से उफ़न रहा था। फ़िलहाल किसी तरह उसने ख़ुद को हदों के परे जाकर सोचने से रोक रखा था। उसे इन सवालों के जवाब की दरकार थी, लेकिन इस मौक़े का फ़ायदा उठाकर वह सस्सी पर किसी भी क़िस्म का कोई दबाव नहीं रखना चाहता था। उसे अभी इंतज़ार करना होगा-उसे पता था-वह इक रोज़ ख़ुद उसे इस शहर से दूर शायद किसी जंगल में ले जाएगी और तमाम सवालों के जबाब पूरी तफ़सील

से बयां करेगी... वो जवाब, जिनके सवाल हैं और वो जवाब, जिनके कोई सवाल कभी थे ही नहीं।

. ख़ुद से हो रही इस गुफ़्तगू में तब ख़लल पड़ गया, जब उसके कमरे के दरवाज़े पर इक दस्तक उठी। उसने उठकर दरवाज़ा खोला, लेकिन तब तक सस्सी पलटकर जाने लगी थी। उसने सस्सी को रोककर अपने कमरे में बुला लिया और दोनों बिस्तर पर गरम-गरम रज़ाई में आराम से बैठ गए। सस्सी की आँखों में इक गुनहगारी का एहसास था-गुनाह इस बात का, कि सही और ग़लत से वाक़िफ़ होने के बावजूद वह फ़ैसले को मुल्तवी किये बैठी थी।

उसके चेहरे पर रंज के निशान राज से कह रहे थे, कि वह आज हर उस बात से पर्दा उठाने की नियत से आई है जिसे बेपर्दा करना कभी उसकी ख़्वाहिश में शामिल नहीं रहा था।

क्या वह वाक़ई तैयार था वो सब सुनने के लिए, जो वह कहने आई थी?

क्या वह महज़ किसी फ़र्ज़ के तहत तो वहाँ वो सब कहने नहीं आई थी?

जैसे कोई किये एहसान का सिला चाहता हो... क्या राज वाक़ई इस तरह उसकी ज़िन्दगी के सारे राज़ जान लेना चाहता था?

क्या वह वाक़ई आज राज को सब कुछ कह देना चाहती थी?

इन तमाम सवालों में ख़ासकर आख़िरी सवाल का जवाब सस्सी तय नहीं कर पाई थी। राज ने फ़ैसला किया कि वह सस्सी को इस वक़्त कुछ कहने नहीं देगा। क़िब्ला वह कुछ कहने के लिए अपना गला साफ़ करती राज ने आहिस्तगी से उसकी हथेली थाम कर कहा कि उसे कुछ कहने की दरकार नहीं। सस्सी की बेकल रूह को इस हमनवाई लम्स ने सुकून बख़्श दिया था।

"मुझे कभी समझ ही नहीं आया कि मैं ज़िन्दगी से क्या चाहती हूँ। लेकिन जब भी कुछ चाहने लगती, तो पता चलता वो तो पहले ही मेरी हदों के पार मुझसे बहुत दूर जा चुका है। मैं हमेशा देर कर देती हूँ या हमेशा वक़्त मुझसे आगे चलता है-पता नहीं। मैंने लोगों को अक्सर कहते सुना है कि ज़िन्दगी बहुत छोटी होती है, लेकिन मुझे तो कभी छोटी महसूस ही नही हुई, हमेशा बेजा लम्बी लगी। मैं इसे जीते जीते थक गयी हूँ राज; मेरा सुकून कहीं खो गया है, मिलता ही नहीं लाख कोशिशों के बाद भी; ऐसा लगता हैं मैं बूढ़ी हो गई हूँ, क्या यह रात कभी सुबह से नहीं मिल पाएगी अब!"

"ज़िन्दगी ने हमेशा मुझसे मेरी चीज़ें छीनी है, कभी कुछ लौटाया नहीं और अब मैं उसके कुछ लौटाने की उम्मीद भी नहीं करती। हर बार जब भी मैं सोचती हूँ कि इस बार मुझसे छिन जाने के लिए अब कुछ भी तो नहीं, ज़िन्दगी तब कुछ न कुछ ऐसा ढूँढ़ लेती है जो मुझे अज़ीज़ होता है और मुझे पहले से भी ज़्यादा अधूरा कर जाती है। मैं अपने भीतर इतनी ख़ाली और खोखली हो चुकी हूँ कि मुझमे मुझे ही कोई साँस नहीं मिलती... एक मुर्दा जिस्म की तरह में समंदर की तह मे धँस रहीं हूँ, जहाँ सिर्फ और सिर्फ अँधेरा है, रौशनी का कोई रेज़ा भी जहाँ कभी दाख़िल नहीं हो सकता।"

कहते-कहते उसने आँखें मूँद, राज की गोद में अपना सिर रख दिया। राज ने भी उस किताब को एक बाजू में रख दिया, जिसे वह सस्सी के आने से पहले पढ़ने की कोशिश कर रहा था। उसने भी चाहा कि वह कुछ अपने दिल की कहे, लेकिन फिर सस्सी की इस ख़ुदक़लामी को तोड़ने की हिम्मत न कर सका। सस्सी के हर वो लफ़्ज़ के बीच की ख़ामोशी बढ़ती चली जा रहा थी, गोया वह किसी ख़ुमार में हो, किसी ख़्वाब से गुज़र रही हो। एक वक़्त आया कि वह ख़ामोश हो गई, कोई लफ़्ज़ उसके लबों से नहीं फूटा। कुछ वक़्त तक उसी तर्ज़ में बैठा राज इंतज़ार करता रहा। हर लफ्ज़ को ज़ेहन में दोहराता हुआ सोचता रहा कि किस मंज़र से गुज़री होगी वह और कैसे ख़ुद को क़ायम रक्खा होगा उसने।

जब शब अपना आधा सफर तय कर चुकी, तब राज ने बेसुध सस्सी को गरम रजाई समेत अपनी बाँहों में उठाया और ले जाकर उसके कमरे में बिस्तर पर लिटा दिया और ख़ुद उसकी सर्द रजाई लेकर अपने कमरे में लौट आया।

* * *

इक महलनुमा इमारत, जो दौर-ए-गुज़िश्ता (गुज़रा ज़माना) की तो थी, लेकिन इतनी भी नहीं कि किसी ज़माने में राजशाही शान का हिस्सा रही हो। अलबत्ता दरो-दीवार कुछ मिलते-जुलते ज़रूर थे और इसके अलावा वो दिल्ली से ज़्यादा फ़ासले पर भी नहीं थी। ज़मीन के जिस हिस्से पर उसे तामीर किया गया था, मालूम होता है रेगिस्तान की रहगुज़र पर खड़ा वह एक तनहा शजर हो। उसके इर्द-गिर्द रात पसरी थी, लेकिन दिन ने अभी हवेली पर चढ़ना शुरू ही किया था। मुख़्तलिफ़ रंगों के फ़ानूस से हवेली भीतर से बाहर और बाहर से भीतर की तरफ़ दमक रही थी। बड़े-बड़े फ़ानूस, खम्बों पर सही

ऊँचाई पर रखे गए थे, जिनकी रौशनी से बाग़ीचा अटा पड़ा था। माहौल भी वो तैयार हुआ था कि बेरंग चेहरों के भी असल रंग साफ़ वाज़ेह थे और ऐसे में राज की एक सरसरी नज़र ही काफ़ी थी सस्सी के चेहरे और ज़ेहन का रंग पहचानने के लिए... दोनों ही बर-खिलाफ़ (प्रतिकूल) थे।

वह इस मजलिस में आई क्यों है? ऐसा क्या था जो उसे उस जगह खींच लाया था, जहाँ उसकी रूह में बस बेचैनी थी... राज को सोचने पर मजबूर होना पड़ा था।

तब भी सस्सी के बर्ताव ने कुछ ज़ाहिर नहीं किया, जब वह दमकती मुस्कान होंठों पर लिये बाग़ीचे में राज के साथ दाख़िल हुई थी। मुमकिन है, उसकी रज़ा में था इस बिरादरी का हिस्सा हो जाना, जो उसकी होते हुए भी क़तई उसकी नहीं थी, कम अज़ कम अब तो बिलकुल भी नहीं। राज को ख़ुद की बग़ल में पाकर उसे अपना यह झूठ और भी पुख़्ता लगने लगा था।

दोनों की आमद पर मिर्ज़ा ने आगे बढ़कर उनका इस्तिक़बाल किया था। उसने कभी उम्मीद भी नहीं की थी कि सस्सी किसी को अपने साथ कभी लाएगी। मिर्ज़ा की उम्र यही कोई पैंतीस-छत्तीस के क़रीब रही होगी और कनपटी पर चाँदी का चमकना अभी शुरू ही हुआ था। बदन पर सफ़ेद सूट, गले में ऊनी गुलूबंद और लबों की मुस्कराहट उस पर ख़ूब फ़ब रही थी-न कुछ ज़्यादा, न कुछ कम-वह वाकई एक अव्वल दर्जे का मेज़बान था। सस्सी ने राज का मिर्ज़ा से तआर्रुफ़ करवाया, जो मिर्ज़ा के लिए किसी ताज्जुब के कम न था। बहरहाल बड़ी हुनरमंदी से वह अपने ताज्जुब को छुपा गया था।

वहाँ दोनों न ही जल्दी तशरीफ़ लाए थे न ही देरी से, यूँ कहें कि बिलकुल मुनासिब वक़्त पर पहुँचे थे। मेहमान अब भी आ रहे थे और किसी की भी उम्र बत्तीस के नीचे और छत्तीस के ऊपर की न थी। मालूम होता था इकलौता राज ही उस मजलिस में शरीक़ हुआ ऐसा शख़्स था, जिसकी उम्र चौबीस-पच्चीस की रही होगी, वरना कोई और उसका हमउम्र तो वहाँ दूर-दूर तक नज़रों की ज़द में न मिलता था।

हरेक मेहमान एक मुख़्तलिफ़ अंदाज़ में अपनी आमद पर ख़ुद को ज़हीर कर रहा था। कुछ अपनी आमद पर मिर्ज़ा को देखते ही उसका नाम पुकारते-पुकारते कसकर गले लगा लेते-'मिर्ज़ा...मिर्ज़ा...मिर्ज़ा'-गोया मुद्दत के बिछड़े यार हों। कुछ, चेहरों पर संजीदगी ओढ़े दाख़िल होते और मिर्ज़ा से ऐसे हाथ

मिलाते, गोया कोई सौदा पट गया हो; कुछ अपने परिवार या नई नवेली दुल्हन के साथ तकल्लुफ़ाना अंदाज़ में हाज़िर होते, गोया मिर्ज़ा से ज़रा खौफ़ खा रहे हों, क्योंकि उनकी कॉलेज के ज़माने की तमाम कारगुज़ारियों की ख़बर जो उसको थी। कुछ आँखें फाड़े, मिर्ज़ा से मिलते और हँस-हँसकर ख़ूब माँ-बहन की गालियाँ एक दूसरे को पिलाते, गोया कॉलेज अब भी जारी हो, कभी ख़त्म ही नहीं हुआ। कुछ हाज़िर होते ही बजाए मिर्ज़ा के, किसी ख़ास को अपनी नज़रों से तलाशने लगते और जब मिर्ज़ा उन्हें देखकर उनसे मिलने आता, तो दुआ-सलाम को कोट के खीसे में रखकर सीधा पूछ बैठते-क्या वह अब तक आई नहीं? क्या इस दफ़ा तुमने उसे मजलिस में नहीं बुलाया? क्या वह इस बार मजलिस में नहीं आएगी?-गोया हर साल वो मजलिस में सिर्फ़ एक ही वजह से शरीक़ होते हों, अपने कॉलेज के ज़माने का इश्क़ याद करने, जिसका बुख़ार अब भी उतना ही गरम था, जितना उन दिनों हुआ करता था। कोई फ़र्क़ नहीं पड़ता कि अब उसका निकाह हो चुका है, या उसके दो बच्चे भी हैं... आख़िरकार इश्क़ भी तो शराब की ही तरह होता है, जितनी पुरानी, उतनी ही रूहानी।

सस्सी की आमद पर मिर्ज़ा की आँखें दरवाज़े के इर्द-गिर्द उसकी राह तक रही थीं। वह उसे ठीक एक साल के बाद मिलने वाला था और फ़क़त यही वजह भी थी कि गुज़िश्ता इतने बरस से मिर्ज़ा यह मजलिस सजाता आया था। कई मर्तबा उसने सोचा भी, कि वह जाए और जाकर सस्सी से मिले, लेकिन उसे एहसास था कि सस्सी को यह कभी गवारा नहीं होगा। मिर्ज़ा को अब भी याद है वो ज़माना, जब वह महज़ दोस्त नहीं, दोस्त से कुछ बढ़कर हुआ करता था उसके लिए और फिर एक वक़्त आया, जब वह सिक्किम से लौटी और मिर्ज़ा के लिए अजनबी हो गई। सिर्फ मिर्ज़ा के लिए ही क्यों, अपने तमाम दोस्तों के लिए वह अजनबी हो गई थी; गोया वह सस्सी, जो सिक्किम गई थी, कभी वापस लौटी ही नहीं, महज़ उसकी हमशक्ल एक लड़की लौटी थी। वह ख़ुद को जितना मिर्ज़ा से दूर ले जाने की कोशिश करती, मिर्ज़ा उतना ही उसके क़रीब जाने की कोशिश करता और एक रोज़ मिर्ज़ा ने उसे इस खेल को जीत लेने दिया। मिर्ज़ा को उसके शदीद जज़्बात के साथ पीछे छोड़, सस्सी उससे दूर निकल गई। मिर्ज़ा मुंतज़िर रहा सस्सी के उन अलफ़ाज़ का, जो उसके तमाम सवालात का जवाब बन सकते थे और वह आज़ाद हो जाता... लेकिन ऐसा हुआ नहीं; सस्सी ने सिक्किम में गुज़रे क़िस्से से कभी पर्दा नहीं उठाया।

उसने एक लफ़्ज़ भी नहीं कहा और वक़्त ने मिर्ज़ा को लम्हों में ठहरा दिया। तब सस्सी ख़ुद नहीं समझ सकी थी, जो उसके साथ गुज़री थी, तो मिर्ज़ा को क्या समझाती, लिहाज़ा उसने ख़ामोशी इख़्तियार कर ली और और मिर्ज़ा ने इंतज़ार।

उस रात तक तमाम लोगों के लिए यह एक राज़ ही था। सिक्किम में उस पर जो गुज़री, किसी को इस बात का शुबा तक नहीं था। सस्सी ने सच को अपने दिल के क़ब्रिस्तान की किसी बेनाम क़ब्र में दफ़ना दिया था और वहाँ किसी को भी जाने की मनाही थी... यहाँ तक कि वह ख़ुद उस क़ब्र पर अक्सर हाज़िरी नहीं भरती थी। कम अज़ कम एक राज़दार रखने की इंसानी फ़ितरत होती है, लेकिन उसने वह भी नहीं रखा था। हर बरस मिर्ज़ा मजलिस सजाता, सबको दावत देता... महज़ इसलिए कि वह सस्सी के साथ वो गुफ़्तगू कर सके, जो और किसी सूरत में मुमकिन नहीं होगी। तीन सौ पैंसठ रोज़ का मुसलसल इंतज़ार, महज़ चन्द मिनट की गुफ़्तगू के लिए, जिसकी इजाज़त सस्सी हरगिज़ किसी और मौक़े पर उसे नहीं देती। लेकिन क्या फ़ायदा ऐसी इजाज़त का, जब गुफ़्तगू को हरदम लाहासिल ही रहना था। मिर्ज़ा चाहता तो इन तीन सौ पैंसठ रोज़ में से कोई भी रोज़ और वक़्त अपनी मर्ज़ी का चुनकर पोशीदगी में उससे गुफ़्तगू कर सकता था, लेकिन तब सस्सी से ज़िन्दगी में दोबारा मुलाक़ात के इमकान ख़त्म हो जाते-वह फिर कभी उसकी सूरत तक नहीं देखती। फिर क्यों सस्सी उसकी मजलिस में हर बरस शरीक होने आती थी!

ग़ालिबन उसे ख़ुद की ग़लती का एहसास था। उसने गुनाह किया था मिर्ज़ा को बग़ैर कोई वजह दिये मझधार में यूँ तनहा छोड़ देने का और इस मलाल ने उसे मजबूर किया था उसकी मजलिस में हर बरस यूँ शमा बनकर जलते रहने के लिए।

जब मिर्ज़ा उससे मिलने के लिए आगे बढ़ा, तब उसकी आँखों में तमाम सवाल बज़ाहिर थे और उन्हें टालने के लिहाज़ से सस्सी ने फ़ौरन मिर्ज़ा का तआरुफ़ राज से करा दिया। गुज़िश्ता इतने बरस वह हरदम अकेले ही उसकी मजलिस में शामिल हुई थी और यह पहली मर्तबा था जब वह किसी को अपने साथ लाई हो। मिर्ज़ा के दिल में वो दहशत हुई, जो उम्मीद में जीती हुई बाज़ी को हक़ीक़त में हारने पर किसी जुआरी के दिल में होती है।

किसी ने दुरुस्त ही फ़रमाया है-तक़दीर के खेल में उसूल और दस्तूर नहीं होते, महज़ तक़दीर ही सब कुछ होती है।

कुछ लोग अक्सर इस ख़याल के यक़ीन पर ज़िन्दगी गुज़ार देते हैं कि वो किसी का इश्क़ नहीं बन सकते या वो किसी से इश्क़ नहीं कर सकते। सस्सी उनमें शामिल थी, जो यक़ीन करते थे कि वो किसी का इश्क़ नहीं बन सकते, लिहाज़ा मिर्ज़ा को उससे इश्क़ नहीं करना चाहिए था... इसलिए नहीं कि मिर्ज़ा उसके लायक नहीं था, बल्कि इसलिए कि वह मिर्ज़ा के लायक नहीं थी। कभी-कभार उसने कोशिश भी की, कि वह अपने जज़्बात मिर्ज़ा तक पहुँचा सके, लेकिन ज़ुबान हमेशा तंग पड़ जाती। कई मर्तबा उसने मिर्ज़ा से राब्ता भी तोड़ा, लेकिन फिर मिर्ज़ा उसे हर बार यूँ ढूँढ़ लेता, गोया उनका राब्ता कभी टूटा ही नहीं था।

उस रात तमाम लोगों की निगाहें सस्सी पर नहीं, बल्कि राज पर टिकी थीं। वह जिस भी जानिब देखता, लोगों की नज़रों को खुद पर सरकता हुआ पाता, जो बतौर हैरत वहाँ उसकी मौजूदगी और सस्सी के साथ रिश्ते पर सवाल कर रही थीं। शुरूआत में तो उसने कुछ ग़ौर नहीं लिया, लेकिन फिर वह जवाबन उन सवालिया आँखों में आँखें डालकर देखने लगा, मानो ख़ुद के साथ-साथ उनको भी यक़ीन दिला रहा हो कि भले ही उनसे उसका कोई राब्ता नहीं है, लेकिन आज की रात तो वह भी इस बिरादरी का एक हिस्सा है।

. ज़ाहिर है उसे पूरा न सही, लेकिन काफ़ी हद तक एक अंदाज़ा तो था ही कि लोग उसे यूँ चिड़ियाघर के जानवर की तरह क्यों घूर रहे थे। हर शख़्स सस्सी से आगे बढ़कर मिल रहा था, इसलिए नहीं की वह वाकई सस्सी से मिलना चाहते थे, बल्कि इसलिए कि उनकी दिलचस्पी उस जवां चेहरे में थी, जिसे वह अपने साथ लेकर आई थी। लाज़मी है उसने बारी-बारी सबका तआर्रुफ़ राज से भी करवाया और उसके बाद जब वह हाथ में जाम थामे अपने-अपने गोशे को लौटते; तो सरगोशियों में तमाम मुख़्तलिफ़ क़िस्म की बातें बनाते और उन पर अपनी राय कुछ इस अंदाज़ से पेश करते, गोया एक वहीं हैं जो सच से वाक़िफ़ हैं, बाक़ी सब तो निरे झूठे हैं। इस तरह चन्द मिनटों में तमाम मजलिस की तवज्जोह, मिर्ज़ा और सस्सी से सरक कर राज और सस्सी पर आ टिकी।

लेकिन सस्सी इस सब से बेफिक्रां थी, गोया उसे कोई फ़र्क ही नहीं

पड़ता था कि लोग क्या बातें बना रहे थे... या फिर मुमकिन है वह ख़ुद यही चाहती थी कि लोग कुछ तो बातें बनाएँ। वह हँसी, उसने ठहाके भी लगाए, कुछ दो-चार लतीफ़े भी चटकाए... वह सब किया, जो आमतौर पर वह कभी नहीं करती थी। हैरतज़दा राज के ज़ेहन में एक सवाल कौंधा-क्या यह वही सस्सी है, जिसके साथ वह वहाँ आया था, या इस मजलिस की भीड़ में उसकी रूह किसी और की रूह से तब्दील हो गई थी।

सभी सस्सी और राज के साथ अपनी-अपनी गुफ़्तगू में चन्द सवालात को घुमा-फिराकर पूछ रहे थे-क्या तुम दोनों के बीच कुछ चल रहा है? तुम पहली दफ़ा कब और कैसे मिले थे? कितने वक़्त से तुम दोनों एक-दूसरे के साथ हो? राज, तुम्हारी उम्र क्या है?-और हैरान-परेशान राज, जैसे-तैसे उन सवालों को चकमा देकर कभी गुफ़्तगू का रुख़ उनकी सिम्त मोड़ता, तो कभी सर्द मौसम की जानिब उछाल देता। बहरहाल, सस्सी ने उन सवालात के इस-इस क़िस्म के जवाब हाज़िर किये, कि कई और निस्बती सवाल सर उठाने लगे और राज की दिक्क़तों में कमी की बजाय इज़ाफ़ा होने लगा। सस्सी ने उन तमाम अटकलबाज़ियों को सही नहीं तो ग़लत भी नहीं ठहराया, लेकिन साथ ही साथ उनका यह यक़ीन भी पुख्ता कर दिया कि उनकी अटकलबाज़ियाँ भले ही सच की बिना पर नहीं हैं, लेकिन किसी सच से कमतर भी तो नहीं।

जब मंज़र नाक़ाबिल-ए-बर्दाश्त हो चला, तो राज ने वहाँ मौजूद तमाम लोगों से इजाज़त ली और रुख़ सीधा उस जानिब किया, जहाँ शराब मौजूद थी और ख़ुद के लिए एक जाम की फ़रमाइश कर दी। मिर्ज़ा भी उसके पीछे-पीछे वहीं आ गया।

"ज़्यादातर पीने वाले इस बात से बेख़बर होते हैं कि एक उम्दा शराब को बनाने के लिए किन-किन बातों की दरकार होती है। मशक़्क़त... सब्र... इंतज़ार... ख़यालात... परवरिश... जज़्बा... जज़्बात... मुहब्बत... महज़ एक मय-गर (मय बनाने वाला) ही समझ सकता है।"-मिर्ज़ा ने बातचीत का सिलसिला कुछ यूँ शुरू किया था।

"शायद तुम सही कह रहे हो; उसका हक़ है इस मय पर, लेकिन तक़दीर भी उस हक़ की पैरवी करे यह ज़रूरी तो नहीं!"-राज ने मिर्ज़ा के कहे मज़मून को भाँप लिया था।

"हाँ, और कई दफ़ा इसके बावजूद उसका यह हक़ दूसरे उससे छीन

लेते हैं और जाम छलकाते हैं उसके जज़्बात और मुहब्बत को भुलाकर; नज़रअंदाज़ कर देते हैं उसके मुसलसल इंतज़ार और फ़रमाबरदारी को, जो आख़िरकार उस शराब में ज़ायक़े और सुरूर की पैदाइश करता है... क्या यह ज़्यादती नही है?''-मिर्ज़ा की आवाज़ में तल्ख़ी का शोर था।

'लेकिन जो जाम उठाते हैं, वह भी तो मुहब्बत करते है उस शराब से; बाक़िस्मत यह उनका जायज़ हक़ है, वह वाक़िफ़ हैं अपने दिलो दिमाग़ में उसकी अहमियत से। हरेक घूँट के साथ वह मौत के क़रीब ले जाती है, लेकिन फिर भी वो आशिक़, बंद आँखों से एक और घूँट हलक़ से उतारता है, जैसे उसकी तख़्लीक़ को अपनी रूह से सराह रहा हो और क़सम उठाता है उससे तमाम उम्र इश्क़ करने की।''

दोनों ने अपने हाथों के जाम अब तक लबों से छुआए न थे और छुआते भी कैसे, जब तक कि रवायतन उन्हें टकराकर छलका न दिया जाता। लेकिन कैसे! राज ने तो अपने मेज़बान की आँखों में ख़ुद के लिए हिक़ारत देखी थी, एक रंज देखा था, जो बेशतर शराब की इनायत होता है, लेकिन मिर्ज़ा की आँखों में बग़ैर पिये ही वो मौजूद था। उसे लगा, उसका हक़ राज ने उससे छीन लिया है, क्योंकि उसके अलावा सस्सी का हक़दार कोई और हो ही नहीं सकता। मिर्ज़ा के ख़याल में यह किसी गुनाह से कम न था और फिर उसकी सज़ा बेशक राज को मिलनी चाहिए थी।

''वो, जो खुद ख़ास नहीं हैं, उन्हें उस ख़ास को छूने का कोई हक़ भी नहीं है। यह एक क़िस्म की बदकारी है... यह उन हक़दारों की सच्चाई और दीनदारी का मख़ौल बनाने के बराबर है, उनकी शराफ़त और मुसलसल इंतज़ार की तौहीन करने के बराबर है। तस्वीर का क़द्रदान, कभी वह महसूस नहीं कर सकता, जो उसका मुसव्विर करता है। यह एक बेकार सी कोशिश है उस नाक़ाबिल क़द्रदान की... क्या तुम्हें लगता है तुम उसके क़ाबिल हो?''

मिर्ज़ा के आख़िर के अलफ़ाज़ कुछ दबी हुई आवाज़ में निकले, लेकिन राज के ज़ेहन पर किसी लोहार के वज़नी हथौड़े की तरह पड़े। आँखों की नफ़रत उसके लफ़्ज़ों में उतर चुकी थी।

''सवाल यह नहीं कि मैं उसके क़ाबिल हूँ या नहीं, सवाल तो यह है कि वो क्या चाहती है, उसकी तक़दीर में क्या है।''

''मुझे मालूम है वह क्या चाहती है, मैं उसकी तक़दीर से वाक़िफ़ हूँ;

उसका हक़दार वही होगा, जो उसे ठीक से पहचानता हो।''

''मिर्ज़ा, तुम झूठे और ख़ुदग़र्ज़ हो; तुम उसे जानने का दावा करते हो, लेकिन समझते क़तई नहीं, तरस आता है तुम पर... अगर तुम उसे और उसकी ज़रूरत की अहमियत को समझते होते, तो वो आज मेरे साथ नहीं, बल्कि तुम्हारे साथ होती। तुम हक़ की बात करते हो; हक़ बेजानो पर जताया जाता है, इंसानों पर नहीं। मेरा उसपर कोई हक़ नहीं, मैं महज़ उसका साथ देता हूँ, उसकी इश्क़ की ज़रूरत से मेरे इश्क़ की पैदाइश होती है और मेरा फ़र्ज़ है कि मैं उसे और उसकी इस मासूम ज़रूरत को तुम जैसे हक़ जताने वालों से महफ़ूज़ रखूँ। ज़रूरी यह नहीं कि तुम कितना जानते हो, ज़रूरी यह है कि तुम किस हद तक समझते हो; तुमने अपना तमाम सब्र उसे जानने-पहचानने मे ज़ाया कर दिया, कभी समझने की कोशिश ही नहीं की।

मुमकिन है मैं उसका हक़दार नहीं हूँ, मुमकिन है तुम उसके हक़दार हो; मुमकिन है तुम और मैं दोनों ही न होकर कोई और हो। तुमने सही कहा था, किसी ख़ास का होने के लिए पहले ख़ास होना पड़ता है और जिस रोज़ मेरी मुलाक़ात उससे हुई थी, मैं उसी रोज़ एक ख़ास में तब्दील हो गया था, लिहाज़ा मुझे उस पर किसी क़िस्म का हक़ जताने की ज़रूरत नहीं मिर्ज़ा साहब, चियर्स...

और तब राज ने हाथ बढ़ाकर अपने जाम को उसके जाम से टकराया और एक ही घूँट में पैमाना ख़ाली कर दूसरे की फ़रमाइश की। मिर्ज़ा उसे ताज्जुब नज़रों से देखता रहा। वह ख़ुद को इस चौबीस-पच्चीस बरस के लड़के के सामने छोटा महसूस कर रहा था। राज ने उसे आज वो इल्म दिया था, जो उसे एक अरसा पहले मिल जाना चाहिए था।

एक और जाम उसी अंदाज़ में हलक़ से उतारने के बाद वह मिर्ज़ा से दूर, एक ख़ामोश गोशे की जानिब चल दिया और सिगरेट को सुलगाकर उसके धुएँ में सस्सी को हँसता, मुस्कुराता, पुराने दोस्तों से मिलता देखता रहा। सस्सी के होंठों पर भी मुस्कराहट थी, लेकिन वह ख़ुद को बेइज़्ज़त महसूस कर रहा था। मुझे इस्तेमाल किया गया है... राज ने ख़याल किया। जो कुछ राज ने मिर्ज़ा से कहा था, उसका एक एक लफ़्ज़ सौ फ़ीसद सच था; बावजूद इसके उसे लग रहा था कि उसके साथ धोखा हुआ है। वह सस्सी को समझता था, लेकिन उसकी यह सस्ती हरकत उसकी समझ से बाहर थी। वहाँ खड़े-खड़े

ख़याल करते हुए चन्द ऐसे भी लम्हात आए, जब उसे मजलिस को छोड़कर चले जाना मुनासिब लगा... लेकिन फिर उसने ख़याल किया कि क्यों न इस तमाशे को पूरा देखा जाए। उसकी नज़र मिर्ज़ा पर भी थी, जो सस्सी की तवज्जोह के लिए बिन पानी की मछली सा हो रहा था। रात की बढ़ती सर्द में राज का दिल दहक रहा था, कान सुलग रहे थे... कोई आवाज़ उन तक न पहुँचती थी। उसे लगा वह एक ख़ला में दाख़िल हो गया है।

मोटरसाइकिल का रुख़ शहर की जानिब था और ख़ामोश सस्सी, पिछली सीट पर बैठी थी। जबसे दोनों मजलिस से निकले थे, राज ने अपने लबों से एक लफ़्ज़ भी नहीं तोड़ा था। मोटरसाइकिल चलाते हुए वह उन तमाम बातों पर ग़ौर कर रहा था, जो उसने मजलिस में सुनी या देखी थी। सस्सी ने दोनों के दरमियां की ख़ामोशी को तोड़ने की कोशिश की लेकिन कुछ हासिल न हुआ। राज अब भी इस तरह गाड़ी चला रहा था, गोया वो सियाह रात की तनहा सड़क पर अकेला चला जा रहा हो और रहबरी के लिए मोटरसाइकिल की हेडलाइट काफ़ी हो।

अब उसे मालूम हो गया था कि सस्सी क्यों उसे अपने साथ मजलिस में लेकर गई थी। मिर्ज़ा को एक पैग़ाम देने के लिए, कि वह अब उसकी फ़िक्र करना छोड़ दे... कि वह बहुत जी चुकी पछतावे को... कि वह कभी उस राज़ को बेपर्दा नहीं होने देगी, जिसके लिए मिर्ज़ा मुन्तज़िर रहा है। पैग़ाम का एक मानी यह भी था कि अब वक़्त आ चुका है कि मिर्ज़ा उसकी हर ख़बर को रखना बंद कर दे और अपनी कोशिशों को लगाम दे।

उस रात राज ने ख़याल किया कि वह ख़ुद एक शै है, जिसे सस्सी अपनी मर्ज़ी के मुताबिक़ जैसा चाहे इस्तेमाल कर सकती है। इस एक ख़याल ने उसका दिल सौ टुकड़ों मे तोड़ दिया। उसके अंदर दहक रहा ज्वालामुखी, फटने की कगार पर पहुँच गया और उसने अचानक सड़क के किनारे पर मोटरसाइकिल को खड़ा कर, सस्सी से दूर जाकर, हर तरफ़ पसरी हुई रात को ताकते हुए, जैकेट की जेब से सिगरेट निकालकर जलाई और ग़ुस्से से लबरेज़, सस्सी के कुछ कहने का इंतज़ार करने लगा।

"तुमने अपनी इस आदत या कहूँ लत के बारे में पहले कभी कुछ नहीं बताया।"

'क्यों, अब क्या तुम मुझे फ्लैट से इसलिए निकाल दोगी, क्योंकि मेरी

इस सिगरेट पीने की आदत का तुम्हारे पास कोई इस्तेमाल नहीं है!''

राज की आवाज़ में ऐंठन और रंज, सस्सी पर साफ़ ज़ाहिर था।

''मैंने तुम्हारा इस्तेमाल नहीं किया राज...''

राज, फ़ौरन उसकी जानिब पलटा और वह उँगलियाँ, जिनमें सुलगती हुई सिगरेट अटकी थी, सस्सी पर तानते हुए फट पड़ा-''सोचना भी मत, कि तुम कहोगी और मैं इस बकवास का ऐतबार कर लूँगा। माना कि मैं उम्र में तुमसे कम हूँ, लेकिन ज़िन्दगी को मैंने भी जिया है; मुझे भी एक हद तक दूसरों की आँखें पढ़नी आती हैं... लेकिन मैं कितना जाहिल हूँ, जो तुम्हारी आँखें न पढ़ सका; शायद तुम्हें हुनर आता है ख़ुद को छुपाने का!''

''मेरा इरादा तुम्हारा दिल दुखाने का क़तई नहीं था राज।''

''तो फिर वो सब क्या था? तुम वहाँ वो सस्सी क्यों नहीं थी, जो तुम अब हो!''-कहते-कहते राज रुक गया और चन्द लम्हात की ख़ामोशी के बाद आवाज़ में संजीदगी और ठहराव इख़्तियार करके फिर कहने लगा-''तुमने मेरा इस्तेमाल किया है सस्सी...तुमने मेरा इस्तेमाल किया है, मिर्ज़ा को वो सब कहने के लिए, जिसे तुम शायद कभी उसे साफ़-साफ़ नहीं कह सकती थी।''

''हाँ...मैं उससे कहना चाहती थी।''

''तुम मुझसे कह सकती थी, लेकिन तुमने सब कुछ राज़ रखना मुनासिब समझा, तुमने मुझे धोखे में रखा। अगर एक दफ़ा तुमने कह दिया होता, तो मैं ख़ुद को मुफ़्त में बेच देता।''

सस्सी को पता था कि हर लफ़्ज़ में मौजूद ताकीद और जज़्बात, राज के दिल की गहराइयों से निकल रहे थे। उसने चाहा कि वह उसे अपना पहलू बताए, लेकिन महज़ किस्से का एक पहलू, कई सवालात की पैदाइश का बायस हो सकता था और यह सवालात मजबूर कर देते उसके माज़ी को तह से उठकर सतह पर आने के लिए। वह उसे अपनी तमाम गुज़री ज़िंदगी का क़िस्सा सुना सकती थी। अजीब बात है, वह जितना माज़ी से दूर रहने की कोशिश करती, माज़ी उतना ही उसके क़रीब, उसके पहलू में समाता जाता।

''काश मैं तुम्हें कह पाती!''

''इतना वक़्त एक साथ गुज़ार लेने के बाद, मुझे लगा था हम एक-दूसरे को समझते हैं, लेकिन मैं ग़लत था, सरासर ग़लत; मैंने तुम पर भरोसा किया,

लेकिन तुम्हारा इतना भरोसा भी हासिल न कर सका कि तुम अपने चन्द राज़ मुझसे साझा कर सको, लानत है मुझ पर।''

राज उसे इस उम्मीद में देखता रहा कि सस्सी कुछ तो कहेगी, लेकिन वह बुत बनी खड़ी रही। आँखें ज़मीन से सटी थीं और जज़्बात का तूफ़ान गुज़र गया। राज ने एक और सिगरेट जलाई और सस्सी की जानिब पीठ करके सियाह रात को निहारते हुए कश भरता रहा।

जंग के बाद दोनों ही ज़ख़्मी और शिकस्ता महसूस कर रहे थे।

मजलिस के ख़त्म होने पर मिर्ज़ा ने ऐलान किया कि वह हमेशा के लिए अपने अम्मी-अब्बू के पास अमेरिका जा रहा है, मतलब आज के बाद यह मजलिस अब कभी नहीं सजेगी। सब ख़त्म हो गया। उसकी आँखों के कोनों में नमी के निशां मौजूद थे और रात अचानक बेज़ार लगने लगी थी। सस्सी ने उसकी आँखों में महसूस किया था कि उसने कहीं दिल ही दिल में तक़दीर से अपनी शिकस्त मंज़ूर कर ली थी। लेकिन वह अब भी उसकी फ़िक्र करता था और बेशक ज़ाहिर नहीं होने देगा, लेकिन वह उसे कभी ग़ायब भी नहीं होने देगा। वह हमेशा उसकी ख़बर रखेगा... किसी पीछा करने वाले की तरह नहीं, बल्कि उसकी तरह, जो सब कुछ देखता है, लेकिन कभी किसी मामले में दख़लअंदाज़ी नहीं करता।

''काश! मैं तुम्हें वैसे इश्क़ कर पाती, जैसे तुमने मुझसे किया मिर्ज़ा। इतने बरस तुमने कभी कुछ नहीं कहा, लेकिन मुझे हमेशा से एहसास था कि तुम मुझे चाहते हो। मैं ही खुशनसीब नहीं थी; मुझे मेरे हक़ की बदनसीबी को जो जीना था। तुमसे राब्ता, मेरी ज़िन्दगी की सबसे बड़ी ख़ुशक़िस्मती थी।''

सस्सी, कहते-कहते रुक गयी। मिर्ज़ा की नम आँखों में आँसू उतर आए थे।

''क्या मुझसे एक वादा करोगे मिर्ज़ा?''

''पता नहीं''-मिर्ज़ा ने अपनी सिसकी को पीते हुए एक गहरी साँस के बाद कहा था-''शायद यही एक आख़िरी शै है, जो मैं तुम्हे दे सकता हूँ।''

''तुम किसी भी सूरत में लौटकर मेरे पास नहीं आओगे; तुम सब कुछ भुला दोगे और ज़िन्दगी की एक नई शुरूआत करोगे...वादा करो मिर्ज़ा!''

''पता नहीं, कर पाऊँगा या नहीं, लेकिन अगर तुम यही चाहती हो

तो...ठीक है, मैं तुमसे वादा करता हूँ कि मैं कोशिश ज़रूर करूँगा... तुम्हारे लिए...तुम्हारे लिए सस्सी...हमेशा की तरह।''

नम आँखें लिये दोनों एक मुद्दत के बाद और आख़िरी दफ़ा गले लगे। उन्हें मालूम था कि तक़दीर ने आज उनके उलझे हुए रास्ते आख़िरकार सुलझा दिये थे और अब, जब वो अपने-अपने रास्तों पर रवाना होंगे, तो फिर कभी एक-दूसरे को नहीं मिल सकेंगे। चन्द लम्हात में वह मख़्सूस रिश्ता, जिसे दोनों ने इतने अरसे तक जिया, लेकिन जी भरकर जी भी न सके, बस ख़त्म होने को था। वाक़ई, दिल के रिश्ते ऐतबार और पोशीदगी के मामूली झगड़ों से टूटे नहीं टूटते, वो तो महज़, सस्सी और मिर्ज़ा के रिश्ते की तरह इक मोड़ पर पहुँचकर ठहर जाते हैं।

कोने में ख़ामोश खड़ा राज यह सब इस ख़याल से देख रहा था कि वह सब उसका किया धरा है, अगर वह न होता तो यह तमाशा भी न होता। महज़ उसकी मौजूदगी ने आज बरसों के इख़्तिलाफ़ (असहमति) को अंजाम हासिल करा दिया था। वो बे-तारा आसमां की जानिब गर्दन उठकर मुस्कुराया, लेकिन मिर्ज़ा के लिए उसके दिल में कोई हमदर्दी नहीं थी... ग़ालिबन उसे अंदाजा था कि एक पुराने दर्द से आख़िरकार मिर्ज़ा को निजात मिल गई थी आज।

वो एक ख़ुशी का मौक़ा था,

ठहरे हुए सफ़र की इब्तिदा का मौक़ा था,

लुटाकर ख़्वाहिशें, दिल का सकूँ हासिल करने का मौक़ा था,

महँगा ही सही, लेकिन आख़िरी सौदा करने का मौक़ा था।

मिर्ज़ा के ज़ेहन से उतरा बोझ बेसाख़्ता राज को अपने ज़ेहन पर महसूस होने लगा। उसने ख़याल किया कि इश्क़ कैसा भी हो, आम और आसां तो बिलकुल नहीं होता... कमबख़्त एक ऐसा इम्तेहान होता है, जिसमें पास नहीं बल्कि फेल होना मुश्किल होता है।

* * *

हालात बदल चुके थे, लेकिन इतने भी नहीं, कि बर्दाश्त के बाहर हों। घर, दो हिस्सों में बँट गया, लेकिन दाख़िल और दफ़ा होने के लिहाज़ से दरवाज़ा अब भी एक ही था। खैर, यह बात और है कि उस दरवाज़े का इस्तेमाल अब दोनों एक साथ नहीं करते थे। एक छत के नीचे साझा ज़िन्दगी

बसर करने का एहसास भी वक़्त के साथ कहीं खो सा गया था। बावजूद इसके, सस्सी ने उसे घर से निकल जाने के लिए नहीं कहा... वह खुद ऐसा नहीं चाहती थी। हालाँकि, अगर वह जाना चाहता तो सस्सी उसे रोक भी नहीं सकती थी, लेकिन ऐसी कोई नौबत ही नहीं आई। राज ने न ही कुछ ऐसा कहा और न ही इस बाबत कोई इशारा किया। उन्होंने घर को इस तरह बाँट लिया था, कि वह एक नहीं दो मुख़्तलिफ़ घर हों। वो अपना ज़्यादातर वक़्त अपने-अपने कमरों में तनहा ही गुज़ारते और कोशिश करते कि जैसे भी मुमकिन हो, आमना-सामना से परहेज़ किया जाए। अगर एक टीवी देखता या हॉल में आकर बैठता, तो दूसरा फ़ौरन उठकर अपने कमरे में चला जाता। उस छत के तले दोनों ने एक-दूसरे को जाना पहचाना और समझा था, अब उसी छत के तले दोनों एक दूसरे से ग़ैर हो रहे थे। पहले भी जब वो दफ़्तर से तनहा घर लौटते, तो दरवाज़ा खोलने के लिए अपनी-अपनी चाबी का इस्तेमाल करते थे, लेकिन एक घंटी बजाने के बाद। अब यह घंटी बजाकर अपनी आमद का ऐलान करने की रवायत भी ख़त्म सी हो गई थी।

छुट्टी के रोज़ राज जब देर रात घर लौटता, तो हॉल में तनहा बैठी सस्सी, लिफ्ट के खुलने की आवाज़ और ख़ामोश पड़ी लॉबी मे उसके क़दमों की आहट को बज़ाहिर तौर पर पहचान लेती। राज, बंद दरवाज़े के सामने पहुँचकर कुंजी-खाँचे मे चाबी डालने से पहले कुछ वक़्त ख़ामोश खड़ा रहता और दरवाज़े के दूसरी जानिब, सस्सी यही आरज़ू करती, कि वह कम अज़ कम आज तो पहले घंटी बजाए, ताकि वह झट से दरवाज़ा खोलकर उसका इस्तेक़बाल करे, जैसे उनके दरमियां कभी कुछ हुआ ही न था। लेकिन वह चाबी से दरवाज़ा खोलकर, बिना सस्सी को तस्लीम किये और जूते खोले, सीधा सरपट क़दमों से अपने कमरे मे चला जाता।

कई मर्तबा दफ़्तर से लौटकर राज अपने कमरे में बिस्तर पर लेटा-लेटा किताब के सफ़हों को पलटते हुए सस्सी का दफ़्तर से लौटने का इंतज़ार करता। जब वह दफ़्तर से घर लौटती, तो हॉल में दाख़िल होते ही वहीं ठहर जाती, गोया किसी चीज़ या किसी की उम्मीद ने उसके पैर जमा दिए हों। लेकिन वहाँ सब कुछ ठहरा हुआ पाकर, अपने जमे हुए क़दमों को घसीटते हुए वह अपने कमरे में चली जाती और अगली सुबह, दफ़्तर के लिए तैयार होकर ही बाहर आती।

दोनों का एक-साथ दफ़्तर जाना भी बंद हो चुका था और एक-दूसरे का

आमना-सामना न करना पड़े, इस लिहाज़ से दोनों ने अपने ही घर से चोरों की तरह निकलना भी शुरू कर दिया था। महज़ दरवाज़े के खुलकर ज़ोर से बंद होने की आवाज़ से दूसरे को मालूम हो जाता, कि पहला दफ़्तर के लिए निकल चुका है, क्योंकि दूसरे मौक़ों पर दरवाज़ा कभी इस ज़ोर से खोला या बंद नहीं किया जाता था... गोया यह एक ख़ास सलीक़ा हो कहने का, कि मैं दफ़्तर के लिए निकल रहा हूँ, मुमकिन हो तो तुम भी साथ चलो दिल की ख़लिश को मिटाकर... लेकिन दूसरे की अना के चलते, हर रोज़ पहले की यह आरज़ू सुनकर भी अनसुनी रह जाती।

अक्सर जब राज चाय बनाता, तो एक प्याला चाय का रकाबी से ढक कर मेज़ पर सस्सी के लिए छोड़ देता। रात का खाना भी घर पर पकाना उसने बंद कर दिया था, जबसे सस्सी रोज़ दफ़्तर से खाना खाकर घर लौटने लगी थी। वक़्त के साथ बावर्चीखाने की अहमियत दोनों के लिए जाती रही और वहाँ होने वाली हलचल में भी इंतेहाई कमी आ गई थी। आहिस्ता-आहिस्ता उनपर उनकी अना हावी हो गई और रुस्वाई की असल वजह कहीं खो गई। दोनों ने दिल ही दिल मे यह ज़िद पकड़ ली, कि पहल वह ख़ुद नहीं करेगा।

दफ़्तर मे मैसेंजर पर बातचीत का सिलसिला क़रीब-क़रीब ख़त्म हो चला था और अगर कभी कोई बातचीत होती भी थी, तो किसी ताक़ीदी (अत्यंत महत्वपूर्ण) मसले पर, जिसका ताल्लुक़ महज काम से होता, उनसे नहीं। गुरु और नादिआ को शुबा था कि कुछ तो गड़बड़ है... लेकिन जब राज ने कोई पुख़्ता तफ़सील नहीं दी, तो उन्होंने भी ज़्यादा खोज-बीन करना ठीक नहीं समझा। हालाँकि गुरु ने एक दफ़ा कोशिश ज़रूर की थी, लेकिन राज ने यह कहकर बात टाल दिया कि कोई मसला ही नहीं है, तुम्हारी फ़िक्रमंदी बेवजह है। शायद वाक़ई कोई मसला नहीं था और गुरु नहीं, राज ख़ुद बेवजह फ़िक्रमंद था, क्योंकि अब उसे ख़ुद वह बात इतनी नहीं चुभती थी, जितनी की शुरूआत के दिनों में। लेकिन गुरु को अंदाज़ा था कि राज झूठ बोल रहा है। वह जोशो-ख़रोश, वह उमंग, जो उसने राज मे सस्सी के मुतअल्लिक़ बात करते देखी थी, अब मांद सी पड़ गई थी, गोया अब सस्सी उसके लिए कोई ख़ास मायने न रखती हो। कुछ वक़्त में गुरु और नादिआ को सस्सी की टीम मे मुंतक़िल (तबादला) कर दिया गया। उनके चले जाने के बाद राज ने ख़ुद को अपनी ही टीम के बाक़ी मेम्बरान के बीच तनहा पाया। वह उनके साथ मिलजुल कर काम कर सकता था, रह सकता था, अगर कोशिश करता तब...

लेकिन उसने ऐसी कोई कोशिश ही नहीं की। गुरु और नादिआ, दफ़्तर में हमेशा से उसके साथी रहे थे और उनके अलावा दूसरों के साथ उसका उठाना-बैठना काफ़ी हद तक न के बराबर ही था। लेकिन अब, जब वह तनहा था, तब भी उसने किसी और से बेहतर रिश्ते और दोस्ती करने की कोई पहल नहीं की और मिस्टर बोस, जो उसके बॉस भी थे, उन्हें यह बात क़तई नागवार गुज़री। उन्होंने उसे एक-दो दफ़ा अपने केबिन में बुलाकर बात करना चाहा, लेकिन उसके जवाबों में बेदिली को नज़रअंदाज़ न कर सके। मिस्टर बोस ने एक मर्तबा उसे मशविरी और हिदायती तौर पर कहा था-''ख़ुद को यूँ अलग-थलग रखना बंद करो और लोगों से कुछ ताल्लुक़ात क़ायम करो; महज़ काम अच्छा कर लेने से वह सब हासिल नहीं होता, जिसके तुम हक़दार हो; लोगो के साथ राब्ता भी ज़रूरी होता है।''

उसे मालूम था मिस्टर बोस की हिदायत बिलकुल सही थी, लेकिन वह ख़ुद किन्हीं और उलझनों में उलझा था। अपनी जगह पर बैठा, वो गुरु, नादिआ और सस्सी को देखता और सोचता कि किस तरह उनके बीच उसे भुला दिया गया है। उनके चेहरों की बेतकल्लुफ़ाना मुस्कराहट, उसके जिगर पर नश्तर का काम करती... ऐसे में उसके लिए वक़्त की रफ़्तार और भी धीमी हो जाती और सस्सी के साथ गुज़ारा ख़ुशनुमा वक़्त, सालों पुरानी बात लगने लगता। उसे देखकर वह ख़याल करता, कि सस्सी उसे जान-बूझकर वक़्त की क़ैद में छोड़, अपनी ज़िन्दगी में लौट गई है, जहाँ से आज़ाद हो सकना उसके लिए रोज़-बरोज़ मुश्किल होता रहा था। सस्सी को नादिआ और गुरु में दो मुलाज़िमों के साथ-साथ दो अच्छे दोस्त भी मिल गए थे और राज के लिए ताज्जुब की बात यह थी कि वह उनके साथ कुछ ज़्यादा ही घुल-मिल रही थी, जिसे कॉर्पोरेट की दुनिया में अजीब माना जाता है।

उसने कैंटीन में नादिआ और गुरु के साथ दोपहर का खाना भी बंद करना पड़ा। हुआ यूँ कि बाज़ दफ़ा, जब वह दोपहर के खाने के लिए गुरु और नादिआ के साथ कैंटीन में बैठा था, तो सस्सी के वहाँ दाख़िल होते ही नादिआ ने उसे साथ में खाना खाने की दावत दे दी, जिसे सस्सी ने बेहिचक क़बूल भी कर लिया। ज़ाहिर है, अब सब के बीच खाने की मेज़ पर सस्सी की मौजूदगी का उस पर कुछ तो असर पड़ना ही था, लिहाज़ा निवाला चबाते उसके जबड़ों की रफ़्तार धीमी पड़ने लगती और यकलख़्त वह वहाँ मौजूद सबसे नज़रें भी चुराने लगता, सिवाए सस्सी के। यहाँ तक कि मेज़ पर मौजूदा गुफ़्तगू को

नज़रअंदाज़ करते हुए वह अपने चेहरे पर इस तरह शिकनें खींच लेता, गोया वह इस दुनिया का नहीं, किसी और ही दुनिया का रहाई हो, जो यहाँ आकर फँस गया है। वह सस्सी की नाज़ुक कलाई और छरहरी उँगलियों को एकटक निहारता, गोया उन पर उसका हक़ हो... उस चम्मच का नहीं, जो उन उँगलियों मे अटकी हुई है। कोई ख़याल नहीं, कोई आवाज़ नहीं; महज़ एक ख़ला, जो उसके अंदर समा गई थी। एक आवाज़, कहीं दूर, दिल की गहराइयों में उससे गुहार करती, कि वह ख़ुद के अरमानों को सब कुछ भुलाकर-यहाँ तक कि उस वजह को भी, जो उनके रिश्ते में दरार का सबब बनी थी-बेहिचक सस्सी पर ज़ाहिर कर दे। उसकी आँखें उस पर ठहर कर रह जातीं और इतने सुकूं से झपकती गोया एक ख़्वाब से दूसरे ख़्वाब मे गोते लगा रही हों। वह ख़ुद की पलकों के इस तरह झपकने की लज़्ज़त का लुत्फ़ उठाता जहाँ वह तसव्वुर में उसकी छरहरी उँगलियों को ख़ुद की उँगलियों मे उलझा हुआ महसूस करता। कभी-कभार एक हल्की सी मुस्कराहट उसके लबों पर जलने-बुझने लगती और सस्सी समझ जाती कि वह उसे तस्लीम कर रहा है। यह एक ऐसा सितम था, जिसका मज़ा उसकी बर्दाश्त में छुपा था। उसकी यह ख़ास मुस्कराहट इस बात का सबूत थी कि एक रोज़ दोनों फिर से साथ होंगे, लेकिन तब तक दिल को दर्द से ही काम चलाना होगा और दहकना होगा उस आग में जो दिल को इतना पाक कर देगी कि उसकी मुहब्बत और ख़ुदाई मे फिर कोई फ़र्क़ नहीं रह जाएगा।

कभी-कभी सस्सी की मुस्कराहट और उसके लबों से फूटते अलफ़ाज़, राज को बेज़ारी से लबालब कर देते। यूँ महसूस होता, मानो वह उसकी उस जलती-बुझती मुस्कराहट को ललकार रही हो। वह ख़याल करता, क्या यह सस्सी का असली चेहरा है, या अब भी उसने कोई मुखौटा पहना है, उस रात की तरह। और इस ख़याल के साथ एक तन्ज़िया हँसी उसके अंदर गूँजने लगती। ग़ालिबन अब असल और मुखौटे में फ़र्क़ कर पाना उसके लिए मुमकिन नहीं रह गया था। ऐसे में दिल की खीझ जबड़ों में उतर आती और बेज़ारी चेहरे पर। ख़ुद पर काबू रखने की कोशिश में उसके दोनों घुटनों के पीछे की मांसपेशी फड़कने लगती। कभी-कभी वह सस्सी को एकटक घूरने लगता, जब तक कि जवाब में सस्सी भी ख़ुद उसे घूरना न शुरू कर देती और फिर अचानक किसी ज़रूरी काम के बहाने से वह मेज़ पर से उठ खड़ा होता। सस्सी की मौजूदगी में उसका दर्द, शिद्दत इख़्तियार कर लेता और जी चाहता

कि दिल में उठती चीख़ों को ज़ुबान मुहैया कर दे, या सस्सी को किसी तनहा आलम में ले जाकर अपनी बेकसी और बेकली को उस पर ज़ाहिर कर दे कह दे कि अब और बर्दाश्त नहीं होता!

उसके लिए यह तय करना मुश्किल हो गया था कि वह सस्सी से शदीद मुहब्बत करता है या नफ़रत, क्योंकि कैफ़ियत तो दोनों की एक सी ही होती है।

हर शाम यही कोई पाँच साढ़े पाँच बजे के आस-पास जब राज, सस्सी के केबिन की जानिब देखता तो उसे काम में मसरूफ़ पाता। लेकिन कुछ देर के बाद जब फिर से देखता, तो वह वहाँ न होती और राज समझ जाता कि वह आज भी बग़ैर उसका ख़याल किये, अपनी रोज़ की तल्ख़ ब्लैक कॉफ़ी पीने चली गई है। हर रोज़ अब उसका यूँ अकेले कॉफ़ी के लिए चले जाना, राज के दिल पर ज़ख़्म छोड़ जाता था। गुज़रते वक़्त के साथ उस ज़ख़्म का दर्द भी बढ़ता रहा था। कई मर्तबा जब ख़ुद को रोक न पाता, तो वह भी उसके पीछे जाता और एक कोने में खड़े होकर उसे तकता रहता, जहाँ से वो उसे तकता न देख सके। वहाँ, छत पर कोने वाली मेज़ पर तल्ख़ कॉफ़ी के साथ तनहा बैठी सस्सी, उफ़क़ पर उसके निशां ढूँढ़ती जिसका कभी कोई निशां कहीं था ही नहीं।

दफ़्तर की इमारत के दायीं सिम्त एक सँकरी गली में छोटा लेकिन बहुत अच्छा कैफ़े था। एक दफ़ा जब किसी वजह से दफ़्तर की छत पर मौजूद कैफ़े बंद था, उस शाम दोनों अपनी कॉफ़ी के लिए इसी कैफ़े में तशरीफ़ लाए थे। दाख़िल होते ही दोनों ने काँच की दीवार से सटी एक छोटी सी मेज़ को बैठने के लिए चुना था। जल्द ही उनकी फ़रमाइश की कॉफ़ी, प्यालों में उनके सामने मेज़ पर हाज़िर थी और उनकी बाहरी सतह पर कुछ कहनूत लिखी थी। कैफ़े की कमज़ोर रौशनी में सस्सी ने उसे झुककर पढ़ा-(लिखा तो अंग्रेजी ज़बान में था लेकिन मानी कुछ यूँ थे) 'मुझे भुलाया नहीं जा सकता, मैं तुम्हारा हमक़दम हूँ'। राज की कॉफ़ी के प्याले पर भी कुछ यूँ लिखा था- 'आख़िरी बूँद तक मैं तुम्हें थामे रखूँगा'। यह कहनूतें ग़ालिबन कॉफ़ी की बिक्री बढ़ाने के लिहाज़ से उन ख़ूबसूरत प्यालों पर लिखी गई थीं, लेकिन राज और सस्सी के लिए यह उनके एहसासात बयान कर रही थी। उस शाम दोनों काफ़ी देर तक वहीं कैफ़े में बैठे रहे थे।

अब, जब कभी सस्सी उस कैफ़े के सामने से गुज़रती, तो उसके क़दम

बेसाख़्ता रुक जाते उन प्यालों को पढ़ने के लिए, जो काँच की दीवार के पार, सजावट में लटकाए और रखे गए थे।

उसके पास देने के लिए कोई सफ़ाई नहीं थी, सिवाए इसके कि उसे राज की तब भी ज़रूरत थी और अब भी है। एक वही तो था जो उसे बिख़रने से बचा सकता था। खैर, वह उससे बेहिसाब माफ़ियाँ माँग सकती थी, लेकिन ठगी का ज़ख़्म, राज के दिल में अब भी हरा था। हालाँकि दिल ही दिल में सस्सी को मालूम था कि गुज़रते वक़्त के साथ वो लम्हा भी आएगा, जब उसे राज के सामने हाज़िर होना होगा और माफ़ी को अपना हक़ समझकर माँगना होगा, क्योंकि राज जैसे लोग कुछ भी इन्कार कर सकते हैं लेकिन किसी के हक़ की अदायगी नहीं।

अक्सर रात गये वह अपने कमरे से बाहर निकलती और देखती कि राज ने अपने कमरे की बत्ती चालू छोड़ दी है और रौशनी उसके कमरे से बाहर आकर हॉल में खड़ी उसे अन्दर आने का न्यौता दे रही है। आदत से मजबूर राज, कभी अपने दरवाज़े की चिटखनी चढ़ाकर नहीं सोता था, महज़ दरवाज़ा लुड़का देता था। बेजा हिम्मत जुटा के निहायत आहिस्तगी से वह उसके कमरे में दाख़िल होती और कुछ वक़्त सोते हुए राज को बेइन्तेहा निहारने के बाद बुझी हुई उम्मीद लिये बाहर निकल जाती, इस ख़याल के साथ, कि 'अगर तुम यूँ सुकून से सोए न होते, तो मैं तुमसे माफ़ी माँग लेती और तुम्हें अपना राज़दाँ कर लेती'। लेकिन सोता हुआ राज उसे माफ़ी नहीं, महज़ पछतावा ही दे सकता था, जिसे लेकर वह उसके बिस्तर के पायत बैठकर उसके चेहरे को यूँ तकती, मानो अगर उनके बीच यह दीवार क़ायम न होती, तो वह राज की अहमियत को अपनी ज़िन्दगी में कभी इस वज़ाहत (सफ़ाई) से महसूस नहीं कर पाती। जिस दिन से राज ने उस पर से अपनी नज़र फेरी थी, तब से उसकी नज़रों की प्यास सस्सी के हलक़ में अटक कर रह गई थी। बिस्तर पर उसके यूँ नज़दीक बैठना कुछ ऐसा महसूस होता था, जैसा प्यासे को कुएँ के नज़दीक बैठकर होता है, जो लाख चाहकर भी उस कुएँ का मीठा पानी ज़ुबान पर नहीं रख सकता।

हर शाम, कॉफ़ी के लिए तनहा जाना सस्सी के लिए बेहद मुश्किल था। हालाँकि एक उम्मीद भी थी कि एक रोज़ सब कुछ पहले जैसा हो जाएगा... एक उम्मीद, एक उम्मीद के लिए। वह रोज़ दो कप कॉफ़ी की फ़रमाइश करती और फिर इधर-उधर देखने के बाद मायूसी भरे लहज़े में दो कप की फ़रमाइश

को एक कप में तब्दील कर देती। वह कॉफ़ी के साथ बैठी-बैठी लम्बे वक़्त तक यही तसव्वुर करती रहती कि अगर आज राज उसके सामने आ गया, तो वह क्या करेगी-क्या महज़ आँखें झुकाकर माफ़ी माँग लेगी, या उसके हाथ को आहिस्तगी से अपने हाथों में लेकर बग़ैर लफ़्ज़ों के आँखों ही आँखों में कहेगी। क्या वह उसे कुछ कहे बग़ैर ही महज़ मुस्कुराकर माफ़ कर देगा, या पहले एक कसकर तमाचा लगाएगा और फिर उसे गले से लगा लेगा।

होने को कुछ भी मुमकिन था, लेकिन उसके लिए पहल लाज़मी थी। वहाँ बैठकर सस्सी, तमाम इमकान अपने ज़ेहन में घुमा-फिरा कर दोहराती और हर मर्तबा माफ़ी हासिल कर लेती। अक्सर इसी ख़याल में वह दो-तीन प्याले कॉफ़ी भी पी जाती। माफ़ी को हासिल करना उसके लिए एक ताकीदी (अत्यंत महत्वपूर्ण) मसला बन गया था और हर वक़्त ज़ेहन में बस यही ख़याल गूँजता रहता। एक वक़्त वह भी आया, जब उसे महसूस हुआ कि माफ़ी का तकाज़ा अब थोड़ा-थोड़ा लुत्फ़ देने लगा है। अब अकेले कॉफ़ी के लिए उठकर जाना यूँ तकलीफ़देह नहीं लगता था।

* * *

सस्सी की टीम में तबादला हो जाने से नादिआ की, गुरु से अनजाने में ही सही, लेकिन नज़दीकियाँ उरूज़ पर थीं। वाज़ेह तौर पर अब उसका तमाम दफ़्तरी वक़्त या तो गुरु से गुफ़्तगू करते, या उसके साथ काम करते गुज़रने लगा था। सुबह दफ़्तर में दाख़िल होने से देर शाम दफ़्तर से निकलने तक, वो एक दूसरे के साथ-साथ ही रहते। गुरु की नज़र में वह उसकी एक बहुत ख़ास दोस्त बन गई थी, जो काफ़ी हद तक काम में भी उसका बेहिचक हाथ बटा दिया करती थी और वह ख़ुद भी काम के सिलसिले में उससे कभी मदद माँगने से हिचकिचाता नहीं था।

नादिआ की बच्चों सी चुलबुलाहट ने उसके लिए बहुत से दिल जीत रखे थे। गुरु भी उसे पसंद करता था, लेकिन उस तरह नहीं, जिस तरह वह उसे पसंद करने लगी थी। उसने अपने और नादिआ के मुतअल्लिक़ दफ़्तर में कुछ उड़ती-उड़ती अफ़वाह ज़रूर सुनी थी, लेकिन उन पर कभी कोई तवज्जोह नहीं दी। नादिआ का घर गुरु के दफ़्तर के रास्ते में ही पड़ता था, लिहाज़ा अक्सर वह उसे दफ़्तर अपने साथ लेता आता और शाम को छोड़ भी देता। उन दिनों क़ौसर अपने इम्तेहान में उलझी हुई थी, जब गुरु, नादिआ के साथ तफ़रीह

करने दिल्ली के नज़दीक एक हिल स्टेशन पर गया था और वहाँ पहुँचकर उसे नादिआ के एहसासात का न सिर्फ अंदाज़ा लगा था, बल्कि यक़ीन हो चला था।

पहले-पहल तो उसने इस गुंजाइश से ही इन्कार कर दिया, गोया वह जानता सब कुछ हो, लेकिन समझता कुछ भी नहीं। लेकिन वह नादिआ को ठेस भी तो नही पहुँचाना चाहता था, लिहाज़ा उसने रिश्ता नहीं तोड़ा, लेकिन उसकी सरहद को बाँध दिया, जो दोस्ती से शुरू होकर दोस्ती पर ही ख़त्म होती थी। कई मर्तबा उसने ख़याल भी किया कि इस बारे में क़ौसर को सब बता दे, लेकिन फिर नहीं बताया और सही मौक़े का इंतज़ार करने लगा, जो कभी नहीं आया।

नादिआ हर हफ्ता अपने ख़ाली वक़्त का एक बड़ा हिस्सा यह सोचने में खर्च कर देती कि वह किस तरह आने वाली छुट्टी का तमाम दिन गुरु के साथ बिताएगी और गुरु अपना वक़्त यह तरकीब लगाने में सर्फ़ करता, कि कैसे साँप भी मर जाए और लाठी भी न टूटे। कभी-कभार उसकी बात मानकर, गुरु छुट्टी के रोज़ उसके साथ कोई फ़िल्म देखने चल देता, लेकिन टिकट लेते हुए अगर काँच की खिड़की के पीछे बैठा टिकट काटने वाला शख़्स,कोने की टिकट की तजवीज़ करता, तो वह साफ़ इन्कार कर देता और बीच वाली सीट की दो टिकटें लेकर लौटता। नादिआ को जब पता चलता तो वह थोड़ा मायूस हो जाती। दूसरे जोड़ों से मुख़्तलिफ़ इनका जोड़ा ख़ामोशी से फिल्म देखता और कभी अगर जान-बूझकर या इत्तिफ़ाक़ से जैसे भी उनके हाथ एक दूसरे के हाथ पर पड़ जाते या छू जाते, तो गुरु फ़ौरन अपना हाथ खींचकर एक महफ़ूज़ जगह पहुँचा देता। अक्सर, चलती फ़िल्म के दरमियान, नादिआ पलटकर गुरु की जानिब देखती, तो उसे फ़िल्म में खोया हुआ पाती। शुरू-शुरू में तो गुरु उसे नादान लगा, लेकिन बाद में उसे गुरु की इस नादानी पर कुछ शक भी हुआ। हालाँकि कभी उसकी हिम्मत नहीं हुई कि इस मुतअल्लिक़ उससे कोई सवाल कर सके। महज़ वह यही उम्मीद करती रही कि एक रोज़ गुरु, नादानी के पर्दे से बाहर निकलकर उसके अरमानों का सामना करेगा, जो गुरु ख़ुद भी चाहता था... बस एक दुरुस्त मौक़े की तलाश में था।

गाढ़ी दोस्ती होने के बावजूद नादिआ की गुरु से जो आशनाई थी, वो कभी राज से नहीं रही। ग़ालिबन यही वजह रही होगी कि वह राज से अपनी हर बात साझा नहीं कर सकती थी। वहीं गुरु के लिए वह एक खुली डायरी की

तरह थी, जिसका हरेक हर्फ़ महज़ उसके लिए ही लिखा गया था। वह अपनी ज़िन्दगी की छोटी से छोटी तफ़सील और बड़े से बड़ा राज़ भी उसे बताती। एक मर्तबा तो गुरु की सालगिरह पर उसने उसे एक महँगी घड़ी तोहफ़े में दी थी, जो उस शाम क़ौसर और गुरु के दरमियान झगड़े का सबब बन गई और गुरु के अगले आठ रोज़, रूठी हुई क़ौसर को मनाने और नादिआ को टालने की जिद्दोजहद में सर्फ़ हो गए। अब, जब कभी वह क़ौसर के साथ होता, तो उसे एहसास-ए-जुर्म सताने लगता कि उसने क़ौसर को नादिआ के बारे में सबकुछ सच नहीं कहा है और नादिआ से भी साफ़-साफ़ बात न करके उसे भी गुमराह किया है। मुख़्तसर यह कि इस मसले पर उसे दोनों से खुलकर बात करने की दरकार थी। एहतियातन जब भी क़ौसर उससे उसके दफ़्तर में कामकाज के बारे में पूछती तो वह चिढ़ जाता। एहसास-ए-बेकली और बेज़ारी के चलते अब वह ज़्यादा वक़्त क़ौसर को नहीं दे पाता था। बस एक राज का मौज़ू ही ऐसा था, जिस पर दोनों आराम से बग़ैर झुँझलाहट और झगड़े के एक-दूसरे से बातचीत कर सकते थे। राज और सस्सी के मसले पर, जिसकी उन्हें पूरी मालूमात नहीं थी, ख़ूब बहस करते। राज और सस्सी दोनों साथ ही रहते हैं और ज़ाहिर है उनके बीच में कुछ चल भी रहा है, लेकिन हाल ही में किसी वजह से दोनों के रिश्ते में कोई खिंचाव आ गया था... ये तमाम बातें गुरु ने क़ौसर को बताई थी। उसने यह भी कहा था कि वह राज से इस मसले पर बराह-ए-रास्त(सीधी) कोई बात नहीं कर सकता, जब तक कि राज आगे से ख़ुद कुछ नहीं कहता। क़ौसर ने चन्द रास्ते सुझाए, लेकिन सारे नामुमकिन और जो कुछ मुमकिन भी थे तो रद्द-ए-अमल (प्रतिप्रभाव) के जोखिम से भरे हुए।

एक शाम मिस्टर बोस ने अपने घर पर पार्टी रखी थी। सस्सी, नादिआ, गुरु के साथ-साथ दूसरे तमाम दफ़्तर के लोगों को भी बुलाया था। सबने उनसे पार्टी की वजह जानने की कोशिश की, लेकिन हर बार की तरह वह इस बार भी जवाब को टाल गए। मिस्टर बोस बेवजह ही अपने घर पर पार्टी रख लिया करते थे, या यूँ कहना ठीक रहेगा कि बग़ैर किसी को वजह बताए पार्टी रख लिया करते थे और अगर उनसे जबरन पूछा जाता, तो वह बस एक ही जवाब देते- 'मुझे लोगो के बीच रहना पसंद है।'-जो कि उनके बर्ताव के बर-ख़िलाफ़ था। वैसे, मिस्टर बोस और सस्सी बिल्कुल मुख़्तलिफ़ टीमों के सदर थे, लेकिन उनका राब्ता कुछ ख़ास था, जो कभी किसी की समझ में नहीं आया।

उम्र और तज़ुर्बे में वैसे मिस्टर बोस उससे ख़ासा बड़े थे, लेकिन अपने उस ख़ास राब्ते के चलते उन्होंने कभी भी सस्सी के लिए मैनेजमेंट से कोई सिफ़ारिश नहीं की, कभी उस पर कोई इनायत नहीं बख़्शी। वो एक क़िस्म के पोशीदा तार से जुड़े थे, जो मुकम्मल तौर पर न ही पेशा-परस्त था और न ही ज़ाती-दोनों के बीच में था। मिस्टर बोस न ही उसके बड़े भाई की तरह थे, न ही बाप, दोस्त या किसी और रिश्तेदार की तरह-वो महज़ मिस्टर बोस थे उसके लिए और वो उनके लिए सिर्फ 'मिस सस्सी'-वह सस्सी से इसी तरह मुख़ातिब होते थे।

उन्होंने कई मैनेजरों को ट्रेनिंग दी थी, लेकिन सस्सी को ख़ासा पसंद करते थे। एक लम्बे वक़्त तक सस्सी ने उनके हाथ के नीचे काम किया और सीखा भी था।

"वजह का तो पता नहीं, लेकिन तुम्हारे चेहरे का तआसुर एक पूरी दास्तां बयान कर रहा है मिस सस्सी!"

"हाँ, ज़रूर मेरे काम के बोझ की दास्तां बयान कर रहा होगा... वैसे कोई ख़ास वजह रही होगी, जो आज आप मेरे चेहरे के तआसुर पर बात कर रहे हैं, ज़रा खुलकर कहिये।"

"तुम्हें तो मालूम ही है बेवजह बात करना मेरे किरदार में शामिल नहीं; हालाँकि, हाल ही में मैंने कुछ ऐसा महसूस किया है, जिसके बारे में मुझे लगता है कमअज़कम बात न सही, ज़िक्र तो ज़रूर होना चाहिए।"

"तो यह वजह थी मजलिस सजाने की!"

'नहीं नहीं, तुम्हें तो मालूम है, मुझे लोगों के बीच रहना कितना पसंद है।"

'हाँ, मुझे मालूम है; इतनी दफ़ा सुन चुकी हूँ कि अब यह झूठ भी सच लगने लगा है।"

"तुम्हारी इसी बात का तो मैं क़ायल हूँ; तुम जो बात जानती हो, उसको समझती भी हो... फ़िलहाल यह बताओ मेरे बच्चे कैसे हैं?"

"आपके बच्चे! आपने तो शादी भी नहीं की, कौन से बच्चों की बात कर रहे हैं?"

"अरे वही बच्चे, गुरु और नादिआ।"

"अच्छा वो बच्चे! अच्छे हैं; आपने उन्हें बहुत अच्छा ट्रैन किया है... नये हैं, लेकिन सीखने की रफ़्तार तेज़ है।"

बात करते-करते उनकी नज़र किताबों की अलमारी की तरफ़ हुई, जहाँ गुरु और नादिआ का जोड़ा खड़ा था और साथ में राज भी, जिसके चेहरे पर ख़ासी बेचैनी पसरी थी, गोया वह इस मजलिस में अपनी मर्ज़ी से नहीं, बॉस की गरज़ से आया हो। ज़ाहिर है वह अकेला ही आया था और उसकी नज़र मुसलसल सस्सी पर ठहरी थी। उसने उन सब लोगों की गिनती की, जिनसे सस्सी मिली या वो सस्सी से मिले थे। उसे सिर-फिरे आशिक़ की सी जलन महसूस हो रही थी। उसने व्हिस्की का एक जाम लिया और अलग-थलग जाकर कोने मे खड़ा हो गया, जहाँ जल्द ही प्रभात भी आ धमका, लेकिन कुछ कहने से पहले ही वह वहाँ से चला भी गया। वहाँ से राज को अब यह मजलिस एक ड्रामा लग रही थी, जिसका वह तमाशबीन था।

गुरु और नादिआ अपने किरदार को बख़ूबी निभा रहे थे। आज गुरु, नादिआ के साथ बेकली महसूस नहीं कर रहा था। तमाशबीन होना भी कितना अजीब होता है... आप हर किरदार को एक ही निगाह से देखते हैं। उनके हाव-भाव और बातों से ज़ाहिर हो जाता है कि कौन अपने किरदार की किस गहराई को छू सका है। राज को भी लगने लगा था कि वह भी कहीं न कहीं इस ड्रामे का एक किरदार ही है; शायद उस दरख़्त का, जिसे परदे के उठने से परदे के गिरने तक रंगमंच के बीचो-बीच ख़ामोश खड़ा रहना होता है।

जब सस्सी की आँखें उसकी आँखों से टकरातीं, तब भी कोई एहसास उसके चेहरे पर करवट नहीं बदलता, गोया वह कोई चट्टान हो। बस एक सर्द तासीर महसूस होती, जो अपने छूने वाले को भी बर्फ़ में तब्दील करने की क़ूवत रखती। वह उससे नफ़रत करना चाहता था... इतनी नफ़रत, कि जब वह उसे फिर से इश्क़ करे, तो नफ़रत की कहीं-कोई गुंजाइश बाक़ी न रहे।

"आज रात बच्चों में से एक बहुत अकेला है और बहुत देर से तुम्हें ही देख रहा है।"-मिस्टर बॉस ने राज की जानिब इशारा करते हुए सस्सी से रद्दे-अमल की उम्मीद में कहा, लेकिन उनकी कही बात का मतलब सस्सी ख़ूब समझती थी। चुनाँचे, ग़ैरदिलचस्पी में कन्धे झाड़कर वह उनसे दूर जाने लगी।

सस्सी को निगाहों की हद में क़ैद किये राज, ख़यालात की गहराइयों में ग़ोते लगा रहा था। भूल गया था कि वह अपने उस बॉस की पार्टी में शरीक़

हुआ है, जो एक हद तक उसके हाल-ए-दिल से वाक़िफ़ भी है। किसी ख़याल की डाली पर बैठा वह ख़ुद में इस क़दर खो चुका था कि उसकी पलकों में हरकत भी जम गई थी। उसने ख़ुद को एक बड़े से कमरे के ठीक बीचो-बीच तनहा खड़ा पाया, जो सुफ़ेद रौशनी से भरा था और यह ख़ास सुफ़ेद रौशनी उसके सामने वाली दीवार पर टँगी खिड़की से आ रही थी। उसके दिल और रूह दोनों को वहाँ सुकून हासिल था, लेकिन जैसे ही उसने अपने कंधे पर एक हाथ महसूस किया, तो सब कुछ अचानक ही ग़ायब हो गया। ख़्वाब के आसमां से खींचकर सीधा हक़ीक़त की ज़मीन पर ला पटका था मिस्टर बोस के हाथ ने उसे।

"कहाँ खोये हुए हो राज! लगता है मैंने तुम्हे डरा दिया।"

राज ने देखा कि मिस्टर बोस उसे ताज्जुब भरी नज़रों से देख रहे हैं।

"कहाँ खो गए थे, हमें भी बताओ।"-मिस्टर बोस ने इसरार किया।

"कुछ ख़ास नहीं...यूँ ही कुछ याद आ गया था।"-राज ने बात टालनी चाही।

"मुझे पता है कि तुम चन्द लम्हात पहले यहाँ नहीं थे, महज़ तुम्हारा जिस्म यहाँ खड़ा था इस कोने में, तुम्हारे हाथ में इस ख़ाली पैमाने की तरह; रूह तो कहीं और किसी ख़ूबसूरत दुनिया की सैर कर रही थी... वहाँ इस दुनिया से रिश्ता महसूस नहीं होता न!

मैं इस एहसास को पहचानता हूँ, हालाँकि चाहते हुए भी मैं उसे कभी महसूस नहीं कर पाता; बताओ न वहाँ कैसा लगता है, क्या दिखता है?"

"क्या आपने किसी चीज़ के लिए अपने दिल में मुकम्मल शिद्दत महसूस की है कभी मिस्टर बोस?"

"शायद नहीं... लेकिन हाँ, तुम्हारे चेहरे पर उसके निशां साफ़ दिखाई पड़ते हैं, कितना वहशियाना है न!"

"पता नहीं क्या ज़्यादा वहशियाना है-खुदा से इश्क़ करना या उस इंसान का ख़ुदा हो जाना, जिससे आप इश्क़ करते हैं!"

"काश! कि मैं इस दुनिया को छोड़कर उस दुनिया में जा पाता, जहाँ तुम गए थे और वो महसूस कर पाता, जो तुमने किया था। मुझे मालूम है कि वहाँ से लौटकर सिर्फ दर्द बाक़ी रहता है, लेकिन वो दर्द कई गुना बेहतर हैं इस

दुनिया की तमाम नाकारा ख़ुशियों से।''-मिस्टर बोस यूँ मुस्कुराए, गोया उन्हें एहसास हो गया हो कि अब उन्हें रुक जाना चाहिए-''इससे पहले कि मैं तुम्हारे ख़यालात में अपनी बातों की और मिलावट करूँ, मेरा तुम्हें अकेला छोड़ देना ही बेहतर होगा।''-और वह हँसते हुए तेज़ क़दमो से बावर्चीख़ाने की तरफ़ चले गए।

मिस्टर बोस के जाते ही राज की नज़र खुद से चन्द गज़ की दूरी पर किताबों की अलमारी में मिस्टर बोस की जमा की हुई किताबों का जायज़ा लेती सस्सी पर पड़ी। अपने लबों से वह किताबों के नाम पढ़ रही थी, लेकिन कोई नाम उसके मुँह से फूटता न था। कभी-कभी वह कोई दिलचस्प किताब अलमारी से निकालकर एक-दो सफ़हे पलटकर वापस उसे अलमारी में अपनी जगह पर रख देती। उसने राज को साफ़ तौर पर नज़रअंदाज़ किया था, लेकिन फिर हाथ में एक चमड़े की जिल्द वाली किताब लिये वह उसकी जानिब यूँ बढ़ने लगी, गोया उसने उसे कभी नज़रअंदाज़ किया ही न था। उसने राज के चेहरे को ऐसे देखा, जैसे कोई प्यासा पानी को देखता हो। हर बढ़ते क़दम के साथ उसके ज़ेहन में ख़यालात के रोशन चिराग़ एक-एक करके बुझते जा रहे थे और आख़िरकार जब वह उसके क़रीब पहुँची तो ज़ेहन में अँधेरा छा चुका था, महज़ एक हल्की मुस्कान उसके चेहरे पर नुमाया थी।

दोनों ने एक-दूसरे की आँखों में बग़ैर किसी शर्म, क़सूर, दर्द या ख़ुशी के झाँका, गोया वे एक-दूसरे के लिए बे-लिबास हों; उनके बीच का हरेक पर्दा गिर चुका था।

''हाँ, मैंने तुम्हारा इस्तेमाल किया है, लेकिन धोखा क़तई नहीं दिया।''-सस्सी ने उसकी आँखों में आँखें डालकर कहना शुरू किया-''मैंने तुम्हारा इस्तेमाल अपनी ज़रूरत के मुताबिक़ किया, लेकिन तुम्हारे जज़्बात को दुखाने का हरगिज़ मेरा कोई इरादा नहीं था। मुझे मालूम है तुम क्या महसूस करते हो और मुझे उसकी परवाह भी है; मैं चाहती तो प्रभात को साथ लेकर भी मिर्ज़ा की पार्टी में जा सकती थी, लेकिन फिर मैं प्रभात के साथ ग़लत करती, क्योंकि जो राब्ता तुम्हारा मुझसे है, वो मेरा प्रभात से नहीं है, लिहाज़ा मुझे हक़ है कि मैं तुम्हारा इस्तेमाल अपनी मर्ज़ी से कर सकूँ, फिर चाहे तुम्हें इस बात का बुरा ही क्यों न लगे और हमारे दरमियान जब तक ये राब्ता रहेगा, मैं तुम्हारी साँस तक का इस्तेमाल करूँगी। अगर तुम मुझे छोड़कर जाना चाहते हो, तो शौक़ से जाओ, मैं तुम्हें नहीं रोकूँगी और मैं तुमसे यह उम्मीद भी नहीं करती कि तुम

मुझे अपनी मनमानी करने दो, क्योंकि तुम्हारा भी कुछ हक़ है मुझ पर... लेकिन मैं शर्तिया कह सकती हूँ कि तुम मुझे नहीं रोकोगे और उसकी वजह सिर्फ हमारे बीच का राब्ता है, जो हमें ये हक़ अदा करता है कि हम बेशर्मों की तरह एक-दूसरे का इस्तेमाल करें।

. ज़रा अपने इर्द-गिर्द देखो, क्या दिखाई देता है! उम्मीदों से भरे चेहरे! अपनों से तो हैं ही, गैरों से भी उम्मीदें! हरेक चेहरा यहाँ उम्मीदें उकेरे फिरता है-पता है क्यों, क्योंकि वह अपने राब्ते की अहमियत को नहीं पहचानते, वरना ये चेहरे यूँ सवालिया न होते। उम्मीद, दुःख की निशानी है और दूसरों से उम्मीद रखना दुःखी होने की। उम्मीद रखना भले मायूस न करता हो, लेकिन दुःखी बेशक करता है और दुःखी इंसान से मिलने वाला हर इंसान उसे दुःख ही देता है और यही इस दुनिया का दस्तूर भी है। बहुत से रिश्ते महज़ उनकी अधूरी उम्मीदों की वजह से पूरे हो जाते हैं और क्यों; क्योंकि जब लोग एक दूसरे की उम्मीदों की परवाह करने लगते हैं, तो अपनी अधूरी उम्मीदों पर पर्दा डाल देते हैं। उम्मीदों के तूफ़ान में बग़ैर किसी इत्तेला के सबसे पहले एहसासात खिड़की से बाहर निकल जाते हैं और लोग उन्हीं उम्मीदों को पूरा करने में अपना तमाम रिश्ता क़ुर्बान कर देते हैं।''

''लेकिन एहसासात की पैदाइश भी तो उम्मीदों से होती है!''

''हाँ, लेकिन यह आधा सच है; सिर्फ़ ख़ुदगर्ज़ एहसासात की पैदाइश उम्मीदों के पेट से होती है। बेग़रज़ एहसास, जैसे दोस्ती और उल्फ़त की पैदाइश कभी उम्मीदों के पेट से नहीं होती, ये तो ख़ुदबख़ुद पैदा हो जाते हैं, जैसे मरियम की कोख से ईसा। मैं अपने हिस्से की उम्मीदें जी चुकी राज, अब मुझे किसी से कोई उम्मीद नहीं है।''

''अगर ऐसा हो कि तुम मुझ पर सिर्फ हक़ जताओ और मैं तुमसे महज़ उम्मीद रखूँ, तो?''-राज ने सवाल को मुस्कान में लपेटकर पेश किया।

''मै पहले ही ख़बरदार कर दूँ तुम्हें कि लम्बे वक़्त तक ऐसा नहीं चल सकेगा, तुम दुखी हो जाओगे राज; मजबूरन तुम्हें भी वही करना होगा, जो सही है। मर्ज़ी तुम्हारी होगी कि तुम मुझे छोड़कर चले जाओ, या मेरे साथ अपनी उम्मीदों को लेकर तमाम उम्र दुखी रहो।''

'तुम्हारे लिए मुझे तमाम ज़िन्दगी दुखी रहना भी मंज़ूर है; मुझे यक़ीन है जब मैं तुम्हारे जैसा बन जाऊँगा, तब मैं भी तुम पर तुम जैसा ही हक़ रखूँगा...

यह मेरी क़िस्मत है, यह हमारी क़िस्मत है।'-राज ने ख़याल किया।

वह अब भी सस्सी के सख़्त चेहरे पर मुस्कुरा रहा था। समझ चुका था उसके जूनून के मानी और बूते दोनों को। अब कोई शक-ओ-शुबा बाक़ी नहीं रहा था उसके ज़ेहन में। वह हक़ीक़त-निगार (यथार्थवादी) थी और उसके भीतर का इश्क़, शहद की तरह उसके दिल से रिस रहा था। कुछ ख़ास कहे बग़ैर भी उसने राज के लिए अपने जज़्बात को बख़ूबी ज़ाहिर किया था। दरअसल, उसने बिना जवाब माँगे ही अपने जज़्बात राज पर ज़ाहिर कर दिये थे, गोया जवाब उसे पहले से ही पता हो। राज को लगा कि उसे भी अपने जज़्बात ज़ाहिर करने चाहिए, लेकिन वह चारों खाने चित था, उसे कोई मौक़ा ही नहीं मिला कि वह कुछ और कह सके।

* * *

शाम को शब में तब्दील हुए तकरीबन ढाई-तीन घंटे बीत चुके थे और सर्द काफ़ी बढ़ गई थी। कोहरे और तारीकी के लिहाफ़ में शहर दम थामे खड़ा था। उसकी नसों में ट्रैफिक, बेआवाज़ सिसकियों सा सरक रहा था। दफ़्तर ख़ाली पड़ा था। बस इक्का-दुक्का सुफ़ेद रोशनी के बल्ब कहीं-कहीं जल रहे थे। ऐसे में सस्सी अपने केबिन से दाएँ कंधे पर लैपटॉप बैग लटकाए बाहर निकली। आदतन उसने ख़ाली पड़े दफ़्तर में हरसू नज़र दौड़ाई। उसे पता था कि शायद ही कोई और उसके अलावा इस वक़्त दफ़्तर में मौजूद होगा। अब वह अमूमन छह या ज़्यादा से ज़्यादा सात बजे तक दफ़्तर छोड़ दिया करती थी। उसकी गए रात यूँ दफ़्तर में बैठे रहने की आदत महीनों पहले राज छुड़वा चुका था। दोनों साथ में बहुत खुश थे।

उनके रिश्ते का बग़ैर पत्तों का दरख़्त अब हरा-भरा हो चला था। ज़िन्दगी ख़ुशी और रस के जाम से लबालब छलक रही थी। उन नये पत्तों की छाँव में उन्होंने पहले तो बड़े आराम से गर्मियाँ गुज़ारीं और फिर बरसात की हरेक बूँद का लुत्फ़ भी उसी दरख़्त के तले लिया। जब ख़िज़ाँ (पतझड़) से गुज़रकर वक़्त फिर सर्दियों तक आ पहुँचा, तब भी कोई पत्ता उस दरख़्त की शाख़ से नहीं टूटा।

उस शाम मिस्टर बोस ने सस्सी से एक ज़रूरी काम की ताक़ीद की थी, जिस वजह से सस्सी को देर तक दफ़्तर में ही रुकना पड़ा था। जब काम ख़त्म करके वह अपने केबिन से निकलकर दफ़्तर से बाहर जाने के लिए पलटी, तो

उसके क़दम जम गए। दूर लेडीज-रूम से उसने किसी को बाहर निकलते देखा। रोशनी की कमी के चलते वह चेहरा तो ठीक से नहीं देख सकी, लेकिन अक्स पहचान गयी थी-वह नादिआ थी। उस वक़्त सुनसान दफ़्तर में नादिआ की मौजूदगी ने सस्सी को हैरत में डाल दिया था। उसने उसे आवाज़ दी और मुसलसल उसकी सिम्त देखती रही, यह पक्का करने के लिए कि वह नादिआ ही है, कोई और शख्स तो नहीं। नादिआ नज़दीक पहुँचकर सस्सी के सामने आ खड़ी हुई, ठीक उस बल्ब की रौशनी के नीचे, जो केबिन की छत से लटक रहा था।

उसकी सूजी हुई सुर्ख़ आँखों को देखकर मालूम होता था वह काफ़ी देर तक रोई है। उसकी आँखें दर्द की दास्तान थीं। सस्सी ने फ़ौरन उन सुर्ख़ आँखों की वजह पहचान ली।

''उसने तुमसे क्या कहा नादिआ?''

नादिआ सर उठकर हैरान-कुन नज़रों से सस्सी को देखने लगी।

''हैरान मत हो, गुरु के लिए तुम्हारी आँखों में मैंने हमेशा एक चमक देखी है, मैं बॉस की हैसियत से नहीं, एक दोस्त, एक औरत की हैसियत से तुमसे पूछ रही हूँ, क्या कहा उसने तुम्हें?''

''गुरु की बहुत पहले ही सगाई हो चुकी है।''-नादिआ के बमुश्किल थमे आँसू फिर बह निकले-''लेकिन उसने इस बात को मुझसे हमेशा छुपाये रखा।''

सस्सी ने सिसकती नादिआ को गले लगा लिया और उसे अपने केबिन में ले आई।

''कभी उसने कुछ ऐसा कहा या किया, जिससे तुम्हें लगा हो कि वह भी तुम्हें चाहता है?''-सस्सी ने पूछा।

''नहीं, ऐसा कभी कुछ याद नहीं आता; मुझे तो हमेशा से वह नासमझ ही लगा था।''

''कभी उसने तुम पर कोई हक़ जताया, कभी यह कहा कि उसका तुमसे कुछ ख़ास राब्ता है?''

''नहीं, ऐसा कभी कुछ नहीं हुआ, लेकिन हम बेजा नज़दीक थे।''

“जब कुछ हुआ ही नहीं तो फिर किस बात पर अपने आँसू ज़ाया कर रही हो! खुद को क्यों इतना दुःख दे रही हो! जो रिश्ता ही नहीं बना, उसके टूटने का ग़म मनाने से क्या हासिल नादिआ, तुम ही कहो। उसने तुमसे कभी कोई वादा नहीं किया, क्योंकि वह किसी और से कर चुका था। यह उसका क़सूर तो नहीं है और न ही तुम्हारा। लेकिन हाँ, जब इश्क़ होता है तो बस हो जाता है, न किसी के रोकने से रुकता है न किसी के बोलने से होता है; इसका होना न होना वैसे ही है, जैसे ज़िन्दगी और मौत। तुम जितना मर्ज़ी रो सकती हो लेकिन गुज़रा हुआ लौटकर नहीं आता नादिआ...अजब दस्तूर है वक़्त का भी, कम्बख़त हमेशा सीधी चाल चलता है, न ख़ुद मुड़ता है और न किसी को मुड़ने देता है।”

“मैंने गुरु से यह उम्मीद नहीं की थी।”

“ग़लती तुम्हारी है कि तुमने उम्मीद की थी; अगर तुमने उसे चाहा और तम्हारे दिल में उसके लिए एहसास पैदा हुए, तो ज़रूरी नहीं कि वही एहसास उसके दिल में भी पैदा हों। इस बेमानी उम्मीद ने तुम्हें मायूस किया है नादिआ, उसने नहीं। ज़रा सोचो उन लम्हात को, जब तुम्हें पहली बार एहसास हुआ था अपने इश्क़ का, कैसा लगा था तब?”

“वो लम्हे मेरी ज़िन्दगी के सबसे ख़ास लम्हों में शुमार हैं; एक अलग ही एहसास था वो, जैसे बदन में गुदगुदी और पेट में तितलियाँ एक साथ महसूस हुई हों।”-एक फ़ीकी मुस्कराहट नादिआ के लबों पर शया हो गई।

“तो फिर उसे उसी तरह याद करो। वो पहला एहसास जब हुआ था, तब तुमने किसी और होनी या अनहोनी के बारे में नहीं सोचा था; तब बस उस एहसास को महसूस किया था। अगर तुमने उसे चाहा है तो चाहा है, मैं नहीं कहती कि उसे भूल जाओ, बल्कि कहूँगी कि इसे याद रखो अपने सुनहरे वक़्त के तौर पर, क्योंकि जब दस साल बाद तुम उसके बारे में सोचोगी, तब तुम्हें वही एहसास और ख़ुशी जो पहली बार हुई थी फिर से महसूस होगी, ये ग़म नहीं, जो आज है।”

“सस्सी” नादिआ ने एक बार फिर अपना सर उठाया-“क्या तुमने भी कभी उस ख़ुशी और एहसास को महसूस किया है?”

इस एक सवाल ने सस्सी के तसव्वुर का पैमाना छलका दिया। नीम रोशन केबिन के काँच की दीवारों पर उसे सुफ़ेद बर्फ़ के दमकते कोहसार,

सदियों पुराने पैगोड़ा, फ़ौज की छावनी और एक मुस्कुराते फ़ौजी का चेहरा नज़र आने लगा। उसने अपने रुख़सार पर उन कोहसारों की हवा का एक झोंका भी महसूस किया, जिसने ज़ेहन में सोई हुए बचपन की यादों को गहरी नींद से जगा दिया था। उसके हाथों की मुड़ी हुई उँगलियाँ आहिस्तगी से खुलने लगीं, मानो वह उस हवा को थाम लेना चाहती हो। उसके हाथ ख़ला में जैसे ही उठे, उसने उन्हें वापस खींच लिया। उसे महसूस हुआ कि उसके क़दमों तले की ज़मीन ग़ायब हो गई है और वह पास ही मौजूद कुर्सी को पकड़कर उस पर बैठ गई और ख़ुद पर क़ाबू पाते हुए बोली-''अगर कहनियाँ न होतीं तो लोग कभी गुज़रे हुए वक़्त को महसूस नहीं कर पाते; ज़ाहिर है सबकी कोई न कोई कहानी होती है, तो मेरी भी कोई होगी, मैं भी कभी-कभी वक़्त को छू लेती हूँ... फिर वो सच्चा हो या झूठा, क्या फ़र्क पड़ता है!''

''ज़िन्दगी इतनी पेचीदा क्यों होती है? इसके मानी समझना इतना मुश्किल क्यों होता है सस्सी?''-नादिआ के बहते आँसू फिर से थम गए थे। उसके बैचैन दिल को कुछ सुकून मिला था, लेकिन ज़िन्दगी से शिकायतें अब भी बाक़ी थीं।

''हम तमाम ज़िन्दगी मानी की तलाश में सैकड़ों ग़ज़लें पढ़ डालते हैं, बहरहाल दरकार महज़ एक मानीख़ेज मिसरे की होती है।''

इतना कहकर सस्सी उठ खड़ी हुई और केबिन के दरवाज़े की जानिब चल दी। केबिन का दरवाज़ा खोलते ही उसने मुड़कर कहा-''और हाँ, मैं अपना मिसरा अब भी खोज रही हूँ।''-और केबिन से बाहर निकल गई।

उस रात सस्सी ने अपने घर आने से पहले, टैक्सी में नादिआ को उसके घर छोड़ा था। वह पूरे रास्ते खिड़की की सिम्त मुँह फेरकर सिसकती रही थी।

* * *

''नादिआ, मैं शादी कर रहा हूँ!''

उस दोपहर, खाने के बाद गुरु ने नादिआ से यही कहा था और कहा भी कुछ इस अंदाज़ में, कि नादिआ के लिए कुछ और कहने या सुनने को कुछ बचा ही नहीं। अज़ल (अनन्तकाल) से घूमती ज़मीन उसके लिए इक पल में ठहर गई। बेहिस चेहरे से गुरु ने नादिआ को अपनी शादी की ख़बर दी थी। पहले-पहल तो उसने मसनूई मुस्कराहट के पीछे अपना हाल-ए-दिल छुपाने

की नाकाम कोशिश की, लेकिन उसकी बोझिल धुँधलाई आँखें उसे धोखा दे गईं। पुर-ज़ोर कोशिश के बावजूद आवाज़ जैसे हलक़ में घुट सी गई थी। उसने लरज़ती आवाज़ मे गुरु को जैसे-तैसे मुबारकबाद दी। वह कुछ वक़्त यूँ ही उसे देखता रहा और फिर बेतहाशा पलटकर दूर चला गया।

गुरु को बहुत बुरा लगा था, लेकिन साथ ही इक एहसास-ए-तसल्ली भी हुआ, जैसा अक्सर दिल का बोझ उतरने पर होता है। जब उस शाम वह क़ौसर से मिला, तो दोनों के दरमियां पहली मर्तबा इस मुतअल्लिक़ खुलकर बातचीत हुई। क़ौसर ने उससे पूछा था, क्या वह अब भी नादिआ के साथ पहले सी दोस्ती क़ायम रख पाएगा? गुरु ने जवाबन कहा था, उसे नहीं मालूम, शायद नहीं। लेकिन क़ौसर ने ताक़ीद की, कि वह उससे अपनी पहले सी दोस्ती क़ायम रखे। चूँकि जो हुआ, नादिआ ने इरादतन तो कुछ नहीं किया था और उसे उनकी सगाई की भी कोई मालूमात नहीं थी, इसका कसूर गुरु के सर था। क़ौसर को एहसास था कि नादिआ, असूलन गुरु की दोस्ती की हक़दार अब भी है, लिहाज़ा यूँ गुरु का उससे दोस्ती तोड़ लेना या मुँह मोड़ लेना ग़लत होगा।

राज को पूरे वाक़िए की ख़बर थी, लेकिन उसने नादिआ से कुछ नहीं कहा, सिवाय उस एक दफ़ा के, जब वह उसे ढाँढ़स बँधाने गया था। लेकिन सिसकियों में रोता देखकर उसने उसे जी भरकर रो लेने के लिए तनहा छोड़ दिया, इस ख़याल से कि दिलासे के साबुन का असर तब बेहतर होता है, जब ग़म आँसुओं से अच्छी तरह धुल चुका हो।

एक पूरा हफ़्ता नादिआ दफ्तर नहीं आई, यहाँ तक कि किसी ने उसे फ़ोन करके वजह या लौटने की तारीख़ तक पता करने की कोशिश नहीं की। बहरहाल, राज ने एक-दो दफ़ा उसकी ख़ैरियत पूछने के लिहाज़ से फ़ोन ज़रूर घुमाया था, लेकिन नादिआ ने कोई जवाब नहीं फेरा। उन दिनों सभी उसके बारे में सोच रहे थे। सभी चाहते थे कि जब भी वह लौटे, तो पहले वाली नादिआ ही लौटे-हँसती, खेलती, चुलबुली। दिन पूरे नहीं लगते हैं उसकी आवाज़ और मुस्कान के बग़ैर। चन्द रोज़ राज ने गुरु से कोई बातचीत नहीं की, लेकिन जब कोशिश की, तो गुरु ने कोई दिलचस्पी ज़ाहिर नहीं की। उसके दिल में कहीं यह बात घर कर गई थी कि उसने अपने दोस्तों को धोखा दिया है। पूरा हफ़्ता उसके चेहरे से मुस्कान नदारद थी। एक अजीब क़िस्म की ख़ामोशी ने उन्हें अपनी गिरफ़्त में ले लिया था। कैंटीन में खाने की मेज़ पर

अब कोई भी किसी भी बात पर जिरह नहीं करता था... महज़ नमक की शीशी को एक दूसरे को बढ़ाते हुए वह उम्मीदगी से एक-दूसरे की जानिब देखते। उन्हें उन सवालों के जवाब की दरकार थी, जिनको वह ठीक से सोच भी नहीं पा रहे थे। सभी को मालूम था कि नादिआ एक जज़्बाती लड़की है और यह बात उनके दिलों दिमाग़ को मनहूस ख़यालात से भरे दे रही थी और किसी तरह वह इनसे निजात चाहते थे।

शादी की तारीख़ नज़दीक आ रही थी और गुरु को उसके लिए पूना जाना था, लेकिन नादिआ की ख़ैरियत जाने बग़ैर वह कहीं नहीं जाना चाहता था। उसकी रातें बेदार हो चली थीं और बेचारी नादिआ का ख़याल उसके ज़ेहन में चरखे की तरह मुसलसल घु-घु करके घूमता रहता था। कई मर्तबा उसने ख़ुद को कोसा भी, कि क्यों उसने वक़्त रहते नादिआ को अपनी सगाई के बारे में कुछ भी नहीं बताया-अगर मैं उसे क़ौसर के बारे में बता देता तो आज यह सब नहीं हुआ होता।

अपना सिर दोनों हाथों मे पकड़े, बिस्तर पर बैठा वह कई पहर अपनी शादी के नहीं, बल्कि नादिआ के ख़यालों मे गुज़ार देता।

एक शुक्रवार की सुबह जब दफ़्तर मे बैठा गुरु अपने लैपटॉप को बेख़याली में एकटक घूर रहा था, तब उसने अपने पीछे कुछ आवाज़ सुनी। फ़ौरन पलटकर देखा तो नादिआ अपने क्यूबिकल में खड़ी अपना लैपटॉप मेज़ पर रखकर खोल रही थी। उसे यूँ सही सलामत वापस दफ़्तर में पाकर गुरु के डूबते दिल को मानो साहिल मिल गया था। उसने ऊपर देखकर ख़ुदा का शुक्रिया अदा किया। लेकिन इससे पहले कि नादिआ पलटती और गुरु का सामना करती, वह छटपटाता हुआ ब्रेकआउट में पहुँचा और पानी पीने लगा। चूँकि उसे अब नादिआ से रूबरू होना था, उसने बड़े-बड़े घूँटों से पानी हलक़ के नीचे उतारा और तेज़ साँसों से सीने को हवा से भर लिया, मानो ख़ुद को तैयार कर रहा हो। उसे इस बात की बेहद ख़ुशी थी कि अब वह बेफ़िक्र होकर पूना जा सकता था। ख़यालात की उलझनों ने अभी सुलझना शुरू ही किया था, कि उसके कंधे को किसी ने पीछे से थपथपाया। वह पलटा और मुस्कुराती नादिआ से उसका सामना हो गया। उसके दाएँ हाथ में मशीन से ली गई कॉफ़ी का कप था। उसने नज़दीक ही खाली पड़ी कुर्सियों की तरफ़ इशारा किया और दोनों उन पर जाकर बैठ गए। ब्रेकआउट में उस वक़्त उनके अलावा कोई और मौजूद नहीं था। नादिआ का चेहरा सुकून बख़्श और आँखों में चमक नुमाया

थी। उम्मीद के उलट वह यूँ लग रही थी, मानो दूर कहीं पहाड़ों मे लम्बी छुट्टियाँ बिताकर लौटी हो।

"मुझे नहीं मालूम कि मैं क्या कहूँ और कैसे कहूँ, लेकिन मेरे लिए तुमसे यह कहना बेहद ज़रूरी है गुरु!"

"मुझे भी तुमसे कुछ कहना है, लेकिन उससे पहले यह बात कहना ज़रूरी है-तुम्हें शायद अंदाज़ा भी नहीं कि तुम्हे यहाँ वापस यूँ सेहतमंद और मुस्कुराता हुआ पाकर मैं कितना ख़ुश हूँ; गुज़िश्ता रोज़ जब तुम दफ़्तर मे नहीं थीं तो यही दफ़्तर मुझे अजनबी लगता था, खाने को दौड़ता था, एक अजीब सी कैफ़ियत रहती थी।"-गुरु एक लम्हे के लिए रुका और नादिआ की आँखों में देखकर फिर से कहने लगा- "तुम्हारी ग़ैरमौजूदगी ने मुझे यह एहसास करवाया कि तुम्हारी दोस्ती मेरे लिए कितनी अहमियत रखती है। जो कुछ भी हुआ, मैं वैसा बिलकुल नहीं चाहता था, मैं तुम्हे कोई ठेस नहीं पहुँचाना चाहता था, लेकिन मेरी बेवक़ूफ़ियों और बुज़दिली के चलते तुम्हें इस मंज़र से गुज़रना पड़ा।

अब वो बात जो मैं तुमसे कहना चाहता था-दरअसल, मैं तुमसे अपने गुनाहों की माफ़ी माँगना चाहता हूँ... मैंने तुम्हें सही वक़्त पर सच नहीं बताया, जानते हुए भी तुम्हे अँधेरे में रखा, तुम्हें इतना दुख दिया, तुम्हें रुलाया, तुम्हारा दिल तोड़ा; क्या तुम मुझे माफ़ करोगी नादिआ?"

गुरु जब अपनी बात कह चुका, तो उम्मीदगी में मासूम बच्चे की सी शक्ल लिए नादिआ को देखने लगा। उसकी नज़रों मे अपनी अहमियत को जानकार, ख़ामोश बैठी नादिआ दिल ही दिल में हैरान थी। उन लम्हों में गुरु ने रिश्ते का तवाज़ुन और नादिआ ने दोस्ती का सच हासिल कर लिया था। अब नादिआ की बारी थी कुछ कहने की।

लम्हाभर के लिए नादिआ की उँगलियों ने गुरु की उँगलियों को छुआ और मुँह के थूक को हलक़ से उतारते हुए बोली-"मुझे हमेशा से लगता था, तुम मेरे जज़्बात को समझते हो, लेकिन मेरे लिए कभी भी वो काफ़ी नहीं था; मेरी हमेशा से ख़्वाहिश थी कि अपने जज़्बात मैं तुम्हें अपने लफ़्ज़ों में बयान करूँ, लेकिन तक़दीर ने मुझे हर उस मौके से महरूम रखा। चलो अच्छा ही हुआ; अगर वो मौका मिल भी जाता, तो शायद मेरी ज़बान मे लड़खड़ाहट और आवाज़ की लरज़िश उन लम्हों का मजा ख़राब कर देती। चूँकि अब हमारे

दरमियान ख़ालिस दोस्ती के अलावा कोई और रिश्ता, न उसकी गुंजाइश बाक़ी है, तो अब यहाँ तुम्हारे रूबरू बैठकर तुम्हारी आँखों में देखकर बिना किसी डर, घबराहट या हिचकिचाहट के मैं कुछ भी कह सकती हूँ और मैं यह कहती हूँ कि मुझे तुमसे मुहब्बत है गुरु... हालाँकि तुम भी बदले में मुझसे मुहब्बत करो, इसकी ख़्वाहिश ज़रूर रखती हूँ, लेकिन उम्मीद क़तई नहीं। यह कहकर अब मेरे सीने से जैसे कोई बहुत भारी बोझ उतर गया है। मैं बहुत रोई हूँ, तुम्हें और ख़ुदा दोनों को जी भरकर कोसा भी है, लेकिन अब एहसास होता है कि तुम्हारी तो कोई ग़लती ही नहीं थी... दरअसल जाने-अनजाने ही सही, लेकिन तुम्हारी वजह से मैंने सीखा कि किसी से मुहब्बत करना कैसा होता है। अब मैं बहुत ख़ुश हूँ... शायद उतना, जितना मैं पहले कभी नहीं हुई। गया हफ़्ता मुझपर पहाड़ सा गुज़रा है; मैं हर वक़्त उस वक़्त को याद करती, जो तुम्हारे साथ गुज़ारा। गुरु, मैं ख़ुदग़रज नहीं हूँ, मैं नादिआ हूँ, जो कभी उस पर अपना हक़ नहीं जताएगी जो किसी और का हक़ है। हम दोस्त थे और हरदम दोस्त रहेंगे। इससे बेहतर भी क्या होगा कि जिससे आप मुहब्बत करें, वही आपका दोस्त भी निकले। मैंने कभी नहीं चाहा कि तुम मुझसे माफ़ी माँगो, बल्कि मैं तुम्हारा शुक्रिया अदा करना चाहती हूँ, तुमने मुझे इतना कुछ दिया है; तुमने मेरा तआर्रुफ़ मुहब्बत से करवाया, इसके लिए मैं तुम्हारी शुक्रगुज़ार हूँ गुरु।''

''पता नहीं था कि तुम मुझे इस हद तक चाहती हो नादिआ।''-कहकर गुरु के चेहरे पर एक पुर-असरार मुस्कान खेलने लगी।

''तुम इस तरह मुस्कुरा क्यों रहे हो, मैंने कुछ ग़लत कहा क्या?''

''नहीं नहीं, तुमने कुछ ग़लत नहीं कहा... बस कभी एहसास ही नहीं हुआ कि तुम इतनी समझदार हो!''

''लगता है इन दिनों ने मेरे ख़यालात का दायरा ही तब्दील कर दिया है; मैंने कभी ज़िन्दगी को इस तरह नहीं देखा जिस तरह आज देखती हूँ।''

''तो इतवार को तुम पूना जा रहे हो?''-नादिआ ने बात पलटे हुए कहा।

''हाँ, शाम की गाड़ी है, लेकिन तुम्हें कैसे पता।''

''राज का फ़ोन आया था। वैसे तो मैं सोमवार से दफ़्तर आने वाली थी, लेकिन जब पता चला तुम इतवार को ही चले जाओगे, तो लाज़मन मुझे तुमसे

मिलने आज ही दफ़्तर आना पड़ा और वैसे कल उसका जन्मदिन भी है।''

''ओह हाँ, मेरे तो ज़ेहन से निकल गया था, अच्छा है तुमने याद दिला दिया।''

''कोई फ़र्क़ नहीं पड़ता; उसने पार्टी रखी है, जैसे एक पंथ दो काज, अपनी जन्मदिन और तुम्हारी बैचलर्स दोनों ही... कहो, अपनी बैचलर्स में नहीं आओगे?''

''ज़रूर आऊँगा, मेरे बग़ैर मेरी बैचलर्स होगी भी कैसे।''

''इतना ख़ुश मत हो, उसने क़ौसर को भी बुलाया है, तो आम बैचलर्स की तरह नहीं होगी यह बैचलर्स।''

''हम्म..तो फिर कहाँ जा रहे हैं हम?''

''उसके ग़रीबख़ाने पर।''

'वाकई!'

''हाँ, नौ बजे तक वहाँ पहुँच जाना; अब चलो वापस काम पर चलते हैं, सस्सी और राज भी आ गए होंगे।''

* * *

उस शाम जब राज सस्सी के केबिन में दाख़िल हुआ, तो सस्सी ने लैपटॉप से नज़रें हटाकर उसकी तरफ नहीं, बल्कि लैपटॉप-स्क्रीन के निचले दायें कोने की तरफ देखा-वक़्त शाम की ब्लैक कॉफ़ी का हो चला था। उसने राज को बैठने का इशारा करते हुए उसे दो मिनट इंतज़ार करने के लिए कहा। किसी बहुत ज़रूरी काम के बीच में थी वह। कुछ वक़्त बाद उसने लैपटॉप बंद किया और दोनों केबिन से बाहर निकल गए। राज ने आज वही स्वेटर पहना था, जो सस्सी ने उसे गये साल की ढलती सर्दियों में बतौर तोहफ़ा दिया था। सस्सी का वही सियाह पशमीना शॉल अब भी उसी पुरानी बेतरतीबी से उसके कन्धों पर मौजूद था। नीम तारीक सी छत पर पहुँचते ही उनका इस्तक़बाल एक बेहद सर्द झोंके ने किया। वहाँ से तमाम दिल्ली गर्दो-गुबार में लिसी धुंध की गिरफ़्त में ज़र्द जुगनुओं की सी रौशनी में दमकती नज़र आती थी। वह छत के कोरों से लगी एक मेज़ पर आकर बैठ गए और जल्द ही कैफ़े का एक शख़्स, दो प्याली गरमा गरम ब्लैक कॉफ़ी लेकर हाज़िर हो गया।

क़िब्ला, राज अपनी कॉफ़ी का प्याला उस शख़्स से अपने हाथ में लेता, सस्सी ने उसे रोक दिया-''रुको राज...रहने दो, तुम्हे यह बेस्वाद कॉफ़ी पीने की और ज़रूरत नहीं है।''-इंतज़ार में खड़े उस शख़्स से मुख़ातिब होते हुए वह बोली-''इसे वापस ले जाइए और एक मीठी कैपेचीनो ले आइए।''

''लेकिन क्यों? मुझे ब्लैक कॉफ़ी पसंद है!''-राज ने एहतिजाजन कहा।

वह शख़्स राज की ब्लैक कॉफ़ी का प्याला वापस ले गया और राज उसे हैरानी से जाता हुआ देखता रहा।

''जाने दो राज; मुझे मालूम है तुम्हे ब्लैक कॉफ़ी कभी पसंद नहीं थी; अब भी याद है मुझे, जब पहली बार तुमने मेरे साथ ब्लैक कॉफ़ी पी थी और कितनी मुश्किल के बावजूद एक एक घूँट करके कॉफ़ी अपने हलक़ के नीचे उतारी थी। लाख कोशिश की थी तुमने मुझसे छुपाने की, लेकिन तुमने जब पहला घूँट लिया था, मैं तब ही समझ गयी थी।''-राज के चेहरे पर मुस्कान देखकर सस्सी कहते-कहते रुक गई और मुस्कुराकर एक वक़्फ़े के बाद बोली-''मुझे तुम्हें उसी रोज़ रोक देना चाहिये था, लेकिन पता नहीं क्यों मैंने रोका नहीं और पूरा साल तुम यूँ ही हर शाम मेरे साथ ये काली कड़वी कॉफ़ी, बिना कुछ कहे पीते रहे लेकिन अब और नहीं।''

वही शख़्स इस दफ़ा कैपेचीनो लेकर सामने हाज़िर था। सस्सी की आँखें मेज़ पर गड़ गई थीं।

''मेहरबानी करके क्या आप वापस वही कड़वी ब्लैक कॉफ़ी ला सकते हैं... इस बार पक्का है।''-राज ने उस शख़्स से कहा और वह अपना सर खुजाता हुआ यूँ बार-बार बदलती कॉफ़ी की फ़रमाइश पर कुछ नाराज़ होता हुआ वापस चला गया।

''तुमने मुझे बिलकुल सही पकड़ा था; जब मैंने पहला घूँट लिया था, तब उसका ज़ायक़ा मुझे क़तई पसंद नहीं आया था, लेकिन फिर धीरे-धीरे अच्छा लगने लगा। वक़्त ने आहिस्ता-आहिस्ता मेरी ज़बान का ज़ायका ही बदल दिया। गए बरस में काफ़ी कुछ बदल गया है सस्सी! अब इस बात से फ़र्क़ नहीं पड़ता कि कॉफ़ी का ज़ायक़ा क्या है, लेकिन इस बात से फ़र्क़ ज़रूर पड़ता है कि मैं उसे तुम्हारे साथ पीता हूँ या तुम्हारे बग़ैर। तुम्हारे साथ पी हुई कड़वी कॉफ़ी भी कमबख़्त, ज़बान को इंतिहा मीठी लगती है। कभी-कभी तो डर लगता है कहीं डायबिटीज न हो जाए। ये बात अलग है कि मैं इस बात की

कोई परवाह नहीं करता। तुम्हारे साथ ये कड़वी कॉफ़ी मैं बड़े चाव से पी सकता हूँ।''

कहते-कहते उसे एहसास हुआ कि वह कुछ ज्यादा ही बोल गया... लेकिन जो भी कहा, सच ही तो था। सस्सी उसके जवाब पर मुस्कुरा रही थी, लेकिन साथ ही नज़रें चुराते हुए उसने अपना कॉफ़ी का प्याला मेज़ से उठा लिया और तभी राज की कॉफ़ी का प्याला भी हाज़िर हो गया।

उनके इर्द-गिर्द की फ़िज़ा में एक मुख़्तलिफ़ रोमानी तासीर मौजूद थी। कॉफ़ी की चुस्कियाँ लेते हुए उसने सामने ख़ामोश बैठी सस्सी पर नज़र फेंकी, तो उसे सस्सी के साथ अपने शुरूआती दिन याद आ गए, जब उसने नया-नया उसके साथ रहना शुरू किया था। उसे ख़ुद पर गुमान होने लगा कि सस्सी उसके साथ है। उसने नीचे क़तार में खड़े बिजली के खम्बों की जानिब देखा। सब अपनी ज़र्द रौशनी से कोहरे में दबी सियाह सड़क को रोशन कर रहे थे। उसे दिल में एक अजीब रग़बत (कामना) महसूस हुई, गोया कोई सुबह का ताज़ा-तरीन ख़्वाब हो। सस्सी के सर्द हवा में लहराते गेसू, गुलाबी लब, गालों पर पड़ते गड्ढे और झुकी हुई नज़रें देखकर राज को लगा कि आज ऊपर बैठा ख़ुदा भी उसकी क़िस्मत पर हसद (ईर्ष्या) करता होगा-दिल उसका भी करता होगा एक दफ़ा इंसान हो जाने को।

यह लम्हा, यह क़ुर्बत, यह अपनाइयत का एहसास- कितना सुकूनबख़्श था। आज तक उसने ज़िन्दगी में महज़ आने वाले वक़्त को तवज्जोह दी थी, जो लाख तैयारियों के बावजूद कभी वैसा नहीं आया, जैसा तसव्वुर में था। लेकिन आज उसके ज़ेहन में किसी मुस्तक़बिल (भविष्य) का कोई ख़याल नहीं था... आज तो वह महज़ वो लम्हा, वो क़ुर्बत, वो कॉफ़ी और वो शाम जीना चाहता था।

तक़रीबन साढ़े नौ बजे तक सभी राज और सस्सी के फ़्लैट पर पहुँच गए थे, सिवाय प्रभात के। अचानक आए किसी ज़रूरी काम की वजह से वह आ न सका था। एक ही छत के तले सबकी मौजूदगी से फ़्लैट में कुनकुने पानी की सी गर्माहट नुमायाँ हो गई थी। क़ौसर, गुरु के साथ तशरीफ़ लाई थी, वहीं नादिआ अकेली आई थी। हॉल में हल्की आवाज़ में स्टीरियो पर एक गानों की फेहरिस्त, माहौल को और भी ख़ुशगवार बना रही थी। इतने दिनों बाद सबके चेहरों पर एक साथ हँसी और मुस्कराहट देखकर यह यक़ीन होता था कि

वाक़ई ज़िन्दगी कितनी ख़ूबसूरत होती है। हाँ, लेकिन गुरु और क़ौसर की ख़ुशी तो देखते ही बनती थी। नादिआ भी चहक रही थी, हालाँकि दिल की गहराइयों में वो सूखा हुआ ज़ख्म कहीं अब भी मौजूद था, जो महज़ एक अधूरी ख़्वाहिश बनकर रह गया था। जब नादिआ हॉल में दाख़िल हुई और क़ौसर की निगाह उस पर पड़ी, तो उसके दिल में अचानक नादिआ के लिए हमदर्दी की एक लहर उठी थी। नादिआ की आमद से सभी को बहुत ख़ुशी हुई थी। बहरहाल, सब कुछ इतना ख़ुशनुमा देखकर सस्सी को दिल ही दिल में वहशत होने लगी कि सब कुछ इतना बेहतर कैसे हो सकता है। वह रात सभी के लिए एक बहुत ख़ास रात थी।

उस रात, राज ने बावर्चीख़ाने में सस्सी की मौजूदगी पर पाबंदी लगा दी, लेकिन उसका हाथ बटाने के लिहाज़ से नादिआ ज़बरदस्ती उसकी इजाज़त की परवाह किये बग़ैर बावर्चीख़ाने में घुस आई। दरअसल वह गुरु और क़ौसर के साथ अकेले नहीं बैठना चाहती थी, लिहाज़ा उसके लिए बावर्चीख़ाने से बेहतर और क्या जगह हो सकती थी। सभी के हाथ में एक एक जाम था। अपनी अपनी मर्ज़ी और मिज़ाज के मुताबिक़ किसी में शरबत तो किसी में शराब मौजूद थी। ख़ातून में अकेली सस्सी ही थी, जिसके जाम में शराब थी, बाक़ी क़ौसर और नादिआ तो महज़ शरबत के ज़ायकें के लुत्फ़ से ही खुश थीं। राज और गुरु उसी पुरानी रम पर टिके हुए थे, जो अक्सर सर्दियों के लिहाज़ से बेहतर मानी जाती है। नादिआ, बावर्चीख़ाने से हॉल और हॉल से बावर्चीख़ाने, खाली रकाबियाँ भरी हुई रकाबियों से बदल रही थी। गरमा-गरम आलू की चिप्स, तली हुई मछली और न जाने क्या क्या राज, बावर्चीख़ाने में तैयार करने में लगा था।

कुछ वक़्त के बाद गुरु भी बावर्चीख़ाने में आ धमका। राज ने क़ौसर और सस्सी के मुतअल्लिक़ पूछा तो पता चला, दोनों सस्सी के कमरे वाली बालकनी में कुछ बातचीत करने गए हैं, तो राज ने गरमा-गरम पनीर के पकौड़ों की एक रकाबी, नादिआ के हाथों भिजवा दी।

रकाबी लिए नादिआ, सस्सी के कमरे में दाख़िल हुई तो हरसू दीवारों पर टँगी रंगसाजी देखकर हैरान रह गई। कमरा बिलकुल किसी आर्ट-गैलरी सा नुमायाँ हो रहा था। जल्द ही सस्सी ने उसे तस्वीरों को ताज्जुब नज़रों से देखते पकड़ लिया और बालकनी में अपने पास बुला लिया। अब सारी ख़वातीन वहाँ बालकनी में जमा हो गईं और दोनों मर्द बेचारे बावर्चीखाने में चूल्हा फूँक रहे

थे। वाक़ई क्या ग़ज़ब का नज़ारा था।

यह पहली मर्तबा था, जब नादिआ और क़ौसर आमने-सामने मौजूद थे और एक ग़ैरमामूली हिचकिचाहट के सबब वह एक दूसरे से आँख नहीं मिला पा रहे थे।

"मुझे यूँ रहम की नज़रों से न देखो क़ौसर, मैं अभी इतनी भी बदक़िस्मत नहीं हुई हूँ।"- बिलआख़िर नादिआ ने कहा।

"नहीं, ऐसी बात नहीं है, वो मैं ..."-क़ौसर सकपका गई थी।

"तुम्हारी आँखों से साफ़ ज़ाहिर होता है क़ौसर!"

"माफ़ करना नादिआ, मुझे नहीं मालूम इस सूरत-ए-हाल में मैं क्या कहूँ या कैसे कहूँ; सच कहूँ तो तुम जबसे आई हो, मैं तबसे ही तुमसे कुछ बात करना चाहती हूँ, लेकिन झिझक रही हूँ; हज़ार ख़याल ज़ेहन से गुज़र चुके हैं, लेकिन एक भी यह नहीं सुझाता, कि बात कहाँ से शुरू करूँ।"

कुछ वक़्त कौसर को एक-टक देखने के बाद नादिआ ने कहा-"क्या तुम्हें लगता हैं, मैं तुमसे गुरु को छीन लूँगी?"

"आज गुरु से तुम्हारी कुछ बात हुई थी, उसने मुझे बताया था और मुझे बस इतना समझ आया कि तुम औरों की तरह नहीं हो, तुम कुछ ख़ास हो; मैंने कभी नहीं सोचा था कि तुम एक ग़ैरमामूली शख़्सियत निकलोगी।"

"मुझे नहीं पता मैं कितनी ख़ास हूँ या मेरी शख्सियत कितनी ग़ैरमामूली है... हाँ, लेकिन एक बात तो तय है कि मैंने गुरु से मुहब्बत की है। जाने-अनजाने में ही सही, लेकिन उसने ही मेरा तआरुफ़ इश्क़ जैसी चीज़ से करवाया है और मुझे तुम्हारे सामने इसे क़बूल करने में कोई डर या हिचकिचाहट महसूस नहीं हो रही। मुझे नहीं मालूम मेरे इस ख़ुलासे का तुम पर क्या असर होगा, लेकिन मैं शुक्रगुज़ार हूँ कि मेरे पास उसके जैसा एक दोस्त अब भी मौजूद है और शायद तुम्हें भी शुक्रगुज़ार होना चाहिए कि तुम्हारा मंगेतर इतना ज़हीन इंसान हैं।"-सस्सी उसकी आवाज़ मे बुलंदी और चेहरे पर ख़ुद-यक़ीनी देखकर हैरान थी।

"काश, तुम मेरी भी सहेली होती नादिआ!"

"क्या हम सहेली नहीं हैं?"

"बेशक हम हैं... तुम्हारे जैसे सहेली पाकर मैं बेहद खुश हूँ।"-कौसर एक वक़्फ़े कि लिए रुकी और फिर हँसते हुए बोली-"लेकिन साथ ही ज़रा ख़ौफ़ज़दा भी हूँ, तुम मेरे होने वाले शौहर को इतनी शिद्दत से जो चाहती हो।"

"मैं तुम्हारी कशमकश समझती हूँ क़ौसर, लेकिन फ़िक्रमंद होने जैसी अब कोई बात नहीं है।"-नादिआ ने भी हँसते हुए जवाबन कहा और फिर एक वक़्फ़े के बाद दोनों एक दूसरे के गले लग गईं। सस्सी के कमरे के दरवाज़े पर खड़े गुरु और राज यह सब कुछ देख और सुन रहे थे। गुरु ने आगे बढ़कर नादिआ को एक झप्पी देते हुए कहा- "यूँ ही मेरी दोस्त बनी रहने के लिए शुक्रिया नादिआ।" गुरु की आँखें छलक आई थीं।

संगीत के साथ जाम, हँसी-मज़ाक़ और छेड़छाड़ के दौर चल निकले और वहीं-कहीं बातों-बातों में क़ौसर ने एक सवाल सीधा किया-"सस्सी, अगर बुरा न मानो तो एक सवाल पूछूँ; क्या तुम और राज लिव-इन रिलेशनशिप में हो?"

शराब की ख़ुमारी ने ज़ेहन के बंद दरवाज़ों की कुंडियाँ खोल दी थी और दिल, बात का सिरा पकड़कर उड़ जाने पर आमादा था। माहौल में इश्क़, प्यालों की मौजों में छलक रहा था और तभी मुहब्बत भरी निगाह से राज और सस्सी ने एक-दूसरे को यूँ देखा, गोया तस्दीक़ (प्रमाणित) कर रहे हों। हालाँकि जवाब की मालूमात दोनों को पहले से ही थी, चूँकि यह सवाल पहली मर्तबा तो नहीं उठाया गया था। हाँ, महज़ फ़र्क़ इतना था कि आज से पहले उन्होंने कभी इस सवाल को तवज्जोह नहीं दी थी, या यूँ कहना मुनासिब होगा कि कभी इस नज़रिए से सोचा ही नहीं था। ख़ैर, अब तो मौक़ा भी था, नज़रिया भी और सवाल भी, जिसके जवाब की दरकार महज़ पूछने वाले को नहीं, बल्कि ख़ुद जवाब देने वाले और तमाम सुनने वालों को भी थी। असल में वो जवाब, महज़ जवाब न होता, बल्कि इस बेनामी रिश्ते को नाम मुहैय्या करके मुश्तहिर (घोषित) करना भी होता। सोफे पर सस्सी, क़ौसर की बग़ल में बैठी थी और उनके सामने वाले सोफ़े पर राज, गुरु की बग़ल में। सवाल सुनकर दोनों ने अपने जाम दोनों सोफों के दरमियान मौजूद मेज़ पर रख दिए। गुरु ने क़ौसर और सस्सी की नज़रें बचाकर आहिस्तगी से राज का कन्धा दबाया, हालाँकि राज को कुछ महसूस नहीं हुआ, वह मुसलसल सस्सी को एकटक देख रहा था।

“लिव-इन-अच्छा नाम है, लेकिन सच कहूँ तो मुझे नहीं मालूम कि हम वाक़ई इसी रिश्ते से जुड़े हुए हैं या किसी और से। हाँ, हम एक-दूसरे के साथ बहुत कुछ बाँटते हैं, यहाँ तक कि एक-दूसरे पर हक़ भी जताते हैं; राज मेरे लिए खाना बनाता है और मैं उसके लिए साफ़-सफाई करती हूँ, लेकिन ऐसा कोई क़रार नहीं हैं हमारे बीच। मुझे अँधेरे अक्सर घेरे रहते हैं और राज, मशाल थामे मुझे उनसे महफ़ूज़ रखता है। लिव-इन का तो पता नहीं, लेकिन हमारा रिश्ता बड़ा ख़ास है; हम कुछ की नहीं बल्कि सबकुछ की उम्मीद रखते हैं... एक-दूसरे से। मुझे नहीं पता लोग इसे क्या नाम देते हैं या किस नज़र से देखते हैं। अगर इस तरह के रिश्ते को लिव-इन कहते हैं तो हाँ हम लिव-इन में हैं। क़ौसर, तुम्हें पता है, जब हम बग़ैर नाम का कोई रिश्ता क़ायम करते हैं तो वो रिश्ता निस्बतन ज़्यादा मज़बूत और गहरा होता है, जिनके नाम होते हैं उनसे, क्योंकि उसकी तयशुदा हदें नहीं होती, कोई कसौटी नहीं होती कसे जाने के लिए, कोई पैमाना भी नहीं होता परखे जाने के लिए...यहाँ तक कि कोई मंज़ूरी नहीं होती किसी से लेने के लिए। लिहाज़ा हमने इस रिश्ते को कोई नाम देना मुनासिब नही समझा वरना ख्वामख्वाह की तकलीफ़े गले पड़ जातीं। राज मुझे इस शहर में अपने लिए एक छत ढूँढ़ता हुआ मिला था; तब, जब मुझे किसी ऐसे की ज़रूरत थी जो मेरे साथ इस फ़्लैट का किराया बाँट सके। तब हमें एक-दूसरे की ज़रूरत थी, लेकिन अब हम महज़ ज़रूरतों से नही बँधे हैं।”

“इट्स ‘लव-इन’ नॉट ‘लिव-इन’” राज ने दबी आवाज़ में कहा जिसे गुरु के अलावा कोई और न ही सुन सका और न ही समझ सका था।

चौकस बारह बजे राज ने अपनी सालगिरह का केक काटा और सबने मिलकर उसके लिए “Happy Birth Day to You” वाला गाना, ठीक वैसे ही, जैसे बच्चे स्कूल में किसी के जन्मदिन पर चीख-चीखकर कर गाया करते थे। गाया। गुरु और नादिआ ने उसके पूरे चेहरे पर केक मल दिया था। बहरहाल सस्सी ने हौले से उसके गाल को छुआ और गले लगकर जन्मदिन की बधाई दी। इसके बाद सबने राज को तोहफ़े पेश किये, लेकिन सस्सी का तोहफ़ा बड़ा ही ग़ैरमामूली था-वो एक पुरानी डायरी थी। बज़ाहिर वह सस्सी की मिलकियत थी, लेकिन आज उसने उसे राज को सौंप दिया था। सस्सी ने उसमें उन तमाम राज़ों को दफ़न किया था, जिनकी मालूमात सिवाय उसके किसी और को कभी नहीं रही थी। आज उसने अपने वो राज भी उसे सौंप दिये थे, उसे अपना

राज़दाँ बना लिया था।

केक और तोहफ़ों के कुछ वक़्त बाद नादिआ अपने घर चली गई और तक़रीबन डेढ़ बजे के आस-पास गुरु और क़ौसर भी जाने के लिए तैयार खड़े थे। शदीद सर्द के बावजूद, राज को नमालूम क्यों, बाहर की हवा खाने का दिल कर रहा था, चुनांचे उसने भी उनके साथ चलने की ख़्वाहिश ज़ाहिर की। अलबत्ता सस्सी की ऐसी कोई ख़्वाहिश नहीं थी, लेकिन वह तनहा भी नहीं रहना चाहती थी। शराब का असर कहें या किसी और का, वह उस वक़्त राज की क़ुर्बत चाहती थी, लिहाज़ा बिना कोई और ख़याल ज़ेहन में लाए, उसने भी साथ चलने की तजवीज़ कर दी।

गुरु और क़ौसर को घर छोड़ने के बाद जब राज, सस्सी को अपनी मोटरसाइकिल की पिछली सीट पर बिठाए लौट रहा था, तो बेख़याली में लिये गए चन्द मोड़ो ने उसे इंडिया-गेट के करीब ला खड़ा किया। उस वसीह इमारत की एक झलक ने राज में गर्म-जोशी भर दी और शराब की बची-खुची ख़ुमारी यकलख़्त सर्द हवा में रवां हो गई। सस्सी के हाथ को उसने ख़ुद पर किसी पेटी की तरह कस लिया, जिससे सस्सी के अंदर एक सिहर की लहर उठ गई। राज ने मोटरसाइकिल को घुमाया और उस सड़क पर मोड़ दिया, जो इंडिया-गेट के और भी क़रीब तक जाती थी। मोटरसाइकिल को बैरियर के इस तरफ़ सड़क के किनारे खड़ा करके दोनों इंडिया-गेट की तरफ चलने लगे। वह इमारत के जितना क़रीब जाते, इमारत का क़द, सियाह आसमान में उतना ही बढ़ता जाता। ऐसा नहीं था कि वह इंडिया-गेट को पहली दफ़ा देख रहे थे। दरअसल इस तरह इतनी रात गए ख़ुद को इस इमारत के इतना क़रीब महसूस करना ख़ुद में एक मुख़्तलिफ़ कैफ़ियत का एहसास था। एक-दूसरे के क़रीब खड़े होकर कुछ वक़्त तक यूँ ही इंडिया-गेट की इमारत को निहारने के बाद अचानक दोनों ने एक-दूसरे की जानिब देखा। राज के दोनों हाथों में एक हरकत हुई और वे सस्सी की कमर से लिपट गए। सस्सी भी कुछ उसकी जानिब झुक सी गई थी। दोनों के दरमियान कोई हिचकिचाहट नहीं थी, कोई घबराहट नहीं, आँखों में कोई सवाल भी नही... यूँ लग रहा था गोया, जहाँ वे खड़े हैं, वो जगह कुछ और नहीं बल्कि एक रंगमंच है और जो हो रहा है या होने वाला है, सब कुछ पहले से तय किया जा चुका है, पहले से लिखा जा चुका है, उन्हें तो बस अपना किरदार अदा करना है। सस्सी के लबों की जुम्बिश से एक आह सी निकली, गोया वह आने वाले लम्हात की ख़ातिर ख़ुद

को तैयार कर रही हो। जब राज उसकी जानिब झुका, तो सस्सी ने ख़ुद को अपने पंजों पर उठा लिया और तब दोनों की गरम साँसों ने एक-दूसरे की गर्माहट को महसूस किया। लेकिन जैसे ही लबों ने लबों की छुअन को महसूस किया, तो पूरे बदन में सिहरन दौड़ गई और पंजों पर खड़ी सस्सी के तलवे ज़मीन पर आ गिरे। बंद आँखों में सिर को झुकाए, राज अब भी वैसे ही खड़ा था और जल्द ही उसने फिर से पंजों पर उठती हुई सस्सी की गर्म साँसों को छू लिया। इस मर्तबा जो लबों को लबों का लम्स हासिल हुआ, तो फिर वो अलग नहीं हो पाए। राज के हाथों की पकड़ निढाल होती सस्सी की कमर पर और मज़बूत हो गई और अब सस्सी के पंजे ज़मीन को छोड़, हवा में मौजूद थे।

ज़िन्दगी की तरह उस रात की फ़ितरत में भी बहक जाना लिखा था। बेमियाद आसमां में लुक्का-छिप्पी खेलता चाँद उन पर इनायत बरसा रहा था। बेमक़सद हवाओं और गहरी भारी साँसों ने दिल और रूह पर मदहोशी क़ायम कर रखी थी। बोसों (चुम्बन) की गिनती याद नहीं, लेकिन हर बोसे के साथ दिल का बेइन्तेहा धड़कना ज़रूर याद है। उन्हीं बोसों के दरमियान, राज को उनकी पहली मुलाक़ात याद आई, जब उसने इन मख़मली लबों को पहली बार देखा था, जो कोई गाना गुनगुना रहे थे। अजीब इत्तेफ़ाक़ है, आज भी किसी पुराने गाने की आवाज़ उसके कानों में पड़ रही थी, जो ग़ालिबन कहीं दूर किसी रेडियो पर चल रहा था और उसकी लटें आगे-पीछे डोल रही थीं, गोया उन्हें हवा नहीं, उस गाने की धुन रक्स करा रही हो।

राज का दायाँ हाथ उसकी कमर से सरकता हुआ, पीठ से होकर उसकी सुराहीनुमा गर्दन के पिछले हिस्से पर आकर ठहर गया और कुछ देर बाद वहाँ से गुज़रकर उसके बाएँ रुख़सार पर। साँस लेने के लिहाज़ से लबों की पकड़ कुछ ढीली पड़ी, तो दोनों ने एक-दूसरे की साँस को अपने सीने में भर लिया। बंद आँखों के बावजूद, उसका दमकता चेहरा राज की आँखों में लहरा रहा था।

* * *

आँखों के पपोटे सूजे हुए, सर में भारीपन और पिछले हिस्से में वज़नी हथोड़ों का सा बरसता दर्द-हाँ, इसे अंग्रेजी ज़बान में हैंगओवर कहते हैं। शराब का वो पहलू जो रात में नहीं बल्कि सुबह अपनी मौजूदगी का एहसास करवाता है। राज की भी सुबह हो चुकी थी और गुज़िश्ता शब किसी ख़्वाब सी लग रही थी, जिसकी कड़ियाँ टूटी हुई थीं। वह उठकर बैठने की ज़हमत भी नहीं कर

सका; महज़ बिस्तर पर लेटे हुए दोनों हाथों के दरमियान अपना सर दबाए, आँखें खोलने की मशक़्क़त (कोशिश) करता रहा था, लेकिन आँखें थीं कि एक हद के आगे खुलने का नाम न लेती थीं। जब तक कि उसे हो चुकी सुबह और बीत चुकी रात में फ़र्क़ समझ आता, वह फिर से नींद के आग़ोश में सरक गया, जहाँ धुँधली और ग़ैर-ताल्लुक़ तस्वीरों के पुर्ज़े किसी कैमरा के शटर की तरह बंद आँखों से होकर गुज़र रहे थे। ख़्वाब के शऊर का कोई सिरा नहीं बूझता था। अचानक, उसे अपने होंठों पर ख़ुश्की महसूस हुई तो उसने अपनी कच्ची नींद में ही उन पर ज़बान फिरा दी, जो ख़ुद एक हद तक ख़ुद की ख़ुश्की से मुब्तला थे। उसने अब अपना सर छोड़ दिया था। आँखें खुली लेकिन जो सबसे पहली चीज़ देखी उसपर उसे यकीन न हुआ लिहाज़ा मुस्कुराते हुए फिर से आँखें मूँद ली। हालाँकि उसे जल्द ही एहसास हो गया कि वह कोई ख़्वाब नहीं था, सस्सी उसका दायाँ गाल खींचते हुए बड़े दुलार से बोल रही थी-"राज.... राज...उठ जाओ अब, दोपहर के बारह बज चुके हैं।"

सस्सी की मौजूदगी और हालात को समझने के लिहाज़ से दिमाग़ को चलाने के लिए उसने आँखें फैलाकर पलकों को तेज़ी से झपकाना शुरू कर दिया। उसके सामने सस्सी, चेहरे पर मुस्कान और दाएँ हाथ में पानी का गिलास लिये खड़ी थी। यह कोई आम मुस्कान नहीं थी... जैसे वह कह रही हो-बरख़ुर्दार, अब तुम पछताओगे-चूँकि उसकी मुस्कान में चमक की महरूमियत, उसके ग़ुस्से की तरफ साफ़ इशारा कर रही थी। आहिस्ता से उसने सस्सी के हाथ से पानी का गिलास लिया और पीने की कोशिश करने लगा। सूखे हुए हलक़ से पानी आसानी से नहीं उतर रहा था। वह पीते-पीते सस्सी के वापस जाने का इंतज़ार कर ही रहा था कि तभी सस्सी ने ताना कसा-"पानी तो तुम्हारे गले से उतरता कहाँ है!"

दिमाग़ पर पुरज़ोर दबाव डालने के बावजूद, गुज़िश्ता रात के किसी वाक़ियात की कोई पुख़्ता तफ़सील उसे हासिल नहीं हो रही थी, सिवाये टूटते-जुड़ते ख़्वाब के चन्द टुकड़ो के, जिनकी नीम-रौशन तस्वीरें अब भी उसकी आँखों के सामने घूम रही थीं। पानी का गिलास ख़ाली करके वो उठा और यूँ अपने कमरे से बाहर आया, जैसे वहाँ सस्सी की मौजूदगी का उसे कोई एहसास ही नहीं हो। उसके बदन में हल्का दर्द था और पाँव सीधे फ़र्श पर पड़ते नहीं थे। बाहर आते ही उसने हॉल को एकदम साफ़-सुथरा पाया। रात की दावत का कहीं कोई निशान, कोई दाग़ कहीं मौजूद नहीं था, गोया कभी

कुछ हुआ ही न हो। उसे लगा कुछ तो गड़बड़ है। वह बावर्चीख़ाने में गया और फ्रिज का दरवाज़ा खोलकर अंदर देखने लगा-बची हुई शराब की बोतलें भी ग़ायब थीं। अलबत्ता जो आख़िरी चीज़ उसे गुज़िश्ता रात के बारे में याद आ रही थी, उसके मुताबिक़, पार्टी ख़त्म होते होते कुछ शराब की बोतलें बच गई थीं। लेकिन वो गईं कहाँ! कहीं सस्सी ने...नहीं-नहीं, सस्सी कैसे हो सकती है... ज़रूर मैं ही लेकिन सारी की सारी बोतलें!! नहीं-नहीं, मैं अकेला इतनी नहीं पी सकता, शर्तिया कुछ तो गड़बड़ है।

उसकी ज़ेहनी गुफ़्तगू में तब ख़लल पड़ गया, जब पीछे से सस्सी ने उसके कंधे पर दस्तक दी। वह फ़ौरन पलटा, सस्सी एक हाथ में पानी का गिलास और दूसरे हाथ में डिस्प्रिन की सुफेद गोली लिये खड़ी थी।

"इसे ले लो...हैंगओवर का असर कम हो जाएगा।"

पानी के सहारे गोली को हलक़ से उतारने के बाद वह अख़बार लेकर हॉल में सोफ़े पर बैठ गया। चन्द मिनट गुज़रे होंगे कि यकलख़्त उसे उबकाई आने लगी और पेट में खिंचाव महसूस होने लगा। एक हाथ मुँह पर और दूसरा पेट पर रखकर वह यूँ ग़ुसलख़ाने की जानिब दौड़ा, गोया कोई नई-नई हामिला (गर्भवती) दौड़ती है।

जब वह लौटकर हॉल में आया, तो उसकी आँखें ज़रूरत से ज़्यादा सुर्ख़ और साँस चढ़ी हुई थी। हाथों में अख़बार खोले सस्सी आराम से सोफ़े पर बैठी थी और उसके सामने की मेज़ पर एक नीबू-पानी का गिलास रखा था। राज ने फ़ौरन वह गिलास उठाकर पी लिया और तब जाकर उसे ख़ुद के अंदर कुछ राहत महसूस हुई। सस्सी की निगाहें अब भी अख़बार से किसी जोंक की तरह चिपकी हुई थीं, या मुमकिन है वह अख़बार में अपनी मसरूफ़ियत का ड्रामा कर रही थी। बहरहाल, तभी बावर्चीख़ाने से कुकर की पहली सीटी की आवाज़ बुलंद हुई। सस्सी के रुख़ पर किसी शिकन में कोई तब्दीली नहीं आई थी, गोया वह राज के वजूद से ही इंकार कर रही हो... लेकिन साथ ही उसकी ख़ातिर-तवज्जोह में भी कोई कमी नहीं होने देती थी। राज ने कुछ ग़ौर किया तो पाया कि आज मौसम खुला हुआ है और हॉल सूरज की रौशनी से रोशन हो रहा था।

दोनों के दरमियान बेचैनी का फ़ीता लंबा होता जा रहा था और नाहमवार (अनियमित) साँसों में उसकी झलक वाज़ेह (साफ़) थी। अगरचे सस्सी अब

भी किसी अजनबी की तरह ही वहाँ बैठी हुई थी। जब राज के लिए यह बेकली नाक़ाबिल-ए-बर्दाश्त हो गई, तब हिम्मत जुटाकर उसने अपने मुँह से यह लफ़्ज़ गिराए-"कल रात क्या हुआ था?"

सस्सी ने आहिस्तगी से नज़रें अख़बार से उसकी जानिब सरकाई, गोया सवाल को समझने की कोशिश कर रही हो।

"क्या मतलब क्या हुआ था, क्या तुम्हें कुछ याद नहीं!"

"सिर्फ यहाँ-वहाँ की चन्द धुँधली सी तस्वीरें, जैसे किसी ख़्वाब के टुकड़े हों।"-मायूसी में राज ने दोनों हाथों के बीच सर को दबाते हुए जवाबन कहा।

बजाए इसके कि वह आगे कुछ और कह पाता, सस्सी के हाथ में मौजूद अख़बार, तड़ से मेज़ की सतह पर आ गिरा और राज की जानिब पलटते हुए उसने एक दफ़ा फिर पूछा-"क्या तुम्हें वाक़ई कुछ भी ठीक से याद नहीं है?"

"नहीं... मुझे याद है कि मैंने केक काटा था, लेकिन...उसके बाद क्या हुआ कुछ ठीक से याद नहीं आ रहा।"-एक वक़्फ़े के लिए वह रुका और फिर झेंपते हुए आख़िर उसने वह सवाल पूछ ही लिया-"क्या मैंने कल रात कुछ ज़्यादा ही पी ली थी?"

उसके चेहरे पर बेचारगी साफ़ नुमायाँ थी और उसके ज़ेहन में तमाम ख़यालात हरसू दौड़ते फिरने के बावजूद किसी नतीजे पर नहीं पहुँच रहे थे। सस्सी ने एक नाउम्मीदगी भरी गहरी साँस ली और अचानक एक लम्हे के लिए ही सही, लेकिन उसकी आँखों में बेचैनी झलक आई। वह बेसाख़्ता खड़ी हुई और बावर्चीख़ाने की तरफ़ तेज़ी से जाने लगी। राज ने उसे रोकने के लिहाज़ से हाथ बढ़ाया, लेकिन कोई फ़ायदा नहीं। सीटी बजाते कुकर को उसने उतारकर नीचे रख दिया और फ्रिज से पानी की बोतल निकालकर उससे तेज़ी से पानी पीने लगी। न मालूम क्यों, लेकिन अचानक उसका हलक़ सूखे पत्ते की तरह चटखने लगा था।

जिस रफ़्तार से वह गई थी, उसी रफ़्तार से वापस आकर उसने फिर राज से पूछा-"केक काटने के बाद क्या हुआ, तुम्हें वाकई कुछ भी याद नहीं है?"

राज ने महज़ न में अपना सर हिला दिया।

सस्सी फिर बावर्चीख़ाने की तरफ़ दौड़ी, राज भी उसके पीछे गया।

आटा गूँध चुका था, लेकिन सस्सी उसे और गूँध रही थी और तब वह रुक गई, जब उसे एहसास हुआ कि राज, रात की कहानी सुने बिना वहाँ से हिलने वाला नहीं है।

बग़ैर उसकी सिम्त नज़र घुमाए, सस्सी ने कहना शुरू किया-“गुरु और क़ौसर को छोड़ने के बाद हम इंडिया-गेट गए थे...”-वह रुकी और पलटकर राज के चेहरे पर कुछ निशां ढँढ़ने लगी और जब कुछ हासिल न हुआ तो फिर से गुँधे हुए आटे को और गूँधते हुए आगे कहने लगी-“तुमने गुरु को फ़ोन करके उसे भी इंडिया-गेट पर आने के लिए कहा और जब वह भी आ गया, तो हम तीनों लौटकर घर आ गए... तुमने उजलत में दरवाज़ा खोला और सीधा बावर्चीख़ाने में फ्रिज से बची हुई बोतलें निकाल लाए; फिर तुम दोनों पागलों की तरह पीने लगे, जैसे अबके बिछड़े तो न जाने कब मिलो। तुम दोनों ने बेदम होने तक पी और फिर मैंने तुम्हें सहारा देकर तुम्हारे कमरे में लिटा दिया और गुरु वहीं सोफे पर ढेर हो गया। कई दफ़ा मैंने रोकने की कोशिश भी की, लेकिन तुम दोनों तो जैसे कल रात कुछ सुनने के लिए तैयार ही नहीं थे।”

“गुरु कब गया?”

“तुम्हारे जागने से एक घंटा पहले।”

“मुझे माफ़ कर दो, पता नहीं मैं कल कैसे होश खो बैठा; इतनी शराब मैंने पहले कभी नहीं पी है... पता नहीं मुझे क्या हों गया था, मैं ख़ुद पर अपना इख़्तियार खो बैठा था।”

सस्सी फ़ौरन पलटकर राज के गले से लग गई-“माफ़ी मत माँगो राज... मेहरबानी करके मुझसे माफ़ी मत माँगो।”-और वह इससे ज़्यादा कुछ और न कह सकी।

राज, सस्सी के चेहरे को ख़ुद के सीने पर महसूस कर रहा था। उसकी आवाज़ में लरज़िश थी। मुमकिन है वह उन अश्क़ों से मिल गई थी, जो पलकों की कगार पर मुंतज़िर बैठे थे, जिन्हें वह अपना चेहरा छुपाकर, राज से छुपा लेना चाहती थी। पूरी कहानी सुन लेने के बाद भी राज के ज़ेहन में ताज्जुब की गुंजाइश बाक़ी थी। वह इस बात पर आसानी से ऐतबार नहीं कर पा रहा था कि बग़ैर किसी पुख़्ता वजह के वह इतनी शराब पी कैसे सकता है-ज़रूर कोई तो बात हुई होगी, जो सस्सी मुझ पर ज़ाहिर नहीं होने देना चाहती। मौक़ा मिलते ही मैं गुरु को फ़ोन करके पूछूँगा। उसने फैसला किया।

आज सस्सी को वीर की शदीद याद आ रही थी, जो इक सुबुह, रात के कोहरे की तरह बिना किसी निशां के ग़ायब हो गया था, ठीक वैसे ही, जैसे गुज़िश्ता रात, राज की याददाश्त से। कैसा अजीब इतेफ़ाक़ था कि दोनों ही क़िस्सों में एक सस्सी ही वह ख़ास थी, जिसे तमाम बातें याद थीं। इस इत्तेफ़ाक़ ने उसके एक पोशीदा ख़ौफ़ से पर्दा उठा दिया था। यूँ तो वीर उसकी उम्मीदों और यक़ीन का कामिल अक्स था, लेकिन वह ख़ुद एक हक़ीक़त नहीं था, कम अज़ कम दिमागी डॉक्टर की नज़र में तो बिल्कुल नहीं। सिक्किम में उसे यही लगता था कि वीर का वजूद है और वह फ़ौज में कप्तान है... जब तक कि वह एक रात कहीं चला न गया, कभी वापस न लौटकर आने के लिए। उसके ग़ायब हो जाने के बाद जब सस्सी ने नज़दीक के मिलिट्री कैंप में वीर के मुतअल्लिक़ पूछताछ की, तो उसका सामना एक हैरान कुन हक़ीक़त से हुआ। अव्वल तो उसे कहा गया कि उस नाम या हुलिये का कोई शख़्स उस कैंप में कभी था ही नहीं...। जब वह वहाँ के बड़े अफसरों से मिली, तो उन्होंने भी उस सच की तस्दीक़ कर दी। लेकिन सस्सी तब भी अपनी ज़िद से नहीं डिगी, तो उन्होंने उससे वीर के वजूद का सबूत माँगा। सस्सी को वह डायरी याद आ गई, जो उसने उसे उस रात बिछड़ने से पहले दी थी। सस्सी ने जब अफ़सरों को उस डायरी के बारे में बताया, तो उन्होंने उसे वह डायरी लाने के लिए कहा।

उसने हॉस्टल लौटकर अपनी अलमीरा और कमरे को उलट-पलट कर उस डायरी को बहुत खोजा, लेकिन उसका भी कोई निशान तक नहीं मिला, गोया वह भी वीर की ही तरह कहीं हवा में ग़ायब हो गई थी।

अगले रोज़ वह फिर कैंप पहुँची और वीर के लिए मिन्नतें की, तो इस दफ़ा वहाँ के आला-अफ़सरों ने उसका दिमागी तवाज़ुन जाँचने के लिहाज़ से उसे डॉक्टर के सुपुर्द कर दिया। डॉक्टर ने उस पर कुछ तजुर्बे किये और जाँच में उसे स्चिज़ोफ्रेनिया का मरीज़ पाया-एक दिमाग़ी ख़लल, जिसमें हक़ीक़त और तसव्वुर का फ़र्क़ धुँधला पड़ जाता है और जिसका बाइस अक्सर माज़ी में कोई गहरी जज़्बाती चोट होती है। डॉक्टर के तजर्बों के दौरान सस्सी ने अपने माज़ी में लगी एक ऐसी ही चोट का ज़िक्र भी किया था।

इस नई हक़ीक़त ने उसके वजूद को जड़ों से हिला कर रख दिया था। मुश्क (गंध) जो उसने वीर के वजूद में महसूस की... उसका लम्स, जो अब भी उसकी जिल्द पर ताज़ा-तरीन था, वह चेहरा, जिसे उसने बेइन्तेहा चाहा, वह हाथ, जिसे उसने इश्क़ में थामा, वह आँखें, जिनमे उसने ख़ुद को देखा; वह

आग़ोश, जिसकी तपिश सीने में अब भी गर्म थी... महज़ कुछ नहीं, बल्कि एक दिमाग़ी फ़ितूर था... ये मान लेना उसके लिए हरगिज़ गवारा न था। उसने सिक्किम छोड़ने का फ़ैसला कर लिया। उसी रात वह सिक्किम की वादियों में पसरे कोहरे में गुम हो गई।

'मुझे दार्जीलिंग चले जाना चाहिए', उसने ख़याल किया था, लेकिन फिर उसे महंती बाबू का ख़याल सताने लगा। वीर के बाद अब वह इस बात को क़तई मानना नहीं चाहती थी कि ग़ालिबन महंती बाबू भी कोई और नहीं, बल्कि उसके दिमाग़ी फ़ितूर की ईजाद थे... साथ ही सिक्किम में जो उस पर गुज़री, वो भी वह घरवालों से छुपाना चाहती थी। इस नई हक़ीक़त से ख़ुद को बचाने की चाहत और ज़रूरत उसे वापस दिल्ली ले गई, जहाँ उसने अपने जानने-पहचानने वालों से, राब्ते में या तो तंगी इख़्तियार कर ली, या राब्ता ही तोड़ लिया और इसी तरह तनहा रहकर अपनी तालीम को मुकम्मल किया। दोस्तों के नाम पर उसके पास सिर्फ मिर्ज़ा ही बचा था, लेकिन फिर भी उसने मिर्ज़ा को सिक्किम के बारे में कोई तफ़सील देना कभी मुनासिब नहीं समझा। इंसानों से लबालब इस दुनिया में तनहा-दिल सस्सी ने ख़ुद के लिए कभी कोई नर्म गोशा (कोना) तलाशने की भी कोई कोशिश नही की... बस उम्र को उस बीमारी और वीर के ख़यालात में गुज़ारने लगी। जिस तरह गुज़रता वक़्त, ज़ख्म भर देता है, उसी तरह ठहरी हुई ज़िन्दगी भी वक़्त के बहाव में बहने ही लगती है। सस्सी की बेख़्वाब और सिसकती रातें अब तब्दील हो चली थीं। इन गुज़िश्ता आठ बरस में उसने भी आहिस्ता-आहिस्ता अपने माज़ी को माज़ी में ही छोड़ना शुरू कर दिया था। बहरहाल... वीर माज़ी से आज़ाद होकर उसके हाल में उसके साथ-साथ चलने लगा था, फिर वह चाहे जिस्मानी तौर पर मौजूद न सही, लेकिन ज़ेहनी तौर पर ठीक वैसे ही मौजूद था, जैसे ख़ुदा, ख़ुद अपनी क़ायनात में।

बेलफ़्ज़ां दोनों, खाने की मेज़ पर बैठे छुरी काँटा चम्मच की गुफ़्तगू सुन रहे थे और बीच-बीच में कभी कभी एक दूसरे को चपाती, सब्ज़ी या पानी बढ़ा देते। खाने के बाद जब राज, बावर्चीख़ाने में बर्तन धो रहा था, तभी दरवाज़े की घंटी बजी। कोई दरवाज़े पर आया था। घंटी जब दो मर्तबा बज चुकी, तब सस्सी दरवाज़ा खोलने के लिए उठी और इस दरमियान राज भी बर्तन बीच में छोड़कर बावर्चीख़ाने से बाहर आ गया। पैंतीस-अड़तीस की उम्र का एक

शख़्स, छड़ी के सहारे दरवाज़े पर खड़ा था। उसके रुख़ से ऐसी हैरत टपक रही थी, गोया मौत के फ़रिश्तों ने ज़िन्दगी बख़्शीश की हो उसे। हैरानकुन आँखें और उनके कोरों में नमी की मौजूदगी के साथ-साथ किसी पत्थर की सी मज़बूती और बेहिसी में खड़े उस शख़्स के क़रीब, नर्म मुस्कान बिखेरती एक औरत भी मौजूद थी। उस शख़्स पर निगाह पड़ते ही बेख़याली में सस्सी के हाथ से दरवाज़े का दस्ता छूट गया और उसकी पलकें जम गईं। राज को सस्सी के रुख़ पर बदलते तआसुर (भाव) की कोई ख़बर न थी... हालाँकि जो हाल उस शख़्स के चेहरे से बयान होता था, सस्सी का भी वही था। उन दोनों की आँखों से मालूम होता था कि उनका सामना गुज़रे हुए वक़्त के एक भूत से हो गया है।

राज, नज़र पड़ते ही उस शख़्स को पहचान गया था और इससे पहले कि वह उससे 'भाई' कहकर मुख़ातिब होता, सस्सी के मुँह से दबी हुई आवाज़ में 'वीरर..र..र' निकला और जवाबन उस शख़्स के मुँह से भी वैसी ही दबी हुई आवाज़ में 'सस्सीएएएए' फूट पड़ा।

दोनों आवाज़े सुनकर राज सकते में आ गया। अब रुख़ के तआसुर में तब्दीली की बारी उसकी थी। उसने सस्सी की जानिब देखा। वह उसकी जानिब पलट रही थी। उसकी आँखें भरी हुई थीं। उसने आज से पहले कभी सस्सी की आँखों को यूँ ख़ुशी और हैरत से लबरेज़ नहीं देखा था।

"मैं पागल नहीं हूँ, वीर है, देखो राज वो है, ज़िंदा है वो!"-झरती आँखों और ख़ुशी की मुस्कराहट के बीच सस्सी के लबों से फूटा।

"सस्सी, क्या कह रही हो; किसने कहा तुम पागल हो! और भाईसाहब को क्या होना था!"

"क्या... तुम वीर के भाई हो! कप्तान वीर के भाई हो?"

"हाँ सस्सी, ये मेरे बड़े भाई हैं, फौज़ से रिटायर्ड कप्तान हैं; एक मिशन के दौरान अपना एक पैर खो दिया था, लेकिन तुम कैसे जानती हो?"

"ये बात तुमने मुझे कभी बताई क्यों नही!"- सस्सी वीर की तरफ़ पलटी। वह अब भी दरवाज़े पर ही खड़ा था -"वीर, तुम क्यों नही आए; क्यों अपने भाई को मेरे पास भेजा?"

"इसमें छुपाने या बताने जैसा कभी कुछ था ही नहीं, शायद इसलिए

और वैसे भी इस बात से क्या फ़र्क़ पड़ता है... तुमने भी तो कभी किसी वीर का ज़िक्र नहीं किया मुझे।''-वीर की बजाए राज ने जवाब दिया और इसी दौरान उसके ज़ेहन में सैकड़ों सवालों ने फन उठा लिये।

तभी सस्सी ने वीर के साथ आई औरत की तरफ सवाल उछाला-''तुम कौन हो?''-जो पूरे इत्मीनान से सब कुछ देख-सुन रही थी।

''तुम मुझे नहीं पहचानतीं, लेकिन शायद मैं तुम्हें बहुत अच्छे से जानती हूँ... शक्ल कभी नही देखी थी तुम्हारी...लेकिन वीर से तुम्हारे बारे में बहुत कुछ सुना है; मैं राज की भाभी हूँ, चित्रा।''

सस्सी ने मायूसी में अपना सिर हिलाया और आकर सोफ़े पर बेजान सी बैठ गई। वीर के घर में दाख़िल होते ही चित्रा ने पीछे से दरवाज़ा बंद कर दिया। सिवाय राज के वहाँ हरेक को तक़दीर के खेले इस खेल की पूरी मालूमात थी और अब वक़्त आन पहुँचा था कि सच के बदन से लिबास उतारा जाय।

हॉल, बेशुमार सवालात से अटा पड़ा था और वीर, राज की निगाहों में उमड़ते सवाल देख सकता था। तभी राज सबसे पूछ बैठा-''भाईसाहब...भाभी...सस्सी...मेहरबानी करके मुझे कोई बताओ कि ये माज़रा क्या है, तुम लोग एक-दूसरे को कैसे जानते हो?''

वीर ने उसे बैठ जाने का इशारा किया। राज, वीर के क़रीब बैठ गया और चित्रा, सस्सी के।

''आप लोग एक-दूसरे को कैसे और कबसे जानते हैं?''-राज ने इस मर्तबा वीर की तरफ़ देखकर सवाल दोहराया।

''सस्सी से मेरी मुलाक़ात सिक्किम में हुई थी।'' वीर ने जवाबन कहा।

''सस्सी, तुमने कभी मुझसे सिक्किम का ज़िक्र नहीं किया!'' एक और सवाल और सस्सी का सब्र टूट गया।

''और मैं क्या कहती, कि मैं एक ऐसे इंसान के इश्क़ में मुब्तिला हूँ, जो महज़ एक फ़तूर है! क्या तुम मेरा ऐतबार करते, अगर मैं कहती कि वीर तुम्हारा भाई नहीं, बल्कि मेरे ख़याल की पैदाइश है; क्या तुम मेरा ऐतबार करते, अगर मैं तुमसे कहती कि मैं स्चिज़ोफ्रेनिया की मरीज़ हूँ, क्या तब तुम मेरी किसी भी बात का ऐतबार करते!!!''

''लेकिन भाईसाहब, किसी ख़याल की पैदाइश नहीं, हक़ीक़त हैं

सस्सी।''

''हाँ और आज मुझे पता चला कि मैं भी स्चिज़ोफ्रेनिया की मरीज़ नहीं हूँ।''-सस्सी वीर से मुख़ातिब हुई-''लेकिन फिर क्यों डॉक्टरों ने मुझे अपनी रिपोर्ट में स्चिज़ोफ्रेनिया का मरीज़ बताया? क्यों उन्होंने मुझसे वीर का वजूद छुपाया? तुम क्यों मेरी दुनिया से बग़ैर कुछ बताए चले गए थे?''-सस्सी अब राज से मुख़ातिब हुई- ''हाँ, मैंने अपनी ज़िन्दगी का एक बहुत ख़ास हिस्सा तुमसे छुपाए रक्खा, इसलिए नहीं कि मैं ऐसा चाहती थी, बल्कि मैं मजबूर थी, मैं एक आम ज़िन्दगी जीना चाहती थी। वीर के ग़ायब हो जाने के बाद जब डॉक्टरों ने मुझे अपने बीमार होने का यक़ीन दिला दिया, तो मेरा वजूद अपनी जड़ो से हिल गया, मुझे अपनी तमाम ज़िन्दगी एक झूठ लगने लगी। उस वक़्त मैंने दार्जिलिंग वापस जाने के बारे में सोचा, लेकिन महंती बाबू के ख़याल ने मेरे पैरों में बेड़ियाँ डाल दी। मेरे पास खुद को और बिख़रने से बचाने का एक यही रास्ता था, इसलिए मैं वहाँ से से भाग गई और अपनी ज़िन्दगी के इस वाक़ये को हमेशा के लिए अपने दिल के एक कोने में दफ़न कर दिया।''

''महंती बाबू कौन है?''-राज ने पूछा।

''वो शख़्स, जिसका ताल्लुक़ सस्सी के बचपन से है; वो हमेशा उनकी तस्वीर मढ़ने की कोशिश करती है, लेकिन कभी उनका चेहरा नहीं मढ़ पाती... हर बार तस्वीर में महज़ उनकी पीठ नज़र आती है। सस्सी...क्या इतने अरसे में उनका चेहरा मिला तुम्हें?''-वीर ने पुरानी यादों को टटोलते और सस्सी से मुख़ातिब होते हुए कहा।

''नहीं, अब तक तो नहीं। राज, तुम्हें मैं बहुत कुछ बताना चाहती थी, लेकिन फिर उन बातों के ख़याल से ही मेरा दिल हौल जाता था। मैंने कभी ख़्वाब में भी नहीं सोचा था कि इस तरह फिर वीर से मेरी यूँ मुलाक़ात होगी... शायद इस सब की वजह तुम ही हो।''

''नहीं, मैंने तो कुछ भी नहीं किया; दरअसल, मुझे तो भाईसाहब के आने की भी कोई ख़बर नहीं थी।''-राज ने जवाबन कहते हुए सवालिया नज़रों से वीर की तरफ देखा।

''तुम्हारा जन्मदिन था, तो सोचा चलकर तुम्हें सरप्राइज करें... हम तो कल रात ही आ गए थे, प्रभात के पास रुके हुए थे।''

“ओह, तो इसलिए प्रभात भइया कल यहाँ न आ सके!”-राज की बात पूरी होने से पहले सस्सी बोल पड़ी-“तुम प्रभात से कैसे वाक़िफ़ हो?”

“मेरा दोस्त है वो।”-वीर ने जवाबन कहा।

“कब से?”

“बचपन से; हम एक ही मोहल्ले में पले-बढ़े हैं।”

“इतने बरसों से प्रभात मेरा भी दोस्त है और उसने कभी मुझसे अपने इस बचपन के दोस्त का ज़िक्र नहीं किया, सिवाय एक दफ़ा के, जब उसी बचपन के दोस्त के छोटे भाई को दिल्ली शहर में रहने के लिए ठिकाने की ज़रूरत थी। मैं रोज़ उन्हीं लोगों के बीच में ज़िंदगी जीती रही, जिनका ताल्लुक़ सिर्फ़ तुमसे था...तुम मुझसे महज़ एक आवाज़ के फ़ासले पर थे...”

वह कहते-कहते रुक गई और एक गहरी साँस लेने के बाद फिर से कहने लगी “तुम्हें पता है वीर, अगर वो लोग मुझसे कह देते कि तुम मर चुके हो, तो मुमकिन है मेरे लिये ज़िन्दगी कुछ आसान हो जाती, बजाय इसके कि उन्होंने कह दिया मैं स्चिज़ोफ्रेनिया की मरीज़ हूँ। इस बात ने न सिर्फ तुम्हें मुझसे छीना, बल्कि मेरा मुकम्मल वजूद ही मुझसे छीन लिया। गुज़री हुई तमाम ज़िन्दगी और वक़्त, एक झूठा एक ख़्वाब लगने लगा-इक पागल लड़की का इक ख़ूबसूरत तसव्वुर-और कुछ नहीं। मैं महीने नहीं तो कुछ साल रोकर गुज़ार लेती और मुतमइन होकर तुम्हारी मुहब्बत को तमाम उम्र अपने दिल में सजा कर रखती, लेकिन इस झूठ ने तो मुझे ज़िन्दगी भर का अज़ाब दे दिया। मैं तुम्हारी यादों में कभी सुकून न हासिल कर सकी, हमेशा उन्हें मिटा देना चाहा... लेकिन यादें कहाँ मिटाने से मिटती हैं, जितना कोशिश करो उतना ही गहराइयों में उतरती जाती हैं।”

“तक़दीर के खेल बहुत अजीब होते हैं सस्सी; तुम्हारी और मेरी पैदाइश से बहुत पहले सन 1965 में हमारी तक़दीर लिख दी गई थी और मेरा वो मिशन, महज़ उस लिखी हुई तक़दीर का अमल था। मैंने तुम्हें खो दिया, अपना पैर खो दिया, अपने लोग खो दिये, अपना ग़ुरूर खो दिया; कमबख़्त अपनी पूरी ज़िन्दगी खो दी और इतना सब कुछ खो देने के बाद भी जो 1965 में खोया था, उसे न ढूँढ़ सका।”

“भाईसाहब, आपने उस मिशन के बारे में कभी कोई बात नहीं की, यहाँ

तक कि अपनी आखिरी पोस्टिंग सिक्किम का भी कभी कोई ज़िक्र नहीं किया, लेकिन आज लगता है आपको यह चुप्पी तोड़नी होगी।''

* * *

वीर उन सोहबत का हिस्सा कभी नहीं रहा था, जहाँ लड़कियों की परछाई तक की कोई गुंजाइश हो। उसकी तमाम पढ़ाई-लिखाई एक ऐसे स्कूल में हुई, जिसके फाटक के इस तरफ किसी भी ज़नाना-मख़लूक़ (औरत) की मौजूदगी पर सख़्त पाबंदी थी। माँ को छोड़कर बाक़ी तमाम औरतें उसके लिए शायद कभी कोई वजूद ही नहीं रखती थीं। और तक़दीर का खेल देखिए, कि स्कूल के आख़िर साल में उसका दाख़िला भी 'डिफेन्स अकादमी' में हो गया, जहाँ औरत ज़ात की मौजूदगी कुछ यूँ थी, गोया सूखी घास के ढेर में सूई। ज़नाना के नाम पर वहां घोड़ियाँ थीं, जिन पर सवार होकर उसने 'पोलो' के खेल की तरबियत हासिल की। उसकी ज़िन्दगी इस क़दर मर्दाना हो गई थी, कि हर जानिब, हर गोशा-बावर्चीख़ाने में, लॉन्ड्री में, अकादमी में, कैंटीन में-बस मर्द ही मर्द। माँ के अलावा जो इक और ख़ातून थीं, जिन्हें वह बेहद पसंद करता था, वो थीं, 'लता मंगेशकर' जिनके गाये हुए गाने उसकी पसंदीदा फ़ेहरिस्त में हमेशा सबसे ऊपर रहते थे।

एक दफ़ा, अकादमी ट्रेनिंग मुकम्मल होने की पार्टी में जब वह तनहा बैठा अपने जाम का लुत्फ़ उठा रहा था, तब एक अफ़सर ने आकर उससे कहा था-''यहाँ अकेले क्यों बैठे हो...वो देखो कर्नल प्रताप की खूबसूरत बेटी, वह भी अकेली बैठी है; जाओ जाकर उससे डांस के लिए पूछो।''

''माफ़ कीजिए सर, मैं नहीं पूछ सकता।''-वीर ने थोड़ा झेंपते हुए जवाब दिया।

''अब तुम इंडियन आर्मी के एक अफ़सर हो, कोई रंगरूट नहीं।''-अफ़सर ने उसे उकसाया।

''नहीं सर, मैं ये नहीं कर पाऊँगा...मैंने ज़िन्दगी में पहले कभी किसी लड़की से बात नहीं की है।''-वीर ने हिचकते हुए मनाही की वजह पेश की।

''तुम जाओगे और उस लड़की से डांस के लिए पूछोगे...और यह मेरा ऑर्डर है।''-ज़ोर से अपने जाम को मेज़ पर रखते हुए अफ़सर ने वीर को हुकुम जारी कर दिया।

वीर के पास अब कोई चारा नहीं बचा था, लिहाज़ा उसने अपना जाम मेज़ पर रखा और 'यस सर!' कहकर उस लड़की की तरफ़ चल दिया।

लड़की तक पहुँचने के लिए वीर को आठ-दस क़दम का फासला तय करना था और इन्हीं क़दमों के दरमियान उसने आहिस्तगी से अपनी साँस का जायज़ा लिया, जो हल्की-हल्की व्हिस्की से मुब्तला थी, जिसका ख़ुमार अब भी सिर तक नहीं पहुँचा था। उसने ख़ुद के लिबास पर हाथ फिराकर उसकी दुरुस्तगी का भी जायज़ा लिया। यह शायद वाक़ई पहली मर्तबा था, जब वह किसी लड़की से रूबरू होने जा रहा था और लड़की भी कोई और नहीं, बल्कि सख़्त, कर्नल प्रताप की बेटी। उसके संगी रंगरूट उसको जाता देख रहे थे। उनकी आँखें बेएतबारी में थोड़ी ज्यादा ही फ़ैल गई थीं और कुछ तो झपकना भी भूल गईं। रक़ाबत (जलन) उनकी पेशानी पर साफ़ ज़ाहिर थी और उनके दिल सुलगकर तब सियाह हो गए, जब कर्नल प्रताप की बेटी, नज़दीक आते वीर की तरफ देखकर मुस्कुराई। उस वक़्त वीर का बयान-ए-हाल कुछ यूँ था- नज़र सीधी लेकिन शरमीली, आवाज़ नरम, लेकिन लड़खड़ाहट से वाबस्ता, सीना तना हुआ किसी फौजी सा, लेकिन हिम्मत नदारद; पैर ज़मीन पर किसी दरख़्त से जमे हुए, लेकिन घुटने में एक मामूली सी लरज़िश... सधे हुए हाथ, लेकिन फड़कती हुई मांसपेशियाँ।

"हाय! मेरा नाम वीर है।"

"मैं चित्रा ... मुबारक हो, तुम्हारी ट्रेनिंग पूरी हो गई।"

"जी शुक्रिया... आप कर्नल प्रताप की बेटी हैं न?"

"मुझे ऐसा क्यों लग रहा है कि वहाँ बैठे अफ़सर ने तुम्हें पहले ये बात पहले ही बता दी थी।"- चित्रा ने गर्दन उचकाकर उस अफ़सर की तरफ़ इशारा करते हुए कहा।

वीर को थोड़ी शर्मिंदगी महसूस हुई और उसने अपनी नज़रें चित्रा से हटा ली। चन्द लम्हात की ख़ामोशी के बाद जब कुछ समझ नहीं आया, कि वह आगे क्या कहे तो बिलआख़िर उसने कहा-"मुझे यहाँ आना ही नहीं चाहिए था, माफ़ कीजियेगा।"

"अरे रुको!"-चित्रा ने उसे रोका-"क्या तुम मुझसे डांस के लिए पूछने नहीं आए थे?"

"दरअसल मुझे ऑर्डर मिला था, लेकिन यक़ीन जानिये मेरा ऐसा कोई इरादा नहीं है।"

"लेकिन मेरा तो है।"

"माफ़ कीजिये..."

"दरअसल मेरा नाचने का बड़ा मन है, लेकिन किसी ने आकर पूछा ही नहीं; चलो नाचें!"

कहकर चित्रा ने अपना दायाँ हाथ आगे बढ़ा दिया। वीर के लिए यह पहली मर्तबा था, जब किसी लड़की ने अपना हाथ उसके पकड़ने के लिए बढ़ाया हो। उसके दिमाग़ और हाथों की हम-वक़्तगी में ख़लल पड़ गया। उसने अपने दाहिने हाथ के बजाय बायाँ हाथ आगे बढ़ा दिया और जब ग़लती का एहसास हुआ, तो एक लम्हे का तवक़्क़ुफ़ (देर) किये बग़ैर, अपना बायाँ हाथ पीछे खींच दायाँ हाथ आगे बढ़ा दिया... लेकिन इसी दरमियान चित्रा ने अपना दायाँ हाथ पीछे खींच बायाँ हाथ आगे बढ़ा दिया था। ये दाएँ-बाएँ हाथ की अदला-बदली देख चित्रा खिलखिलाकर हँस पड़ी और बेपरवाही में जो भी वीर का हाथ सामने नज़र आया, उसने थाम लिया। ज़ाहिर है एक दफ़ा फिर वीर ने ख़ुद को शर्मिंदगी और पेचीदगी के दरमियान महसूस किया था। उसे लगा कि इस सब का सबब व्हिस्की है-आँखें उसकी आवारगी पर आमादा थीं, किसी एक शख़्स या शै पर टिकती न थीं, लिहाज़ा उसने दिल-ही-दिल फ़ैसला किया कि अब वह बाक़ी की शाम एक और बूँद व्हिस्की नहीं पियेगा। साथी रंगरूटों की यूँ ताज्जुब नज़रें ख़ुद पर पाकर उसे खुद के ख़ास होने का गुमान हो चला था, लेकिन साथ ही चित्रा के लम्स से वह अंदर-ही-अंदर किसी सूखे पत्ते सा लरज़ भी रहा था।

'नेशनल डिफेन्स अकादमी' उसकी फ़ौजी ट्रेनिंग का महज़ पहला पड़ाव था, जिसको पूरा करने के बाद उसे अपनी अव्वल पोस्टिंग के लिए कई और पड़ाव पार करने थे। बतौर फ़ौजी अफ़सर उसकी तैनाती कश्मीर, असम, अरुणाचल प्रदेश और कई सरहदी सूबों में हुई-कभी ट्रेनिंग के सिलसिले में, तो कभी ड्यूटी के सिलसिले में-और बिलआख़िर कप्तान की हैसियत से उसे शुमाली सिक्किम में भेजा गया था। वह जगह कंचनजंगा की गोद में थी, जिसके बर्फ़ीले पहाड़ों के सिर इतने बुलंद हैं कि हमेशा बादलों के ऊपर रहते हैं।

और यहीं उसकी मुलाक़ात सस्सी से हुई थी। दोनों को इश्क़ हो गया और इसी इश्क़ के ख़ुमार में दोनों ने एक-दूसरे से बेइन्तेहा वादे किए, जैसा कि प्यार में मुब्तिला जोड़े अक्सर करते हैं। लेकिन तक़दीर इंसानी वादों को कहाँ तरजीह देती है। उस रात सस्सी को अपनी डायरी देने के बाद उसके क़दम छावनी की तरफ चल दिए थे। गहरी सियाह रात ख़ामोश पड़ी थी और छावनी में एक नई ज़िन्दगी उसकी आमद की मुंतज़िर थी। छावनी में दाख़िल होते ही उसे थोड़ी सी ब्रांडी पीने का मन किया, तो उसने अपने क़दमों का रुख़ ऑफिसर्स मेस की तरफ कर दिया। लेकिन जल्द ही उसकी नज़र अँधेरे में दौड़ते हुए एक शख़्स पर पड़ी, जो उसी की तरफ़ दौड़ा चला आ रहा था। वह बसंता शेरपा था, जो वीर का XXXIII कोर से साथी फ़ौजी था और आम फौजियों से क़द में औसतन ठिगना, जिसके साथ वीर ने कंचनजंगा और कामेत की चोटियों पर क़ामयाब चढ़ाई की थी।

चन्द बरस पहले जब वीर, कंचनजंगा की चढ़ाई कर रहा था, तब बसंता भी उसके साथ रस्सी थामे उसके पीछे-पीछे चढ़ रहा था। पहाड़ की ढलान खड़ी थी और मौसम भी ख़ासा मुनासिब नहीं था। बादल यूँ गहरा रहे थे मानो बर्फ़ बस गिरने ही वाली हो और उस पहाड़ चढ़नेवाली टोली को अभी भी किसी महफ़ूज़ मुक़ाम तक पहुँचने के लिए खासी चढ़ाई चढ़नी थी। बिलआख़िर कुदरत ने अपना रंग दिखाया और बर्फ़ गिरना शुरू हो गई... लेकिन ये तो बस शुरूआत थी, जल्द ही उस मामूली बर्फ़बारी ने बर्फ़ीले तूफ़ान की शक्ल इख़्तियार कर ली और पलक झपकते ही माहौल बद से बदतर हो गया। टोली के तमाम लोग जहाँ-तहाँ खड़े थे वहीं बैठ गए। मेजर ने नक़्शा निकालकर कंपास पर नज़र डाली तो उसे यक़ीन हो गया कि महफ़ूज़ मुक़ाम कहीं आस-पास ही है, जहाँ वे अपने छोटे-छोटे तम्बू डालकर आराम से तूफ़ान के रुकने का इंतज़ार कर सकते हैं। वह अपने ठौर से उठ खड़ा हुआ और सबको पीछे आने का इशारा किया। लेकिन जिस दौरान मेजर बतौर कंपस और नक़्शे की मदद से हिसाब लगा रहा था, तब बर्फ में बैठा बसंता अपने दस्ताने और बर्फ़ काटने की कुल्हाड़ी को दुरुस्त कर रहा था। इशारा पाकर उठकर कुछ गज़ चलने के बाद यकायक उसके पैरों का ज़मीन से राब्ता टूट गया और घबराहट में कुल्हाड़ी भी उसके दस्ताने की पकड़ से सरक गई। वह बर्फ़ की ढलान पर लुढ़कने लगा। वीर ने जब गर्दन घुमाकर देखा, तो बंधी हुई रस्सी के झटके से पलक झपकते ही उसके पैरों का ताल्लुक़ ज़मीन से टूट

गया। रस्सी के झटके ने उसे हवा में उछाला और जब वह ज़मीन पर गिरा तो उसे कुछ समझ नहीं आया कि दरअसल हुआ क्या। लेकिन अव्वल वह लुढ़कना शुरू करता, उसने बेतहाशा अपनी कुल्हाड़ी को बर्फ में भोंकना शुरू कर दिया। वीर का लुढ़कना रुक गया और बसंता उस बंधी हुई रस्सी के सहारे उसके पीछे लटक रहा था। उन चन्द लम्हात से दोनों की साँसें बेतहाशा चढ़ गई थीं। कुछ लम्हे यूँ ही लटके रहने के बाद उसे वीर के चीख़ने की आवाज़ सुनाई दी... वह उसका नाम पुकार रहा था।

बसंता ने रस्सी को दो हल्के झटके दिए और वीर ने उसका नाम चीख़ना बंद कर दिया। उसने बर्फ़ में पड़ी अपनी कुल्हाड़ी उठाई और पूरे एहतियात से चलकर वीर के पास आ गया। मेजर भी तब तक वीर के पास पहुँच चुका था।

बसंता और वीर दोनों को सही-सलामत पाकर मेजर ने सवाल किया- "तुम ठीक हो बसंता! नीचे कैसे गिरे?"

"ठीक हूँ सर, कुल्हाड़ी पर मेरी पकड़ छूट गई थी।"

"तुम शेरपा हो बसंता और एक शेरपा की पकड़ ख़ासी मजबूत होती है।"

"आगे ऐसा नहीं होगा सर।"

"वीर, तुम ठीक हो?"

"यस सर।"

"गुड, एक काम करो बसंता का मुआयना करो और आगे बढ़ने की तैयारी करो; इस मौसम में खुले में ज़्यादा देर तक नहीं रुक सकते, हमें जल्द ही किसी ठिकाने पर पहुँचना होगा।"-मेजर ने हिदायत दी और अपने ठौर पर लौट गया।

वीर ने बसंता का मुआयना किया और हाथ-पैरों में चोट के मुतअल्लिक़ पूछा। चोट तो कोई नहीं आई थी, लेकिन उसके बाएँ कंधे में थोड़ा दर्द ज़रूर था, लेकिन फ़िक्र की कोई बात नहीं थी। वीर का इशारा पाकर टोली ने फिर से चढ़ना शुरू किया। वीर ने बसंता की आँखों में मौत की दहशत देखी थी और वही दहशत उसने भी उन लम्हात में महसूस की थी। मौत को इतने क़रीब से पहले कभी नहीं देखा था दोनों ने।

जब टोली महफ़ूज़ मुक़ाम पर पहुँच गई, तो पीठ से सामान उतारकर

बसंता बर्फ़ पर बैठ गया। उसकी आँखें बंद और हाथ जुड़े हुए थे, जैसे वह सजदे में हो। सदियों से कंचनजंगा को एक पाक पहाड़ माना जाता है और बसंता वहाँ बैठकर कंचनजंगा से अपने पापों की माफ़ी और जान बख़्शने का शुक्रिया अदा करता रहा।

तम्बुओं में बैठकर सभी लोग उस बर्फ़ीले तूफ़ान के रुकने का इंतज़ार करने लगे। वीर चुपचाप बैठा था और चेहरे पर उसके खौफ़ के निशान अब भी मौजूद थे। फौजी कभी खुलकर अपने डर को किसी के सामने ज़ाहिर नहीं करते और मेजर से बेहतर इस बात को कौन जान सकता था, लिहाज़ा उसने वीर या बसंता से कुछ भी कहना या सुनना मुनासिब नहीं समझा।

* * *

उसके ठीक सामने आकर बसंता रुक गया। उसकी पेशानी पर फ़िक्र बज़ाहिर थी। उसका मुँह ज़रा सा खुला हुआ था, मानो बचपन में खोलकर वह ख़ुद उसे बंद करना भूल गया था। रात के इस वक़्त भी वह अपनी मुकम्मल वर्दी और बूट में वहाँ मौजूद था, गोया अभी-अभी ड्यूटी पर निकल रहा हो। उसके रुख़ पर फ़िक्र की शिकन देखकर वीर को समझते देर न लगी कि कोई तो मसला है। फ़िक्र के साथ-साथ उसके चेहरे पर एक ताज्जुब भी था, मानो साथ-साथ उसने कोई खज़ाना भी खोज लिया हो।

"कहाँ ग़ायब हो जाते हो यार, पागलों की तरह शाम से तुम्हें ढूँढ़ रहा हूँ।"

"क्या बात हो गई, सब ठीक तो है... मैं ज़रा शहर की तरफ़ निकल गया था।"

"हमें रात के तीन बजे ही निकलना है; जाओ जाकर तैयारी करो, ज़्यादा वक़्त नहीं है।"

"लेकिन ऑर्डर तो सुबह छह बजे के थे, क्यों!"

"भूल जाओ उस ऑर्डर को, नये आर्डर आ गए हैं।"

"तैयारी के लिए सिर्फ तीन घंटे हैं।"

इतना कहकर बसंता पलटकर जाने लगा और वीर उसे किनारे पर एक सीध में लगे लैम्पोस्ट की रौशनी में कभी उभरता तो कभी ओझल होता, दूर जाते देखता रहा।

तमाम तैयारियों के बाद अपने कमरे में वीर, बिस्तर के नज़दीक मौजूद कुर्सी पर बैठा था। उसके सामान का थैला उसी कुर्सी के पाँव के सहारे ज़मीन पर रखा था। आज वीर की आँखों में नींद कहीं नहीं थी, हालाँकि बसंता ने तजवीज़ की थी, कि निकलने से पहले कुछ वक़्त की नींद, सफ़र के लिहाज़ से बेहतर रहेगी। दरअसल अपने बिस्तर पर बिछी सुफ़ेद चादर पर न जाने क्यों आज उसे पीठ रखने का दिल ही नहीं कर रहा था। उसे लगा था कि अगर वह आज इस बिस्तर पर आरामदोज़ हो गया, तो फिर कभी उठ नहीं पाएगा। बेसबब ही सही, लेकिन वह उस सुफ़ेद चादर को एक-टक देख रहा था। उसे यूँ लगा मानो वह पहली मर्तबा सुफ़ेद रंग देख रहा हो। शायद उसका यह अजीब एहसास भी दुरुस्त था, क्योंकि आज तक उसने महज़ इस सुफ़ेद रंग को देखा था, कभी उसकी रंगत को इस ग़ौर से महसूस नहीं किया था। उसका सस्सी से दोबारा न मिल पाने का ख़ौफ़ और बेचैनी दोनों को वह उसी सुफ़ेद रंग में लपेट कर अपने बिस्तर पर छोड़ देना चाहता था।

वह जितना सस्सी और आने वाले सफर के बारे में सोचता, बदगुमानी उसके ज़ेहन में उतनी ही गहरी उतरती जाती। अक्सर जब ज़िन्दगी ऐसे दुराहे पर खड़ी हो, तो लोग अमूमन अपने अज़ीज़ो-ख़ास को याद करते हैं। लेकिन जो वह वाक़ई याद करते हैं, वह उन ख़ासो-अज़ीज़ के साथ देखे हुए अधूरे ख़्वाब होते हैं- जैसे उन नन्हों को पहली मर्तबा स्कूल ले जाना, जो अभी पैदा भी नहीं हुए, बूढ़े माँ-बाप को तीर्थ करा देना, जो तीर्थ नहीं अपनी औलाद को देखना चाहते हैं, या बीवी की कोई ऐसी ख़्वाहिश, जिसे वो तहेदिल से मुकम्मल करना चाहते थे, लेकिन अब वह गैर-मुकम्मल ही रहेगी, और ख़ुदा जाने क्या-क्या। मुख़्तलिफ़ क़िस्म और उम्र के लोगों के मुख़्तलिफ़ अधूरे ख़्वाब होते हैं। इंसानी ज़िन्दगी का अधूरा रह जाना ही शायद उसका पूरा होना होता है। हम अपनी कुव्वत और क़िस्मत से ज़्यादा ख़्वाब सजा बैठते हैं और गैरयक़ीनी ज़िन्दगी पर यक़ीनी की ख़ुशफ़हमी का दाँव खेलते हैं।

वीर को नहीं मालूम था कि वह वापस लौटेगा या नहीं... लेकिन उसका भी एक अधूरा ख़्वाब था, कि वह सस्सी से अपने प्यार का इज़हार करे। उसने सोचा भी था कि वह कह दे सस्सी को, वो उससे कितना प्यार करता है और तमाम उम्र करता रहेगा... लेकिन उसे ख़ुद अपनी उम्र का कोई यक़ीन न था। उसे तो इतना भी यक़ीन नहीं था कि वह वापस लौट पाएगा भी या नहीं। बहरहाल जो डायरी उसने सस्सी के हाथों में रख छोड़ी थी, वह सस्सी से

उसका ज़्यादा नहीं तो थोड़ा-बहुत हाल-ए-दिल बयां ज़रूर कर देती और जब वह वापस लौटता, तो एक सुर्ख़ गुलाब देकर इज़हार-ए-मुहब्बत की रस्म भी पूरी कर देता और फिर शादी, जो कि अक्सर इश्क़ का अंजाम होता है। ख़याल तो लाजवाब था और पुर-उम्मीद भी। एक मर्तबा सस्सी ने वीर से यूँ ही पूछा था कि क्या उसे बच्चे पसंद हैं? और उसने जवाबन कहा था क्यों नहीं। लेकिन वही सवाल उसने सस्सी से पलटकर नहीं पूछा, क्योंकि सस्सी उसके लिए ख़ुद एक नादान बच्चे की तरह थी।

इश्क़ का अपना एक तसव्वुर होता है-पुर-सुरूर, पुर-इसरार, ख़ूबसूरत-कोई ग़म या कोई अफ़सोस उसके रास्ते नहीं आता। ज़िन्दगी हमेशा से बेहतर और ख़ूबसूरत नज़र आती है और इस यक़ीन में किसी और का ज़िक्र, यहाँ तक कि ख़ुदा के ज़िक्र तक की मनाही होती है। सिर्फ मैं और तुम-यही वह पारसाई का जामा पहने ख़ुदगर्ज़ नज़रिया है, जिसे इंसान ख़ुदाई रहमत और सवाब की शक्ल में क़बूल करता है। ज़िन्दगी और उसकी ख़्वाहिशों के रंजो-ग़म अक्सर इश्क़ के आगे अपना सर झुका देते हैं। फिर ख़्वाह दुनिया की तारीख़ में इश्क़ का अंजाम कभी अच्छा न रहा हो, लेकिन आशिक़ हमेशा अपने इश्क़ के अंजाम को अच्छा और सुखद ही तसव्वुर करते आए हैं। इसमें सोच से अक़्लमंदी और ज़मीनी हक़ीक़त का एहसास, दरवाज़े के नहीं बल्कि खिड़की के रास्ते फ़रार हो जाता है और बाक़ी रह जातें हैं तो बस ख़्वाबो-ख़याल। इश्क़ में मुब्तिला इंसान, इश्क़ की पैरवी इतनी शिद्दत से करता है, गोया यही ज़िंदगी का निचोड़ है और यही वह शै, जो तमाम रंजोग़म को ख़त्म करके इस ज़मीं पर अमन-बहाल करेगा।

उसकी नज़र मुसलसल खिड़की से बाहर थी, जहाँ सिवाय रात की तारीकी के कुछ और मौजूद न था। उसे सस्सी के साथ गुज़रा शुरूआती वक़्त याद आ रहा था, जब अक्सर उसकी आँखों में उसने एक ख़ालीपन को टहलते देखा था, जो कुछ-कुछ उसकी ज़िन्दगी का सा महसूस होता, जिसे वह सस्सी के साथ मिलकर शादमानी (ख़ुशी) से भर देना चाहता था। उसकी ज़िन्दगी पर सस्सी की छाप तक़दीर का करम मालूम होती थी, लेकिन वहीं सस्सी के बग़ैर ज़िन्दगी का तसव्वुर किसी उम्रक़ैद का सा लगता था। शायद, पहले-पहले प्यार में सबको ऐसा ही लगता होगा। किसी को इतनी शिद्दत से चाहना वाक़ई एक ख़ूबसूरत एहसास है, लेकिन कभी-कभी जब यही शिद्दत दिल की गहराइयों में इतनी गहरी उतर जाए कि बग़ैर उसके ज़िन्दगी का तसव्वुर

नामुमकिन लगने लगे, तब यही ख़ूबसूरत एहसास बदतर और नाक़ाबिले-बर्दाश्त हो जाता है। उसने बेसाख़्ता ख़ुद के चेहरे को यूँ छुआ, मानो सस्सी के चेहरे का लम्स ख़ुद के रुख़्सारों पर तलाश रहा हो, लेकिन चेहरे की हल्की दाढ़ी के खुरदुरेपन में वह कहाँ से सस्सी के मख़मली रुख़सारों एहसास पाता!

न ख़त्म होने वाले ख़यालात और जज़्बात के सैलाब और ज़ेहन में गहराती ख़ला ने वीर को उठकर अपने कमरे से बाहर जाने पर मजबूर कर दिया था। उसने जल्दबाज़ी में बदन पर फ़ौजी जैकेट डाला और पुर-रफ़्तार चलता हुआ बाहर सड़क पर आ गया। रात की निगेहबानी करते चन्द पैदल सिपाही, काँधों पर राइफल लिये छावनी के भीतर और बाहर मुस्तैदी से गश्त कर रहे थे। रात के इस पहर में किसी को यूँ बेवजह छावनी में बाहर घूमते देखना, जो दरअसल ड्यूटी पर न हो, एक ग़ैरमामूली सी बात थी, ख़ास तौर पर तब, जब वह साथ में एक अफ़सर भी हो। बहरहाल किसी ने उससे कोई सवाल नहीं किया। वह चलता हुआ गश्त करते जिस भी सिपाही के सामने से गुज़रा, उसके सैल्यूट का जवाब देता हुआ आगे बढ़ गया। जल्द ही सर्द हवाओं की गिरफ़्त में आकर उसका चेहरा रुखा और ख़ुश्क पड़ने लगा था और रफ़्ता-रफ़्ता जज़्बात के सैलाब ने भी एक ठहराव हासिल कर लिया था। उसने रुककर एक सिगरेट सुलगाई और पलटकर दूसरी सिम्त चलने लगा। पैरों में पहने बूट से आती आवाज़ पर जब उसकी तवज्जोह गई, तो राह में गुज़रते हुए लैंप पोस्टों के बीच का फ़ासला वह अपने क़दमों से मापने लगा। उसका ज़ेहन यकायक ख़ाली हो गया था। चलते-चलते एक मोड़ आया और वह उस सड़क पर मुड़ गया, जो एक बहुत बड़े फाटक पर ख़त्म होती थी, जहाँ पर हर आने-जाने वाले को अपना शनाख़्ती कार्ड दिखाना पड़ता था। बहरहाल वीर का कोई इरादा नहीं था रात के उस पहर में फाटक के उस पार जाने का। जब और बीच रास्ते पहुँचा, तो उसने किसी को अपनी तरफ़ आते हुए देखा। अव्वल तो उसे लगा कि कोई गश्ती सिपाही होगा, लेकिन जब वह नज़रों की ज़द में आया तो वीर के चेहरे पर ताज्जुब की लकीरें नुमाया हो गईं। सामने वाला भी उसे देखकर मुस्कुरा दिया था।

उसने कभी अपने ख्वाबो-ख़याल में भी तसव्वुर नहीं किया था कि वह उससे फिर कभी मिलेगा और वो भी इस तरह। एक उम्र बीत चुकी थी उस वाक़ये को, जब उस मजलिस में एक शराब की ख़ुमारी में मुब्तिला अफसर ने उसे हुक्म दिया था, जिसके मुताबिक़ उसे इस लड़की से डांस के लिए पूछना

था।

“चित्रा... क्या यह वाकई तुम हो!”-ताज्जुब भरी आवाज़ में वीर के मुँह से निकला था।

“हाँ कप्तान साहब, यह मैं ही हूँ।”

“मैंने तो कभी सोचा भी नहीं था कि तुमसे यहाँ मुलाक़ात होगी, वो भी इस तरह चुंगथांग में।”

“लेकिन मुझे यक़ीन था कि मेरी मुलाक़ात तुमसे यहीं होगी।”

‘कैसे?’

“जब मुझे यहाँ उड़कर आने का ऑर्डर मिला, उससे।”

“क्या...मैं कुछ समझा नहीं; तुम यहाँ किस सिलसिले में आई हो?”

“मैं एयरफोर्स की 42 विंग में पायलट हूँ।”

“तुम Mi-17 हेलीकॉप्टर उड़ाती हो, भई वाह! लेकिन कभी बताया नहीं।”

“बताती कैसे; तुमने तो उस अकादमी की पार्टी के बाद बमुश्क़िल एक या दो दफ़ा मुझसे कभी फ़ोन पर बात की होगी। मुझे तो लगा था तुम मुझे भूल भी गए होगे, लेकिन देखो मैं तुम्हें बिलकुल नहीं भूली।”

“बस थोड़ा मसरूफ़ हो गया था।”

“हाँ, क्यों नहीं कप्तान साहब; चुंगथांग इतनी खूबसूरत जगह जो है और ख़ूबसूरत चीज़ों के साथ तो मसरूफ़ियत लाज़मी होती है।”

“ख़ैर छोड़ो, यह बताओ कि क्या तुम ही हमें मिशन बेस तक लेकर जाओगी?”

“हाँ, दरअसल मैं जब शाम को यहाँ पहुँची, तब से तुम्हें ही तलाश रही थी, ऑफिसर्स मेस भी गई, लेकिन तुम वहाँ पर भी नहीं थे, तो सोचा कि अब मिशन बेस के लिए उड़ने के तयशुदा वक़्त पर तुमसे मिलकर तुम्हें चौंकाऊँगी।”

“लेकिन ऑर्डर की तफ़सील में तो तुम्हारा नाम नहीं था; उसमें तो कोई गुवाहाटी एयर बेस से किसी कमांडर राजन का नाम था।”

"आना तो उन्हें ही था, लेकिन उड़ने से कुछ घंटों पहले ही कमांडर साहब अपना दायाँ पैर तुड़वा बैठे, लिहाज़ा मिशन पर जाने का ज़िम्मा मुझे सौंप दिया गया।"

"अच्छा वो सब तो ठीक है, लेकिन इतनी रात गए और इस ठण्ड में तुम यहाँ बाहर क्या कर रही हो?"

"वही, जो तुम कर रहे हो; मिशन से पहले की रात है, इसलिए दिलो-दिमाग़ को साफ़ और तरो-ताज़ा कर रही हूँ... इस तरह के मिशन पर जाने से पहले मैं अक्सर तनहा लंबी सैर पर निकल जाती हूँ, ज़ेहन पर क़ाबू आ जाता है और हिम्मत मिलती है सो अलग। वैसे, मुझे यक़ीन है यह मिशन ख़ास होने वाला है।"

"वो कैसे?"

"अरे हम इतने अरसे बाद मिल रहे हैं; जैसे वो अकादमी वाली पार्टी ख़ास थी, वैसे ही यह मिशन भी ख़ास ही होगा।"

यूँ ही बात करते हुए दोनों बैरक के लिए लौट गए और तयशुदा वक़्त पर फिर से एक-दूसरे से हेलिपैड पर मिले। हेलीकॉप्टर में महज़ तीन शख़्स मौजूद थे-वीर, बसंता और चित्रा। पहाड़ों पर चढ़ाई का साजो-सामान रखने और तमाम तैयारियाँ पूरी होने के बाद चित्रा ने हेलीकॉप्टर का इंजन शुरू किया और पंखे बेइन्तेहा शोर के साथ घूमने लगे। बसंता और वीर के कानों पर लगे हेडफ़ोन में यकायक कॉकपिट में बैठी चित्रा की आवाज़ गूँजी, जो उन्हें कसकर बैठने की हिदायत दे रही थी, क्योंकि वह तमाम रास्ता पहाड़ों के दरमियान होकर उड़ने वाले थे।

हवाई हिचकोले और हेलीकॉप्टर के बेइन्तेहा शोर के बावजूद वीर ने नन्दा देवी मिशन बेस पर उतरने से पहले नींद की एक-दो बेहतरीन झपकियाँ ले ली थी। हेलीकॉप्टर के ज़मीन पर उतरते ही तीनों को सीधा एक कमरे में ले जाया गया, जहाँ प्रोजेकर और लैपटॉप की रोशनी के अलावा किसी और चीज़ की कोई रोशनी मौजूद नहीं थी। वीर ने कमरे का जायज़ा लिया तो पाया कि कुछ गोरे, एक खुले हुए लैपटॉप की तरफ़ इशारा करते हुए अमेरिकन लहज़े में कुछ बातचीत कर रहे थे। उनकी बातों और चेहरे के तआसुर में बेचैनी साफ़ नुमायाँ थी। उनकी ज़बान से निकलते लफ़्ज़ आम नहीं, बल्कि तकनीकियों का अम्बार थे। बहरहाल इतना तो ज़ाहिर था कि वे लोग पहाड़ों के बीच किसी

चीज़ के सिग्नल पर नज़र रख रहे थे। जल्द ही उसकी नज़र सब्ज़ फ़ौजी जैकेट पहने एक शख़्स पर पड़ी, जो उसके नज़दीक आकर खड़ा ही हुआ था-वो थे लेफ्टिनेंट-कर्नल रुस्तम मजूमदार। तीनो ने फ़ौरन कर्नल को सैल्यूट किया और कर्नल ने उनका तआर्रुफ वहाँ मौजूद अमरीकनों से करवाना शुरू किया। अमरीकनों के चेहरे पर तजस्सुस के आसार अब भी क़ायम थे। मिस्टर फ्रीमन दबते हुए क़द के दुबले-पतले शख़्स थे, जिनकी खुली हुई आँखें भी उनके बंद होने का भरम देती थीं। उन्हें महज़ नज़र भरकर देख लेने से ही पता चलता था कि फ़ौज से उनका दूर-दूर तक कोई ताल्लुक़ नहीं है। वे एक नुक्लेअर यानी परमाणु साइंसदान थे। डीलडौल के लिहाज़ से भी वह अमेरिकन कम और जापानी ज्यादा मालूम पड़ते थे। दूसरे साहब एक सरकारी अफसर थे-लंबा क़द, नुकीली नाक और आँखों पर बिना फ्रेम वाला चस्मा-लेकिन उनका ताल्लुक़ किस निज़ामी इदारे से था, इस बारे में किसी को कोई मालूमात नहीं थी, सिवाए इसके, कि मुश्किल वक़्त में अमरीकी सरकार की तरफ़ से फ़ैसला लेने का हक़ सिर्फ उन्हें था। मुमकिन है वह CIA के कोई ख़ुफ़िया अफसर हों। उन्होंने ख़ुद का नाम विलियम मार्कर बताया था और उनके साथ तीन और शख़्स मौजूद थे-एक डॉक्टर और दो पहाड़ों पर चढ़ाई करने वाले।

कर्नल ने यह भी बताया कि अभी सियाचिन में तैनात एक पर्वतारोही और एक रिटायर्ड मेजर भट्टी का इंतज़ार हो रहा है और उनके आते ही मिशन ब्रीफिंग शुरू कर दी जाएगी।

“वही रिटायर्ड मेजर भट्टी, जिन्होंने 60 के दशक में नन्दा देवी की चढ़ाई की थी?”-वीर ने हैरानकुन आवाज़ में कहा।

“एकदम सही कप्तान!”-कर्नल ने जवाबन कहा।

वीर को अपना Army Mountain Climbing Camp याद आ गया, जहाँ बातों-बातों में किसी ने उसे मेजर भट्टी के उस 1965 के मिशन के बारे में बताया था, जब चीन अपने बनाए हुए परमाणु बम की आज़माइश शिनजियांग ख़ित्ते में कर रहा था और मेजर भट्टी को नन्दा देवी की चोटी पर surveillance device मतलब निगरानी उपकरण लगाने का काम सौंपा गया था। इस मिशन की पहलक़दमी वैसे तो CIA ने की थी और हिंदुस्तान के चीन के साथ ताल्लुक़ात 1962 में खट्टे पड़ गए थे, लिहाज़ा उस वक़्त की हिंदुस्तानी सरकार के लिए यह मिशन किसी जंगी एहमियत से कमतर नहीं

था। वीर के ख़यालात की डोर में तब गिरह पड़ गई, जब उसके पीछे कमरे का दरवाज़ा खुला और दो शख़्स कमरे में दाख़िल हुए।

पहले दाख़िल होने वाले शख़्स के सर पर पगड़ी और चेहरे पर सुफ़ेद दाढ़ी थी। बेशक वह रिटायर्ड मेजर भट्टी थे, जो उम्र की इस दहलीज़ पर भी एक मर्तबा फिर से ड्यूटी पर मौजूद थे और उनके पीछे सियाचिन का पर्वतारोही देबो रॉय था। वीर और देबो एक दूसरे से Mountain Climbing School के दिनों से वाक़िफ़ थे... दोनों ने पहाड़ चढ़ने की ट्रेनिंग साथ ही में की थी।

* * *

"1965 में हमने CIA के साथ मिलकर एक ख़ुफ़िया आपरेशन किया था, जिसके तहत हम चीन की परमाणु और मिसाइल की क़ुवत में हो रही तकनीकी तरक़्क़ी पर नज़र रखना चाहते थे।"-कर्नल मजूमदार ने प्रोजेक्टर के परदे के नज़दीक खड़े होकर ब्रीफिंग देना शुरू किया, "उस ख़ुफ़िया आपरेशन का नाम 'हंट' था। चूँकि नन्दा देवी की चोटी से हमें बेरोक-टोक चीन के दूर-दराज़ के आज़माइश के इलाकों का नज़ारा हासिल था, हमने वहाँ एक Surveillance Device यानी निगरानी उपकरण लगाने का फैसला किया था, जो उन इलाकों में हो रही किसी भी परमाणु हलचल के सिग्नल को पकड़कर उसे जहाँ चाहे वहाँ हिंदुस्तान के किसी भी कोने में रिले कर सकता था। लेकिन उस उपकरण यानी आले को काम करने के लिए बिजली की दरकार थी, जो उस ऊँचाई पर किसी हालत में मुहैय्या नहीं की जा सकती थी, लिहाज़ा CIA ने इस परेशानी का एक हल सुझाया। उन्होंने एक SNAP उपकरण दिया, जो रेडियो-एक्टिव गर्मी को बिजली में तब्दील कर सकता था। उस उपकरण में रेडियो-ऐक्टिव गर्मी पैदा करने के लिए परमाणु हथियारों को बनाने में इस्तेमाल आने वाले तक़रीबन पाँच किलो प्लूटोनियम की ज़रूरत थी, जो उस उपकरण को सैकड़ों सालों तक बिजली मुहैय्या कर सकता था। नन्दा देवी की चढ़ाई करते हुए हमने वह SNAP उपकरण खो दिया और तब से अब तक किसी को कोई मालूमात हासिल नहीं थी कि आख़िर वह उपकरण गया तो गया कहाँ। उसके खो जाने के बाद हमने कई खोजी मुहीम चलाई, लेकिन मायूसी छोड़ कुछ हासिल न हुआ। बहरहाल कुछ रोज़ पहले हमारे सेटलाइट ने नन्दा देवी के इलाक़े में रेडियो-एक्टिव रेडिएशन को पकड़ा और

सेटलाइट के ही ज़रिए हमने उसके ठिकाने का भी पता लगा लिया। हमारा यक़ीन है कि ये वही खोया हुआ SNAP उपकरण है; अब आगे आपरेशन हंट और बाक़ी की बातें मेजर भट्टी बताएँगे।''

जल्द ही मेजर भट्टी ने ख़ुद को कर्नल मजूमदार की जगह खड़ा पाया और अपनी ख़ास ख़ुश्क हुई आवाज़ में दोहराना शुरू किया। उनकी आँखें अनायास ही चमक उठी थीं, जैसे 1965 लौट आया हो, उनकी जवानी और रवानी दोनों ही लेकर।

''उस उपकरण के खो जाने के बाद वह अक्सर मेरे ख़्वाबों में नज़र आता रहा; वे ख़्वाब हमेशा दो क़िस्म के होते थे। कभी-कभी मैं उस उपकरण को ढूँढ़ लेता, तो कभी-कभी नन्दा-देवी के पहाड़ और वादियों मे ज़िन्दगी को उस प्लूटोनियम से ख़त्म होते देखता। सुफ़ेद बर्फ़ सियाह हो जाती और नदियों में पानी के बजाय आग बहती।''-वह कहते-कहते रुक गए। उन्होंने ख़ुद के सिर को उठाया और मुस्कुराते हुए फिर से कहना शुरू किया-''लेकिन आज मुझे यक़ीन है कि मेरा पहला ख़्वाब सच है; नन्दा देवी हमेशा यूँ ही बर्फ़ की चादर ओढ़े रहेगी और इसकी वादियाँ यूँ ही ख़ूबसूरत सब्ज़ रहेंगी। ऊपर वाले ने मेरी सुन ली और हमें अपनी ग़लती को सुधारने का एक और मौक़ा मिला है। मिशन पर जाने से पहले इन पहाड़ों को समझना बहुत ज़रूरी है। ये पहाड़ दुनिया के तमाम पहाड़ों से मुख़्तलिफ़ हैं, क्योंकि इनकी चढ़ाई एकदम सीधी है, कोई ढलान नहीं, लिहाज़ा चढ़ना बिलकुल आसान न होगा। ढलान न होने की वजह से इनकी खाइयाँ बहुत गहरी हैं... एक ग़लत क़दम या एक ग़लत फ़ैसला, तुम्हारी ज़िन्दगी और मौत के दरमियान का फ़ासला तय कर देगा।''

''1965 के सितंबर में मैंने मिशन टीम के साथ नन्दा देवी की चढ़ाई शुरू की थी और अंदाज़न दो हफ़्तों की मुश्किल चढ़ाई के बाद हम चोटी से कुछ दो हज़ार फ़ीट के फ़ासले पर थे और तभी मौसम का मिज़ाज बिगड़ना शुरू हो गया था। हवा तेज़ हो गई थी और साथ ही बर्फ़ भी गिरने लगी थी। ऐसे मौसम मेें कुछ भी देख पाना बहुत मुश्किल हो जाता था। किसी तरह मैंने बेस कैंप से रेडियो पर बात की और उन्हें वहाँ के हालात की इत्तेला दी। मिशन पूरी तरह से ख़तरे में था और साथ में हमारी ज़िंदगियाँ भी। उन हालात में हमारी जंग क़िस्मत, वक़्त और क़ुदरत तीनों से एक साथ चल रही थी और जीत का कोई नामो-निशां तक नज़र न आता था। बिलआख़िर, बेस कैंप ने हमें चढ़ाई जारी रखने की बजाय नीचे उतरने का हुक्म दे दिया, लेकिन हमने

उस SNAP उपकरण और बाक़ी साज़ो-सामान को साथ नीचे ले जाने के बजाय वहीं एक मज़बूत चट्टान देखकर उससे बाँधना बेहतर समझा। उसके बाद पूरी टीम नीचे आ गई और फिर आठ महीने बाद मई 1966 में फिर से हमने चढ़ाई की और जब हम उस चट्टान के पास पहुँचे, तो SNAP उपकरण और बाक़ी साज़ो-सामान के साथ-साथ वह चट्टान भी ग़ायब थी। ग़ौर करने पर पता चला कि हिमस्खलन हुआ था, जो सब कुछ अपने साथ ले गया था। आने वाले कई सालों तक सरकार ने आम पर्वतारोहियों की चढ़ाई पर रोक लगा दी और सिर्फ़ फ़ौजी खोजी मिशन की इजाज़त थी, सो एक के बाद एक खोजी मिशन चलने लगे... लेकिन सब बेकार।''

मेजर भट्टी के बाद मिस्टर फ्रीमन आगे आए और उन्होंने SNAP उपकरण की तस्वीरें सबको दिखाई और उसका पूरा तकनीकी ब्यौरा भी दिया। उन्होंने रेडिएशन से ख़ुद को महफ़ूज़ रखने के लिए एक सूट भी बताया, जो सबको SNAP उपकरण के नज़दीक पहुँचने से पहले पहनना लाज़मी होगा और साथ में उस बड़े बक्से के बारे में भी मालूमात दी, जिसमे SNAP उपकरण को उसके मिलने के बाद महफ़ूज़ करना था। बहरहाल, एक बार SNAP उपकरण के नज़दीक पहुँचने पर ज़्यादातर काम मिस्टर फ्रीमन के ज़िम्मे ही था।

मौसम कोई ख़ास अच्छा नहीं था। गुलाबी सर्दी का आग़ाज़ भी हो चुका था। अक्टूबर महीने का पहला हफ़्ता ख़त्म होने के कगार पर खड़ा था और ये वक़्त बर्फ़ीले पहाड़ों की चढ़ाई के लिए क़तई मुनासिब नहीं होता। लेकिन कोई और रास्ता भी कहाँ था। वक़्त हाथ से फिसलता जा रहा था। चित्रा ने मिशन टीम को अपने हेलीकॉप्टर के सहारे जितना मुमकिन हो, उतना SNAP उपकरण के नज़दीक सही-सलामत उतार दिया, लेकिन अब भी टीम उस जगह से काफ़ी फ़ासले पर थी। चित्रा लौटकर बेस कैंप चली गई, जहाँ मेजर भट्टी, कर्नल मजूमदार और विलियम मार्कर, प्रोजेक्टर के परदे पर मिशन टीम को आगे बढ़ता देख रहे थे और साथ मे दिल्ली और वाशिंगटन से अपना राब्ता बनाए हुए थे। SNAP और फ़ौज के लोगों के अलावा एक नज़दीक के गाँव के कुछ क़ुली भी साथ थे, लेकिन उन्हें किसी बात की कोई ख़बर नहीं दी गई थी। पाँच दिन की चढ़ाई और सिग्नल का पीछा करते हुए उन्हें अचानक एहसास हुआ कि सर्दियों का मौसम लग जाने की वजह से हालात और भी ख़राब हो रहे थे... पारा हर घड़ी गिरता जा रहा था और रोशनी भी कम हो रही

थी। यही ज़बान होती है पहाड़ों की, जिसमें वे ख़ुद को दूसरो पर ज़ाहिर करते हैं : वापस चले जाओ इससे पहले कि बहुत देर हो जाए। लेकिन वह आगे बढ़ते रहे। पीछे वह जाना नहीं चाहते थे, रुक वह सकते नहीं थे... तो रह जाता है बस आगे बढ़ते रहना। बिलआख़िर बर्फ़ीले तूफ़ान ने उन्हें घेर लिया। वीर ने रुक कर एक महफ़ूज़ जगह ढूँढ़ने का फ़ैसला किया ताकि वह रुककर तूफ़ान के गुज़र जाने का इंतज़ार कर सकें। तक़रीबन चौबीस घंटों तक तूफ़ान यूँ ही गहराता रहा और फिर थककर मांद पड़ने लगा। उसके मांद पड़ते ही वीर ने सबको आगे बढ़ने का इशारा कर दिया।

तमाम जद्दोजेहद के बाद अब वह SNAP उपकरण से महज़ चन्द घंटों की चढ़ाई पर थे। उपकरण कहीं बर्फ़ में दबा हुआ था, मुमकिन है किन्हीं दो चट्टानों के दरमियान फँसा हो। उन्हें पता था उन्हें आगे क्या करना है। क़रीब एक और घंटे की चढ़ाई के बाद अचानक बसंता ने आगे और पीछे की रस्सी को ज़ोर से झटका दिया। सारे अपनी जगह पर रुक गए और सवालिया नज़रों से उसकी जानिब देखने लगे। उसने दूर एक तरफ इशारा किया और सब उस जानिब देखने लगे। एक पर्वतारोहियों का जत्था, सुफ़ेद जामे पहने उसी जानिब बढ़ रहा था, जिस जानिब वह ख़ुद। फ़ौरन पूरी टीम ख़ुद को उनकी नज़रों से छुपाने के लिए बर्फ़ पर औंधी लेट गई और वीर ने सेटलाइट फ़ोन के ज़रिए बेस को इस नए जत्थे के बारे में इत्तेला दी। बेस ने उसे उन पर नज़र रखने की हिदायत दी और कहा कि सिर्फ़ ज़रूरत पड़ने पर ही वह ख़ुद को उन पर ज़ाहिर करें, वरना कोई ज़रूरत नहीं।

वीर की टीम उस जत्थे का पीछा करते हुए उन चट्टानों के करीब पहुँच गई, जहाँ आधी सदी से खोया हुआ SNAP उपकरण बर्फ़ के नीचे दबा पड़ा था। लेकिन अव्वल वह कुछ कर पाते, उस अनजान जत्थे के लोग अचानक पलटे और वीर की टीम पर गोलियाँ बरसाने लगे। दो गोलियाँ बसंत के सीने में सूराख़ करती हुई उसकी पीठ के रास्ते बाहर निकल गईं और इससे पहले कि वह कुछ महसूस कर पाता, उसने ख़ुद को बर्फ़ पर पड़ा हुआ महसूस किया। उसके जिस्म से बहते लहू ने सुफेद बर्फ को पलक झपकते ही सुर्ख़ कर दिया था। हमला अचानक हुआ था और जवाब में वीर की टीम ने भी फायरिंग करना शुरू कर दिया था। लेकिन वे एकदम खुले में थे, नतीजतन कोई ओट मिलना नामुमकिन था। जल्द ही परमाणु साइंसदान मिस्टर फ्रीमन भी अपनी जान से हाथ धो बैठे। गोली उनकी दायीं आँख के रास्ते सूराख़ करती हुई सिर के

पिछले हिस्से से बाहर निकल गई थी। उनका बेहतरीन दिमाग़ उसी सूराख़ में से रिसकर बर्फ़ पर टपक रहा था। वीर ने जैसे-तैसे सॅटॅलाइट फ़ोन पर दुश्मन के इस अचानक हमले की ख़बर बेस कैंप को पहुँचा दी। उसके बाएँ पैर में गोली लगी थी।

अंधाधुंध गोलियों की अदला- बदली इसी तरह अंदाज़न आधे घंटे तक चलती रही और फिर अचानक फ़िज़ा में ख़ामोशी पसर गई। वीर ने अपने इर्द-गिर्द नज़र दौड़ाई, तो महज़ बेजान लाशों को पाया। सुफ़ेद बर्फ अब सुर्ख़ हो चुकी थी और हर तरफ गोलियों के खोल बिखरे पड़े थे। सिर्फ वीर और रॉय ही ज़िंदा बचे थे। दुश्मन की जानिब बन्दूक ताने रॉय, वीर को देख रहा था। उसकी आँखों में बर्फ़ की सी सुफ़ेदी मौजूद थी, जो कह रही थी-मिशन फ़ेल हो चुका है और दुश्मन उस SNAP उपकरण में मौजूद प्लूटोनियम को हासिल कर लेगा। बहरहाल वीर इस सच्चाई को मानने के लिए क़तई तैयार नहीं था। उसने एक दफ़ा फिर इर्द-गिर्द नज़र दौड़ाई, मानो कुछ खोज रहा हो और फिर रॉय की तरफ़ देखकर मुस्कुरा दिया। वीर को उन चट्टानों से थोड़ा ऊपर, बर्फ़ से लदी हुई एक ढलान मिल गई थी। उसने अपने असला वाले बस्ते में हाथ डाला और दो हथगोले निकाल लिए। रॉय एक लम्हे के लिए झिझका... वह समझ गया था कि वीर के दिमाग़ में उस वक़्त क्या चल रहा है-ख़ुदकुशी-लेकिन फिर उसने भी अपने असला वाले बस्ते में हाथ डालकर दो हथगोले निकाल लिये। वह दुश्मन को किसी भी हालत में वो पाँच किलो प्लूटोनियम हासिल नहीं करने दे सकते थे। दोनों ने हथगोले पूरी ताक़त से उस बर्फ़ से लदी ढलान की तरफ उछाल दिये। हथगोलों के धमाकों से वह ढलान ढह गई और हज़ारों टन बर्फ का सैलाब तेज़ी से उनकी तरफ बहने लगा। इसी दौरान रॉय ने वीर को सहारा देकर उठाया और दोनों ने पहाड़ की कग़ार से नीचे खाई में छलाँग लगा दी। उन्हें अपने अंजाम का पूरा यक़ीन था। बर्फ़ के उस सैलाब ने अपने अंदर सब कुछ निगल लिया। दुश्मन, ठीक उस ढलान की ओट में था, लिहाज़ा सबसे पहला शिकार भी वही बना और चट्टानों को रौंदती हुई बर्फ़ पहाड़ की कगार से नीचे गिरने लगी और इसके साथ ही SNAP उपकरण एक मर्तबा फिर उन पहाड़ों में कहीं इतनी गहराई में दफ़न हो गया कि सेटलाइट भी अब उसको नहीं ढूँढ़ सकती थी।

मिशन फेल हो चुका था। बेस का वीर से कोई राब्ता नहीं हो पा रहा था और प्रोजेक्टर के परदे पर भी सेटलाइट ने SNAP उपकरण की जगह बताना

बंद कर दिया था। रिटायर्ड मेजर भट्टी और विलियम मार्कर एकटक प्रोजेक्टर के परदे को निहार रहे थे, इस उम्मीद में, कि सेटलाइट फिर से रेडिएशन पकड़कर उसकी ठीक-ठीक जगह बताना शुरू कर देगा। कर्नल मजूमदार, रेडियो, सेटलाइट फ़ोन हर तरह से वीर से राब्ता बनाने की कोशिश कर रहे थे, लेकिन सब बेकार।

बर्फ़ की सतह पर हौले-हौले बहती आवारा हवा ने इस सादगी से उस जांबाज़ और अहम फौजी मिशन को तवारीख़ का वह हिस्सा बना दिया था, जो अब एक लंबे वक़्त तक अँधेरों की निगरानी में ही रहेगा। पड़ाहों में एक मर्तबा फिर से ख़ामोशी की हुकूमत क़ायम हो गई थी, लेकिन हवाओं की सरगोशियों में अब भी उस शोरो-ग़ुल और धमाकों के पुर्ज़े मौजूद थे। हवा और बर्फ ने उन लोगों के क़दमों के निशां तक मिटा दिये थे। यूँ मालूम होता था गोया कभी कोई इंसान इन पहाड़ों से गुज़रा ही न हो।

वीर और रॉय, दोनों बेहोशी की हालत में चन्द फ़ीट बर्फ की चादर के नीचे दफ़न थे। जिस जगह दोनों गिरे थे, वह एक गुफ़ा की खोह थी।

* * *

"मिशन के फेल होने के बाद बचाव का काम शुरू हुआ।"-चित्रा ने वहाँ से कहना शुरू किया, जहाँ से वीर ने चुप्पी का दामन थाम लिया था-"एक पर्वतारोहियों की टीम को फ़ौरन बचाव के लिए तैयार किया गया और उस जगह भेजा गया, जहाँ पूरा वाक़या हुआ था। लेकिन वे न तो SNAP उपकरण ढूँढ़ सके, न ही किसी की लाश... जो मिला वह थी बेइन्तेहा बर्फ़। आख़िर में यह क़यास यक़ीन में तब्दील होने लगा कि उस मिशन में कोई भी ज़िंदा नहीं बचा था। लेकिन मेरा दिल इस बात का यक़ीन करने को तैयार नहीं था। मैंने एक आख़िरी खोजी मिशन उड़ाने की इजाज़त माँगी, लेकिन यह कह कर इनकार कर दिया कि यह बहुत ख़तरनाक है। मौसमी मिज़ाज और ऊँचाई मुश्किल बनकर मेरा रास्ता रोके खड़े थे, ऐसे हालात में हेलीकाप्टर को उन इलाकों में उड़ाना किसी ख़ुदकुशी से कम नहीं आँका जाता था। एक दिन बाद जब मौसम का मिज़ाज कुछ नरमाया तो मैंने फिर से कोशिश की। बिलआख़िर मुझे एक आख़िरी मिशन उड़ाने की इजाज़त मिल गई। मैं बचाव टीम को लेकर फिर से उस जगह के करीब उतारकर बेस लौट आई। तीन दिन बाद बचाव टीम का पैग़ाम आया, जो कर्नल मजूमदार ख़ुद मुझे देने आए थे। टीम

ने वीर और रॉय को ढूँढ़ लिया था। मैं हेलीकाप्टर लेकर उन्हें लेने के लिए पिकप पॉइंट पर पहुँची, तो रॉय तिरंगे में लिपटा था और वीर पट्टियों में।''

''जब उस खोह में मुझे होश आया तो रॉय ज़िंदा नहीं था; उसकी गर्दन टूट गई थी।''-वीर ने एक लम्हे की ख़ामोशी के बाद आगे कहना जारी रखा-''बिना इस बात के अंदाज़े के, कि मैं बर्फ़ में किस गहराई में दफ़न हूँ, मैंने अपने हाथों से बर्फ़ को हटाना शुरू किया। वक़्त को इतना धीमे गुज़रता मैंने कभी महसूस नहीं किया था, जितना उस खोह में किया... मुझे याद भी नहीं, मैं कब तक उस खोह में बर्फ खुरचता रहा था और आख़िरकार सतह पर पहुँच गया था। मेरे पैर में लगी गोली की वजह से ज़हर पूरे बदन में फ़ैल रहा था, लिहाज़ा मेरी जान बचाने के लिए डॉक्टरों ने मेरा ज़ख़्मी पैर काटकर मेरे बदन से अलग कर दिया।''

वीर ने एक दफ़ा फिर से चुप्पी का दामन थाम लिया और चित्रा की तरफ़ यूँ देखने लगा, गोया वह गुज़रे हुए वक़्त में झाँक रहा हो। अगर उस वक़्त कोई उसकी आँखों की गहराई को छू पाता तो महसूस कर लेता उस ख़ौफ़ और दर्द को, जिसे उसने जिया था।

''ये फेल मिशन, सरकार के मुँह पर एक शर्मसार कर देने वाले तमाचे की तरह था और ख़ुद को इस शर्म से बचाने के लिए सरकार ने फ़ैसला किया कि इस मिशन से ताल्लुक़ रखने वाली हर चीज़ को दबा दिया जाए। अपने ज़ख़्मों की वजह से छह महीनों तक मैं फ़ौजी अस्पताल में ही रहा और उस वक़्त चित्रा भी मेरे साथ ही थी। लेकिन उसके बाद मुझे चुपचाप घर भेज दिया गया। मैं अब फ़ौज का हिस्सा नहीं था। चित्रा ने भी एयर-फार्स छोड़ दी। इसी बीच तमाम फ़ौजी महकमों में हमारे रिकॉर्ड ख़त्म कर दिए गए। ज़ाहिर तौर पर उनके लिए अब मेरा कोई वजूद ही नहीं था और उस फ़ेल मिशन का राज़, राज़ ही रहे, इसलिए मेरे ऊपर उन्होंने एक लंबे वक़्त के लिए निगरानी भी रख छोड़ी थी।''

वीर अब सस्सी से मुख़ातिब हुआ-''जब तुमने फ़ौज से राब्ता किया, तो फ़ौज ने सबूत के नाम पर वह डायरी ही माँग ली, जो मैंने तुम्हे जाने से पहले दी थी और जो मेरा फ़ौज के साथ ताल्लुक़ होने का सबूत भी था। बड़ी ही चालाकी से फ़ौज ने वह डायरी तुमसे चुराकर मेरे हवाले कर दी थी सस्सी...''

सस्सी ने वीर की बात को काटते हुए कहा-''और मेरे दिमाग़ में यह

ख़लल डाल दिया कि मैं एक दिमाग़ी मरीज़ हूँ, ताकि ज़ाहिर है मैं तुम्हें ढूँढ़ना बंद कर दूँ।''-और इतना कह कर वह ठहर गई, जैसे कोई एक अरसे बाद आईने में अपना ही चेहरा देखकर ठहर जाता है।

''जिस रोज़ मुझे अस्पताल से छुट्टी मिली, चित्रा ने उसी रोज़ मुझसे शादी करने की ख़्वाहिश ज़ाहिर की। इस ख़्वाहिश के पीछे क्या वजह थी, न मैंने कभी चित्रा से पूछा, न कभी उसने मुझे कुछ बताया। बहरहाल, मैंने उसे सस्सी तुम्हारे बारे में सब कुछ बताया था और फिर एक साल गुज़र जाने के बाद एक रात चित्रा ने मुझे फ़ोन किया और पूछा, क्या मैंने तुम्हें ढूँढ़ लिया है? मेरे पास कोई जवाब नहीं था... बाक़ी तो तुम्हें पता ही है राज, किस तरह मैंने और चित्रा ने सब कुछ भुलाकर एक नई ज़िन्दगी शुरू कर ली थी।''

''सस्सी...''-वीर एक मर्तबा फिर सस्सी से मुखातिब हुआ-''उस एक साल में मैंने तुमसे जी-तोड़ राब्ता करने की कोशिश की, लेकिन अफ़सोस, सद-अफ़सोस; मेरी हरेक कोशिश पर ख़ुफ़िया सर्विस के एक अफ़सर ने आकर मुझसे मुलाक़त की। मुझे सिक्किम से दूर रहने की हिदायत दी गई थी। मैं हर बार कोई नया रास्ता निकालता और हर बार उस नये रास्ते पर उस अफ़सर को खड़ा पाता। मेरे ख़त, मेरे लफ़्ज़, मेरे एहसास, सब तुम्हारे लिये तरसते रहे। मुझे अपने दिल में इस बात का अंदाज़ा था, कि मेरी ग़ुमशा से तुम्हारे दिलो दिमाग़ पर क्या गुज़रेगी।''

उसकी ज़बान कहते-कहते लड़खड़ा गई और सस्सी ने बेसाख़्ता उसका हाथ थाम लिया। आँखों में उसके पानी की एक लक़ीर खिंच गई थी, जिसे ज़ब्त करते हुए वीर ने अब आगे कहना शुरू किया-''मुझे माफ़ कर दो; मेरी वजह से तुम्हें इतना कुछ बर्दाश्त करना पड़ा, इतना दर्द सहना पड़ा... मैं अपना किया हुआ वादा तुमसे पूरा न कर सका...अगर कर सको तो मुझे माफ़ कर देना सस्सी। तक़दीर बेरहम थी, लेकिन अब और नहीं... अब वही तक़दीर हमें आमने-सामने भी ले आई है, ताकि मैं इस सच का बोझ, जो दिनबदिन बोझिल होता रहा है मेरी रूह पर; जिसे सालों से अपने सीने में दबाए जीता रहा हूँ मैं, आज उतार सकूँ। अगर मुझे चित्रा ने आकर न सँभाला होता तो मैं कब का मर चुका होता या उतना ही बेज़ार होता, जितना ज़िन्दगी ने तुम्हें कर दिया है। तक़दीर ने तुम्हें मुझसे, मुझे तुमसे छीन लिया था, लेकिन किसी न किसी सूरत में हमारी कड़ियाँ जुड़ी रहीं...अनजाने में ही सही, लेकिन जुड़ी रहीं।''

"गुज़िश्ता इतने बरस तक़दीर हमें कठपुतलियों के खेल की तरह नचाती रही... इसने हमारे हिम्मत और हौसले की आज़माइश की, हमे खुशियाँ नहीं, बेइन्तेहाँ ग़म बख़शे, नज़दीकियाँ नहीं, दूरियाँ दी, ज़िंदगी में जीने के लिए उम्मीदें कम और बेशतर मायूसी दी; लेकिन आज तुम्हें अपने ख़ासो-ख़ास के बीच देखकर मुझे नहीं पता मैं क्या कहूं, क्या करूँ। कभी ख़्वाब में भी नहीं सोचा था कि तुमसे इस ज़िन्दगी में फिर से मुलाक़ात होगी। तुमसे यह पूछकर कि तुम कैसी थी, मैं तुम्हारी तौहीन नहीं करूँगा; मुझे एहसास है तुम कैसी रही होगी। काश कि मैं इस बदनसीबी का बदला ले सकता और तुम्हारे दिल को कुछ सकूँ दे सकता, लेकिन मैं वक़्त में पीछे नहीं जा सकता, जो हो गया उसे चाहकर भी मैं नहीं बदल सकता। देखो न सस्सी, तक़दीर ने एक दफ़ा फिर मुझे कितना लाचार बना दिया है।"

वीर के मुँह से लफ़्ज़ों के लिबास में बहते एहसास थम गए। वह अपनी बैसाखी के सहारे आहिस्ता से उठा... एक क़दम सस्सी की जानिब बढ़ा और उसके सर पर हाथ रख दिया, गोया आशीर्वाद दे रहा हो, फिर आहिस्ता से चलते हुए फ्लैट से बाहर निकल गया। तमाम मौजूद आँखें दरवाज़े तक उसका पीछा करती रहीं, जब तक कि वह मुड़कर आखों से ओझल नहीं हो गया। चित्रा, सस्सी की जानिब मुड़ी और दर्दमंदी के अंदाज़ में आहिस्ता से अपने दोनों हाथों से उसके दोनों हाथों को दबाया और ढाँड़स बँधाने वाली आँखों से उसकी आँखों में झाँक कर वह वीर के पीछे-पीछे चली गई... लेकिन दरवाज़े पर पहुँचकर वह रुकी और पलटकर अपने देवर, राज की जानिब देखने लगी, जिसकी हैरानकुन आँखें अभी ज़मींदोज़ थीं। जब राज ने नज़रें उठाकर दरवाज़े पर खड़ी अपनी भाभी को देखा, तो वह मुस्कुराईं और तेज़-तेज़ क़दमो से वीर के पीछे चली गईं।

जिसे इतने वक़्त से राज अपना इश्क़ मान कर बैठा था, असल में वह उसके बड़े भाई की अमानत थी। जब तक़दीर सस्सी को वीर की अदायगी न कर सकी, तो अपने पुर-असरार अंदाज़ में उसने राज को ही सस्सी की ज़िन्दगी का हिस्सा बना दिया। राज, गुज़िश्ता रात के बारे में ख़याल करने लगा, जो दरअसल उसे हक़ीक़त कम, ख़्वाब ज्यादा लग रही थी, या वह एक ऐसा ख़्वाब था, जो हक़ीक़त से भी ज्यादा हक़ीक़ी था। खैर, अब सस्सी के लबों की ख़ुद के लबों से क़ुर्बत का ख़याल भी उसके ज़ेहन में तितलियाँ नहीं, गर्द उड़ा रहा था। उसने जिस निगाह से सस्सी को देखा, उसमें अजनबियत

घुली थी और उसे ख़ुद इस बात का एहसास नहीं था। उस निगाह में वह फासला मौजूद था, जो अक्सर दो अजनबियों के दरमियान होता है। सस्सी उस नज़र को फ़ौरन पहचान गई और आँसू उसकी पलकों की बाँध फलाँग गए।

अपनी ज़िन्दगी का सच और तक़दीर की बेरहमी से आशना होकर सस्सी जितना नहीं टूटी थी, राज की आँखों में अपने लिए अजनबियत देखकर वह उतना टूट गई थी। उसका दिल ज़ार-ज़ार रो रहा था, ज़ेहन चीखों से गूँज रहा था, लेकिन होटों पर उफ़ तक न थी। एक मुद्दत के बाद किसी के साथ उसे अपनेपन का एहसास हुआ था, लेकिन राज की इस एक नज़र ने उसे तमाम दुनिया के लिए फिर से अजनबी कर दिया था। तमाम उम्मीदें, ख़्वाब, सारे दरवाज़े बंद कर दिए थे, हरेक पुल तोड़ दिया था। सस्सी अपने ही दिल के टापू पर एक बार फिर ख़ुद को तनहा क़ैद में महसूस कर रही थी। रुख़सारों पर सरकते आँसुओं और ख़ुद को समेटती हुई वह अपने कमरे में चली गई और दरवाज़ा अंदर से बंद कर लिया। राज का ज़ेहन पत्थर हो गया था, उसे कुछ नज़र नहीं आ रहा था। इस तूफ़ान ने उसकी ज़िन्दगी को भी उलट-पलट कर रख दिया था। उसे समझ नहीं आ रहा था वह ख़ुद को समेटे या सस्सी को तसल्ली दे। पत्थर हो चुका ज़ेहन अचानक उसे भारी लगने लगा और साँस लेने में तकलीफ़ होने लगी।

सारा दिन गुज़र गया, लेकिन सस्सी अपने कमरे से बाहर नहीं निकली- एक गिलास पानी तक के लिए भी नहीं। यकायक उसके लिए मानो तमाम दुनिया ही बेगानी हो गयी थी-

किसी से कोई आशनाई (लगाव) नहीं, किसी से शनासाई (परिचय) नहीं

- सब कुछ अजीब और अजनबी महसूस हो रहा था। हालाँकि उसे उन तमाम सवालों के जवाब मिल गए थे, जिन्हें वह ताउम्र खोजती आई थी। अब लगता है शायद उसे उन जवाबों के पीछे कभी जाना ही नहीं चाहिए था। आख़िर क्या हासिल हुआ उसे इन जवाबों से! कुछ भी तो नहीं... ज़िन्दगी से क्या हासिल हुआ-ग़मगीनियत! ज़िन्दगी की गिरहें खुलीं भी, तो किस क़ीमत पर! वह सब कुछ गवाँ बैठी थी। ज़िन्दगी ने सिवाय दुःख, तकलीफों और ज़ुल्मत के (जैसा उसके कमरे में मौजूद था) उसे दिया ही क्या था! उसकी

ज़िन्दगी में अब क़ायनात के बस दो ही रंग बचे थे-सुफ़ेद और सियाह। अब न ही उसे किसी इंद्रधनुष की चाहत थी और न ही ज़रूरत।

कमरे में टँगी तस्वीरों को वह बहुत देर तक यूँ ही देखती रही, ख़ास तौर पर उन तस्वीरों को, जिनमें उसने महंती बाबू के अक्स को कैनवास पर उतारा था, लेकिन उनकी शक्ल को न उतार सकी थी। तस्वीरों में महंती बाबू की उम्र के वज़न से झुकी हुई पुश्त साफ़ नुमायाँ थी और उसे तकते-तकते सस्सी के अंदर एक बलवा उमड़ पड़ा। उसने तमाम तस्वीरों को सैकड़ों पुर्ज़ों में तब्दील कर कर दिया, जो कमरे में हर तरफ हर गोशे में फैलकर उसे ही ख़ौफ़ज़दा करने लगे थे।

* * *

जब साँझ ढली तो बदन पर जैकेट डालकर राज घर से बाहर निकल पड़ा, लेकिन वीर और सस्सी की कहानी अब भी उसके ज़ेहन में कोहराम मचाये हुए थी। वह उनके मुताल्लिक़ अपने ज़ेहन में कोई भी ख़्याल नहीं लाना चाहता था, लेकिन उसका रेलगाड़ी के इंजन सा धड़धड़ाता दिमाग़, रुकने के लिए क़तई तैयार न था। ज़ाहिर है, वह बज़ाहिर को कैसे अनदेखा कर सकता था; कैसे इस सच से यूँ ही मुँह फेर लेता कि सस्सी उसके बड़े भाई का अधूरा इश्क़ है, जिसके मुकम्मल होने का मौक़ा दोनों से ही छीन लिया गया था। कैसे इसे नज़रअंदाज़ कर देता कि सस्सी के ज़ेहन में वीर का अधूरा इश्क़ अब भी साँस लेता है। सस्सी के पुरअसरार बर्ताव के पीछे का पर्दा उठ चुका था और तमाम सच्चाई किसी बदसूरत बेलिबास औरत की तरह उसके सामने मौजूद थी और चीख़-चीख़ कर सवाल कर रही थी-अब क्या? क्या अब भी सस्सी से अपने इश्क़ का इज़हार कर सकोगे? क्या अब भी उसे वह ज़िन्दगी दे सकोगे, जो उसे देना चाहते थे? क्या इस सच को क़बूल कर सकोगे कि वह तुम्हारा इश्क़ होने से पहले किसी और का नहीं, बल्कि ख़ुद तुम्हारे भाई का इश्क़ है?

हर सवाल का एक ही जवाब है, जो कहीं उसके अंदर ही छुपा बैठा था, लेकिन उसे ढूँढ़ने के लिए ख़ुद उसे अपने अंदर अपने इश्क़ का एहतराम करना होगा, जो ज़ाहिर है यूँ ही आसानी से कभी किसी को हासिल नहीं होता। इश्क़ की फ़ितरत में बहुत से इम्तिहान छुपे होते हैं।

जी के उकता जाने पर वह रात गए घर लौटा, तो दरवाज़े पर पहुँचकर मालूम हुआ कि उसके दिल में इस फ़्लैट के लिए घर का एहसास कुछ खट्टा

पड़ गया था। दरवाज़ा खोलकर घर में दाख़िल होते ही मायूसी, सन्नाटे और तारीकी ने उसका इस्तेक़बाल किया। तमाम घर की बत्तियाँ बुझी हुई थीं, गोया सस्सी उसके बाहर चले जाने के बाद भी अपने कमरे से बाहर नहीं निकली थी और न ही उसने घर की कोई बत्ती जलाने की ज़हमत की थी। मुमकिन है वह सो चुकी थी। बहरहाल राज के लिए मेज़ पर तश्तरी से ढक कर उसने खाना रख छोड़ा था। जब से उन दोनों ने घर ही पर खाना बनाना शुरू किया था, यह पहली मर्तबा होगा, जब खाने की मेज़ पर राज अकेला बैठा था। भूखे पेट ने तश्तरी हटाकर खाना खाने की गुज़ारिश की, लेकिन यूँ साथ में बैठकर खाना खाने के दस्तूर को तोड़ना उसके दिल को गवारा न था। भूखे पेट को मनाता हुआ वह भी अपने कमरे में चला गया और खुली आँखों से बिस्तर पर लेटकर इस बोझिल और मायूस रात के ढलने का इंतज़ार करने लगा।

सुबह जब आँख खुली, तो एक अजीब सा भारीपन उस पर नाज़िल था। सिर में यूँ लग रहा था गानो अंदर बैठकर कोई तेज़-तेज़ रूई धुन रहा हो। बिस्तर की बग़ल में मौजूद घड़ी पर नज़र डाली तो वक़्त साढ़े नौ बता रहा था, बावजूद इसके, आज बाहर सूरज नदारद था। शहर उसके मायूस होने की यूँ तस्दीक़ कर रहा था मानो कह रहा हो-मैं तुम्हारे दुःख को समझता हूँ राज, लिहाज़ा मैंने बदली और कोहरे में सूरज छुपा दिया है। काफ़ी देर तक यूँ ही बिस्तर पर लेटे रहने के बाद जब उसने ख़ुद पर से रज़ाई को हटाया और सर्द फर्श पर पैर रखे तो बिजली के करंट सी ठिठुरन उसके तमाम बदन में दौड़ गई और मुँह से सस्सी का नाम यूँ निकला, जैसे कोई अपने ख़ुदा को पुकारता हो।

वह घर में अकेला रह गया था। उसे इस हक़ीक़त का पता तब चला, जब वह अपने कमरे से निकलकर हॉल में दाख़िल हुआ। सस्सी के कमरे का दरवाज़ा खुला हुआ था, जैसे कोई जल्दबाज़ी में छोड़ जाता है। वह दौड़कर उसके कमरे में गया। दीवारें यूँ खाली और नंगी पड़ी थीं, गोया जाते-जाते जाने वाला उन पर टँगी तस्वीरें भी बड़ी बेरहमी से उतार ले गया हो। खुली हुई अलमीरा की कैफ़ियत किसी डैकैती के बाद की सी मालूम होती थी। उसकी हालत गुज़िश्ता रात का क़िस्सा बयां कर रही थी कि किस तरह जल्दबाज़ी में उसे ख़ाली किया गया था। मामूली शय छोड़कर, जो हर जगह बिख़री पड़ी थीं, बाक़ी सब कुछ कोई निकालकर ले गया था। बिस्तर पर पड़ी सिलवटों को देख राज ने तसव्वुर किया, किस तरह हड़बड़ी में सस्सी ने अपना सूटकेस बाँधा होगा और सियाह शॉल में ख़ुद को समेट बेआवाज़ किस तरह वह इस

घर को छोड़कर गई होगी। टैक्सी उसे हवाईअड्डे ले गई होगी और हवाई जहाज़ उसे कलकत्ता और कलकत्ता से रेलगाड़ी उसे जलपाईगुड़ी ले गई होगी, जहाँ से मशहूर छुक-छुक टॉय-ट्रेन उसे उस इकलौती जगह ले गई होगी, जहाँ उसकी बिखरी हुई ज़िन्दगी को आख़िरी पनाह मुमकिन थी।

दार्जीलिंग। मशहूर चाय के बागानों का वह शहर, जहाँ कभी सस्सी और महंती बाबू रहा करते थे। रेलगाड़ी से उतरकर उसने एक ताँगा लिया था और चल पड़ी थी अपने उस घर की तरफ़, जहाँ उसके बेख़बर माँ-बाप रोज़मर्रा ज़िन्दगी की मसरूफ़ियत में मसरूफ़ थे। जैसे-जैसे उसका और उसके घर के बीच का फ़ासला तंग होता गया था, सस्सी का दिल डूबने लगा था। इतने सालों में दार्जीलिंग की गलियाँ बेशक गुज़रते वक़्त के साथ तब्दील हो गई थीं, लेकिन इतना भी नहीं कि सस्सी उन्हें पहचान भी न सके। गलियों में मौजूद यहाँ-वहाँ गुज़रे हुए वक़्त के निशां उसके ज़ेहन में सालों से दबे एहसास को ताज़ा कर रहे थे। ज़ाहिर है, कुछ निशान वक़्त से गुज़रकर भी वक़्त में ठहर जाते हैं। अपनी रफ़्तार से चलता हुआ ताँगा बिलआख़िर उस गली में मुड़ा, जहाँ महंती बाबू की छोटी सी दुकान हुआ करती थी।

ताँगे में बैठी वह यकायक ही उस तरफ़ झुक गई, जहाँ दुकान हुआ करती थी जैसे वक़्त में झुककर कोई कुछ ढूँड़ता हो। दुकान वहाँ अब भी मौजूद थी। उसकी वीरानी, बेजान कब्ज़ों से लटकता दरवाज़ा और थकी-माँदी लकड़ी की बीम पर टिकी वह छत, जो अब कहीं नहीं थी, देखकर सस्सी हैरान रह गई। महंती बाबू के चले जाने के बाद जिस तरह नन्हीं मासूम सस्सी के दिल की गली का एक नुक्कड़ हमेशा के लिए वीरान और तनहा रह गया था, यह वीरान पड़ी दुकान उसी नुक्कड़ की हूबहू तस्वीर मालूम होती थी। उसके तसव्वुर में वह याद भी ज़िन्दा हो गई, जब मोहंती बाबू दुकान में से झुककर उसे चमकीली पन्नी में लिपटी हुई लॉलीपॉप दिया करते थे... यहाँ तक कि उसका बरसों पुराना ज़ायका, ज़बान को एक पल के लिए मीठा कर गया था। सस्सी ने आँखें मूँद ली और अपनी रफ़्तार से चलता हुआ ताँगा उस गली से गुज़रकर रफ़्ता-रफ़्ता पहाड़ी पर चढ़ने लगा, जहाँ उसका घर था।

दालान के छोटे से गेट के सामने आकर ताँगा रुक गया। वहाँ कोई मौजूद नहीं था। सस्सी ताँगे से उतरी और ताँगे वाले ने उसका सूटकेस उतारकर गेट के सामने रख दिया। सस्सी ने आहिस्ता से गेट खोला और घर के दालान में दाख़िल हो गई। उसने सहमे हुए क़दमों से दालान को पार किया

और दरवाज़े पर पहुँचकर दरवाज़े के बाएँ तरफ लटकी घंटी को दो बार बजाया और तेज़ी से धड़कते दिल के साथ वह दरवाज़े के खुलने का इंतज़ार करने लगी, तभी किसी अनजान शख़्स ने आकर दरवाज़ा खोला।

"आपको किससे मिलना है?"

"अपने माँ बाप से।"-सस्सी ने खुले हुए दरवाज़े को एक हाथ से थामते हुए जवाब दिया, गोया अब उसके पैर उसका और वज़न नहीं उठा पा रहे हों।

"साहिब! मेमसाहिब! जल्दी आइये, आपकी बेटी आई है! आपकी सस्सी आई है दरवाज़े पर!"-सस्सी के लिए पूरा दरवाज़ा खोलते हुए वह औरत ऊँची आवाज़ में पुकारने लगी।

सस्सी घर में दाखिल हुई, तो एक बार फिर से हैरान रह गई। घर अब भी वैसा ही था जैसा वह उसे बरसों पहले छोड़कर गई थी। घर का तमाम साज़ो-सामान वहीं अपने ठौर पर मौजूद था, जहाँ बरसों पहले हुआ करता था। यूँ मालूम होता था गोया कल ही की तो बात है वह इस घर को छोड़कर गई थी। इतने बरसों में भी किसी एक चीज़ ने अपना ठौर-ठिकाना नहीं बदला था। सस्सी की निगाहें कमरे में मौजूद एक शय से दूसरी शय पर घूम रही थीं, तभी उसकी माँ दायीं तरफ के दरवाज़े से कमरे में दाख़िल हुई। उन्होंने फ़ौरन सस्सी का चेहरा अपने दोनों हाथों में भर लिया और उसके गालों और पेशानी को बेहिसाब चूमने लगीं। यह मंज़र देखकर उसके वालिद की आँखों में आँसू उतर आए। वह अभी-अभी सस्सी की माँ के पीछे उसी दरवाज़े से कमरे में दाख़िल हुए थे। माँ, बाप और बेटी तीनों की आँखें आँसुओं से सराबोर थीं। यह आँसू ख़ुशी के थे तो दर्द के भी; यह आँसू सुख के थे, तो दुःख के भी। यह आँसू वस्ल के थे तो हिज्र के भी। यही आंसू है जो सच थे बाकी सब झूठ।

एक शाम जब माँ और बेटी अकेले बैठे थे, तब माँ ने सस्सी से पूछा कि उसे अपने ही घर लौटने में एक मुद्दत का वक़्त कैसे लग गया। बहरहाल, गुज़िश्ता कई सालों में वह सस्सी से यह सवाल कई मर्तबा पूछ चुकी थी कि वह कब अपने घर लौटेगी, लेकिन सस्सी के पास तब इस सवाल का कभी कोई तसल्ली बख़्श जवाब नहीं रहा था। लेकिन शायद आज उसके पास देने के लिए एक जवाब था। उसने अपनी माँ के सामने अपना दिल खोलकर रख दिया। वह सिक्किम, बीर, राज और मिर्ज़ा की कहानी और उस कहानी से जुड़ी तमाम कहानियाँ उसने अपनी माँ के सामने लफ्ज़बलफ्ज़ रख दी। माँ ने

सस्सी के मुँह से निकले हरेक लफ़्ज़ को अपने अंदर यूँ जज़्ब कर लिया, गोया सूखी माटी अपने ऊपर गिरता पानी जज़्ब कर लेती है और सतह पर महज़ एक दाग़ भर रह जाता है। उन्होंने भी न सस्सी को बीच में रोका, न टोका और न ही कोई ढाँढ़स बँधाई... बस आख़िर में एक मुख़्तसर सा सवाल किया-राज या वीर?

सवाल सुनकर सस्सी यूँ मुस्कुराई, मानो ख़ुद पर ही तरस खा रही हो और नम आँखें लिये वह अपनी माँ से लिपट गई। उसका जवाब धुँधलाया हुआ था... उसे समझ नहीं आ रहा था कि रहगुज़र के उस पार कौन खड़ा है और वह किसे वहाँ खड़ा देखना चाहती है। जब उसे लगा ही था कि ज़िन्दगी के तमाम सवालों के जवाब उसे मिल चुके हैं, तब यह एक आख़िरी सवाल उसके सामने अकड़कर खड़ा हो गया था, जिसका जवाब सिवाय उसके किसी और के पास नहीं था। उस रात वह अपनी माँ के साथ ही सोई, जैसा कि बचपन में होता था।

अगली सुबुह उसके वालिद उसे अपने साथ सैर पर ले गए। बाग़ान का चक्कर लगा लेने के बाद दोनों घर जाने की बजाय पहाड़ी से नीचे उतरने लगे। सस्सी के क़दमों की रफ़्तार कुछ तंग पड़ने लगी और किसी रहबर की तरह उसके वालिद आगे-आगे चलने लगे, गोया वह सस्सी को कुछ दिखाना चाहते हों। जब नीचे पहुँचे तो वह उस गली में मुड़ गए, जहाँ महंती बाबू की वीरान पड़ी दुकान अब भी मौजूद थी। सस्सी, गली में दाख़िल होते ही ठिठकी, लेकिन फिर एक ख़याल की गरज़ के बाद चलते हुए अपने वालिद के पास आकर रुक गई। वह मुतफ़क्किर निगाहों से वीरान पड़ी दुकान को निहार रहे थे और दो गज़ के फ़ासले पर खड़ी सस्सी उन्हें।

उन्होंने सस्सी की जानिब मुड़ते हुए कहा-"महंती बाबू इस शहर की याद्दाश्त में न तब थे और अब तो खैर मिट ही चुके हैं; लेकिन इस खंडहर नुमा दुकान में वह अब भी मौजूद हैं... पता नहीं तुम्हें याद भी हैं या नहीं, लेकिन उनका कोई घर-बार नहीं था, कोई रिश्तेदार नहीं था, कोई दोस्त कोई साथी नहीं था...बस एक तुम थी, जिनसे उनका कोई रिश्ता था। बदक़िस्मती से तब मैं तुम दोनों के दरमियान के इस रिश्ते को समझ न सका था; शायद मुझे तुमसे यह सीखने की ज़रूरत है... क्योंकि जो लगाव तुम्हारा उनसे और उनका तुमसे था वह मेरा कभी किसी से नहीं रहा। एक बाप की हैसियत से मेरे लिए यह कहना किसी शर्मिंदगी से कम न होगा कि हाँ, महंती बाबू तुम्हें मुझसे भी

ज़्यादा प्यार करते थे। जब तक मैं इस बात को समझ पाता, बहुत देर हो चुकी थी। तुम्हें हॉस्टल भेज दिया था और इस जुदाई का ग़म महंती बाबू की रूह बर्दाश्त न कर सकी। जब उस रात वह चलकर हमारे घर आए थे, तब मैंने उनकी आँखों मे देखा था, ज़िन्दगी की लौ जैसे उनके अंदर बुझ सी गई थी। जब उनके ग़ायब होने की ख़बर मुझे लगी, तो मुझसे रहा न गया...मैंने उनकी इस दुकान का ज़िम्मा अपने सर ले लिया, ताकि तुम्हारे बचपन और महंती बाबू की यादगार की तरह इसे सँभाल के रख सकूँ।''

ज्यों ही आख़िरी लफ़्ज़ उनके मुँह से गिरे, तो सस्सी के पलटकर जाने की आवाज़ उनके कानों में पड़ी। वह पलटे और सस्सी को पहाड़ी की तरफ़ जाता देखने लगे, फिर कुछ देर और वहीं ठहरकर वह भी वापस लौट गए। जब वह घर पहुँचे तो सस्सी घर में नहीं थी, वह सुफ़ेद कैनवास और सियाह रंग लेकर पीछे बाग़ानों से लगे जंगल में चली गई थी।

एक पूरा हफ्ता गुज़र गया था और राज अब भी उस ख़त को हाथों में थामे बार-बार पढ़ रहा था, जो सस्सी उसके लिए छोड़ गई थी... अगरचे ख़त में अपनी किसी मंज़िल का कोई ज़िक्र नहीं किया था उसने। मुमकिन है, उस वक़्त उसे ख़ुद अपनी मंज़िल का कोई पता नहीं था। न मालूम क्या ढूँढ़ रहा था उसमें, लेकिन खाने की मेज़ पर बैठा राज़ बार-बार उस ख़त को पढ़ रहा था...

मेरे दिल-ए-अज़ीज़,

मेरे अंदर इस वक़्त क्या एहसास बह रहे हैं, मेरे लिए ख़ुद जान पाना बेहद मुश्किल है; लेकिन हाँ, मैं एक बात यक़ीनन जानती हूँ कि मुझे यहाँ से और तुमसे दूर जाना ही होगा... कहाँ... मुझे ख़ुद नहीं पता या शायद मैं ख़ुद जानकार भी अनजान रहना चाहती हूँ। ज़िन्दगी हमेशा से मुझे ठगती आई है... उसने मुझसे वीर को ठग लिया और मुद्दत का ख़ालीपन पीछे छोड़ गई और शायद जब उसे मेरे हालात पर तरस आया, तो उस ख़ालीपन को भरने के लिए तुम्हें मेरी ज़िन्दगी में डाल दिया।

तुमसे मुझे उम्मीद मिली, ज़िन्दगी जीने का जज़्बा मिला... और तो और... प्यार मिला। ज़ाहिर है तुमसे मुझे उतना मिला, जितने की तो मैं हक़दार भी नहीं थी शायद। कुछ भी हो, लेकिन तुम्हारा दिल हमेशा मेरे लिए खुला रहा और मैं बेशर्मों की तरह दोनों हाथों से उसकी नेमतें समेटती रही... हक़ से

भी ज़्यादा। खैर, इस सब के बावजूद मैंने तुम्हें क्या दिया! कुछ भी तो नहीं! बहरहाल, अब जब इतना सब कुछ हो चुका है, मेरा यहाँ तुम्हारे साथ रहना मेरे लिए बेइन्तेहा शर्मिंदगी और तुम्हारे हक़ में गुनाह का बायस होगा, लिहाज़ा मैंने यहाँ से दूर चले जाने का फैसला किया है।

मुझे नहीं मालूम कि तुम्हें मालूम है या नहीं, लेकिन हाँ, मैं तुमसे इश्क़ करने लगी थी; पता ही नहीं चला कब और कैसे हो गया। इतना वक़्त तुम्हारे साथ रहने के बाद तुमसे दूर जाना बिलकुल आसान नहीं है; क्या कभी कोई ख़ुद को छोड़कर भी कहीं और रह पाया है! हमारा इंडिया-गेट पर गुलाबी नशे में हुआ वो 'किस' मुझे हमेशा याद रहेगा... वो रात मेरे दिल में हमेशा किसी जलते हुए चराग़ सी रोशन रहेगी राज!

लेकिन अब, जब वीर लौट आया है, मेरा दिल एक बार फिर टूटकर दो हिस्सों में बँट गया है...जाहिर है, एक हिस्सा जो तुम्हें चाहता है और एक तुम्हारे भाई वीर को और ऐसे हालात में मुझे इन दोनों हिस्सों को जोड़ने की कोई तरकीब नज़र नहीं आती।

वीर को मैं कभी भूल नहीं सकती। बहरहाल तुम सँग मैंने उसके बग़ैर जीना सीख लिया था और अब पता नहीं मैं तुम्हारे बग़ैर जीना कैसे सीख पाऊँगी राज!

ज़ाहिर है, यह लाज़मी तो नहीं कि हमें हर वो शय हासिल हो, जिसकी हम ख़्वाहिश करें। बदी से ज़रूर लड़ा जा सकता है लेकिन उसे टाला नहीं जा सकता। राज, मुझमें अब और लड़ने की हिम्मत नहीं है, मैं बहुत लड़ी हूँ... लिहाज़ा मैंने अपने माज़ी और मौजूदा हालात से सुलह करने का फ़ैसला कर लिया है... मुझमें अब और दोहरी ज़िन्दगी जी लेने की गुंजाइश नहीं है।

मुझे मालूम है, तुम मुझे ढूँढ़ने की कोशिश ज़रूर करोगे, इसलिए मैं तुमसे ऐसा कुछ न करने के वादे का तक़ाज़ा नहीं करूँगी, लेकिन एक इल्तिजा ज़रूर करूँगी, कि अगर हो सके तो मुझे ढूँढ़ने मेरे पीछे मत आना और न ही मेरे लौटने का इंतज़ार करना।

तुम्हारी सस्सी,
जो किसी की न हो सकी...

एक आरज़ू उठी, जिसने राज के तसव्वुर को सस्सी के चेहरों से भर दिया। सस्सी के मुस्कुराते रुख़्सारों पर सियाह आँसू की लकीरें खिंच रही थीं। राज ने चाहा कि वह उसकी आँसुओं से बोझिल पलकों को अपने लबों से चूम ले। जब उसका दिल कुछ सँभला तो दिल-ही-दिल वह सस्सी को ख़ुदगर्ज़ होने का ख़िताब दे बैठा... और क्यों न देता, आख़िर वह उसे यूँ तड़पता हुआ तनहा छोड़कर ख़ुद जो सुकून ढूँढ़ने चली गई थी। पूरा हफ़्ता वह उसे ढूँढ़ने की नाकाम कोशिश करता रहा। वीर दूसरे ही रोज़ चित्रा के साथ दिल्ली छोड़कर वापस चला गया था। जब फ़ोन पर राज ने वीर को सस्सी के चले जाने की ख़बर दी, तो फ़ोन लाइन पर एक ख़ामोशी छा गई और कुछ पल के बाद वीर की तरफ़ से फ़ोन कट गया था।

उस रात आख़िरी बार ख़त को पढ़ने के बाद वह खाने की मेज़ से उठकर सस्सी के कमरे में गया और उसके बिस्तर पर लेटकर सोचता-सोचता वहीं सो गया। सुबह जब आँख खुली तो वह फ़ौरन दौड़कर अपने कमरे में आया और अलमीरा के अंदर से बैग निकालकर उसमे ज़रूरी सामान डालने लगा, गोया जल्दबाज़ी में उसे किसी सफ़र पर निकलना हो।

कोई ख़्वाब था... शायद ख़्वाब ही होगा जो उसे सस्सी का पता बता गया था...

* * *

किसी और सुबह की तरह ही उस सुबह भी सस्सी कैनवास और रंगसाज़ी का सामान लेकर बाग़ान से लगे हुए जंगल में निकल गई थी। रोज़ जंगल में रंगों और लकीरों की मदद से वह कैनवास पर महंती बाबू का चेहरा ढूँढ़ती और उस सुकून को पाने की जिद्दोजहद करती, जिसके बारे में उसने अपने ख़त में राज को लिखा था। कैनवास पर रंग और लकीरें बिखेरते हुए उसे यही कोई एक-दो घंटे बीते थे। दार्जिलिंग में अपने शुरूआती दिनों में वह कैनवास पर सिर्फ़ सियाह रंग का इस्तेमाल करती थी, लेकिन गुज़रते दिन और वक़्त के साथ दिल में जमा रंज घुलने लगा था और साथ ही दूसरे कई रंगों से आशनाई भी होने लगी थी। अब सुफ़ेद और सियाह के अलावा सुर्ख़, ग़ुलाबी, ज़ाफ़रानी, ज़र्द, सुरमई और कई तरह के रंग उसके कैनवास के साथ-साथ उसके हाथों और लिबास को रंगने लगे थे।

आज एक शख़्स कुछ दस-बारह गज़ के फासले पर दरख़्तों की ओट में

खड़ा यह सब देख रहा था। वह ख़ामोशी से खड़ा सस्सी का रंगों से गहराता रिश्ता समझ रहा था और मुकम्मल होती उस तस्वीर को पहचानने की कोशिश भी कर रहा था। जब रंगसाज़ी करते सस्सी के हाथ कैनवास पर से हटे, तो दरख़्तों की ओट में खड़ा वह शख़्स भी बाहर निकलकर उसकी जानिब बढ़ने लगा। उसके क़दमों तले मसली जाती सूखी पत्तियों की आवाज़ जब सस्सी के कानों में पड़ी, तो वह उसकी तरफ़ पलटी। वो बेहद नज़दीक आ चुका था और एक नज़र भरकर तस्वीर को देखने के बाद वो बोला...

"हम्म, तो ऐसे दिखते थे तुम्हारे महंती बाबू...मान पड़ेगा यह आँखें जो इस तस्वीर मे हैं तुम्हारी आँखों सी मालूम होती हैं।"

"हाँ, मेरे लिए ख़ुद को पा लेना ही महंती बाबू को पा लेना है।"

"तो फिर बताओ...जिस सुकून के लिए तुम मुझे छोड़कर बिना बताए यहाँ चली आई थी, तुम्हें वो हासिल हुआ या नहीं?"

"हाँ...इस जगह की हरेक चीज़ मुझे सुकून बख़्शती है और मैं तमाम ज़िन्दगी इसी सुकून की तलाश में न जाने कहाँ-कहाँ घूमती रही हूँ..."-सस्सी एक लम्हे के लिए रुकी और दो क़दम चलकर ताज़ी घास पर बैठकर फिर से कहने लगी-"तुम्हें पता है, मैं रोज़ महंती बाबू की वीरान पड़ी दुकान देखने जाती हूँ और रोज़ थोड़ा-थोड़ा करके वो खुद को मुझ पर ज़ाहिर करते हैं... राज, ज़िन्दगी मे पहली दफ़ा मैंने अपना वजूद महसूस किया है..."

"लेकिन तुम्हारे जाते ही मेरा ख़ुद का वजूद खो गया ..."-राज ने सस्सी की बात को काटते हुए कहा-"मैं यहाँ तुम्हें दिल्ली वापस ले जाने नहीं आया हूँ, मैं यहाँ अपना वजूद वापस लेने आया हूँ; मैं भी अब तुम्हारी तरह ख़ुदगर्ज़ हो गया हूँ, क्योंकि मैं तुमसे इश्क़ करता हूँ। ये लफ़्ज़ मेरी ज़ुबान पर तब से हैं, जब से मैंने तुम्हें पहली मर्तबा उस रेस्तराँ के गेट पर खड़ा देखा था। ख़ुदा गवाह है, कितनी बार मैंने तुमसे इज़हार-ए-इश्क़ करना चाहा, लेकिन हर बार ये लफ़्ज़ मुझे निगलने पड़े... क्या करता, मैं ख़ौफ़ज़दा था। मैं तुमसे ख़ौफ़ज़दा था, मैं ख़ौफ़ज़दा था बाहर निकाले जाने से-फ्लैट से नहीं, तुम्हारी ज़िन्दगी से। मैं दुनिया की तमाम लड़कियाँ छोड़कर क्यों तुमसे इश्क़ करता हूँ, मुझे नहीं पता, शायद इसलिए, क्योंकि मेरे लिए तुम्हे इश्क़ करना ज़्यादा ज़रूरी है, बजाय इसके कि इसकी वजह क्या है।"

सस्सी, राज की आँखों में आँखें डाले खड़ी हुई और उसके एकदम

नज़दीक आ गई।

"तुमने मुझे ढूँढ़ा कैसे?"

"अब बस भी करो सस्सी..."-इतना बड़बड़ाकर उसने सस्सी को अपनी बाँहों में कस लिया।

और बंद आखों से वह सफ़र याद किया, जो उसे दार्जीलिंग ले आया था। जब वह सस्सी के घर पहुँचा तो उसकी मुलाक़ात सस्सी के वालिद से हुई। उन्होंने उससे उसका नाम पूछा और जवाब मिलते ही बिना कुछ और कहे, उसे सीधा जंगल की तरफ भेज दिया था।

www.ingramcontent.com/pod-product-compliance
Lightning Source LLC
LaVergne TN
LVHW100812051026
849519LV00006B/2045
* 9 7 8 9 3 8 7 3 9 0 6 0 7 *